소녀에게 어울리지 않는 완전범죄

Shojoniwa mukanai kanzenhanzai
ⓒ Kie Hojo 2024
All rights reserved.
Original Japanese edition published by KODANSHA LTD.
Korean translation rights arranged with KODANSHA LTD.
through Shinwon Agency Co., Ltd.

이 책의 한국어판 저작권은 ㈜신원 에이전시를 통한 저작권사와의 독점 계약으로
㈜디앤씨미디어에 있습니다.
저작권법에 의해 한국 내에서 보호를 받는 저작물이므로 무단전재와 복제를 금합니다.

소녀에게 어울리지 않는 완전범죄

少女には
向かない
完全犯罪

호조 기에 장편소설
김은모 옮김

REA⊒bie

차례	
프롤로그	7
제1장	13
인터루드 1	47
제2장	51
인터루드 2	215
제3장	219
인터루드 3	349
제4장	353
인터루드 4	475
에필로그	479

프롤로그

3월 13일 22:00
"나야, 나. ……큰일 났어."
"무슨 일이에요, 쇼 씨?"
전화 저편에서 목소리가 들리자 나는 매달릴 것처럼 호소했다.
"그 목소리는 사토루구나? 실은…… 나조역 앞 교차로에서 사고를 내서, 할망구를 치었어. 느낌상 아무래도…… 제길, 할망구는 즉사야."
사토루는 숨을 헉, 삼키고 동료를 불러 모았다.
반려견처럼 충성스러운 사토루 패거리다. 지금쯤 스마트폰을 둘러싸고 머리를 맞댄 채 마른침을 삼키며 내 목소리에 귀를 기울이고 있으리라.

"바로 모시러 갈 사람을 보내겠습니다."

"난 이미 틀렸어. 증거인 차는 호수에 가라앉혔지만, 감시 카메라에 찍힌 게 문제야. 머지않아 체포되겠지."

"도주 자금이 필요하겠군요. 지금 수중에……."

"착각하지 마! 내가 전화한 건 어디까지나 너희를 도주시키기 위해서야. 경찰이 내 특수 사기*를 규명하기까지 며칠은 걸리겠지. 그 틈에 사무실을 비우고 너희만이라도 도망쳐."

"쇼 씨……."

벌써부터 눈물을 흘리는지 사토루의 목소리가 코맹맹이 소리로 변했다. 나도 눈물을 글썽거렸다.

"이제부터는 사토루가 리더를 맡아. 나 대신 모든 걸 관리해서 월 3억 엔의 매상 목표를 사수하는 거야. ……그러기 위해서 뭘 가져가야 하는지 알지?"

부랴부랴 종이를 넘기는 기척이 느껴졌다. 도주 매뉴얼을 확인하는 것이리라.

"어디 보자, 매상액 전부와 컴퓨터, 스마트폰, 목표물 목록, 그리고…… 행동책 매뉴얼 말씀이시죠?"

"대여 창고에 넣어 둔 장부들도 잊지 마! 지금 당장 꺼내서 사무실에 준비해 놔. 동트기 전에 반드시 거기를 벗어나도록. 지금 통화 중인 이 스마트폰도 심 카드와 함께 처분하고."

"알겠습니다."

● 전화나 인터넷같이 비대면으로 이루어지는 사기 범죄

전화 저편이 소란스러워졌다. 사무실을 바쁘게 뛰어다니는 발소리와 고함에 돈다발을 헤아리는 목소리가 섞였다.

—이제 사토루 패거리와 만날 일도 없겠군.

작별 인사도 하는 둥 마는 둥 나는 전화를 끊었다. 그리고 스마트폰에서 심 카드를 꺼내 본체와 함께 수건에 감싸서 망치로 부쉈다.

증거 인멸 완료.

나는 눈물에 흠뻑 젖은 눈가를 손끝으로 닦았다. 아까부터 터져 나오려는 웃음을 참느라 눈물이 나서 죽을 뻔했다.

"하, 멍청한 놈들."

나는 푹신푹신한 소파에 앉아 영화 블루레이가 가득한 선반을 올려다보았다. 물론 달아날 마음은 눈곱만큼도 없었다.

"오늘은 〈스팅〉으로 하자."

폴 뉴먼과 로버트 레드포드가 연기하는 사기꾼 콤비가 갱에게 일생일대의 사기를 치는 케이퍼 무비의 명작이다.

영화를 시청한 지 이십 분쯤 지났을 무렵, 경찰차 사이렌 소리가 들렸다.

"오, 시작됐군."

SNS를 확인하자 사토루 패거리의 사무실이 있는 건물 앞에 경찰 차량이 모여드는 영상이 올라와 있었다. 경찰 수사대가 특수사기 집단의 사무실을 발견했고, 지원 병력이 달려오는 참이려나.

나는 씩 웃었다.

"쯧쯧…… 특수 사기단이라는 놈들이 그런 전형적인 보이스

피싱에 걸리다니, 부끄럽지도 않냐?"

물론 나는 쇼가 아니다.

그딴 인간과 달리 나는 규정 속도를 준수하고, 대마도 하지 않고, 분리수거도 철저히 한다. 사토루에게 말한 것처럼 할머니를 들이받는 교통사고도 저지르지 않았다.

나는 구로하 우유우.

……완전 범죄 청부사라고 불리기도 한다.

이번에는 사기 피해자에게 특수 사기 집단을 일망타진해 달라는 의뢰를 받았다. 보수는 3백만 엔. 물론 의뢰인도 나도 관여했다고 의심받지 않도록 소위 완전 범죄라는 형태로.

―사기로 남을 등쳐 먹는 자들은, 자기 자신도 사기를 당해 체포돼야 마땅하지.

그래서 목소리를 자유자재로 바꿀 수 있는 앱을 악용해 사기 집단의 리더 쇼를 사칭했다. 그리하여 평소 먹잇감을 낚아 돈을 우려내던 행동책들을 오히려 속여 넘긴 것이다.

"흥, 무슨 일만 있다 하면 매뉴얼, 매뉴얼……."

행동책들은 스스로 생각하려 들지 않는다. 정신 상태가 그 따위니까 쇼가 신중하게 대여 창고에 숨겨 둔 사기 증거품들을 사무실에 모아 놓게 하는 일도 간단했다. 그 후 타이밍을 봐서 경찰에 밀고해 사무실을 급습시키면 끝이다.

나는 눈을 가늘게 떴다.

―남은 건 리더 쇼뿐.

그도 슬슬 별건으로 체포될 때가 왔다.

열흘쯤 시간을 들여 어떤 사람이 마약 판매자라는 인식을 쇼에게 심어 두었다. 지금쯤 거짓 정보에 놀아나…… 상대가 약물 및 총기 대책과의 신임 형사인 줄도 모르고서 대마를 거래하려다 현행범으로 체포됐으리라.

 완전 범죄를 달성하기 위해 중요한 요소는 두 가지.
 첫 번째는 모든 것을 논리적으로 예측하는 능력, 두 번째는 설령 예측할 수 없는 사태가 발생하더라도 대응할 수 있도록 만반의 준비를 거듭하는 신중함이다.
 ―항상 논리적으로 생각하고, 무모하게 굴지 말고 어디까지나 신중하게. 승산 있는 승부에만 나선다.
 모든 일이 예상대로 흘러간 날은 기분이 좋다.
 오늘 밤은 푹 잘 수 있을 듯했다.

제 1 장

1

일시 불명

최악의 기분으로 깨어났다.

삣, 삣, 슈욱, 슈욱.

―무슨 소리지?

눈을 뜨자 코가 닿을 만한 거리에 창백한 얼굴이 있었다.

"으아악!"

나는 반사적으로 그 얼굴을 밀쳐 냈다. 살의가 전해질 만큼 힘껏 밀었건만, 손끝에는 아무 감각도 느껴지지 않았다.

―환영?

나는 모니터와 기계류에 둘러싸여 있었다.

침대에 한 남자가 누워 있었다. 핏기가 희박한 뺨은 쑥 들어갔고, 턱에는 수염이 듬성듬성 자랐다. 무엇보다 기분 나쁜 건……, 그 얼굴이 나와 똑같이 생겼다는 점이었다.

"누구야, 이 자식."

난 갈색으로 염색한 머리지만, 남자는 검은색 스포츠머리였다.

남자의 절개된 목에 삽입된 튜브는 인공호흡기에 연결돼 있었다. 침대 발치에는 소변이 가득한 봉지가 매달려 있었고, 심전도기에서는 높은 전자음이 들렸다.

여기는 중증 환자가 입원하는 집중치료실(ICU)이 틀림없다. 넓은 실내에는 그 밖에도 침대와 기계류가 줄지어 있었다.

"왜 이런 곳에?"

〈스팅〉을 다 보고 평화롭게 잠든 것만 기억난다. 그 후로는 계속…… 악몽을 꾸었다. 허름한 빌딩 옥상에서 발소리도 없이 다가온 누군가에게 떠밀려 아래에 있던 동상에 꼬치구이처럼 꽂히는 악몽을.

잠시 후 간호사가 카트를 밀며 이쪽으로 다가왔다.

"링거 교환할게요."

간호사가 살집 좋은 손으로 들어 올린 링거 팩에 이런 라벨이 붙어 있었다.

구로하 우유우. 30세 남성. 2024년 7월 28일

"이런, 이런, 구로하는 난데. 그 침대에 누워 있는 건……."

갑자기 기억이 되살아나서 이가 따닥따닥 맞부딪쳤다.

특수 사기 집단을 함정에 빠뜨려 경찰 손에 넘긴 게 2024년 3월 13일. 그리고 나는 그다음 날 밤에……, 빌딩 옥상에서 누군가에게 떠밀려 떨어졌다.

반사적으로 애용하는 손목시계를 내려다보았다.

평소 정확한 시계가 어째선지 3월 14일 8시 30분을 가리킨 상태로 멈춰 있었다.

―설마 그때부터 어느덧 넉 달 넘게 지나기라도 했다는 건가?

머뭇머뭇 발을 내려다보았다.

다행히 발은 멀쩡히 달려 있었다. 하지만 바닥에 간호사와 침대 그림자는 있는데, 내 그림자는 없었다. 그뿐만 아니라 내 두 발은 바닥에서 몇 센티미터 뜬 상태였다.

"이거, 왜 이래?"

나는 침대 프레임에 손을 뻗었다. 하지만 안개를 만지는 것처럼 아무 감촉도 느껴지지 않았다.

"뭐야, 왜 이러는 거냐고!"

간호사라면 만질 수 있겠지, 링거 줄이라면 만질 수 있겠지, 하며 나는 연신 양손을 뻗었다. 하지만 몇 번을 시도해도 허공을 가를 뿐이었다. 머리부터 침대에 뛰어들어 하마터면 나 자신과 입을 맞출 뻔했을 때야 비로소 깨달았다.

……육체로 돌아갈 방법이 없다는 것을.

유령이 과호흡을 일으키다니 이상한 이야기지만, 숨이 꽉 막혔다.

존재하지 않을 심장이 터질 것처럼 세차게 뛰는 게 느껴졌다. 그 순간, 내 육체와 연결된 심전도기가 부정맥을 감지해 불쾌한 경고음을 삐, 삐 울려 댔다.

나는 의식을 집중해 천천히 숨을 내쉬었다.

―진정해. 나는 유령이야. 더는 죽지 않아.

삼십 초쯤 지나자 경고음이 멎었고 심박수도 60에서 70 사이로 안정됐다. 내선으로 주치의에게 보고하면서 응급처치하려던 간호사도 안도의 한숨을 내쉬었다.

"이제…… 싫어."

더는 내 육체 곁에 있고 싶지 않았다.

나는 집중치료실 벽을 뚫고 나와 복도를 이리저리 돌아다녔다.

간호사실에 들어가도 의사고 간호사고 누구 하나 내 존재를 알아차리지 못했다. 비품에는 구온 종합병원이라는 글씨가 박혀 있었다.

―익숙한 곳이로군.

구온 종합병원은 마호로시에 있는 유일한 종합병원으로, 시내에 사는 사람이라면 누구나 한 번은 진료를 받아 봤을 곳이다.

갑자기 목소리가 들렸다.

"고시 선생님, 구로하 환자에 대해 보고드릴 게 있는데요."

이름을 불린 의사는 약간 구김살이 진 가운을 입고 있었다. 팔자 눈썹이 상냥하면서도 미덥지 못해 보이는 분위기를 자아냈다.

고시 선생은 이 병원을 물려받을 후계자고, 십이 년쯤 전부터 나와도 알고 지내는 사이다.

그는 젊지만 우수한 뇌신경외과 전문의로, 여기 후시기현에서는 보기 드물게 두통을 전문으로 진료한다. 삼차신경통*으로 고생했을 때 큰 신세를 졌다.

사소한 동작이 안면에 벼락이 떨어졌다고 비유할 만큼 격심한 신경통을 유발하다니, 무슨 벌칙도 아니고! 다행히 고시 선생의 수술이 성공해 증상이 개선됐고, 지금은 약을 안 먹어도 될 만큼 회복됐지만.

예전 주치의의 얼굴을 보자, 반가워서 나는 그의 곁으로 달려갔다.

모니터에 표시된 건 내 진료 차트였다. 뭔가 약칭으로 추정되는 알파벳과 주문 같은 약 이름이 줄지어 있어서 무슨 뜻인지 이해가 되지 않았다.

간호사가 심각한 목소리로 말했다.

"이른 아침에 심정지가 발생한 후로 상태가 좋지 않아요. 혈압도 불안정하고요."

고시 선생도 괴로운 듯 눈살을 모았다.

"최선을 다하겠다고 약속했는데…… 이제 임상 시험도 중지하는 수밖에 없나."

―임상 시험?

이야기를 들어 보니 나는 지난 두 달쯤 임상 시험에 참여했던 모양이다.

● 얼굴 감각을 담당하는 삼차신경에 문제가 생겨 극심한 통증을 유발하는 질환

새로이 발견된 림프구 SiVA를 이용한 치료법인데, 나처럼 뇌나 장기에 손상을 입은 환자에게도 효과가 기대된다고 한다. 그 림프구가 망가진 조직을 파괴하는 동시에 재생도 촉진한다나…… 그런 원리다.

"파괴와 재생, 인도의 신 '시바'에서 따온 이름인가."

그러나…… 어떤 치료법도 만능은 아니다.

나처럼 아무 효과도 보지 못한 채 죽어가는 사람도 있다는 뜻이다.

그 증거로 고시 선생과 간호사의 대화는 적극적인 치료를 중단하고 인공호흡기를 뗄지 말지 검토하자는 내용으로 흘러갔다. 조만간 내 사촌 여동생에게 연락해 앞으로의 방침을 결정하려는 듯했다.

나도 오컬트는 싫어하지 않는다.

폴터가이스트 영상을 두루두루 찾아서 시청한 적도 있었고, 유령이 나온다는 곳에 놀러 가기도 했다. 하지만 '유령의 목소리가 들렸다'거나 '문이 저절로 닫혔다' 같은 이야기는 순 거짓말이다.

만약 유령이 그런 일을 할 수 있다면…… 내 고함이 아무에게도 전해지지 않을 리 없잖아!

몇 번이나 살아 있는 사람의 귓가에 호소하고 키보드로 내 애원을 전하려 했던가. 그러나 곁에서 거센 폭풍이 몰아치듯 날뛰어도 그들은 아무것도 느끼지 못했다.

잠시 후 간호사가 불쑥 중얼거렸다.

"정말로…… 불행한 추락 사고였죠. 아래에 있던 동상에 꽂히

다니 너무 끔찍해요."

나는 눈을 부릅떴다.

"뭐? 그건 사고가 아니라고."

화이트데이 밤, 나는 6층 빌딩에서 누군가에게 떠밀려 떨어졌다.

그런데 불운하게도 사고로 처리된 모양이다. 나를 떠민 범인은 완전 범죄에 성공해 자유로운 몸이라는 뜻이다.

"환장하겠네! 경찰 놈들은 대체 뭘 하는 거야."

이를 뿌드득 간 후, 카운터에 놓여 있던 신문을 바라봤다.

추락에 관련된 기사가 실려 있지 않을까 기대했지만…… 이미 넉 달이나 지났다. 당연히 모르는 일들을 다루는 기사뿐이었다.

……갑자기 간호사실에 웃음소리가 퍼졌다.

누군가 농담이라도 한 것이리라. 물결처럼 번지는 웃음소리에 귀를 막았다. 살아 있는 사람들의 활기 넘치는 세계가 샘나고 꼴 보기 싫어서 나는 정적과 어둠을 찾아 헤맸다.

병원 1층 조명은 꺼져 있었다.

오후 9시가 지난 시간. 평소는 시끌벅적한 임상검사 접수처도 지금은 캄캄했다.

나는 접수대 위를 걸어 다니며 생각에 잠겼다.

안타깝지만 지금도 3월 14일의 기억은 부분적으로 떠오를 뿐이다.

기억을 되찾고자 쫓아가면 갈수록 붙잡을 곳이 없어져서 산산이 흩어진다. 그 참을 수 없이 찜찜한 감촉에 나는 몸을 부르르 떨었다.

―그날 밤, 날 살해할 동기가 있었던 사람은 누구지?

"경찰 손에 넘긴 특수 사기 집단의 보복인가? 사기도박에 끌어들여 파산시킨 부동산 회사 사장과 비서 콤비도 수상한데."

아니, 그 두 사람일 가능성은 없나.

그들은 자신들이 관리하는 건물의 여벌 열쇠를 사용해 절도와 성폭행을 저지른 극악무도한 인간들이었지만…… 반년 전에 추심꾼에게 붙잡혀 태평양 저편에 있는 섬으로 보내졌다. 지금쯤은 야자열매나 이야기 상대로 삼아 광산에서 일하는 중이리라.

"더럽게 비싼 액땜 항아리를 팔아넘긴 사이비 종교의 교주도 유력한 용의자겠지. 아, 지하 아이돌을 쫓아다니던 스토커를 속여 저주받은 집을 매입하게 했더니 그대로 행방불명된 일도 있었던가."

생각하면 할수록 짚이는 사람이 늘어나서 순식간에 열 손가락이 모자랄 지경에 이르렀다. 나는 한숨을 푹 내쉬었다.

"완전 범죄 청부사로 일했으니…… 당연한가."

위장용 카페도 운영했지만 그쪽 수입은 새 발의 피 정도밖에 안 된다. 비밀 사업으로 그보다 백 배가 넘는 수입을 올렸으니, 목숨을 위협받을 이유는 차고 넘친다.

이런 사업에서는 실수를 깨달은 순간, 이미 '때늦은' 경우도 허다하다. 이르든 늦든 이런 꼴을 당할 줄 속으로는 알고 있었던 것 같기도 하다.

나는 갈색 머리를 쥐어뜯었다.

"아아…… 왜 깨어나서 이런 괴로움을 맛보는 거람."

◆

병원 자동문을 빠져나오자 여름벌레 소리가 나를 감쌌다.
다들 반소매나 민소매 차림이다. 그런데 나만 더위를 느끼지 못한다. 깨어났을 때부터 몸을 휘감은 한기가 사라지지 않았다.
남쪽 하늘 한구석이 검붉게 물들어 있었다.
―불이다.
구역질이 강하게 밀려왔다.
소방차 사이렌 소리가 바람을 타고 들려왔다.
초등학생 때 화재에 휘말려 모든 것을 잃은 후로, 화염을 두려워하는 마음은 늘 내 가슴속에 들러붙어 있었다.
"……어디로 갈까."
불이 난 방향만큼은 제외다. 카페가 있는 허름한 빌딩으로 돌아갈까? 아니, 내가 떨어진 현장을 살펴본들 기분만 착잡해지리라.
더구나 나는 유령이 되고 말았다.
―애써 형사를 흉내 내 범인을 알아낸들, 육체를 잃은 입장으로서는 범인을 고발할 수도 범인에게 보복할 수도 없다. 결국 전부 다 무의미한 짓이다.
하지만 마음에 걸리는 일이 딱 하나 있었다.
나는 3월 14일 오후 8시 반경에 옥상에서 떨어졌다. 그날 밤…… 아니, 정확하게는 그다음 날에 일정이 하나 있었다. 새로운 의뢰인과 협의하기로 했는데…… 약속 시간은 자정이었다.

나는 무심코 고개를 숙였다.

"약속을 어기는 건 싫은데."

내게 의뢰하는 건 어쩔 도리도 없는 사정이 있는 사람뿐이다. 그날 내게 바람맞은 의뢰인은 어떻게 됐을까?

"좋아, 어디로 갈지 정했어."

나는 둥실 떠올라 북쪽에 있는 시노노메초로 향했다.

아래쪽에 구온 연못이 펼쳐졌다. 전조등과 후미등을 켠 자동차의 행렬이 연못 주위를 둘러싸고 있었다. 유령도 힘을 내면 생활용 자전거로 냅다 달릴 때 정도의 속력은 나오는 듯했다.

자동차에 추월당하며 차선 위를 둥실둥실 날고 있으니 어두운 밤바다에서 빛나는 돌고래와 함께 헤엄치는 듯한 신기한 기분이 들었다.

내가 약속 장소로 지정한 곳은 시노노메초의 빈집이었다.

변함없이 시노노메초는 가정집이 드문드문했고, 지나다니는 사람도 차도 거의 없었다. 약속 장소인 빈집은 동네 외곽 산기슭에 있다. 그 부근만 어둠에 잡아먹혀 어두운 구멍이 뻥 뚫린 것처럼 캄캄했다.

현관으로 이어지는 말라붙은 흙 위에 남자치고는 너무 작은 발자국이 남아 있었다. 창문 너머로 집 안에서 움직이는 불빛이 문득 보였다.

"누가 있나?"

호기심이 발동해 나는 현관문을 통과해서 안으로 들어갔다.

집 안쪽에서 불빛이 이리저리 움직이고 있었다. 조그마한 사람이 양 갈래 머리에 쓴 헤드램프에서 뿜어져 나오는 불빛이었다. 전기가 끊긴 빈집을 탐색하는 듯했다.

―혼자 담력 시험을 하러 오다니 간도 크군.

몸에 달라붙는 칠부바지 밑으로 드러난 장딴지를 거듭 긁적였다. 어린 티가 나는 그 모습으로 보건대 아직 어린 소녀인 듯했다. 소녀가 오른손에 쥔 물건을 보고 나는 숨을 삼켰다.

"안개꽃?"

새로운 의뢰인과 만날 때마다 나는 약속 장소도, 들고 오라고 하는 표시물도 바꾼다. 물론 만나기로 약속했다고 해서⋯⋯ 이쪽 얼굴과 정체를 밝히지는 않는다. 그저 의뢰인의 얼굴과 함정이 아니라는 사실을 확인한 후 꼬리가 잡힐 일 없는 통신기기를 넘겨줄 뿐이다.

그리고 넉 달 전 그날, 나는 틀림없이 시노노메초의 빈집을 약속 장소로 지정하고 안개꽃을 표시물로 들고 오라고 전달했다.

소녀가 그 꽃을 들고 있다는 건.

"설마⋯⋯ 이 아이가 새로운 의뢰인?"

갑자기 소녀가 이쪽을 보았다.

그 두 눈이 누구에게도 보이지 않을 나를 포착했다.

소녀의 왼손이 드러나자 꼭 움켜쥔 손도끼가 둔중하게 빛났다. 헤드램프와 길쭉한 손도끼의 조합을 보자, 어쩐지 늦은 밤 신사(神社)의 나무에 저주 인형을 박으러 가는 사람의 촛불과 망치가 연상됐다.
 ―어떻게 된 거지?
 이 아이에게는 분명 내가 보인다. 나는 마성을 띤 소녀의 눈빛에 사로잡혀 손가락 하나 까딱할 수 없었다.
 소녀가 입을 벌렸다.
 "완전 범죄 청부사, 드디어 만났네."
 "어떻게…… 그 이름을?"
 대답하는 대신 소녀는 가볍게 바닥을 박찼다. 소녀는 안개꽃을 내던지는 것과 동시에 손도끼를 내 가슴에 힘껏 내리쳤다.

2

7월 28일 22:05
 내가 깜짝 놀라 주저앉는 바람에 손도끼는 내 머리를 통과해 벽에 박혔다.
 소녀의 눈이 휘둥그레졌다.
 "뭐야…… 유령이었어?"
 두 눈에서 눈물이 뚝뚝 떨어지길래, 나는 이 소녀가 살아 있는 사람이라는 걸 깨달았다. 아까까지 소녀를 뒤덮고 있던 정체 모를 기운은 덧없이 사라지고, 훌쩍훌쩍 우는 꼬맹이만 남았다.
 "유령이 보여?"
 소녀가 딸꾹질을 하며 고개를 끄덕였다.

"어두운 곳에서는 살아 있는 사람이랑 구분이 잘 안 돼."

나는 소녀의 시선에 이끌려 내 발 언저리를 보았다. 밝은 곳에서는 그림자의 유무로 유령인지 아닌지 구분이 된다고 말하고 싶은 것이리라.

"……유령을 만난 것도 처음이 아닌가 본데."

"당신이 네 번째야. 세 번째는 완전히 미친놈이라 내 눈에 유령이 보인다는 걸 알아차리자마자 저주해 죽여 버리겠다느니, 너도 같이 데려가겠다느니 하면서 오 일이나 성가시게 들러붙었어."

"그야말로 악령이로군."

공포로 가득한 오 일을 보냈겠구나 싶었는데 소녀는 코웃음을 쳤다.

"그냥 시끄러웠을 뿐이야. 결국 그 유령은 끝까지 '자신이 죽었다는 사실'을 받아들이지 못하고 세상을 원망했지. 당신도 그래?"

나는 말문이 막혔다.

스스로도 잘 몰랐기 때문이다. 살아 있는 사람에게 다짜고짜 증오심을 드러낼 생각은 없었지만, 이대로 유령으로서 방황할 운명을 받아들일 마음도 들지 않았다.

소녀는 아무렇지도 않게 내게 다가와 벽에 박힌 손도끼를 뽑았다.

"내가 안 무서워?"

"유령은 살아 있는 사람에게 아무 짓도 못 해. 무서워할 이유가 없는걸."

"뭐, 걸음아 나 살려라 도망치는 것보다는 낫나. ……죽으면 모두 다 이렇게 유령으로 변하는 거야?"

소녀는 고개를 휘휘 내저었다.

"아니, 아니. 모두 다 유령으로 변하면 세상이 유령으로 가득해서 정신없을 거야."

"나는 희귀한 사례인 건가. ……좀 마음에 걸리는 점이 있는데, 세 번째로 만난 미친 유령은 왜 고작 오 일 만에 없어진 거지?"

살아 있는 사람은 대부분 유령의 존재를 인식하지 못한다.

자신의 존재를 인식하는 소녀에게 평범하지 않은 집착을 보였다면, 악령이 소녀에게서 떨어진 데에는 상응하는 이유가 있었을 것이다.

소녀가 입술을 일그러뜨리며 웃음을 지었다.

"유령은 칠 일이 지나면 소멸하니까."

"고작 칠 일 만에?"

거짓말하지 말라며 웃어넘기고 싶었다.

하지만 신기하게도 의심할 기분은 들지 않았다. 분명 본능적으로 깨달았기 때문이리라. 유령의 몸으로는 그리 오래 버티지 못한다는 걸.

나는 숨을 크게 내쉰 후 소녀에게 물었다.

"이름은?"

"……정말이지 어른은 왜 그러는 거야!"

치뜬 눈으로 노려봐서 나는 움찔했다.

"가, 갑자기 왜 그래?"

"평소에는 모르는 어른한테 이름을 알려 주면 안 된다고 잘난

척 설교하면서…… 자신만큼은 예외라는 듯 여자애한테 이름을 막 물어보니까 그러지."

소녀의 되바라진 대답에 당황했지만 나도 받아쳤다.

"남한테 이러쿵저러쿵 따질 입장이야? 생판 모르는 사람에게 손도끼를 휘두른 주제에……."

"아, 생판 모르는 사람을 습격한 건 아니야. 난 완전 범죄 청부사를 노린 거라고. 그리고 아저씨가 그거잖아?"

나는 항복의 표시로 양손을 쳐들었다.

"앞으로 일주일 후에 소멸한다는 말을 듣고 나니 숨길 기력도 안 생기는군. ……난 구로하. 완전 범죄 청부사는 업무에 사용하는 코드 네임 같은 거야."

갑자기 소녀가 질렸다는 표정을 지었다.

"뭐야, 그렇게 손발 오그라드는 명칭을 코드 네임으로 삼다니, 중2병이 도진 거야?"

"실컷 유도해 놓고 갑자기 그런 식으로 나오다니 비겁하기는! 애당초 그건 내가 붙인 이름도 아니라고."

"아, 네네."

분명 안 믿는 얼굴이었다. 나는 한숨을 섞어 말을 이었다.

"어떻게…… 너 같은 꼬맹이가 내 비밀 사업을 알고 있는 거지? 난 의뢰인에게도 신원이나 맨얼굴을 드러낸 적이 없는데."

소녀는 또 부루퉁한 표정을 지었다.

"신원까지는 몰랐어. 상상했던 것보다 백 배는 별로여서 엄청 충격이야."

"왜 처음 보는 꼬맹이에게 그딴 소리를 들어야 하는 건데?"

"검은 청바지랑 촌스러운 후드티나 입고 말이야. 프로 범죄자 하면 역시 검은 양복에 검은 넥타이를 멋지게 차려입은 스타일리시한 사람이잖아!"

"〈저수지의 개들〉이나 〈트랜스포터〉에 너무 영향을 받았나 보군. 현실에서 그렇게 입고 다니면 오히려 눈에 띄어. ……모르냐? 뛰어난 범죄자일수록 누구의 기억에도 남지 않을 몰개성적인 복장으로 다니는 법이라고."

"그런 소릴 하면서…… 손목시계는 아주 비싼 걸 찼네. 롤렉스인지 오메가인지는 모르지만 부자 티를 내려고 안달 난 것 같아."

"기대에 부응하지 못해서 미안하네. 내 손목시계는 정교한 짝퉁이거든."

"더 악질이잖아!"

그렇게 소리친 후, 소녀는 마음을 다잡은 것처럼 내게 검지를 들이댔다.

"잘 들어. 신원까지는 몰라도 난 완전 범죄 청부사에 대해 꽤 많이 알아. 구로하는 지금까지 여러 명을 죽였고, 그중 한 명은 세상을 떠들썩하게 만든 살인귀 사카시마. ……사고사로 위장해 놈을 죽인 것도 구로하지?"

"그런 것까지 어떻게……."

"어린아이의 정보 수집력을 얕보지 마."

의기양양한 표정을 짓는 소녀에게 나는 쓴웃음으로 답했다.

"뭐, 그 정보도 정확한 건 아니지만. 엄밀히 따지면 사카시마를 내 손으로 직접 죽인 건 아니니까."

사 년 전, 나는 시신을 '거꾸로, 반대로' 장식하는 엽기 살인귀…… 통칭 '거꾸로 살인자'를 함정에 빠뜨려 체포시켰다. 하지만 사카시마는 경찰관 다섯 명을 찌른 후 도주했고, 자동차 추격전 끝에 폭발에 휩쓸려 사망했다.

그때 맡은 의뢰 내용은 어디까지나 '사카시마의 체포'였다. 목적을 달성한 후 경찰의 움직임까지 내가 책임질 수는 없는 노릇이지만, 내가 행동에 나섰기 때문에 사카시마가 몰던 차가 사고를 일으켜 폭발한 건 틀림없는 사실이다.

나는 눈을 감았다.

─설령 사카시마를 살해해 달라는 의뢰를 받았더라도 절대로 그렇게 죽이지는 않겠지.

어린 시절, 화재에 휘말린 이후로 나는 불을 혐오하며 살아왔다.

애당초 불은 인간이 완벽하게 다룰 수 있는 존재가 아니다. 그렇게 쉽사리 번져 주변 인간들과 물건을 모조리 태워 버리는 불만큼은 지금까지 범죄 계획에 포함한 적이 없었다.

갑자기 소녀가 떼쓰는 아이같이 소리쳤다.

"아무튼 내가 모르는 사이에 멋대로 죽는 건 반칙이지! 하필이면 유령 같은 게 되다니."

"나도 깜짝 놀랐어. 넉 달 전 옥상에서 떠밀려 떨어졌지."

"다우트!"

"응?"

조금 늦게 '다우트'라는 트럼프 게임이 떠올랐다. 그러고 보니 그 게임에서는 플레이어가 거짓말한다고 생각할 때 다우트라고 외치던가.

"아니, 거짓말 아니야."

"어린애라고 무시하지 마. 칠 일 만에 소멸하는 유령이 그렇게 오랫동안 존재할 리 없잖아."

소녀가 내 코끝에 손도끼를 들이댔다. 살아 있던 시절의 습관을 아직 버리지 못했으므로 나는 허둥지둥 손도끼를 피했다.

"난 아직 완전히 죽은 게 아니야. 빌딩에서 떨어진 후로 쭉 혼수상태였던 것 같아. 그런데 오늘 아침에 한계가 와서 심장이 한 번 멎었어. 그 영향인지 깨어나자 유령이 됐더라고."

"아, 내가 두 번째로 만난 유령과 똑같은 유형인가!"

소녀의 설명에 따르면 두 번째 유령은 교통사고를 당한 여성이었다고 한다.

그 여성은 나처럼 머리를 세게 부딪혀서 심정지를 일으킨 후, 심폐소생술을 받고 병원으로 실려 갔지만…… 소녀의 눈에는 사고 현장에 멀뚱히 서 있는 유령의 모습이 보였다고 한다.

"그 유령은 도코 씨야. 육체로 돌아갈 방법을 함께 찾아봤지만 헛수고였지.

사고가 발생한 시각부터 딱 칠 일 후, 도코 씨도 다른 유령과 마찬가지로 희미해지다가 사라졌어. 목숨을 건질 가망성이 있다던 도코 씨의 육체도…… 도코 씨의 유령이 사라진 것과 똑같은 시간에 느닷없이 심장이 멈춰서 죽어 버렸고."

나는 눈을 내리떴다.

—분명 우리는 의학의 발달이 만들어 낸 버그겠지.

의학 기술이 고도로 발달한 현대에는 옛날 같으면 살아날 리 없는 상태에서도 소생에 성공하곤 한다. 즉, 조건만 갖추어지면…… 유령이 나타난 후에도 한 번은 죽은 육체에 숨을 불어넣을 수 있다는 뜻이다.

하지만 일단 유령이 되고 나면 육체로 돌아갈 수는 없는 모양이다.

칠 일이 지나면 나도 도코의 유령과 똑같은 운명을 맞는다.

"……참고로 구로하가 빌딩에서 떨어진 건 몇 월 며칠이었어?"

"화이트데이니까 3월 14일."

소녀가 유령이 된 내 몸에 겹칠 듯이 바싹 다가왔다.

"좀 더 자세하게!"

"그렇게 다그친들…… 아리바이가와강 옆에 있는 류인 빌딩은 알아? 여기서 걸어서 십오 분쯤 걸리는데, 오래되고 낡아서 루인(Ruin) 빌딩이라는 별명으로 불리는 곳이지. 3월 14일 밤에 나는 그 허름한 빌딩 옥상에서 떠밀려 떨어졌어."

그토록 이야기를 들고 싶어 했으면서, 소녀는 도중부터 뭔가에 씐 것처럼 스마트폰 화면을 들여다보았다.

"야, 듣고 있어?"

"……구로하가 옥상에서 떨어진 건 오후 8시 30분경이었어. 맞지?"

딱 맞혀서 나는 주춤했다.

"그걸 어떻게."

"구로하 씨는 유명인이니까."

그렇게 말하며 소녀가 스마트폰 화면을 이쪽으로 향했다.

스마트폰에서는 영상이 재생되고 있었다.

류인 빌딩 앞 도로에 모여든 구급차와 경찰 차량이 빨간 불빛을 세차게 깜박이고 있었다. 사이렌 소리와 사람들의 웅성거림이 스피커에서 흘러나왔다.

인파 한가운데에는 동상이 있었다.

류인 빌딩에서 영업하는 치과 의원이 설치한 별난 오브제다. 두 발로 선 우주복 차림의 개가 뾰족한 창으로 충치 세균을 푹 관통한 모양새다.

영상 속 동상은 그야말로 악몽을 현실로 재현한 듯했다. 바로 밑에 시커먼 얼룩이 퍼져 나가고…… 본 적 있는 지갑과 자동차 키 잔해가 피 속에 잠겨 있었다.

그리고 우주견의 창에 등을 꿰뚫린 남자가 보였다. 축 늘어진 두 손에서 피가 뚝뚝 떨어졌다. 잠시 후 창을 지지대 삼아 몸이 뒤로 크게 젖혀진 남자의 얼굴이 클로즈업됐다.

……나다.

찌릿, 하고 등에서 배를 꿰뚫는 날카로운 통증이 몰려왔다. 반사적으로 등에 손을 댔지만 이미 통증은 사라졌다. 아무래도 유령은 살아 있을 적에 맛본 통증을 기억하는 듯하다.

영상에 감색 바지와 블레이저가 비쳤다. 고등학생인 듯한 촬영자의 흥분한 숨소리와 "쩐다."라는 목소리가 생생히 들렸다.

"놀랐어?"

스마트폰에서 고개를 들자 소녀가 재미있어하는 표정으로 이쪽을 쳐다보았다.

"뉴스에서 구로하 씨의 추락 사고를 크게 다뤘고, 이 '꼬치구이 남자' 영상도 마구 퍼져 나갔지. 봐, 인터넷상에서는 정확히 누군지까지 알아내서 구로하 우유우라는 이름도 나돌고 있어."

나는 양손으로 얼굴을 덮었다.

"……최악이로군."

"이름 한번 유별나네."

"그게, 이 이름*은 어머니가 신본격 미스터리 애독자였고 나를 임신했을 무렵에 다친 새끼 까마귀를 보호한 일이……."

설명하는 도중에 이런 꼬맹이에게 내 이름의 유래를 말해 봤자 아무 소용도 없다는 걸 깨달았다. 뭘 하는 거람.

"덧붙여 구로하 씨가 옥상에서 떨어진 시각이 오후 8시 30분임을 안 것도 인터넷 뉴스에 그렇게 적혀 있었기 때문이야."

나는 이맛살을 찌푸렸다.

―왜 세세한 시간에 몹시 연연하고, 갑자기 내 이름에 '씨'를 붙여서 부르는 거지?

"지금이라면 가르쳐 주려나. ……이름은?"

"오토하."

"중학생이야?"

● 구로하 우유우는 한자로 '黑羽烏由宇'이고, 신본격 미스터리 작가 '마야 유타카'의 작품에 기사라기 우유우라는 인물이 등장한다.

"아직 초등학교 6학년."

나는 새삼스레 오토하를 빤히 바라보았다.

초등학생이라는 것이 믿기지 않을 만큼 똑 부러지는 말투다. 하지만 키는 145센티미터 정도밖에 안 돼 보였다.

나는 팔짱을 꼈다.

"이미 밤 10시는 지났을 텐데. 뭐가 재미있어서 손도끼를 들고 빈집을 찾아온 거야?"

"2024년 3월 14일 늦은 밤…… 이 빈집에서도 살인 사건이 일어났어."

"여기서?"

나는 영문도 모른 채 뒷걸음쳤다.

―우주견의 창에 꿰뚫리지 않았다면 나는 여기서 새로운 의뢰인을 만났을 거야.

이 빈집은 사람을 만나기에 적합했다.

물론 당시는 담력 시험을 할 만한 장소로 취급되지도 않았다. 겨울철에 눈이 쌓이면 근처 아이가 신나게 눈사람을 만들며 노는…… 정말로 평화롭고 평범한 빈집이었다.

밤이 되면 인적이 드물고 근처에 감시 카메라도 별로 없다. 덤으로 나무에 잘 가려져서 주변 가정집 창문이나 베란다의 시선을 걱정하지 않아도 된다.

새로운 의뢰인의 얼굴을 확인하고, 꼬리를 잡히지 않을 통신 기기를 건네기에는 최적의 장소였다. 물론 같은 날 밤에 사람들이 여러 팀 찾아올 만한 곳도 아니다.

내 속내를 꿰뚫어 본 것처럼 오토하가 고개를 끄덕였다.

"응, 여기서 살해당한 건 구로하 씨에게 일을 의뢰하려고 했던 미쓰이 부부…… 즉, 내 부모님이야."

아무 말도 못 하는 내 앞에서 오토하는 눈물을 글썽였다.

"3월 15일 아침에 여기서 엄마와 아빠의 시신이 발견됐어. 둘 다 독을 먹었고, 시신은 이상한 상태로 놓여 있었지."

온몸을 얼음 바늘로 찌르는 것처럼 한기가 밀려왔다.

내가 약속대로 여기에 왔다면 그렇게 무시무시한 사건은 안 일어나지 않았을까. 아니, 애당초 이 빈집을 약속 장소로 지정한 내게 책임이 있는 것 아닐까?

"……범인은?"

간신히 물어보자 눈물이 남은 오토하의 눈동자에 비웃음이 서렸다.

"경찰은 무능하잖아. 부모님이 완전 범죄 청부사에게 불려 갔다고 아무리 설명해도 믿어 주지 않더라. 그런 범죄자는 그냥 도시 전설이고 실제로 존재하지 않는대."

"그렇더라도……."

"아니, 그뿐만이 아니야. 빈집에는 발자국 없이 드나들 수 없는 상황이었는데, 우리 부모님을 죽인 범인은 발자국을 남기지 않고 홀연히 빈집에 나타났다가 사라졌어."

"뭐?"

"그리고 빈집 천장에는 아빠의 발자국이 찍혀 있었지."

솔직히 통 이해가 되지 않았다.

물론 나도 범죄 계획을 유리하게 이끌기 위해 일종의 트릭을 사용한 적은 있었다. 하지만 '발자국 없는 살인'이나 '천장에 찍힌 발자국'처럼 불가능 범죄 같은 상황을 화려하게 연출한 적은 없었다.

―범인은 왜 그런 짓을?

해답이 보이지 않는 질문만 내 머릿속을 맴돌았다.

"결국 경찰은 발자국의 수수께끼조차 해명하지 못했어. 경찰은 아무 도움도 안 된다고. 그래서…… 내 손으로 복수하기로 결심했지."

나는 오토하가 움켜쥔 손도끼에 시선을 주었다. 씁쓸함이 가슴속에 퍼져 나갔다.

"……그래서 날 기다리고 있었던 거야?"

"응, 매일."

오토하의 말을 의심할 마음은 들지 않았다.

오토하가 내던진 안개꽃은 드라이플라워였다. 용돈으로 매일 생화를 사기는 힘들었을 테니, 드라이플라워로 바꾼 것이리라. 그 꽃도 이미 너덜너덜했다.

매일이라니 말이 쉽지, 비가 오나 바람이 부나 여기를 계속 찾아왔다니 초등학생에게는 아주 위험한 짓이다.

오토하가 말을 이었다.

"누군가의 목숨을 빼앗았으니 같은 짓을 당하더라도 불평은 못 하겠지. 실은…… 엄마와 아빠에게 고통을 준 것과 똑같은 독을 먹이고 싶었지만, 아무래도 구할 수가 없어서."

나는 눈을 가늘게 떴다.

"바라는 건 탈리오 법칙(Lex Talionis)…… 이른바 눈에는 눈, 이에는 이인가?"

오토하는 어른들처럼 괜히 악한 척하지 않고 어디까지나 자연스러운 태도였다. 다만 순수하게 불쾌하다는 듯 나를 노려보았다.

"설마 설교하려는 건 아니지? 복수는 아무것도 낳지 못한다느니, 복수의 끝에는 지옥이 기다리고 있다느니, 그딴 소리는 이제 지긋지긋해."

내버려두면 오토하는 수단과 방법을 가리지 않고 부모를 앗아간 범인을 찾아 헤매리라. 그리고 결국은 신세를 망친다.

하지만 나하고는 아무 상관도 없는 일이다.

"물론 말리지 않을 거야. 나도 눈에는 눈, 이에는 이 방식을 아주 좋아하거든. 만일 나한테 독을 먹이려는 극악무도한 인간이 있다면 망설이지 않고 그자의 입에 독을 쑤서 넣을 거야."

오토하가 얼굴을 찡그렸다.

"……아이러니하네."

"뭐가."

"내 이야기를 처음으로 진지하게 들어 준 사람이 구로하 씨 같은 범죄자라니."

"안심해, 진지하게 안 들었으니까. ……그나저나 넉 달을 낭비했군. 난 그 사건에 관여하지 않았고, 여기서 아무리 기다린들 아무도 안 올 텐데."

오토하의 어깨가 심하게 떨렸다. 금방이라도 울음을 터뜨리는 게 아닐까 싶어 나는 마음의 준비를 했다. 하지만 뜻밖에도 오토하는 차분히 말을 이었다.

"지적하지 않아도 알아. 우리 부모님은 구로하 씨가 빌딩에서 떨어진 시각보다 나중에 살해당했으니까. 동상의 창에 박혀 사람들의 구경거리가 된 구로하 씨에게 범행은 불가능해."

―갑자기 '씨'를 붙여서 부르는 것도 자기 부모님을 죽인 범인이 아니라고 확신했기 때문인가.

하지만 이 또한…… 나하고는 상관없는 이야기였다.

내가 소멸하기까지 앞으로 칠 일밖에 시간이 남지 않았다. 할 일이 생겼다. 언제까지고 여기서 시간을 낭비할 수는 없다. 나는 별난 소녀에게 등을 돌리고 떠나려 했다.

"잠깐만!"

벽에 몸을 반쯤 밀어 넣다가 마지못해 돌아봤다.

"엄마와 아빠 대신 내가 구로하를…… 완전 범죄 청부사를 고용할게."

"뭐라고?"

"내 바람은 딱 하나, 복수야. 엄마와 아빠의 목숨을 빼앗은 자를 찾아내서 내 손으로 숨통을 끊겠어."

소녀는 냉혹한 불길이 일렁거리는 눈으로 씩 웃었다.

"구로하가 '거꾸로 살인자'를 처치할 만큼 실력이 좋다면, 내 바람을 이루어 주는 것 정도는 간단하겠지?"

◆

"구로하의 바람이 뭔지는 알아. 나처럼…… 자신을 빌딩에서 떨어뜨린 범인을 찾아내서 복수하고 싶은 거잖아."

오토하의 말은 내 본심을 정확하게 찔렀다.

오토하와 만나 살아 있는 사람 중에 유령과 대화가 가능한 사람이 있다는 걸 알았다. 그렇다면 그런 사람을 협력자로 삼으면 된다. 그리고 나를 이런 꼴로 만든 범인에게 완전 범죄로 복수하는 것이다. 이제 단 일 초라도 시간을 허비할 마음은 없었다.

그런데 오토하가 어쩐지 무서운 웃음을 띠며 나를 꼼짝 못 하게 만들었다.

"분명…… 구로하와 우리 부모님이 잇달아 습격당한 건 우연이 아니야."

완전히 동감이었다.

오토하의 부모님은 내가 약속 장소로 지정한 이 빈집에서 살해당했다. 사건의 배후에서 누군가의 시커먼 의지가 느껴졌다.

"우리 부모님이 구로하에게 의뢰하면 곤란한 사람이 있었던 거겠지. 그래서 범인은 구로하를 먼저 빌딩 옥상에서 떨어뜨렸어. 확실하게 아무 행동도 못 하게 만들기 위해서."

"그렇겠지. 그 후에 범인은 완전 범죄 청부사 행세를 하며 너희 부모님과 여기서 만났고, 두 사람이 방심한 틈에 습격했을 거야."

설마 내가 목숨을 건질 줄은 범인도 몰랐을 것이다.

하지만 정보를 조금만 모으면 내가 의식을 되찾을 확률이 거의 없고, 실질적으로 '죽은 것'과 다름없는 상태임을 알아낼 수 있으리라.

―그래서 위험을 무릅쓰면서까지 혼수상태인 나를 처치하러 오지는 않은 건가.

나는 나지막한 목소리로 말을 이었다.

"난 일할 때 몇 가지 방침이 있어. 의뢰인은 무슨 일이 있어도 최우선으로 지키자는 주의지. 범인은 나를 옥상에서 떨어뜨렸을 뿐만 아니라, 내게 의뢰하려 했던 네 부모님을 살해했어. 절대 이대로 넘어가지는 않을 거야."

어둠 속에 떠오른 소녀의 창백한 얼굴에 웃음이 맺혔다.

"그렇게 말할 줄 알았어. 공통의 적이 있는 이상…… 나만큼 당신의 의뢰인, 협력자에 어울리는 사람은 없겠지?"

혀를 내두르지 않을 수 없었다.

느닷없이 나를 고용하겠다길래 어린 마음에 그냥 되는대로 말한 줄 알았는데, 내 생각이 틀렸다. 이런 흐름까지 계산한 거라면 어지간한 어른보다 낫다.

그렇지만…… 역시 오토하를 내 협력자로 삼을 수는 없었다.

"확실히 유령이 보이니까 내 협력자가 될 조건은 되지. 하지만 나이가 초등학교 6학년이어서는 실격이야."

일부러 직설적으로 말했다. 이 아이는 분명 에둘러 표현하는 방식을 싫어할 것 같았기 때문이다.

오토하는 깊은 상처를 감추려 하지 않고 나를 노려보았다.

"나이가 어린 게 그렇게 문제야?"

"응, 어린애는 혼돈의 화신이니까. 미숙해서 논리적으로 사고하지 못하는 인간과 함께 행동하는 건 위험성이 너무 높아. ……언제 어느 때나 신중하게, 승산 있는 승부에만 나서는 게 내 철칙이거든."

예측 불가능한 폭탄 같은 존재를 협력자로 삼는 건 죽어도 사양이었다. 초등학교 6학년짜리 꼬맹이가 할 수 있는 일은 기껏해야 근처에 심부름을 다녀오는 것 정도다. 그 이상의 일을 맡기면 아무리 정교하게 짜맞춘 범죄 계획도 근간부터 무너진다.

갑자기 오토하가 손도끼를 쳐들었다.

눈앞에서 멈춘 도끼날을 보고 내가 펄쩍 뛰자 경멸에 찬 목소리가 날아들었다.

"……겁쟁이, 이 쫄보야!"

어째선지 이 말이 내 위장과 심장에 묵직하게 와닿았다.

"쪼, 쫄보?"

"지금도 그래. 아까 나랑 만났을 때도 구로하는 손도끼가 겁나서 주저앉았고. 신중하다는 둥 조심성이 많다는 둥 떠들어 댔지만…… 전부 겁 많고 행동력이 없다는 사실을 감추기 위해 그럴싸한 말로 얼버무리는 것뿐이잖아!"

―무슨 되지도 않는 소리를.

손도끼를 휘두르는데 아무렇지도 않은 사람이 어디 있단 말인가. 그런 식으로 간단히 부정할 수 있을 텐데, 말이 나오지 않았다.

이유는 알고 있었다. 만난 지 고작 십오 분 만에 이 소녀에게 내 본질을 간파당한 탓이다. 실제로…… 나는 소심한 인간이니까.

오토하가 왼손으로 가슴을 두드렸다.

"무엇보다 중요한 건 용기야. 아무리 위험한 일이라도 두려워하지 않고 해내는 게 진짜 어른 아니야?"

나는 쓴웃음을 지었다.

"공교롭게도 난 그냥 유령이라서 말이지. 이 몸으로 할 수 있는 일은 제한돼 있고, 소멸하기까지 남은 시간도 얼마 안 돼. 그러니 겁쟁이든 비겁자든 네 맘대로 욕해. ……위험한 길을 선택할 여유는 없으니까."

오토하가 갑자기 어른스러운 표정으로 고개를 끄덕였다.

"이해해."

"응?"

"유령도 괴롭겠지. 지금 여기에 틀림없이 존재하는데도 세상에 절대 간섭할 수 없는걸. 그렇지만…… 그건 아이도 마찬가지야. 어른들의 세상에는 절대로 끼워 주지 않고, 이야기조차 들어 주지 않으니까."

일찍이 어린아이였던 사람이라면 누구나 한 번은 품었을 감정이다. 어린 시절에 맛봤던 안타까움이 되살아나 내 입을 막았다.

"확실히 유령도 아이도 혼자서는 아무것도 못 해. 하지만 우리가 힘을 합치면 어떤 어른도 할 수 없는 일을 해낼 수 있다고…… '최강의 콤비'가 될 수 있다고 생각지 않아?"

오싹함이 등줄기를 훑고 지나갔다. 그렇지만 유령이 된 후로 계속 느껴지는 한기와는 전혀 다른 감각이었다.

—재미있는걸.

아주 유연하고 대담한 발상. 오랫동안 잊어버리고 지냈던 두근거림이 되살아났다. 이 아이는 분명 내게는 없는 뭔가를 가지고 있다.

"어, 뭐야…… 왜 음흉하게 웃는 건데?"

오토하가 내게서 반 발짝 뒤로 물러났다.

스스로는 모르지만 나는 완벽한 범죄 계획같이 '유쾌한 방안'을 떠올렸을 때 천박한 웃음을 짓는 버릇이 있는 모양이다. 범죄의 스승 격인 선배에게도 조심하라고 거듭 지적당한 기억이 났다.

나는 양손으로 뺨 근육을 두드려 풀면서 한숨을 쉬었다.

"'최강의 콤비'라니 무슨 영화 제목도 아니고. ……어휴, 초등학교 6학년을 협력자로 선택하는 건 제정신이 아닌데."

그건 잘 안다. 하지만 거기서 거기인 어른과 손잡을 바에야 상식의 틀에 얽매이지 않아 성장 가능성이 충분하고…… 무엇보다 나와 성격이 정반대인 이 아이와 손잡는 편이 승기가 있을지도 모른다.

오토하는 새침한 표정으로 고개를 갸웃했다.

"어때, 내 제안을 받아들일 마음이 생겼어?"

―유령이 보이는 사람은 얼마나 될까.

백 명에 한 명, 아니면 만 명에 한 명일까.

그리고 그중에서 복수를 위해 위법한 행위에도 기꺼이 힘을 보태 줄 '망가진 인간'을 찾아내기는 아주 힘들다. 드넓은 사막에 묻힌 바늘을 찾아내는 거나 다름없다. 칠 일 안에 그런 인간을 협력자로 만들어 복수를 해내기는…… 불가능하다.

한편 오토하는 사막에 묻혔지만 자신의 의지로 쑥 튀어나온 바늘이다. 나이가 큰 장애물이기는 하지만, 이만큼 복수심으로 가득한 인간은 또 없다.

오토하가 오른손을 내밀었다.

"난 어리지만 구로하 대신 손발이 돼서 움직일 수 있어. 그러니 부탁이야…… 복수할 수 있게 도와줘. 내게 올바르게 복수할 방법을 가르쳐 줘!"

"과연. 유령인 나는 '관찰과 사고'를 담당해 범인 색출과 계획 입안에 주력하고, 살아 있는 오토하가 '행동과 계획 실행'을 담당하자는 건가."

―일리 있는 생각이다.

나도 오른손을 내밀었다.

"계약이다. 칠 일 동안 복수에 필요한 지식과 기술을 전부 오토하에게 전수하고, 오토하가 바라는 대로 복수를 성공으로 이끌겠다고 약속할게."

이리하여 결코 성사될 리 없을 줄 알았던, 살아 있는 사람과 유령의 이인삼각이 시작됐다.

인터루드 1

3월 14일 17:30
화이트데이는 엿이나 먹으라지.

나는 카페 루팡을 문단속한 후 몇 년이나 왁스를 칠하지 않아 너저분한 계단을 내려갔다.

평소 오후 8시까지 영업하지만 오늘은 일찍 문을 닫았다.

저녁이 되면 매일 찾아와서 애플 티 한 잔을 시켜 놓고 가게에 눌러앉아 나를 이야기 상대로 삼으려는 단골손님이 있었지만, 간신히 가게에서 쫓아내는 데 성공했다.

―오늘 밤은 사람과 만날 예정이다. 그 전에 여러모로 준비할 필요가 있다.

비밀 사업 때문에 카페 루팡을 일찍 닫거나 임시 휴업하는 건 흔한 일이었다. 늘 파리가 날리는 편이라 불평도 거의 들어오지 않는다.
 앞치마를 벗고 업무용 검은 옷으로 갈아입었다. 후드티를 껴입어도 밤이 되니 추위가 몸에 스며들었다. 봄이 오려면 아직 멀었나 보다.
 나는 양손을 비비며 류인 빌딩을 나섰다.
 당장이라도 비가 내릴 것처럼 날씨가 흐렸다. 우산을 가져오지 않았으므로 재빨리 주차장에 세워 둔 애마 코롤라로 피신했다. 히터를 틀고 자동차의 시계를 확인했다.
 오후 5시 40분.
 "문을 좀 일찍 닫았나."
 고등학생 무리가 와자지껄 떠들면서 차 옆을 지나갔다. 몹시 들뜬 듯했기에 나는 호기심이 발동해서 몸을 내밀었다.
 그 순간 반쯤 열어 둔 창문에 이마를 부딪쳤다.
 ─으윽!
 핑 도는 눈물을 꾹 참는데, 나와 눈이 마주친 고등학생 한 명이 웃었다. 짜증이 확 치밀어서 오른손을 흔들어 얼른 지나가라고 재촉했다.
 얼핏 들린 대화로 추측건대…… 학생들은 학원에 가는 길인 듯했다. 편의점에 들러 주스를 산다느니 뭐라느니 그런 이야기에 신이 난 듯했다.
 ─허튼소리를 하면서 웃고, 별것 아닌 일을 맘껏 즐기는 게 젊음의 특권이니까.

"어쩐지 주스가 마시고 싶네."

나는 그런 말을 중얼거리며 시동을 걸었다.

만날 시간까지는 아직 여유가 있었다. 그에 앞서 오랜만에 성묘를 하러 가자.

제 2 장

1

7월 29일 09:40 제한 시간까지 6일

"해야 할 일은 세 가지야. '공통의 적 색출', '복수 계획 입안', '복수 실행'이지."

오토하는 벌레 물린 곳을 긁적이며 중얼거렸다.

"말 안 해도 알아."

날이 밝은 후 나와 오토하는 다시 시노노메초의 빈집으로 향했다.

어젯밤에 오토하의 헤드램프만으로는 조사를 진행하기가 여의치 않았다. 그래서 빈집에서 일어난 사건은 다음 날 아침에 확인하기로 하고 오토하는 일단 집으로 돌아갔다.

다행히 지금은 여름방학이라 수업이 없다. 그러나…… 고작 칠 일이라도 어린애에게는 강행군일 것이다. 이틀째부터 드러누워도 곤란하므로 그런 점도 감안해 일부러 일찍 돌려보냈다.
 ―정말 손이 많이 가는군.
 한 가지 의외였던 점은 날짜가 바뀌기 직전에 돌아갔는데 오토하의 보호자가 아침까지 집에 들어오지 않았다는 것이다. 같이 사는 이모는 밤새워 일할 때도 많아서 이런 일은 일상다반사라고 했다. ……어딜 가나 악덕 기업 천지다.
 오토하는 타박타박 샌들 특유의 소리를 내면서 걸었다.
 오늘은 무릎길이의 흰색 바지에 하늘색 티셔츠 차림이라 여름 느낌이 물씬 풍겼다.
 어제와 달리 양 갈래 머리를 풀어서 내리고 'GP'라는 로고가 들어간 흰색 야구 모자를 썼다. GP가 무슨 약자인지 물어보니……
 "변장용으로 쓸 만하겠다 싶어서 주워 온 모자라 몰라."라는 대답이 돌아왔다.
 뿔테 안경도 도수가 없으니까 역시 변장용 안경이리라.
 나는 문득 쓴웃음을 지었다.
 "뭐야, 그 불쾌해 보이는 얼굴은? 난 일단 내가 떨어진 류인 빌딩을 조사하고 싶었는데, 빈집에서 일어난 사건을 먼저 조사하겠다고 떼쓴 건 오토하잖아."
 주택가를 걷던 오토하가 내게 찌르는 듯한 시선을 던졌다.
 "사건이 발생한 지 넉 달 넘게 지났잖아. 잘 생각해 보니…… 경찰이 수사했는데도 아무것도 알아내지 못한 사건을 구로하가 해결할 수 있겠어? 형사나 탐정도 아니고 그냥 범죄자인데?"

"어제 경찰은 무능하다고 하지 않았던가?"

"……구로하보다는 나아."

"어, 날 그렇게 본 거야? 그럼 복수할 방법을 가르쳐 달라느니 그런 말은 하지 말아야지."

"달리 선택지가 없었는걸."

"또 대놓고 노골적으로 말하네. 잘 들어. 경찰도 바보는 아니야. 특히 후시기 현경은 꽤 유능하지. 나도 몇 번 일을 방해받았는지 몰라."

개중에서도 성가신 것이 현경 수사1과의 가라쓰 경위였다.

부지런한 탐문 수사와 날카로운 번뜩임을 무기로 범인을 궁지에 모는 가라쓰는 우리같이 범죄를 저지르는 사람에게 불구대천*의 적이었다.

늘 암회색 양복을 입고 다니고 머리는 심한 곱슬…… 어째선지 재킷 한쪽 호주머니만 불룩할 때가 많아서 첫인상은 칠칠하지 못해 보인다.

시원치 않은 겉모습과는 달리, 경위는 고교 시절에 후시기현의 유도 대표였고 경찰관이 된 후로도 역도 대회와 클레이 사격 대회에서 우승하는 등 추리력뿐만 아니라 근력과 사격 능력도 초인 수준의 위험인물이었다.

가라쓰를 비롯한 후시기 현경의 형사는 앞으로 오토하의 의뢰를 실행하는 과정에서 큰 장애물로 다가올 것이다.

● 같은 하늘 아래 어울려 살 수 없을 만큼 서로 증오하는 사이

"지금까지 내가 어떻게 수사를 피해서 경찰로부터 의뢰인과 나 자신을 지켜 왔을까?"

"운이 엄청 좋았던 거겠지."

오토하의 대답에 몸에서 힘이 쭉 빠졌다.

"그럴 리가 있나! 운에 의지해서는 범죄를 성공시킬 수 없어."

"순 거짓말 같은데."

"⋯⋯이쯤에서 기본 중의 기본을 짚고 넘어가는 편이 좋겠군. 오토하, 완전 범죄란 뭐지?"

"아무도 범죄인 줄 모르는 범행이려나. 사고나 병으로 죽은 걸로 위장한다든가."

"그건 좁은 의미의 완전 범죄야. 내가 취급하는 완전 범죄는 좀 더 범위가 넓지. 범죄 행위 자체는 드러나도 상관없어. 요컨대 그 범죄 행위 때문에 나나 의뢰인이 법적으로 처벌받거나 사회적으로 제재당하지 않으면 되는 거야."

"응, 완벽히 이해했어."

"여기서부터가 본론이야. 완전 범죄를 성립시키려면 ⋯⋯항상 논리적으로 생각하고, 무모하게 굴지 말고 신중하게 준비해서 승산 있는 승부에만 나서야 해.

내가 지금까지 한 번도 수사선에 오르지 않고 이 일을 계속해 올 수 있었던 것도, 경찰의 움직임을 철저하게 읽고서 자칫하면 무한하게 분기되는 가능성에서 최선의 한 수를 찾아냈기 때문이야."

오토하의 눈이 반짝 빛났다.

"좀 재미있게 들리네."

"한편 사건을 해명하기 위해서는, 수집한 증거와 증언을 논리적으로 분석해 수많은 가설 중에서 단 하나의 진상을 찾아내야 하지."

"즉…… '수사'와 '범죄'는 비슷하다는 뜻?"

"그런 셈이야. 논리적인 사고가 필요하다는 의미에서는 완전히 똑같지. 동전의 앞뒤 같은 존재야. 따라서 범죄자인 나도 필연적으로 추리에는 자신이 있다는 말씀."

이제 좀 이해했을까 싶었는데 오토하가 도발적인 웃음을 지었다.

"말은 누가 못 해? 할 수 없는데도 할 수 있다고 거짓말하는 사람이 얼마나 많은데."

"……그렇게 나온단 말이지."

"말보다는 증거니까."

"실은 내가 옥상에서 떠밀려 떨어진 사건에 대해서는 어젯밤에 추리를 해 놨거든.

어때, 추리와 사고력 대결을 해보지 않겠어? 지금부터 내가 어떤 식으로 떠밀려 떨어졌는지 설명할게. 설명을 듣고 힌트 없·····
이 범인의 범위를 좁힌다면 오토하의 승리야. 물론 오토하가 어엿이 한 사람 몫을 한다는 것도 인정할게."

"좋아, 해 보자!"

아니나 다를까 기세 넘치는 대답이 돌아왔다. 기분이 동작에 잘 드러나는 성격인지, 걸음걸이까지 아까와는 비교도 안 될 만큼 가벼워졌다.

"지금부터 들려줄 이야기는 전부 단서가 될 수 있어. 그걸 명·····

심하고 잘 들어."

◆

"일단 3월 14일의 기억은 부분적으로밖에 남아 있지 않아."
평소보다 이른 시간에 가게를 닫은 건 확실하지만, 그날 기억은 어디까지나 애매모호했다.
"떨어지면서 머리를 부딪힌 영향일지도 모르겠네."
"그렇지만…… 신기하게도 옥상에 올라간 후의 기억만큼은 선명하게 남아 있어."
유령으로서 깨어나기 직전까지 나는 옥상에서 떨어지는 순간을 계속해서 꿈으로 꾸었다. 떠밀리기 직전의 기억만큼은 잃어버리지 않은 것도 그 때문일까.
"류인 빌딩은 말 그대로 근처에서 제일 허름한 빌딩이야. 임대료가 낮은 대신에 관리가 허술해서 경비고 유지 보수고 있으나마나 한 수준이지. 당연히 옥상으로 나가는 문에는 자물쇠가 없어. 게다가 문이 몹시 녹슬어서 조금이라도 움직이면 악마의 단말마같이 삐걱거리는 소리가 나지.
유일한 장점은 감시 카메라가 몇 대 없어서 포착되지 않는 곳이 넘친다는 거랄까. 범죄자 입장에서는 꽤 좋은 건물이라 주거 겸 카페용 공간으로 빌렸지."
슈퍼 주차장을 가로지르며 오토하가 눈을 동그랗게 떴다.
"어, 구로하, 카페를 했었어?"

"이름은 카페 루팡. 무직인데 돈에 쪼들리는 낌새도 없이 태평하게 지내면 의심받아서 귀찮으니까. 그럴 때는 카페를 차리면 눈가림하기에 딱 좋지. 다만 절대로 튀지 말아야 해. 무슨 수를 써도 SNS에서 화제가 되지 않을 법한 수수한 메뉴만 만들었지."

"⋯⋯따분하네."

오토하는 벌써부터 흥미를 잃은 눈치였다. 꽤 냄비 근성인 듯했다.

나는 눈을 가늘게 떴다.

"어쨌거나 류인 빌딩에 세입자로 들어간 건 실수였어. 감시 카메라를 그렇게까지 허술하게 배치하지 않았다면 나를 떨어뜨린 범인도 금방 붙잡혔을 텐데.

덧붙여 어느 건물의 점포를 빌릴지를 두고 끝까지 망설인 곳이⋯⋯ 류인 빌딩 옆에 있는 레지던스 가라야. 거기를 선택했으면 '직접 키운 싱싱한 채소를 사용합니다'라는 식으로 카페의 홍보 문구도 늘릴 수 있었을 텐데."

"⋯⋯직접 키운 채소?"

"응. 레지던스 가라는 옥상 텃밭이 있다는 걸 내세워서 홍보했고, 희망하는 세입자에게는 옥상 카드키를 빌려주기도 해. 사건이 일어난 밤, 류인 빌딩 옥상에 올라갔을 때도 레지던스 가라의 옥상 텃밭에 자라는 소송채*가 눈에 들어왔지."

오토하는 짜증을 감추려 하지 않고 자전거 주차장 옆에 있는 자

● 일본에서 주로 먹는 잎채소

판기로 향했다. 그리고 전자 머니로 콜라를 사면서 투덜거렸다.
"아무리 그래도 이야기가 본론에서 너무 벗어났잖아."
콜라를 마시는 오토하를 보고 나는 미소 지었다.
"미안해…… 그날 난 오후 8시 25분경에 옥상으로 올라갔어. 그때는 아직 옥상에 아무도 없었지."

화이트데이인데도 진눈깨비가 흩날리는 추운 밤이었다.
 그런데도 내가 덜덜 떨면서 옥상으로 올라간 건 내가 계획하고 실행한 범죄의 결말을 지켜보기 위해서…… 였던 것 같다. 어쨌거나 류인 빌딩의 옥상에 올라가 본 건 그날이 처음이었다.
 내 설명을 듣던 오토하가 중얼거렸다.
"옥상에서 구경하려고 한 거야?"
"아마도. 난 편의점에서 마실 걸 사서 옥상으로 향했어."
그런데…… 비타민이 가득한 채소 주스를 뜯을 틈도 없이 발소리를 죽여 다가온 누군가에게 떠밀리고 말았다.
 그 순간은 절대로 잊지 못한다.
 떨어지는 동안 모든 것이 느린 화면처럼 보였다. 채소 주스 종이팩은 내게서 조금 떨어진 곳에 있었다. 흘러나온 고함량 리코펜 액체가 가로등 불빛을 받아 반짝여서 밤하늘에 산호를 흩뿌린 것처럼 예뻤다. 내 바로 옆에서 함께 떨어지는 건 지갑과 애마 코롤라의 키였다. 거꾸로 떨어지면서 호주머니에서 빠져나온 듯했다.
 ─죽기 싫어, 죽기 싫어…… 죽기 싫다고!

삶에 대한 집착이 가슴속에 가득 차올라 나는 빌딩 벽을 붙잡으려고 발버둥 쳤다. 동시에 생존을 정당화할 이유도 차례차례 솟았다.

―해야 할 일이 아직 많이 남았어. 무엇보다 아직 선배에게 은혜도 갚지 못했고, 새로운 의뢰인과도 만나기로 약속했단 말이야!

참 꼴사나운 짓이다.

나 같은 범죄자에게 '살아남아야 할 만한 가치'가 있을 리 없다.

떨어지는 내 바로 밑에는 희한하게 생긴 동상이 있었다.

두 발로 선 우주복 차림의 개가 뾰족한 창으로 충치 세균을 푹 관통한 모양새의 그 오브제다. 떨어진다고 해도 낙하할 지점은 얼마든지 있을 텐데. 왜 하필…….

◆

나는 자판기 위에 앉아 어깨를 으쓱했다.

"출제 끝. 너무 초보적인가."

오토하는 빈 콜라 페트병을 들고 생각에 잠겼다.

"……이 이야기만 듣고 정말로 범인의 범위를 좁힐 수 있다고?"

"적어도 전 인류가 용의자인 상태에서 수십 명 이하로 줄일 수 있지."

"다우트!"

나는 씩 웃었다.

"항복?"

"힌트!"

"이번에 오토하가 진 건…… 너무 성급했던 탓이야. 일단 정보를 수집하는 방법부터 잘못됐어.

내가 왜 사건과는 관계없는 이야기를 문제에 섞었는지, 그 이유를 제대로 생각해 보지도 않았지? 생각하기는커녕 오토하는 사건과는 무관하다고 단정하고 흥미를 잃었어."

"으."

"레슨1, 복수에 성공하고 싶다면 성급함은 금물이야. 멀리 돌아가는 게 결과적으로 가장 빠른 경우가 많아. 오토하는 일단 그것부터 배워야 해."

오토하는 성질난다는 듯이 페트병을 쓰레기통에 내던졌다.

"알았어! 이상한 건…… 범인이 구로하의 허를 찔렀다는 거야. 구로하가 옥상에 올라갔을 때 아무도 없었다면…… 그건 말이 안 되잖아."

나는 작게 박수를 쳤다.

"바로 그거야. 그 허름한 빌딩의 옥상 문은 악마의 단말마같이 삐걱거리는 소리를 내니까. 범인이 나중에 옥상으로 왔다면 나도 문 열리는 소리를 듣고 누군가 왔다는 걸 알아차렸겠지."

"그렇지만 구로하는 그런 소리를 못 들었잖아."

"범인은 그 삐걱거리는 문을 통하지 않고 옥상에 나타난 거지.

하지만 내가 류인 빌딩의 옥상에 간 건 그날이 처음이었어. 범인도 내가 그런 곳에 갈 줄은 예상하지 못했을 테니 미리 옥상에 뭔가 장치를 했을 거라고 보기는 힘들어."

분명 범인은 내 뒤를 밟았으리라.

그 인물은 내가 옥상으로 나가는 모습을 보고 '추락 사고로 위장해 죽일 기회'라고 생각한 것이 틀림없다. 하지만 그대로 따라가면…… 옥상 문이 삐걱거리는 소리 때문에 내가 경계할 것이다.

그러한 상황을 피하기 위해 범인은 재빨리 방법을 바꾸었다.

"문제를 낼 때 말했지? 류인 빌딩 옆은 레지던스 가라라는 빌딩이고, 그 빌딩 옥상에는 옥상 텃밭이 있다고. 덧붙여 나는 밤인데도 옆 건물 옥상에서 자라는 채소가 소송채라는 걸 알아봤어. 류인 빌딩과 레지던스 가라는 옥상 높이가 거의 똑같은 데다 아주 가까이 붙어 있어 알아볼 수 있었던 거지."

"그렇구나! 범인은 옆 빌딩 옥상에서 류인 빌딩 옥상으로 건너뛴 거야. 그래서 옥상 문을 통하지 않고도 구로하를 기습할 수 있었던 거네."

나는 자판기에서 뛰어내린 후 고개를 끄덕였다.

"범인은 레지던스 가라에서 류인 빌딩 옥상으로 이동한다는 방법을 떠올리고, 게다가 그 방법을 즉시 실행할 수 있었던 인물. ……즉, 레지던스 가라의 세입자 중 옥상 카드키를 빌린 사람, 또는 건물주나 관리인 등 빌딩 관계자라는 뜻이지."

오토하는 화났다는 걸 감추려 하지 않고 난폭한 걸음걸이로 언덕길을 내려갔다.

"왜 그렇게 단순한 걸 몰랐을까…… 짜증 나."

나는 빙긋 웃었다.

"답을 듣고 나면 아주 간단해 보이는 문제도, 스스로 답을 알아내기는 쉽지 않지. 그 과정에는 새로운 발상이…… 그야말로 상식을 타파하는 대담한 발상의 전환이 필요할 때도 있거든."

"막막하네."

"말은 그렇지만 나도 그렇게까지 고도의 기술을 사용하는 건 아니야. 평범하게 수사하거나 범죄를 저지를 뿐이라면 나만큼만 돼도 충분해. 오토하도 금방 요령을 터득할 거야."

"응."

어느덧 오토하의 걸음걸이에서 힘이 빠졌다.

"……왜 그래?"

오토하는 언덕길 아래, 저 멀리 보이는 시노노메초에 시선을 주며 중얼거렸다.

"생각해 보니 구로하는 대단해. 문제를 내겠다고 했지만…… 사실 옥상에서 떨어진 순간은 떠올리기만 해도 괴로울 텐데 거기서 눈을 돌리지 않고 이야기해 준 거잖아."

나는 픽 웃었다.

"나 자신의 복수를 완수하기 위해서도 필요한 일이었으니까."

"나도…… 그날 일을 떠올리기가 무섭고 괴로워. 하지만 이번에는 내 차례겠지. 그날 밤에 일어난 일을 구로하에게 자세히 들려줘야 해. 속상하지만…… 난 사건 해결을 위해 뭐가 중요한 사항인지 아직 잘 구분을 못 하겠거든. 아무리 사소한 일이라도 무슨 힌트가 될지도 모르니까, 전부…… 들려줄게."

◆

3월 14일, 오토하는 아침부터 감기 기운이 있었다.

그러나 미열과 콧물이 나는 정도고 조금도 힘들지 않았다. 그래서 오토하는 오히려 학교를 쉴 수 있다며 좋아했다.

―가벼운 감기로 학교를 쉬는 게 제일 신나지.

포근한 이불 속에 실컷 누워 있다가, 가끔 친구들이 뭘 할지 상상하고, 점심때는 급식을 못 먹은 걸 아쉬워하기도 했다.

저녁에 엄마가 방을 들여다보러 왔다.

"아빠는 야근이라 늦게 들어올 텐데…… 감기약 먹고 빨리 쉬어야 하니까 오토하 먼저 저녁 먹을까."

감기에 걸렸을 때 먹는 우리 집 공식 메뉴는 닭 육수 계란죽이다. 거기에 가다랑어포를 뿌리면 풍미가 더해져서 코감기로 약해진 몸이 치유되는 것 같다. 하지만 그런 기분도 쓰디쓴 한방약 때문에 금방 싹 날아갔지만.

―얼마 전까지는 달콤한 어린이용 가루약이었는데.

실은 그쪽이 더 좋지만, 어린아이 같다고 할까 봐 부끄러워서 말 못 한다.

약이 너무 써서 콜록콜록 기침을 하자 뒷정리하던 엄마가 당황했다. 엄마가 손을 닦고 오토하의 이마를 짚었다.

"음, 아직 열이 있나."

"괜찮다니까."

입가심을 하기 위해 오토하는 전자레인지로 우유를 데웠다.

엄마를 위해서는 새빨간 포장지를 풀어서 좀 괜찮은 핫초코를 만들었다.

엄마도 아주 기뻐했다.

저녁밥도 안 먹고 아빠를 기다리는 중이었으니 배가 고팠던 것이리라.

미쓰이네에서는 최근에 주로 핫초코를 디저트로 먹었다. 평소 같으면 오토하도 마시겠지만…… 오늘은 초콜릿 없이 우유만 먹기로 했다. 열 때문인지 오후에 코피가 났는데, 아직도 콧속이 막혀서 기분이 별로였기 때문이다.

뜨거운 걸 잘 못 먹는 엄마는 핫초코가 식기를 기다리며 오토하에게 다정하게 미소 지었다.

"오늘은 일찍 자는 편이 좋겠어."

"응."

결국 오토하는 우유를 반 넘게 남긴 채 자리에서 일어났다. 심한 두통이 밀려왔기 때문이다.

눈이 부셔서 눈을 뜨자 어느 틈엔가 커튼 틈새로 아침 햇살이 비치고 있었다.

자명종은 오전 9시 반을 가리키고 있었다.

아직 열이 있는지 조금 비틀거리며 오토하는 주방으로 향했다. 하지만 엄마는 없었다.

"엄마?"

집 안은 쥐 죽은 듯 고요했고, 공기도 바닥도 평소와 달리 찌르는 것처럼 차가웠다. 어딘가에 엄마가 남긴 메모가 없는지 찾다가 냉장고에 붙여 둔 메모지에 다다랐다.
"아…… 이건 며칠 전에 붙여 놓은 건데."
메모지는 오토하의 눈높이보다 40센티미터쯤 높은 곳에 있어서 뭐라고 적혀 있는지 보이지 않았다. 호기심이 발동한 오토하는 발돋움해서 자석을 뗐다.

3월 14일(목) 밤 10시, 시노노메초 1번지의 빈집에서 안개꽃

"이게 뭐지?"
아빠 글씨였다. 무슨 약속에 대해 메모한 것이리라.
오토하는 거실 소파에 앉았다. 그리고 전자피아노 위에 있던 리코더를 집었다. 오토하는 딴생각을 하며 손가락이 기억하는 대로 에델바이스를 연주했다.
―아빠는 야근이라고 했는데, 일 때문에 시노노메초에 간 걸까?
평소는 리코더를 불면 마음이 차분해지는데, 오늘은 그렇지 못했다. 아침에 일어나서 손을 씻었는데도 손가락이 미끌미끌 미끄러지는 탓에 구멍을 잘 막을 수 없었다. 열심히 숨을 불어넣어도 생각처럼 소리가 나지 않았다.
그 직후에 기침이 터져 나와서 오토하는 아직 감기가 다 낫지 않았다는 걸 깨달았다.
그저께까지는 리코더도 아무렇지 않았고, 오토하도 감기에 걸리지 않았다. 느닷없이 자기가 모르는 세계로 떨어진 것 같은 기분이 들었다.
"전부 다…… 마음에 안 들어."
오토하는 리코더를 전자피아노 위에 내려놓고, 냉장고에서 떼어 낸 메모지를 쓰레기통에 버리려 했다. 그때 쓰레기통에 영수증이 들어 있는 걸 알아차렸다.
영수증을 주워서 확인한 오토하는 눈살을 찌푸렸다.
꽃집에서 안개꽃을 사고 받은 영수증이었다. 가게 주소는 아빠가 일하는 사무실 근처고, 구입한 시간은 어제 오후 6시가 조금 지났을 무렵이었다.
"잘 모르겠지만…… 그 메모지에 적혀 있었던 것처럼 아빠는 안개꽃을 사서 빈집으로 간 건가?"
―설마 야근이라는 건 거짓말?
허리 언저리에서 오한이 기어올라 오토하는 저도 모르게 몸을 부르르 떨었다.
며칠 전에 꾼 악몽이 머릿속에 되살아났다.

꿈속에서…… 오토하는 목이 너무 말라서 계단을 내려갔다. 익숙해야 할 주방에서 묘하게 노리끼리한 불빛이 새어 나왔다.
―이런 밤중에 뭐지.
주방을 들여다보자 아빠가 처음 보는 무서운 표정으로 엄마와 마주 앉아 있었다. 직감적으로 오토하는 저게 아빠가 아니라는 걸 깨달았다. 저건 아빠의 모습을 빌린 '뭔가'라고.
'뭔가'가 나지막한 목소리로 말했다.

"완전 범죄 청부사와 만나기로 했어."

엄마 모습을 한 '뭔가'가 어둡고 가라앉은 목소리로 대꾸했다.

"정말로…… 다른 방법은 없는 거야?"

"없어."

무슨 이야기인지는 모르겠다.

다만 '저 둘에게 들키면 끝장이다'라는 확신이 들었다.

목마른 건 이미 잊어버렸고, 자신의 거친 숨소리만 들렸다. 슬금슬금 뒤로 물러난 오토하는 계단을 뛰어올라 이불을 푹 뒤집어썼다.

속이 메슥거리는 걸 참고 오토하는 소파에서 무릎을 끌어안았다.

―설마 그건 악몽이 아니라 실제로 있었던 일이고, 아빠는 정말로 빈집에서 완전 범죄 청부사를 만났다?

전화벨이 갑자기 정적을 깨뜨렸다. 오토하는 허둥지둥 수화기를 집었다.

"엄마, 지금 어디야?"

엄마와 목소리가 똑같아서 그렇게 말했지만, 오토하는 상대가 이모라는 걸 금방 알아차렸다.

그 후 이모에게 어떤 설명을 들었는지는 기억나지 않는다. 단지 텅 빈 머릿속에 이 말이 한없이 메아리쳤다.

……엄마랑 아빠가 살해당했다.

◆

오토하의 눈은 눈물에 젖어 있었다.
―마음이 편칠 않네.
아직 초등학교 6학년밖에 되지 않은 아이에게 부모의 죽음에 관해 이야기하라고 하는 것만큼 끔찍한 일은 또 없으리라. 하지만 달리 방법이 없는 것도 사실이었다.
나는 지루하게 이어지는 언덕길을 내려가면서 입을 열었다.
"아까 이야기에 나온 메모 말인데, 그건 나와 만날 약속을 적은 거야. 내가 오토하의 부모님…… 미쓰이 가이세이 씨와 미쓰이 아카코 씨에게 그 빈집을 약속 장소로 지정했고, 표시물로 안개꽃을 들고 오라고 했거든."
"역시."
"다만…… 이상하군. 약속 시간은 3월 14일 오후 10시가 아니었는데."
"뭐?"
떨어졌을 때 머리를 부딪친 영향인지 내 기억에는 모호한 부분이 많았다. 하지만 미쓰이 부부에게 제시한 약속 시간은 틀림없이 3월 15일 오전 0시였다.
"아무래도 범인이 무슨 의도를 품고 약속 시간을 두 시간 앞당긴 것 같군."
내 말에 오토하도 눈을 크게 떴다.
"듣고 보니…… 메모지의 '밤 10시'라는 부분만 글자들 간격이 좀 비좁은 게, '1'이라는 숫자를 억지로 덧붙인 듯한 느낌이었어!"

"응? 그렇다면 원래 메모한 시간은 '14일 밤 0시'가 되니까 내가 지정한 시간보다 하루나 빨라지는데."

"아니, 그거면 맞아."

오토하의 아빠는 심야에 방송되는 애니메이션을 녹화할 때, 다음 날 새벽 방송이라면 반드시 '전날 날짜'와 '밤 ×시'로 메모하는 버릇이 있었다고 한다. 요컨대 원래 메모는 '15일 오전 0시'를 제대로 가리키고 있었던 셈이다.

오토하가 건방지게 팔짱을 꼈다.

"구로하는 왜 범인이 약속 시간을 두 시간이나 앞당겼다고 생각해?"

"글쎄."

"틀림없이 알리바이를 만들기 위해서였을 거야."

나는 작게 한숨을 쉬었다.

"또 너무 성급하게 구는군. 오토하, 아까도 말했을 텐데?"

"하지만……"

"가설은 얼마든지 세워도 돼. 그러나 정보가 부족한 상태로 결론을 내리면 못 써. 선입견에 얽매여서 만사를 자유롭게 볼 수 없게 되니까."

오토하는 그다지 수긍하지 못한 표정으로 모퉁이를 돌더니, 저 안쪽에 있는 빈집을 노려보며 중얼거렸다.

"그렇더라도…… 우리의 적이 오후 8시 30분경에 구로하를 옥상에서 떨어뜨리고, 오후 10시에 빈집에서 내 부모님과 만난 건 틀림없지?"

나는 이마에 주름을 잡았다.

"그렇지. 고작 몇 시간 안에 사건을 두 건이나 저지르고 경찰에게서 달아났어. 범인은 살인에 익숙한 인간일지도 모르겠군."

밝은 시간에 다시 보자 빈집은 심각한 상태였다.

왼쪽에 있는 지붕 달린 주차 공간에는 화분 조각이 널려 있었고, 콘크리트의 금 간 곳을 뒤덮듯 잡초가 자랐다. 현관 포치로 이어지는 약 4미터 길이의 통로도 진흙으로 덮였다. 몇 년이나 청소하지 않은 탓이다.

꺼칠꺼칠하게 말라붙은 그 진흙 위에는 오토하의 것으로 추정되는 발자국이 똑똑히 찍혀 있었다.

"과연. ……화이트데이 밤에 범인은 이 통로의 진흙을 이용해 '발자국 없는 불가해한 살인'을 연출한 건가."

오토하도 마른 진흙을 내려다보며 고개를 끄덕였다.

"그리고 그 수수께끼는 경찰도 여태 풀어내지 못했어."

나는 숨을 살짝 들이마신 후 말했다.

"모든 수수께끼를 풀어내기 위해서라도…… 일단 이 사건의 내용을 알려 주지 않겠어?"

◆

미쓰이 부부는 3월 15일 오전 9시에 시신으로 발견됐다.

9시가 되기 얼마 전부터 빈집 주변에 시끄러운 소리가 울려 퍼져서 근처에 사는 사람 세 명이 무슨 일인가 싶어 밖에 나가 봤다고 한다.

"집 밖에 나가 보니 울부짖는 소리에 섞여…… 쿵, 쿵, 하고 문이나 벽을 때리는 듯한 소리가 들리더라고요."

인터뷰에 응한 주부는 그렇게 말했다.

이상한 소리가 나는 곳은 빈집이었다. 누군가가 현관문을 안쪽에서 때려 부수려고 했던 모양이다.

"처음에는 호기심에서 빈집에 들어간 아이가 문이 망가지는 바람에 못 나오는 건가 싶었는데요."

주부는 마이크에 대고 음울한 목소리로 그렇게 말을 이었다.

하지만 문을 두드리는 소리와 울부짖는 소리가 아무래도 심상치 않았기 때문에 세 사람은 얼어붙은 듯 문을 가만히 바라보는 것이 고작이었다.

마침내 빈집의 문이 부서지고…… 안에서 운동복 차림의 남자가 피투성이로 튀어나왔다고 한다.

그늘진 주차 공간으로 이동해 녹화된 뉴스 방송을 스마트폰으로 보다가 나는 미간을 찡그렸다.

"운동복을 입은 이 남자가 범인이라는 거야?"

"아니. 이 사람은 그냥 첫 번째 발견자."

"……엥?"

허접한 CG를 곁들인 뉴스 방송의 설명에 따르면 운동복 차림의 남자는 현관에서 진흙투성이 통로를 내달려 도로로 뛰쳐나가자마자 힘이 다해 주저앉았다고 한다.
 인근 주민들은 뭔가 큰일이 벌어졌음을 깨달았고, 그중에서 제일 젊은 남자가 대표로 빈집을 조심조심 들여다보았다.
 그리하여 미쓰이 부부의 시체를 발견했다.
 오토하의 엄마는 벽에 달린 선반에 쑤셔 박혔고…… 오토하의 아빠는 로프로 들보에 묶여 목이 졸린 무참한 모습이었다.

◆

 오토하는 입을 꾹 다물었다가 눈물을 글썽거리며 말했다.
 "텔레비전과 인터넷에 나돈 정보는 이게 다야."
 ─정황을 들어 보니 괴상한 측면이 아주 두드러지는 사건이야. 경찰도 어린애에게 생생한 현장 사진을 보여 주거나, 현장에 데려가지는 않겠지. 이 아이도 사건에 대한 자세한 정보는 모른다고 봐야 하려나.
 아니나 다를까 오토하는 분하다는 듯이 말을 꺼냈다.
 "화이트데이 다음 날, 이모에게 전화를 받은 후에 난 고열로 쓰러졌어. 나중에 이모한테 이것저것 물어봤지만, 자세하게는 가르쳐 주지 않더라고."
 CG로 재현한 현장이 정확하지 않다는 건 한눈에 알 수 있었다. 방송국에 따라 CG로 만든 시신의 자세에 차이가 있었기 때문이다. 어떤 CG에서는 오토하의 아빠가 목에 로프가 감긴 채 천장에 매달려 있고, 어떤 CG에서는 가슴 언저리를 묶여서 천장에 매달린 상태로 목에 다른 로프가 감겨 있었다.

나는 눈살을 찌푸리며 스마트폰에서 고개를 들었다.

"아무래도 경찰이 시신의 발견 상황에 대해 정보를 덮었나 보네."

오토하는 울어서 부은 눈으로 고개를 끄덕였다.

"그럴 거야. 그리고…… 경찰이 내게 이야기를 들으러 왔을 때, 정보를 이것저것 잘 캐냈으니까 그쪽도 설명할게."

오토하의 집을 찾아온 건 후시기 현경 수사1과의 스즈키 경사였다고 한다.

그 이름을 듣고 나는 쓴웃음을 지었다.

―그 형사는 좀 얼빠진 면이 있으니까. 어린아이가 상대라고 입이 가벼워졌나.

"스즈키 형사님 말에 따르면 빈집 근처에 사는 사람도 첫 번째 발견자가 난리 칠 때까지는 수상한 소리를 못 들었대. 물론 목격 증언도 없었고."

"예상했던 대로군. 이 빈집은 구석진 곳에 있는 데다, 나무가 방해돼서 다른 가정집에서는 내려다볼 수도 없는 듯하니까."

"그리고…… 범행에 사용된 로프는 범인이 준비한 게 아니라, 우리 차 트렁크에 들어 있던 거였어."

"왜 차에 로프가?"

오토하는 스마트폰을 호주머니에 넣으면서 대답했다.

"캠핑용품이야. 아빠는 차로 출퇴근하지 않아서 평일은 차고에 차를 놔뒀어. 휴일에 놀러 갈 때만 차를 꺼냈지."

"그렇구나."

―유류품으로 범인을 추적하기도 불가능한 건가.

"그리고 엄마와 아빠의 사망 추정 시각도 알아냈어. 오후 8시 반부터 오전 0시까지고, 사인은 시안화칼륨이래."

"아아, 흔히 말하는 청산가리인가."

가장 유명한 독극물이라고 해도 과언이 아니다. 치사량은 0.2 그램 정도고, 위산과 반응해 맹독인 시안화수소를 발생시켜 아주 짧은 시간에 사람을 죽음으로 몰아넣는다.

나는 산울타리 위에 올라앉아 다시 입을 열었다.

"그럼…… 복수에 성공하기 위한 레슨으로 옮겨 갈까."

오토하가 싫다는 듯 혀를 쏙 내밀었다.

"또 문제를 내려고?"

"아니, 이번에는 '마음가짐'에 관해 이야기할 거니까 안심해. 레슨2, 모든 것을 의심해라. 이건 수사와 범죄에 공통된 대원칙이야."

"무슨 뜻이야?"

나는 씩 웃었다.

"이제부터 우리는 본격적인 현장 검증과 추리에 나설 거야. 설령 경찰에게 얻은 정보일지라도, 추리할 때는 꼼꼼히 확인하고 나서 사용해야 한다는 뜻이지."

"하지만 사망 추정 시각은……."

"그럼 질문할게. 사망 추정 시각을 어떻게 산출하는지 알아?"

오토하는 말을 어물거렸다.

"어, 그러니까, 사후경직이나 시반을 조사한다든가?"

"틀리지는 않았지만 완벽한 정답도 아니야. 수사든 범죄든 입수한 정보를 꼼꼼히 확인해서 최대한 활용하려면 온갖 '지식과 기술'이 필요해. 그러니까 오토하도 법의학의 기초 정도는 알아두는 편이 좋겠지.

예를 들어 사후경직은 사후 두세 시간 정도부터 발생하고, 처음에는 경직이 발생하는 부위도 턱관절이나 목 관절로 한정되는 특징이 있어. 시반도 사망하고 얼마 지나지 않았을 때는 시신을 움직이면 사라지지만, 사후 여덟 시간 정도 지나면 잘 사라지지 않고.

이런 지식이 있느냐 없느냐에 따라, 그 사람이 세우는 범죄 계획의 정교함이 크게 달라지는 법이지."

"그, 그렇구나."

오토하는 허둥지둥 스마트폰에 메모했다.

"사후경직과 시반 외에도 체온 저하와 안구 변화, 위장의 내용물 등을 종합적으로 판단해서 사망 추정 시각을 산출해. 다만⋯⋯ 시신이 있었던 환경에도 영향을 받으니까, 경찰이 산출한 사망 추정 시각이 100퍼센트 옳다고 단정할 수는 없는 게 현실이야.

바꿔 말하면 오토하의 부모님이 오후 8시경에 돌아가셨을 가능성도 없지는 않다는 뜻이지. 그렇다면 오후 8시 반경에 빌딩 옥상에서 떨어진 나도 알리바이가 있다고 할 수는 없어."

오토하가 갑자기 풋, 하고 웃음을 터뜨렸다.

"아니, 그건 절대 아니야."

"어째서?"

"사망 추정 시각만 고려하면 그럴지도 모르지만, 엄마와 아빠가 오후 9시 50분 시점에 무사했다는 건 확실하거든. 스즈키 형사님 말에 따르면 시노노메초 근처에 있는 감시 카메라에 우리 부모님이 차를 타고 가는 모습이 찍혔대."

나는 산울타리에서 내려와서 이맛살을 찌푸렸다.

"금시초문인데. 빈집으로 향하는 도중에 기록된 건가."

"그러니까 우리 부모님이 오후 10시경에 빈집에서 범인과 만났고, 그때 독을 먹은 건…… 틀림없어."

그 말을 듣고 나는 인상을 팍 썼다.

"내게 의뢰할 작정이었다고는 하지만, 오토하의 부모님도 약속 상대가 범죄자인 줄은 잘 알고 있었을 거야. 보통 그런 정체 모를 인간이 주는 음식물을 입에 댈까?"

오토하의 표정도 흐려졌다.

"역시 이상하지? 모르는 사람에게 받은 음식물은 절대로 먹으면 안 된다고 옛날부터 엄마와 아빠가 단단히 주의를 줬거든."

"게다가 청산가리는 즉효성이야. 독을 먹고 효과가 나타날 때까지 몇 분도 안 걸리겠지. 그렇게 짧은 시간에 범인은 어떻게 두 명에게 연속으로 독을 먹인 걸까?"

—감언이설로 구슬렸거나, 두 사람을 움직일 수 없는 상황에

몰아놓고 억지로 먹였거나.

　어느 쪽이든 비열하기 짝이 없는 방식이다.

　오토하는 주차 공간을 나서서 통로를 향해 걸어가며 중얼거렸다.

　"그것도 모르는 점이지만…… 이 사건에서 가장 희한한 점은 아까도 말했듯이 범인의 발자국만 현장에 남아 있지 않았다는 거야."

　오토하는 딱딱하게 마른 진흙 위에 서서 이쪽을 돌아보았다.

　"……구로하도 기억하겠지만, 올해 3월은 추웠잖아?"

　"분명 내가 빌딩에서 떨어지기 삼 일 전에도 눈이 쌓였지."

　갑자기 오토하의 눈에 생기가 감돌았다.

　"3월 11일이야! 그날은 지금도 생생히 기억나. 두 달 만에 눈이 쌓인 게 기뻐서 엄마랑…… 마지막으로 눈싸움한 날이었으니까."

　후시기현은 눈이 많이 내리지 않는 지역이다. 기껏해야 10센티미터만 눈이 쌓여도 어린애들은 신나서 펄쩍펄쩍 뛸 것이다. 그 눈도 다음 날인 12일에는 거의 다 녹아서 없어졌지만.

　3월 14일도 한랭기단의 영향으로 진눈깨비가 내렸지만, 지표면의 기온은 낮지 않아서 보통 비와 다를 바 없었다.

　오토하가 다시 입을 열었다.

　"기상청에 따르면 오후 7시 반까지 마호로시 전역에 강한 비가 내렸대. 그로부터 삼십 분 정도 만에 날씨가 회복됐고, 다음 날 밤까지 비는 한 방울도 내리지 않았어. 그러니까……, 빈집의 현관 앞 통로에 남아 있던 발자국은 전부 오후 8시 이후에 찍힌 게 틀림없어."

나는 쓴웃음을 지었다.

"무슨 이야기인지 알겠군. 인근 주민이 빈집으로 달려왔을 때, 통로에 쌓인 진흙에는 오토하의 부모님과 첫 번째 발견자의 발자국밖에 없었다는 거지?"

"맞아."

문제의 통로는 폭이 약 2미터, 길이는 4미터쯤 된다. 양옆을 둘러싼 산울타리의 흙이 몇 년에 걸쳐 조금씩 흘러나온 듯, 이제는 통로라기보다 진흙탕으로 변했다.

"그러고 보니 예전에 시노노메초를 지나갔을 때는 이 빈집에 멋대로 들어가서 놀던 아이를 봤었는데."

살인 사건이 발생한 집이라 이제는 아무도 접근하지 않는 듯하지만…… 당시는 부지 안에 드나드는 사람들도 있었다. 그런 사람들의 발자국도 오후 8시경까지 내린 비가 지워 버린 것이리라.

오토하는 마른 진흙에 남은 자신의 발자국을 가리켰다.

"비가 그친 후에 이 통로를 지나가면 반드시 발자국이 남아. 얕게 쌓인 진흙 바로 밑이 콘크리트라서 그렇게 깊이 찍히지는 않겠지만."

그렇게 말하며 오토하는 나뭇가지를 꺾어 진흙을 팠다. 오토하가 말한 대로 금방 콘크리트가 드러났다.

나는 한숨을 쉬었다.

"하다못해…… 진흙에 발자국이 어떤 식으로 남아 있었는지 알면 좋을 텐데."

"알아."

"뭐?"

오토하가 오른쪽 호주머니에서 꼬깃꼬깃한 종이를 꺼냈다. 이 빈집과 진흙에 남은 발자국을 나타낸 도면이었다. 화질은 좋지 않았지만, 분명 발자국 두 줄이 보였다. (그림1)

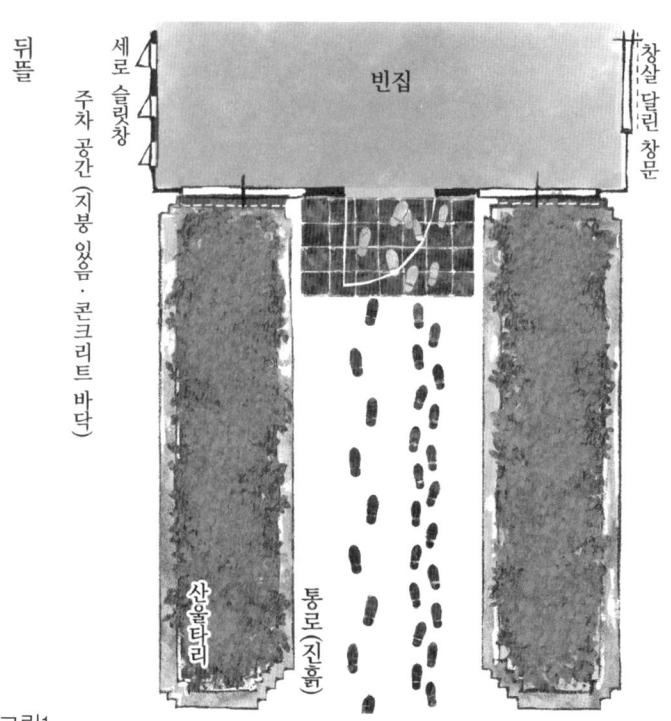

그림1

"이거 경찰 자료지? 이런 걸 어떻게 입수했어!"

"스즈키 형사님이, 적당히 치켜세우니까 보여 줬어.

근처 사람들이 빈집으로 달려갔을 때, 진흙에는 우리 부모님과 첫 번째 발견자의 발자국밖에 없었다고 했지? 실은 처음에 어린아이의 장난인 줄 알고 재미로 영상을 찍은 사람이 있었대. 첫 번째 발견자가 뛰쳐나오자 그 사람이 놀라서 스마트폰을 떨어뜨리는 바람에 더는 촬영하지 못했지만…… 그 영상 덕분에 사람들이 밟고 다니기 전 진흙이 어떤 상태였는지 정확하게 파악할 수 있었던 거지.

그 영상을 참고로 해서 만든 자료가 이거야. 남아 있던 발자국 중에 첫 번째 발견자와 경찰 관계자 등의 발자국을 제외하고 도면으로 만들었어. ……스즈키 형사님이 자리를 비운 틈에 스마트폰으로 사진을 찍었지."

기분파인 스즈키 형사는 완전히 오토하의 손안에서 놀아난 모양이다.

오토하는 '별것 아니었다'라는 듯이 의기양양한 표정으로 말을 이었다.

"일단 빈집 대문에서 보았을 때 통로 왼쪽에 아빠 발자국이 남아 있었어. 이쪽 발자국에는 딱히 특이한 점이 없지만."

한편 오토하의 엄마 발자국에는 눈에 확 띄는 특징이 있었다.

"오른쪽 발자국은 보폭이 좁고, 걸음걸이도 약간 흐트러졌군."

"스즈키 형사님 말로는 엄마가 빈집으로 짐을 옮기느라 발자국이 흐트러진 걸로 추정된대."

"……짐?"

"응. 코로나 사태 이후로 대량 구매를 위해 우리 차 트렁크에 캐리어 가방을 넣어 뒀거든. 그게 없어졌어."

오토하 엄마의 발자국이 흐트러진 이유가 그 캐리어 가방 때문인지는 알 수 없다.

만약 오토하 엄마가 캐리어 가방을 운반했다면, 바퀴를 사용하지 않고 들어서 옮기기로 선택한 이유는 알 것 같았다.

─콘크리트에서 바퀴를 굴리면 의외로 큰 소리가 나니까.

밤중에 주택가에서 눈에 띄지 않으려면 들어서 옮기는 것이 최선이었을 것이다.

여기서 나는 눈썹을 찡그렸다.

"묘하군. 난 캐리어 가방을 가져오라고 한 적 없는데."

"그렇다면…… 범인이 연락해서 약속 시간을 두 시간 앞당겼을 때, 캐리어 가방을 가져오라고 했다는 뜻?"

"그럴지도 모르지."

발자국이 눈 위에 찍혔다면 발자국 깊이를 검증해서 무게가 얼마나 실렸는지 추측할 수 있을지도 모른다. 하지만 이 통로에는 콘크리트 위에 진흙이 얕게 쌓여 있었다. 그런 상황에서는 오토하 엄마가 빈손으로 걷든 무거운 짐을 옮기든…… 진흙에 남는 발자국은 크게 다르지 않으리라.

나는 한숨을 한 번 쉬고 통로를 둘러싼 산울타리를 가리켰다.

"이 산울타리는 어때? 산울타리는 토질도 다를 테고, 심어 놓은 관목 위를 지나가면 통로에 발자국을 남기지 않고 이동할 수 있을 것 같은데."

대답하는 대신 오토하는 산울타리에 발을 들여놓았다.

산울타리의 흙은 아주 부드러운 듯했다. 관목 밑동에 발자국이 깊이 찍혔다.

"보다시피 산울타리에도 역시 발자국은 남아. 스즈키 형사님 말에 따르면 산울타리에 심긴 관목에는 사람이 올라간 흔적이 없었다고 하고."

그렇게 말하며 오토하는 약 1미터 높이의 산울타리에 몸을 기댔다. 그 순간 나뭇가지가 뚜둑뚜둑 부러졌다.

"……과연, 무리인가. 관리가 안 돼서 얼핏 보기에도 나뭇가지가 가늘고 약하긴 해. 누가 조금이라도 체중을 실으면 나뭇가지가 부러져서 반드시 흔적이 남겠지."

"그리고 거리상으로도 산울타리의 높이상으로도, 콘크리트가 깔린 주차 공간에서 산울타리와 통로를 뛰어넘어 현관 포치로 갈 수도 없을 거야."

"확실히."

나는 어깨를 축 늘어뜨리고 건물 쪽을 바라봤다.

"오토하 말대로 통로에 발자국을 남기지 않고 현관으로 드나들기는 불가능하겠군. 그럼 범인이 창문으로 드나들었을 가능성은 어때?"

"안타깝게도 이 집 창문에는 기본적으로 창살이 달려 있어. 예외는 왼쪽에 있는 가늘고 길쭉한 창문뿐인데, 너무 좁아서 사람이 지나갈 정도는 아니야."

나는 둥실 떠올라서 집을 한 바퀴 돌았다.

오랜 세월 비어 있던 탓에 유리창이 몇 군데나 깨져서 구멍이 났지만…… 창살이 단단히 설치돼 있었다. 당연히 사람이 드나들 수는 없다.

창살이 없는 세로 슬릿창은 주차 공간 쪽 벽에 죽 설치돼 있었다. 그러나 이건 폭이 20센티미터 정도밖에 안 되므로 어린아이라도 빠져나가기가 불가능하다.

이어서 나는 주차 공간에서 뒷문으로 돌아갔다.

"이 뒷문은 어때?"

나를 쫓아온 오토하가 문고리를 잡아당기며 대답했다.

"스즈키 형사님 말에 따르면 뒷문은 문틀에 문제가 생겼는지 꽤 오래전부터 꽉 낀 상태였던 것 같대. 실제로 나도 몇 번 시험해 봤는데, 밖에서도 안에서도 안 열려."

나는 시무룩해졌다.

"뒷문도 창문도 틀렸다면, 역시 범인은 현관으로 드나들었다고 볼 수밖에 없다. 그런데 범인의 발자국만 남아 있지 않다면…… 아아, 성질나! 이 사건, 진짜 불가능 범죄잖아!"

오토하가 어른스러운 몸놀림으로 어깨를 으쓱했다.

"나한테 불평해 본들 어쩔 수 없지."

"아니, 좀 더 단순하게 생각하자. 수상한 건 첫 번째 발견자야. 예를 들어 그자가 사망 추정 시각 전후에…… 늦어도 오전 0시경까지는 빈집에 들어가서 아침까지 머물렀다고 하면 전부 해결돼."

"그게, 첫 번째 발견자에게는 완벽한 알리바이가 있어."

"정말이야?"

"3월 14일은 오후 5시부터 다음 날 오전 3시까지 마호로시 외곽에서 술자리 총무? 뭔가 그런 역할을 맡았던 모양이야."

알리바이를 확인할 때 경찰도 신중하게 추가 조사를 했을 것이다. 정말로 총무를 맡았다면 오랜 시간 자리를 비울 수는 없었으리라. 완벽한 알리바이라고 할 수 있다.

나는 포기하지 않고 소리쳤다.

"하지만 빈집에 무단 침입하다니 수상하기 짝이 없잖아!"

"그렇지도 않아."

첫 번째 발견자는 시노노메초 인근 주민으로, 일과인 러닝을 하다가 빈집으로 이어지는 통로에 수상쩍은 발자국이 두 줄 찍혀 있는 걸 발견했다. 그는 호기심에 사로잡혀 몰래 빈집에 들어갔다가…… 그대로 시신과 함께 건물에 갇히고 말았다고 한다.

나는 혀를 찼다.

―인근 주민의 행동이라면 말이 될 법도 한가.

칭찬받을 일은 아니지만, 나도 그렇게 수상쩍은 발자국을 발견하면 호기심에 건물 내부를 확인하려 할지도 모른다.

"그렇지만 첫 번째 발견자는 피투성이였잖아?"

"빈집에 갇혔을 때 현관문을 부수려고 죽어라 두드리다가 다쳤대."

"아, 자기 피인가."

우리는 다시 건물 정면으로 가서 현관을 바라보았다.

일본의 가옥에 흔한, 바깥쪽으로 열리는 문짝이 달려 있었다.

문이 열려 있지 않도록 윗부분에 유압식 도어 클로저를 설치해 두었다. 다만 문손잡이와 래치 부분은 완전히 떨어져 나가서 보기에도 무참한 모습으로 변했다.

"이해 안 되는 점이 하나 더 있는데. ······첫 번째 발견자는 왜 빈집에 갇힌 거야?

누군가 밖에서 자물쇠를 잠갔다고 쳐도, 안쪽에서 못 열 리 없잖아. 설마 첫 번째 발견자가 빈집에 들어가기를 기다렸다가 범인이 버팀봉으로 문을 막은 것도 아닐 테고."

오토하는 문손잡이가 없어져서 뚫린 구멍을 가리키며 고개를 끄덕였다.

"실내 쪽 문손잡이를 부러뜨린 바람에 문을 열 수가 없었다나 봐."

나는 무심코 눈을 크게 떴다.

동서고금을 막론하고 문손잡이가 고장 나서 화장실이나 욕실에 갇히는 사람은 적지 않다. 문손잡이가 빠지거나 부러져서 연결축을 돌릴 수 없게 되면, 문을 고정한 래치 볼트를 움직이지 못하기 때문이다.

"'부러뜨린'이라면······ 오래돼서 낡은 탓에 부러진 게 아니라 누군가 고의로 문손잡이를 부러뜨린 흔적이 남아 있었다는 뜻이지?"
"스즈키 형사님은 그렇게 말했어."

어렴풋한 기억이긴 하지만 이 빈집의 문에는 썸 래치라는 명칭의 문손잡이가 달려 있었다. 이건 장식 자물쇠라고도 불리는 제품으로, 곡선형 손잡이 위에 엄지 크기의 작은 레버가 하나 달린 것이 특징이다. 시기상으로 봐도 그 레버를 부러뜨린 것은 범인이리라.

처음 맛보는 오한이 내 등골을 훑고 지나갔다.

"설마 범인은 이 빈집을 '첫 번째 발견자 유인책' ······즉, 미끼에 끌려 다가온 첫 번째 발견자가 나갈 수 없는 덫으로 만든 건가!"

오토하도 고개를 크게 끄덕였다.

"응, 경찰 생각도 완전히 똑같았어. 범인은 첫 번째 발견자가 사건 현장을 엉망으로 만들도록 그런 짓을 한 거래."

시신과 함께 갇히면 누구나 혼란에 빠질 것이다.

실제로 첫 번째 발견자가 된 불운한 남자는 빈집에 갇히자 냉정함이고 뭐고 다 잃고서 출구를 찾아 뛰어다니다가 현관문에 계속해서 몸을 날렸으리라.

우리는 현관문을 열고 빈집에 발을 들여놓았다.

들어가자마자 약 6평 크기의 방이 펼쳐졌다. 현관치고는 너무 넓지만, 이건 현관과 거실이 잇닿아 있기 때문이다.

천장에 장식용 들보가 있고, 벽 한 면에는 실용적인 선반을 설치했다. 그리고 마룻바닥은 쪽모이로 예쁘게 세공했다. 원래 집주인의 미적 감각이 엿보였다. 그러나 지금은 바닥에 무참히 깨진 유리창이 흩어져 있지만.

······사 개월 전에는 훨씬 심각한 상태였을 것이다.

지금은 흔적이 거의 없지만, 바닥은 현관문에 몸을 날린 첫 번째 발견자가 흘린 피로 범벅이 돼서 마치 태풍이라도 몰아친 것 같은 꼴이었으리라.

사건 현장 보존이라는 의미에서는 최악의 사태였다.

—이래서는 남아 있던 미세한 흔적이고 실마리고 죄다 엉망진창이 됐겠군.

나는 눈살을 찌푸렸다.

"아무리 조심해도 범죄 현장에는 범인에게 연결되는 어떤 증거가 남기 마련이지. 범인은 그걸 경계해서…… 제삼자인 첫 번째 발견자를 빈집에 가둠으로써 행동을 조종해 현장을 어지럽힌 건가."

"정말 비겁한 짓을 하는구나."

"하지만 첫 번째 발견자가 아무리 혼란에 빠졌어도 천장에 발자국을 남기지는 않을 거야. 전에 말했던 '천장에 찍힌 발자국'은 뭐지?"

오토하가 바로 위를 가리켰다.

"스즈키 형사님도 의아한 듯했는데, 저기 한가운데 들보 부근에 아빠 발자국이 두 개 남아 있었대."

갈색 천장에는 천장을 4등분하듯 검은색 장식용 들보가 세 개 달려 있었다. 한복판의 들보는 천장에 딱 달라붙는 형태로 고정됐고, 좌우의 들보는 천장에서 50센티미터 정도 간격을 두었다.

나는 떠올라서 장식용 들보 주변을 살펴보았다.

하지만 사 개월이라는 시간의 장벽은 너무나 컸다. 아니, 이 천장뿐만이 아니다. ……바닥과 벽에도 때 묻고 상처 난 곳이 많아서, 그 가운데서 사건의 증거만 선별하기는 불가능했다.

나는 바닥으로 내려와서 생각에 잠겼다.

약속 시간을 두 시간 앞당긴 이유는? 범인은 어떻게 발자국을 남기지 않고 범행을 저질렀을까. 천장에 찍힌 발자국은 뭐지? 시신을 왜 벽의 선반에 쑤셔 넣거나 사후에 목을 조른 걸까……. 첫 번째 발견자를 이용하기 위해 만든 덫의 존재 또한 으스스했다.

풀어야 할 수수께끼가 많다.

하지만 경찰이 쥐고 있는 증거나 증언 가운데 일반에 공개된 건 극히 일부에 불과했다.

—스즈키 형사가 다소의 정보를 오토하에게 유출했다고는 해도…… 지금 가지고 있는 정보만으로 모든 수수께끼를 풀어내기는 도저히 불가능하겠지.

내 표정이 워낙 험악했는지 웬일로 오토하가 불안한 듯 나를 쳐다보았다.

"역시 정보가 모자라?"

"아쉽게도 그래. 경찰이 보관 중인 증거를 직접 확인할 수 있다면 편할 텐데."

갑자기 오토하가 손가락을 딱 튕겼다.

"맞다. 마호로역 앞에 후시기 현경 본부가 있잖아. 구로하가 거기 숨어들면 돼! 아무에게도 보이지 않는 유령이니까 식은 죽 먹기겠네."

나는 쓴웃음을 지었다.

"현경이라. 거기라면 어젯밤에 가서 확인했어."

"뭐!"

"오토하가 잠들고 나니 시간을 주체할 수가 있어야지. 유령이니까 졸리지도 않고 해서 류인 빌딩과 현경을 살펴보러 다녀왔어."

오토하는 우습게 보일 만큼 뺨을 빵빵하게 부풀렸다.

"나한테는 이야기도 안 하고, 치사해!"

"화내지 마. 어차피 양쪽 다 수확은 없었으니까. ……류인 빌딩 옥상은 너무 어두워서 조사하기 힘들었고, 현경에서도 미쓰이 부부 살해 사건의 수사본부가 활발하게 활동하지 않는다는 걸 확인했을 뿐이야."

애당초 시간대도 안 좋았다.

심야의 수사1과에는 가라쓰 경위와 스즈키 경사밖에 없었고, 그 두 사람도 야근을 너무 많이 했는지 악덕 기업의 회사원처럼 죽은 듯한 눈이었으니까. 그들은 좀비처럼 과자를 씹어 먹으며 다른 시신 유기 사건의 보고서를 정리하고 있었다.

"형사들의 책상도 살펴봤는데, 미쓰이 부부 살해 사건의 파일은 서류 더미 아래쪽으로 밀려난 것 같더라. 덧붙여 유령에게는 실체가 없으니까 파일을 직접 조사할 수도 없지.

앞으로 육 일 안에 사건 자료나 증거를 처음부터 다시 확인하는 기특한 형사가 나타난다면 또 모를까…… 수사1과에 들러붙어 있어 본들 유익한 정보를 얻을 가능성은 낮겠지."

역시 사건이 발생한 지 넉 달 이상 지났다는 것이 가장 큰 걸림돌이었다.

나는 작게 혀를 찼다.

"젠장…… 정공법으로 해결하기는 힘들지도 모르겠군."

아무튼 지금은 정보뿐만 아니라 도구고 자금이고 모든 것이 절망적으로 부족했다.

 ─하다못해 화이트데이 당일의 기억이 조금만 더 선명하다면, 우리의 적이 누군지 알아낼 실마리가 될 텐데.

 하지만 뻥 뚫린 기억의 구멍은 바닥이 보이지 않았고, 그날을 떠올리려는 나를 비웃었다.

2

7월 29일 14:30 제한 시간까지 6일

 오토하는 시로다테초에 있는 오래된 단독주택에 살고 있었다.

 1층에는 차고와 작은 정원도 있는…… 아주 평범한 2층짜리 집이다.

 시노노메초의 빈집에서는 걸어서 이십오 분 정도 걸린다. 시로다테초는 마호로시에서도 한적하기로 손꼽히는 주택가로, 참새가 바쁘게 날아다녔다.

 빈집을 나선 우리는 도서관에 들렀다. 류인 빌딩 추락 사건과 빈집 살인 사건을 다룬 과거의 신문과 주간지 기사를 철저히 살펴보기 위해서였다. 오늘 안에 기본적인 정보를 최대한 많이 모아서 머릿속에 집어넣는 것이 목표였다.

 나는 문득 생각이 나서 웃음을 지었다.

 ─그러고 보니 오토하는 법의학 입문서도 찾아서 열심히 읽었지.

 수업 때 들은 바를 실천하려는 듯했다. 기특한 마음가짐이다.

내일은 류인 빌딩을 조사할 예정이었다.

도서관에서 돌아오자마자 오토하는 GP 로고가 들어간 야구 모자를 벗어던졌다.

"더워라. 역시 땡볕 아래를 돌아다니려니 힘드네."

오토하는 에어컨을 튼 후 샤워해야겠다면서 어딘가로 사라졌다.

오토하의 이모도 아직 집에 오지 않은 듯했다. 일단 나는 욕실에서 제일 먼 서재에서 기다리기로 했다. ……엿본다고 의심받는 것만큼은 절대로 싫었다.

미쓰이 일가의 서재는 아주 편안한 분위기였다.

책상에는 만들다 만 우주왕복선 플라모델이 있었고, 니트릴 장갑과 날이 얇은 니퍼, 종이 사포를 가지런히 늘어놓았다. 벽 한 면을 차지한 선반에는 다 만든 플라모델을 가득히 진열해 두었다.

선반 한쪽 구석에는 테니스 대회 트로피가 눈치를 보듯 놓여 있었다. 남녀 복식 3위 입상 트로피다. 트로피에 새겨진 이름은 미쓰이 아카코, 미쓰이 가이세이…… 부부끼리 참가한 모양이다.

그 옆에 지폐만 들어가는 남성용 지갑과 카드 케이스가 덜렁 놓여 있는 걸 보자 의아한 기분이 들었다.

"동전 지갑만 없네."

돌이켜 보니 오토하는 자판기에서도 전자 머니로 음료수를 샀다. 기본적으로 지갑은 안 들고 다니는 듯했고…… 아무래도 미쓰이 일가에서는 전자 결제를 실천하고 있는 듯했다.

책상 오른쪽 가장자리에는 분할 케이스가 두 개 있었다.

어린아이 글씨로 '월' '화' '수'…… 하고 글씨가 적혀 있었다. 둘 중 큼지막한 토끼 스티커를 붙인 분할 케이스에는 포장 시트에 담긴 당뇨병 약과 진통제가 들어 있었다. 그리고 그 위에는 깨물면 잘 부서지는 포도당 캔디가 얹혀 있었다.

"이건 당뇨병 약이 너무 잘 들어서 저혈당이 왔을 때를 대비한 건가."

저혈당이 오면 포도당을 공급해야 하므로 함께 준비해 놓은 듯했다.

다른 분할 케이스에는 턱시도 고양이 스티커를 붙여 놓았다. 이쪽에도 포장 시트에 담긴 낯선 이름의 약이 들어 있었다. 깔려 있는 영수증으로 추측건대 가이세이가 근처 피부과에서 처방받은 항히스타민제인 듯했다.

―알레르기가 있었나?

지금은…… 그 모든 것에 먼지가 희미하게 쌓였다.

나는 숨을 헉 삼켰다. 분할 케이스 양쪽 다 목요일 분까지 비었다는 걸 알아차렸기 때문이다.

"혹시 올해 화이트데이 날까지?"

"……이 집은 추억으로 가득해."

갑자기 들린 목소리에 놀라서 돌아보았다.

문가에 오토하가 서 있었다. 샤워하고 바로 왔는지 머리가 아직 축축했고, 뺨도 살짝 발그레했다.

오토하는 서가에 시선을 주었다.

"예를 들어 이 서가에는 퀴즈 관련 책이 잔뜩 꽂혀 있지? 아빠는 아마추어 퀴즈 작가였어. SNS에서 '블루오션(Blue Ocean)'이라는 계정으로 말놀이 퀴즈를 올렸는데, 팔로워가 만 명이 넘었지."

"이야."

"구로하에게 가족이란……, 집이란 뭐야?"

갑작스러운 질문에 나는 당황했다.

"어, 난 부모님도 여동생도 일찍 세상을 떠나서 쭉 혼자였거든. 가족에 대해서는…… 솔직히 모르겠어. 집도 마음 편히 영화를 볼 수 있는 곳이라면 어디든 상관없다고 할까."

오토하는 퀴즈 책의 책등을 손끝으로 쓸며 이쪽으로 다가왔다.

"난 엄마와 아빠를 아주 좋아했어. 둘 다 내가 어떤 실수를 해도 한 번도 화낸 적 없고…… 칭찬할 때도 내가 쑥스러워할 만큼 활짝 웃으면서 꼭 끌어안아 줬지.

엄마와 아빠의 환한 웃음만 있으면 학교에서 아무리 힘든 일이 생겨도 끄떡없었고, 진심으로 착한 아이가 될 수 있었어. 앞으로도 셋이 함께 영원히 행복하게 살 거라고 믿었는데. ……여기에는 그 행복을 빼앗기기 전의 소중한 추억이 담겨 있어."

오토하 말대로 서재는 넉 달 전부터 시간이 멈춘 듯했다. 지갑도, 약도, 프라모델도, 전부 다. 그렇게 시간을 멈춤으로써 빼앗긴 행복이 확실히 존재했던 공간을…… 돌아가신 부모님과 함께 쌓은 추억을 보존한 것이 틀림없었다. 그래서 미래를 잃은 유령에게 이 방이 편안하게 느껴진 건지도 모르겠다.

거실과 이어진 주방으로 들어가자마자 오토하는 식탁으로 향했다. 거기에는 식빵이 세 개 담긴 바구니가 놓여 있었다.

나는 쓴웃음을 지었다.

"그러고 보니…… 점심을 아직 안 먹었지."

유령인 나는 공복을 느끼지 않지만, 한창 자랄 나이인 오토하는 배가 몹시 고팠던 모양이다.

"잘 먹겠습니다!"

힘찬 목소리와 함께 오토하는 식빵을 접시에도 담지 않고 그대로 덥석 베어 물었다.

"으아, 왜 그렇게 스스로를 고문하듯 먹는 거야?"

식빵은 상온에 오래 방치돼서 딱딱해 보였다. 오토하는 뜯어낸 식빵 가장자리를 아주 맛없다는 듯이 씹으면서 말했다.

"늘 이러는데? 접시를 쓰면 설거지해야 하고, 토스터를 쓰기도 귀찮으니까."

"……얼마나 게으름뱅이인 거냐?"

"난 비효율적인 일은 하지 않는 주의야."

건방진 말로 받아쳤지만 평소의 기세는 느껴지지 않았다.

"거짓말하고 있네. 실은 요리 실력이 형편없는 거지?"

오토하는 귀까지 벌게졌다.

"아, 아니야. 삶은 달걀이나 달걀부침, 달걀말이는 만들어 본 적 있거든!"

"더 이상…… 제 무덤 팔 것 없어."

나는 오토하에게 냉장고를 열라고 지시했다.

냉동실에는 냉동식품이 가득했지만, 냉장실은 휑한 것이 신선

식품이 부족했다. 그래도 달걀, 우유, 버터, 메이플 시럽은 있었다.
 오토하의 투덜거리는 소리가 들렸다.
 "왜 내가 요리같이 귀찮은 짓을 해야 한담."
 "레스2의 실천이야. ……수사든 범죄든 입수한 정보를 꼼꼼히 확인해서 최대한 활용하려면 '지식과 기술'을 갖추는 것도 중요해. 요리도 예외는 아니지."
 "으음."
 "그런 의미에서 점심은 프렌치토스트로 할까."

◆

 주방 트레이에 달걀, 우유, 설탕을 넣고 휘저은 후, 반으로 자른 식빵을 담갔다. 맛있게 먹고 싶으면 젓가락으로 식빵에 구멍을 뚫는 것도 잊어서는 안 된다.
 달콤하니 맛있는 냄새가 주방에 감돌았다.
 잠깐 눈을 뗀 틈에 눈대중으로 우유며 설탕을 마구 추가하려 하다니…… 실로 엉성하면서도 대담한 것이 참 오토하다웠다.
 ─뭐, 초보면서 정해진 분량을 지키지 않는 건 요리가 아주 서투른 사람의 전형적인 특징이지만.
 달걀 물이 서서히 식빵에 흡수되는 걸 지켜보며 물었다.
 "요리도 재미있지?"
 "재미없고, 좋아질 것 같지도 않아."
 그렇게 말하면서도 오토하는 부랴부랴 접시와 포크를 두 개씩 식탁에 늘어놓았다. 이모가 먹을 몫도 만들어 두겠다고 했다.
"이 프렌치토스트는 카페 루팽의 간판 메뉴야. 한 입 먹어 보면 생각이 확 달라질걸?"
"그 자신감, 반드시 박살 내 줄게!"
······상처 입으니까 그러지 마라.
식빵 속까지 달걀물이 촉촉하게 스며들려면 최소한 십 분은 기다려야 한다.
"좋아, 이제 토스트를 구워 볼까."
오토하는 프라이팬에 버터를 녹인 후 식빵을 넣었다. 치이익, 하고 구워지는 소리가 기분 좋게 들렸다. 노릇노릇하게 익으면 뒤집어서 반대쪽도 타지 않게 조심해서 굽는다.
하지만 한순간도 방심할 수 없었다. 어느 틈엔가 오토하가 아직 개봉하지 않은 마요네즈를 들고 프라이팬을 들여다보고 있었다.
"당장 치워, 이 마요네즈광아."
나는 대신에 냉장고에서 메이플 시럽을 꺼내 와서 구워진 토스트에 듬뿍 뿌리라고 했다.
식탁 의자에 앉을 때까지만 해도 '절대로 맛있다고 안 할 거야'라는 표정이었지만, 토스트를 한 입 먹자마자 오토하의 눈은 황홀감에 젖어 들었다.
"맛은 어때?"
"흠냐."
알 수 없는 소리와 함께 오토하는 허겁지겁 토스트를 입에 넣었다. 토스트 한 장이 게 눈 감추듯 사라졌다. 아무래도 마음에

든 듯했다.

오토하가 우유를 꿀꺽꿀꺽 마실 즈음 나는 이웃한 거실의 천장을 올려다보았다.

"진전이 하나 있었어. ……빈집 천장에 발자국이 찍힌 수수께끼는 풀어낸 것 같아."

"진짜?"

나는 눈을 가늘게 떴다.

"추리한 내용을 오토하에게 알려 주는 건 간단해. 하지만 남의 추리를 듣기만 해서야 논리적인 사고력을 키우는 훈련이 안 되겠지."

"무슨 뜻인지 알겠어. 수학 해답지를 보고 다 이해한 것 같아도, 막상 문제를 풀려고 하면 전혀 감이 안 잡힌다……, 그런 거지?"

"응. 오토하는 '행동과 실행' 담당이긴 하지만, 복수를 실행하는 도중에 어떤 사태가 발생할지는 아무도 몰라. 그러니까 오토하가 어떤 상황에서도 최적의 해답을 도출할 수 있도록 자기 머리로 생각하는 습관을 길렀으면 해."

오토하는 의자에 앉은 채 다리를 꼬고 미소 지었다.

"맡겨 둬. 그런 건 자신 있어."

"좋아. 이 천장을 참고로 생각하면 추리하기 쉽겠군."

미쓰이 일가의 거실 천장은 빈집과 디자인이 비슷했다. 이쪽은 흰색이지만, 빈집과 마찬가지로 천장을 4등분하는 검은색 장식용 들보가 세 개 달려 있다.

오토하도 천장을 쳐다보았다.

"우리 집 장식용 들보는 셋 다 천장에서 50센티미터쯤 떨어져 있어. 이쪽이 일반적인 디자인이려나? 그런데…… 빈집은 가운데 들보가 천장에 붙어 있었고, 나머지 두 개는 천장에서 50센티미터쯤 떨어져 있었지."

역시 센스가 있다. 오토하는 중요한 점을 딱 짚었다.

"거기서 뭘 도출할 수 있지?"

오토하는 거실로 걸어가서 슬리퍼를 위로 던졌다. 슬리퍼는 장식용 들보를 지나서 천장에 부딪친 후 떨어졌다.

"알았다! 그 발자국은 천장의 장식용 들보에 로프를 걸려다가 실패한 흔적이야.

로프는 너무 가벼워서 던져도 생각만큼 높이 올라가지 않은 거겠지. 그래서…… 범인은 아빠 신발을 추로 사용하기로 했어. 신발 끈 사이에 로프를 넣어서 묶은 후 던진 거야."

나는 고개를 살짝 끄덕였다.

"확실히 그러면 천장에 발자국이 찍혀도 이상하지 않겠지."

오토하는 한 번 더 슬리퍼를 위로 던지려다 갑자기 힘없는 목소리로 말했다.

"하지만 역시 아니려나."

"왜?"

"한복판의 장식용 들보는 천장에 붙어 있었잖아? 자세히 보면 들보 위쪽에 틈새가 없다는 걸 알 테고, 로프를 통과시킬 수 없다는 것도 금방 알아차릴 텐데.

아아…… 틀렸어! 처음으로 돌아가서 다시 생각해야 해. 어디서 잘못된 걸까."

나는 씩 웃었다.

"이만 포기하는 거야?"

"으으."

"이번에는 정보 수집은 잘했어. 하지만 뒷심이 부족했네. 레슨2에서 그랬잖아. 모든 것을 의심하라고. 남한테만 그러라는 게 아니야. 오토하 본인이 당연하게 여기는 것이야말로 제일 먼저 의심해야 해. 그것이 바로 선입견이고…… 선입견은 맹점을 낳는 원인이니까. 정말로 자유롭게 발상하려면 일단 선입견에서 벗어나야 하는 법이야."

오토하는 부루퉁한 얼굴로 슬리퍼를 내던졌다.

"선입견 같은 거 없어! 난 모든 가능성을 고려했다고!"

"아니. 오토하는 선입견에 사로잡혀서 원근감을 알 수 있는 사람밖에 고려하지 않았어."

오토하가 숨을 크게 들이마셨다.

"설마…… 범인은 원근감을 몰랐던 사람? 사건을 저질렀을 때 한쪽 눈이 보이지 않았던 사람?"

"그런 셈이야. 그렇다면 장식용 들보 세 개 중에 하나만 천장에 붙어 있다는 걸 몰랐어도 이상하지 않겠지?"

범인은 한가운데 들보도 나머지 두 개와 똑같을 것이라 믿고 로프를 묶은 신발을 계속해서 던졌으리라. 그렇게 쓸모없는 도전을 되풀이하다가…… 신발 바닥이 두어 번 천장에 닿았고 결과적으로 발자국 두 개가 천장에 남았다.

분명 이것이 진상이다.

오토하는 주먹을 꽉 움켜쥐었다. 고개를 너무 숙여서 메이플 시럽으로 끈적끈적한 접시에 머리가 닿을 뻔했다.

"부, 분하다……."

"아직 멀었군."

하지만 늘 빨빨거리고 다니는 만큼 오토하는 기분도 빨리 바뀌는 듯했다. 아니면 그냥 화풀이하려고 했을 뿐인지도 모르지만…… 오토하가 갑자기 고개를 번쩍 들고 승리 포즈를 취했다.

"하지만 이걸로 범인이 누군지 알아낼 정보가 또 늘었네. 봤냐, 이 무능한 경찰아!"

나는 한숨을 한 번 쉬었다.

"또 경찰을 무시하다니……. 앞으로 우리는 범죄 행위를 저지를 거야. 당연하지만 경찰은 우리 적이지. 적의 능력을 과소평가하지 말고 올바르게 두려워하는 것도 중요해."

"'관찰과 사고' 담당인 만큼 오토하는 정말 조심스럽다고 할까, 겁이 많구나? 걱정하지 마. 그런 구로하 대신에 내가 '행동과 실행' 역할을 완벽히 해낼 테니까."

—그런 말을 들으니 더 불안하네.

"뭐, 계획을 진행하다 보면 오토하도 경찰이 얼마나 무서운지 싫어도 알게 되겠지. ……나도 지금까지 몇 번이나 가라쓰 경위에게 방해받았는지 몰라."

가라쓰는 그야말로 규격에서 벗어난 인간이었다.

문무겸비라는 말을 구현한 것처럼 두뇌도 근력도 초일류다.

현장에 훌쩍 나타나…… 날카롭게 번뜩이는 사고를 무기 삼아 사소한 실마리를 바탕으로 사건의 수수께끼를 풀어 나간다.

"충고할게. 오토하도 가라쓰에게는 절대로 접근하지 마."

"……."

문득 오토하가 내 뒤편에 펼쳐진 허공을 바라보고 있다는 걸 깨달았다.

―뒤에 뭔가 있나?

머뭇머뭇 돌아보니 주방 입구에 심한 곱슬머리 여자가 서 있었다.

"으악, 가라쓰!"

예리하게 빛나는 저 눈빛을 잘못 볼 리 없다.

160센티미터가 조금 안 되는 키, 트레이드 마크인 암회색 바지 정장, 그 밑에 숨겨진 날씬하면서도 단련된 근육질 몸, 어째선지 한쪽만 불룩한 재킷 호주머니…… 전부 다 현경 본부에서 본 그대로였다.

가라쓰는 더러워진 주방 트레이와 미개봉한 마요네즈에 시선을 주었다. 그리고 프렌치토스트가 담긴 접시를 가리키며 미소 지었다.

"엄청 맛있겠다. 이거 누구랑 만든 거야?"

◆

"이야, 스마트폰으로 만드는 법을 찾아보고 만들었다고? 냉장고에 있는 재료만으로도 만들 수 있을 것 같아서?"

가라쓰는 프렌치토스트를 맛있게 먹어 치우고 그릇들을 싱크대로 옮겼다. 밤새워 사건 보고서를 작성했다고는 믿기지 않을 만큼 쌩쌩해 보였다.

그 옆에서 나는 머리를 끌어안았다.

"⋯⋯아이고. 오토하의 이모가 가라쓰 경위일 줄이야!"

삼십 대 중반이니까 초등학교 6학년 조카가 있어도 이상하지는 않다. 그러고 보니⋯⋯ 의뢰를 받기 전에 사전 조사차 미쓰이 부부에게 사진을 보내 달라고 했었는데, 거기 찍힌 오토하의 엄마 얼굴이 가라쓰와 아주 비슷했던 것도 같다.

그건 그렇고⋯⋯.

"왜 이모가 경찰관이라는 말을 안 했어!"

그때 가라쓰가 설거지한 그릇을 헹구기 시작했다. 물소리가 시끄러워서 들리지 않으리라고 생각했는지 오토하가 목소리를 낮춰서 대답했다.

"그야 구로하도 당연히 아는 줄 알았지. 의뢰인과 만나기 전에 신원 조사를 단단히 할 테니까."

말문이 막혔다. 정말이지 어린아이가 꺼내 놓는 정론만큼 가슴에 푹 박히는 건 또 없다.

"물론 신원은 조사했어. 오토하의 아빠는 회계사고, 역 앞 회계 사무소에서 일했잖아. 엄마는 전업주부야. 그런데⋯⋯ 이상하군. 미쓰이는 아빠 쪽 성씨고, 엄마의 옛날 성씨도 가라쓰는 아니었을 텐데."

의아해서 나는 접시를 헹구는 가라쓰의 왼손을 들여다보았다.

수사 귀신이라는 소문처럼 약손가락에 결혼반지는 없었다. 결혼해서 성씨가 가라쓰로 바뀐 것도 아닌 듯했다.

오토하가 작게 한숨을 쉬었다.

"신중하게 준비한다느니 뭐니 떠든 것치고는 조사가 불충분하잖아. 이모는 중학생 때 친척 집에 양녀로 들어갔어."

―신원 조사할 때 레이더망에 걸리지 않은 건 양자 결연 때문이었나.

어쨌거나 내 눈앞에 수사1과에서 가장 뛰어난 형사가 있다는 사실은 변함없다.

"아아, 최악이야…… 너무 싫어."

가라쓰가 오토하의 보호자인 이상, 우리는 뭘 하더라도 이 형사의 눈을 피하는 것부터 시작해야 한다.

갑자기 가라쓰가 고개를 휙 돌려 오토하를 보았다.

"뭐, 먹고 싶은 거 있어? 내일은 일찍 들어올 수 있을 것 같으니까, 오랜만에 마음먹고 요리를 해야겠다."

"데리야키 빅 버거, 감자튀김은 LL 사이즈. 음료는 콜라로."

―왜 그렇게 심술궂게 대답하는 건데?

"오토하는 정말로 패스트푸드를 좋아하는구나. 하지만 채소도 먹어서 영양소를 균형 있게 섭취해야 키가 쑥쑥 커."

"이모도 중독인가 싶을 만큼 과자를 입에 달고 살면서."

"난 운동도 열심히 하고 채소도 먹으니까."

"들을 가치 없음."

오토하는 그렇게 딱 잘라 말하고 거실을 떠나려 했다.

"과연. ……오토하는 채소를 먹기 싫어서 어제저녁에도 잇핀테이에 채소 빼고 고기 듬뿍 라면을 먹으러 간 거구나."

이모의 그 말에 오토하의 얼굴에서 핏기가 가셨다.

"안 그랬어."

"다우트!"

나는 깜짝 놀랐다.

—'다우트'는 초등학생들 사이에서 유행하는 말이 아니라 가라쓰의 말버릇이었나?

가라쓰는 오토하가 주방에 놓아둔 마요네즈를 집었다. 봉지에 든 미개봉품이다.

"거짓말인 거 훤히 다 보여. 이 마요네즈가 움직일 수 없는 증거지."

"뭐?"

"첫 번째, 마요네즈광인 오토하는 집에서 밥 먹을 때 무슨 음식에든 마요네즈를 뿌린다. 두 번째, 개봉한 마요네즈는 어제 아침에 다 써서 미개봉품밖에 남지 않았다. ……만약 오토하가 집에서 저녁을 챙겨 먹었다면 이 마요네즈가 미개봉 상태인 건 이상하다."

오토하가 나를 째려보았다.

프렌치토스트에 마요네즈를 못 뿌리게 해서 화가 난 모양이다. 그거야 내 알 바 아니지.

오토하가 양손으로 식탁을 내리쳤다.

"전부 이모가 판 함정이지? 일부러 마요네즈를 다 쓰고 나가다니, 비겁해!"

―대체 너희 둘은 무슨 대결을 벌이는 거냐.

힘이 쭉 빠진 나를 아랑곳하지 않고 가라쓰가 선반에서 카드를 집어 들었다.

"또 다른 증거는 잇핀테이의 포인트 카드야. 봐, 어제 날짜에 새 도장이 찍혀 있잖아."

"으."

가라쓰는 입을 꾹 다문 오토하를 내려다보며 팔짱을 꼈다.

"사과해야 할 일은 그뿐만이 아닐 텐데? 잇핀테이에서 라면 먹고 밤늦게까지 돌아다닌 것도 다 알아."

나는 결국 웃음을 터뜨렸다.

"가족 중에 수사 귀신이 있는 것도 큰일이로군. 추리와 정론의 연타로 아이를 야단치다니…… 참 보기 드문 일이야."

유령의 목소리가 들리지 않는 가라쓰는 의기양양하게 말을 이었다.

"밖을 돌아다녔다는 걸 숨기고 싶으면 모기에게 다리를 물리면 안 되지. 잘 보니…… 앗, 열 군데 넘게 물렸잖아!"

약, 약, 하고 중얼거리며 가라쓰는 주방 서랍을 뒤졌지만, 공교롭게도 거기서 나온 건 바비큐용 꼬치였다.

"어라?"

가라쓰는 빈집털이 저리 가라 할 만큼 바쁘게 닥치는 대로 서랍을 뒤졌다. 하지만 계량스푼이며 설탕 통이 나올 뿐, 약은 그림자도 보이지 않았다.

"어라라?"

어질러진 주방 한복판에서 어쩔 줄 모르는 가라쓰를 보고 있으니, 나도 웃어야 할지 한탄해야 할지 모를 지경이었다.

―수사 귀신이라고 명성이 자자한 사람이 이렇게 푼수일 줄이야. 모르는 게 나을 뻔했네.

오토하가 한숨을 푹 쉬었다.

"저기, 약은 냉장고에 넣어 놨다고…… 몇 번을 말해야 기억하겠어?"

"미안해. 약은 상온에 보관한다는 선입견이 있어서."

가라쓰는 빨갛게 달아오른 얼굴로 중얼거렸다.

가라쓰가 옳다. 약 종류는 냉장고에 보관하면 꺼냈을 때 갑작스러운 온도 변화로 결로가 발생해서 상할 수도 있기 때문이다.

그런데도 오토하는 대놓고 경멸하는 표정을 지으며 말했다.

"약을 서랍에 보관하는 건…… 이모가 혼자 살 때의 습관이잖아?"

그 순간 가라쓰의 얼굴이 새파랗게 질렸다.

"아니야. 오토하도 알잖아? 나도 초등학생 때까지는 이 집에 살았고, 당시는 할머니가 약을 서랍에……."

"그런 건 몰라! 이모도 이 집에 살 거면 뭐가 어디 있는지 정도는 외워."

오토하는 싸늘한 말을 남기고 계단을 뛰어올랐다.

"잠깐만!"

가라쓰도 복도로 뛰쳐나갔다. 그 뒤에는 도둑이 뒤진 것 같은 주방만 남았다.

 2층 오토하의 방 앞에서 가라쓰가 안절부절못하는 표정으로 말했다.
 "또 일하러 나가야 하는데…… 내일은 꼭 저녁 7시 전에 들어올게. 그러니까…… 그때 다시 이야기하자."
 방 안에서 대답은 없었다.
 가라쓰는 몇 번이나 오토하의 방을 돌아보며 힘없이 1층으로 내려갔다.
 "이 경위, 혹시…… 푼수가 아니라 아이 키우는 요령이 너무 없는 건가?"
 돌이켜 보니 오토하가 약간 경멸하는 표정을 지었을 뿐인데, 가라쓰는 세상이 망했다는 듯 얼굴이 새파랗게 질렸다.
 나는 문을 통과해 오토하의 방으로 들어갔다.
 문 안쪽에는 걸쇠가 달려 있었다. 나사가 헐겁게 박혔고, 설치하다가 실패한 듯한 구멍이 뚫려 있는 것으로 보건대…… 오토하 본인이 설치한 것이리라.
 실내 문치고는 보기 드물게 바깥쪽으로 열리는 문이었다.
 ─입구 부근에 붙박이 선반장이 있으니까 방해되지 않게 복도 쪽으로 열리도록 한 건가.
 방 주인은 무릎을 끌어안은 자세로 침대 위에 앉아 있었다.
 옆의 책상에는 스마트폰, 이어폰, 보조 배터리가 아무렇게나 놓여 있었다. 책장에는 퀴즈 책이 높이가 들쭉날쭉하게 꽂혀 있었고, 작은 분홍색 망치와 그걸로 반토막 낸 듯한 저금통을 책 지지대 대신 책 양쪽에 놔뒀다.

틀림없이 정리정돈을 잘 못하는 성격이다.

어깨를 떠는 오토하의 뺨에 눈물 자국이 있는 걸 보고 나는 한숨을 쉬었다.

"정말이지, 왜 다들 이렇게 비비 꼬였담?"

"이모, 정말 싫어!"

"확실히…… 추리와 정론으로 야단치면 너무 싫지."

오토하는 손때가 탄 초콜릿 상자를 끌어안고 있었다. 샛노란 색이고 손바닥만 한 크기다.

"혹시 부모님한테 받은 거야?"

물어보자 오토하는 얼굴을 번쩍 들더니 고개를 끄덕였다.

"응, 아빠가 선물해 준 거야. 이제 초콜릿은 없지만 빈 상자에도 추억이 담겨 있으니까."

"……왜 약은 냉장고에 넣어야 하는데?"

돌아오는 대답이 '벌레 물린 데 바르는 약은 시원해야 더 효과가 있는 것 같으니까'라면 문제없다. 내 상상이 전부 지나친 생각이었음이 증명되리라.

하지만 오토하는 바로 눈에서 웃음을 지웠다.

"냉장고에 넣어 두기로 엄마가 정했으니까. 그걸 다른 곳에 옮기는 건 절대 용납할 수 없어."

"그렇구나."

새로운 가족이 된다면, 오토하와 이모가 함께 집의 규칙을 정하는 것이 제일 좋다. 물건을 놔두는 곳을 유지하든 바꾸든……둘이서 조금씩 살기 편하도록 맞춰 나가면 된다.

하지만 오토하는 그러길 거부했다.

오토하는 시간의 흐름에 저항하며 이 집을 부모님과 살던 모습 그대로 놔두려 한다. 식빵을 넣는 바구니 위치는 물론 세탁망을 보관하는 장소까지 전부 다.

―이 집을 원래 모습 그대로 지키면 부모님의 웃음이 넘쳐서 행복했던 시절의 추억도 지킬 수 있다고 믿는 거야.

세상에는 어떻게도 안 되는 일이 너무 많다. 갑자기 진단받는 병, 보이지 않는 곳에서 덮쳐 오는 악의나 사고…… 벌어지고 나면 이미 늦었다.

그래도 손 놓고 가만히 있을 수는 없다.

나도 그런 충동에 자극받아 살아온 셈이다. 오토하도 분명 죽을 각오로 추억을 지키는 것이리라. 설령 그것이 헛수고임을 알더라도.

―가라쓰도 그 심정을 모르는 바는 아니겠지.

가라쓰 본인도 언니 부부를 잃은 슬픔에 푹 빠졌을 것이다. 그런 와중에도 조카를 거두어 새로운 가족이 되기로 결심했다.

하지만 동시에 가라쓰는 정신없이 바쁜 경찰관이었다.

오토하라면 '어른의 사정'이라고 일축하겠지만, 가라쓰가 조카와 함께 보낼 수 있는 시간은 아무래도 한정된다. 따라서 가라쓰는 이 집 어디에 뭐가 있는지, 오토하가 뭘 필사적으로 지키고 싶어 하는지 완전히 파악하지 못한 것이다.

처음에 작은 골이 하나 생겼다. 그 골은 날마다 파이고 패여 어느덧 아무리 애써도 넘을 수 없을 만큼 깊어졌다.
……누구에게나 일어날 수 있는 흔한 일이었다.

오토하는 혐오감이 고스란히 묻어나는 말투로 중얼거렸다.
"게다가 이모는 이런저런 물건을 버릴 기회를 노리고 있어."
"흉악하군, 예를 들면?"
오토하는 노란색 빈 상자로 시선을 떨구었다.
"이모는 내가 고열로 입원한 사이에 소중히 아껴 뒀던 초콜릿을 다 먹은 것도 모자라, 하마터면 상자까지 버릴 뻔했어!"
이 아이에게는 무엇과도 바꿀 수 없는 보물이겠지만, 사정을 모르는 가라쓰에게는 그냥 빈 상자로밖에 보이지 않았으리라.
오토하는 씩씩거리며 말을 이었다.
"막과자를 좋아하는 이모에게는 전부 똑같은 초콜릿으로 보이겠지만, 이건 아주 인기 있는 쇼콜라티에 멜리사의 모둠 초콜릿이라고! 아주 소중한 물건이라는 걸, 아빠의 선물이라는 걸…… 구로하는 이해하지?"
"무, 물론이지."
―하마터면 지뢰를 밟을 뻔했네.
멜리사는 건과일을 넣은 위스키 봉봉으로 유명한 초콜릿 전문점인데, 고급스러운 상품을 주로 취급해서 마호로시에서는 선물용으로 인기가 많다. 그런 걸 좋아하다니 입맛이 아주 고급스럽다고 할까, 더럽게 건방지다고 할까.

오토하는 계속 투덜거렸다.

"이것 말고 아빠가 쓰던 젤 쿠션도 어느 틈에 버렸어."

―곰팡이라도 슬었겠지.

그렇게 생각했지만 나는 마음에도 없는 말을 꺼냈다.

"음, 용서할 수 없겠군."

"정말이지…… 그렇게 이 집이 싫으면, 얼른 나가면 되잖아!"

가라쓰가 참으로 딱하게 느껴졌다.

경찰관으로서 아무리 뛰어나도 가라쓰 역시 보통 인간이다. 가정에 돌아와서까지 '전부 다 알아차리라'고 요구하는 건 너무 억지다. 어차피 오토하는 한 번 실수한 걸 가지고 끈덕지게 비난하고 있을 것이 뻔하고.

여기서 나는 히죽 웃었다.

"뭐야…… 왜 또 극악무도하기 짝이 없는 웃음을 짓는 건데!"

오토하는 순식간에 경계심으로 똘똘 뭉쳤다.

'유쾌한 방안'이 떠올라서 나도 모르게 또 천박한 웃음을 지은 모양이다. 나는 작게 헛기침을 했다.

"일단 오토하는 최선을 다해 이모와 친해지도록 해."

"뭐?"

"우선 메신저로 사과하는 것부터 시작할까. 채소를 듬뿍 넣은 회과육을 먹고 싶다는 식으로 글을 보내면 멋모르고 기뻐하겠지."

오토하는 혀를 날름 내밀었다.

"싫어. 채소는 딱 질색이야."

"그렇게 햄버거를 먹고 싶으면 나중에 맛있는 하와이안 버거

집을 알려 줄게. 실은 나도 가족끼리 옥신각신하는 데는 관심 없어. 다만…… 나한테는 시간이 없어. 수사1과 사람이 근처에 있다면, 거기서 정보를 얻는 게 빠르고 간단하겠지."

"말해 두겠는데 이모는 빈집 사건 담당이 아니야. 피해자와 너무 가까운 관계라나 뭐라나 그런 이유로 수사에서 제외됐대."

나는 한숨 섞인 목소리로 말했다.

"담당하지 않으니까 정보가 없다? 모든 것을 의심하라고 했을 텐데. ……공식적으로는 수사에 참여하지 못하더라도, 가라쓰 경위는 수사 귀신이야. 어떻게든 수사 정보를 손에 넣었겠지."

오토하는 침대 위에서 열받는다는 듯이 입술을 깨물었다.

"그래도 이모는 아무것도 알려 주지 않을 거야. 아무리 사이가 좋아져도."

"그야 하기 나름이지."

"그런 문제가 아니래도. 이모는 내게 상처를 주지 않기 위해서라는 얄팍하고 겉만 번지르르한 이유로 늘 나를 사건에서 멀찍이 떼어 놓으려고 해. 그게 얼마나 안타깝고 괴로운지 구로하는 이해하지?"

"그럼. ……최고네."

힘차게 날아온 베개가 내 눈가를 통과해 책장에 부딪혔다.

이제 유령이 된 것에 적응했으므로 나는 피하지 않았다. 그게 더 마음에 안 들었는지 오토하는 베개보다 큰 쿠션을 들고 나를 노려보았다.

"어린아이라고 무시하는 거야!"

"그런 게 아니라 어린아이 대접을 받으면 범죄를 저지를 때 유리하거든."

"유리하긴 뭐가!"

"어린아이라서 못 한다는 인상을 심어 두면 수사선에도 올라가지 않겠지?

레슨3. 필요한 상황을 제외하고는 남들에게 자기 능력을 실제보다 낮게 인식시킬 것. 그러면 상대는 멋대로 방심해서 빈틈을 드러내. ……오토하는 본인에게 어리다는 강점이 있다는 걸 좀 더 자각해야 해."

오토하가 쿠션을 내려놓았다.

"알았어. 이모한테 메시지를 보내면 되는 거지?"

오토하는 입술을 일그러뜨리며 책상에서 스마트폰을 집었다.

"구로하 말에 따르면 이모는 아주아주 우수한 형사야. 그렇게 위험한 사람에게 다가갔다가 우리 계획이 들통나서 다 엉망이 돼도…… 난 몰라!"

이 말에는 쓴웃음을 짓지 않을 수 없었다.

―가라쓰를 가까이 하지 않아도 된다면 참 좋겠다만.

한 지붕 아래 사는데 가라쓰와 거리를 둘 수 있을 리 없다. 그래서 최선으로 여겨지는 '방법'을 제시했을 뿐이다.

그게 좋은 결과를 낳을지 나쁜 결과를 낳을지는 나도 모르겠다.

3

7월 30일 09:30 제한 시간까지 5일

류인 빌딩은 강을 따라 뻗은 국도 옆에 있다.

아리바이가와강은 수량이 풍부하고, 넓이는 50미터쯤 될까.

치과 의원이 빌딩 앞에 설치한 우주견 오브제는 철거됐다. 내가 창에 꽂히는 사태가 벌어져 물의를 빚었기 때문이리라. 우주견 오브제를 철거하고 만든 화단에는 색색의 글라디올러스가 만발했다.

미쓰이네에서 류인 다리까지 걸어서 이십 분 가까이 걸리고, 거기서 삼 분쯤 더 걸으면 류인 빌딩에 도착한다. 시노노메초의 빈집을 기준으로 하면 류인 빌딩까지 걸어서 십오 분쯤 걸린다.

"어디부터 조사할까."

오토하는 오늘도 남자아이 같은 차림새였다. 'GP' 로고가 들어간 변장용 흰색 야구 모자와 뿔테 안경도 쓰고 왔다.

"일단 카페 루핀부터 가자."

내 대답에 오토하는 어리둥절한 표정을 지었다.

"구로하의 가게?"

"어제 조사하면서 절실히 느꼈거든. 앞으로 오 일 안에 결판내기에는 도구고 뭐고 다 모자라. 그러니 그걸 가지러 가야겠어."

오토하에게 부탁해서 비상사태에 대비해 뒤뜰의 깨진 콘크리트 아래에 묻어 둔 여벌 열쇠를 꺼낸 후 재빨리 빌딩 2층으로 향했다.

임대료를 깎아 주는 대신 류인 빌딩의 주인에게 임대료 일 년 치를 미리 냈다.

―다음 입금 날짜는 10월. 내 육체가 완전히 죽음을 맞이하기까지는 적어도 임대료가 밀렸다는 이유로 가게를 빼라고 할 걱정은 없겠지.

다행히 오늘도 2층 복도에 사람이라고는 코빼기도 보이지 않았다.

오토하는 장갑 낀 손으로 여벌 열쇠를 꽂고 터치 패널에 비밀번호를 입력했다.

"우와, 가게 멋지다!"

안으로 들어가자마자 오토하는 눈을 반짝였지만, 카페는 먼지를 뒤집어써서 빛바랜 것처럼 보였다.

"아아, 이렇게 먼지가 쌓이다니……."

원래는 결벽증이 아닐까 싶을 만큼 매일 청소했고, 지인이 카페를 폐업할 때 받아 온 복고풍 카운터와 테이블도 정성껏 닦았다. 앤티크 숍에서 한눈에 반해서 산 스테인드글라스도 그렇고, 전부 다 내 기억보다 지저분했으며 마치 깊은 잠에 빠진 것 같았다.

"식재료를 넉 달이나 묵혀 놨으니 장난 아니겠지? 썩어서 녹아 버렸다거나?"

"상상만 해도 끔찍한걸."

내 대답에 오토하가 무섭지만 호기심이 가득한 표정으로 냉장고를 열었지만 바로 어깨를 축 늘어뜨렸다.

"텅 비었네."

"다행이다. 사촌 여동생 다마키가 정리해 줬을 거야."

구온 종합병원에서 들은 바로는…… 내가 혼수상태에 빠진 후에 유일한 친척인 사촌 동생 부부가 날 돌봐 준 듯했다. 사람 좋은 그들이 빌딩 주인에게 양해를 구하고 카페 루팡 내부도 정리한 것이리라.

나는 눈을 가늘게 오므렸다.

"내 입원비도…… 다마키가 부담했으려나."

다마키는 마호로시의 사립 고등학교에서 수학을 가르치는 선생님이다.

물론 내게 숨겨진 얼굴이 있는 건 모른다. 난 아이도 없는 홀몸이므로 사촌 동생을 유산 상속인으로 지정하고, 무슨 일이 생길 때에 대비해 목돈을 생전 증여했다.

그런 사정도 있으니 다마키는 비싼 입원비를 계속 내주는 것이리라.

나는 오토하에게 손짓해 카페 안쪽에 있는 방으로 향했다.

여기는 내가 카페 사무실 겸 주거 공간으로 사용한 곳이다.

방에 들어가자마자 오토하는 입을 막았다.

"더러워!"

"어허. 먼지가 많은 건 눈감아 줘야지. 다른 사람 집에 갔을 때 깨끗해 보이는 건 손님이 오기 직전에 부랴부랴 청소하기 때문이잖아."

"농담이야."

책도 블루레이도 게임 소프트웨어도 오십음도 순서대로 정리해 뒀고, 싱크대도 음식물 쓰레기 하나 없이 말끔하다. 빨래 바구니에 사각팬티를 처박아 둔 건 감점일지도 모르지만…… 혼자 사는 남자의 방치고는 유난이다 싶을 만큼 정리정돈을 잘한 편이라고 생각한다, 아마도.

나는 곰 모양 장식품을 가리켰다.

"그 속에 작업실 여벌 열쇠를 숨겨 놨어."

오토하가 곰의 몸통을 비틀어 열고 속을 더듬자, 캡슐 장난감 자판기에서 뽑은 키홀더에 달린 열쇠가 굴러 나왔다.

주거 공간인 이 방과 카페 루핀에는 비밀 사업과 관련된 물건을 놔두지 않기로 했다. 혹시나 경찰에 의심받아 가택수색이 들어오는 상황을 대비한 건데…… 유일한 예외가 이 작업실 여벌 열쇠였다.

오토하에게 카페 루핀에 들어온 흔적을 최대한 지우라고 지도하면서 나는 바로 위를 가리켰다.

"비밀 사업용 방은 두 층 위야."

"내 작업실에 온 걸 환영해."

두꺼운 커튼을 쳐 놔서 실내는 어두웠다. 오토하는 헤드램프를 꺼내서 켜고 조심조심 발을 들여놓았다.

나는 이 방을 차명으로 빌렸다. 전기세가 밀려서 전기는 끊긴 듯했다.

카페 루핀에서 두 층밖에 떨어져 있지 않으므로 경찰이 수사의 손길을 뻗치면 발견될 위험성은 있었다. 하지만 '가까움'과

'출입의 편의'라는 장점은 버리기 힘들었다. 그래서 이 방을 빌린 차명과 구로하 우유우의 관계를 쉽사리 알아내지 못하도록 손을 써서 어느 정도 안전을 확보했다.

오토하가 벽에 붙은 사진 한 장에 불빛을 비췄다.

"이상한 표정으로 손가락을 브이 자로 펼친 오른쪽 사람이 구로하네. 후후."

"······응, 뭐. 대학생 시절 사진이야."

"머리카락 색깔과 복장이 지금이랑 똑같고, 그 검은 손목시계도 똑같아서 바로 알아봤어. 구로하 옆에 있는 음침해 보이는 사람은 친구?"

오토하가 앞머리를 길게 기른 남자를 가리켰다. 나는 사진에서 시선을 돌렸다.

"아니, 나랑 같이 사진 찍은 사람은······ 대학교 선배야."

여전히 빛 같은 속도로 흥미가 옮겨 가는 듯했다. 오토하는 내 대답을 제대로 듣지도 않고 드론과 도청기 등을 정연하게 늘어놓은 선반으로 불빛을 돌렸다.

"와, 이쪽도 굉장하다! 구독 중인 유튜버의 공방이랑 비슷해."

여기저기 흥미가 많은 오토하답게 기계류도 좋아하는 듯 전에 없이 들뜬 목소리로 재잘거렸다. 하지만 3평짜리 단칸방을 대충 둘러본 후 불만스러운 표정을 지었다.

"하지만······ 생각보다 좁네."

"최소한 필요한 물건밖에 안 놔두니까."

오토하가 감 잡은 대로 여기 말고 다른 작업실도 있다.

제일 큰 건 이웃한 완다시의 교외에 있는 대여 창고로, 크기가 이 방의 다섯 배쯤 된다. 그쪽에는 가짜 사원증과 필요에 따라 다른 사람으로 위장할 때 사용하는 의상…… 경비원이나 공사 인부의 옷 등도 보관해 놓았다.

그러나 그 대여 창고는 미쓰이네에서 멀어서 차를 타도 삼십 분이 넘게 걸린다.

—나는 차로 갔었지만 오토하는 교통수단이 없으니까.

어린아이가 혼자 택시를 타고 멀리 가면 택시 기사는 물론이고 대여 창고 직원에게도 의심받는다. 되도록 여기 있는 도구만으로 상황을 잘 타개해 나가야 하리라.

오토하가 이번에는 선반장 제일 아랫단에 든 물건을 보고 눈을 반짝였다.

"이건 전기 충격기?"

나는 눈을 가늘게 뜨고 투박한 전기 충격기를 내려다보았다.

"강한 충격을 줄 수 있게 불법 개조한, 이른바 '비장의 무기'야. 이걸 가져가야 할 만큼 궁지에 몰린 적은 없지만."

"……꼬치구이가 됐으면서 입만 살았네."

오토하는 이죽거리듯이 말하고 신난 표정으로 전기 충격기의 스위치를 눌렀다. 하지만 전극은 아무 반응도 없었다. 오토하가 이쪽을 애처롭게 쳐다보았다.

"안심해, 그냥 배터리가 다 된 거야. 몇 시간 충전하면 사용할 수 있어."

오토하는 부리나케 전기 충격기를 가방에 쑤셔 넣었다. 아무래도 내가 어린아이한테는 위험하다는 이유로 가져가지 말라고 할까 봐 얼른 챙긴 듯했다.

이어서 나는 선반장 오른쪽에 있는 금고를 턱으로 가리켰다.

"그리고 자금. 이러니저러니 해도 세상일은 돈만 있으면 어떻게든 되는 법이지. ……일단 3백만 엔 가져갈까."

"그런 직설적인 사고방식, 정말 좋아!"

이건 해외로 도피해야 하는 등의 상황이 발생했을 때, 당장 필요한 생활비로 쓰기 위해 준비해 둔 돈이다. 여기 말고도 총 다섯 곳에 합쳐서 2천만 엔을 숨겨 놓았다.

오토하는 내가 지시한 대로 다이얼을 돌려서 금고를 열었지만, 막상 돈다발을 보자 갑자기 불안해진 모양이었다.

"정말 날 위해서 이렇게 큰돈을 써도 괜찮아?"

"소중하게 남겨둔들 방이 처분될 때 누군가 발견하고 슬쩍하겠지."

"……고마워."

웬일로 오토하의 입에서 감사의 말이 술술 나오길래 나는 눈을 몇 번 깜박였다.

"백만 엔쯤 더 가져갈까? 꼬리를 밟히지 않도록 깨끗하게 세탁한 돈이고…… 돈 불리는 방법도 알려 줄게."

오토하는 힘차게 고개를 획획 저었다.

"필요 없어!"

"농담이야."

"……현금은 아무래도 거북해서."

"하하, 요즘 세대란 그거냐. 오토하는 현금을 가지고 다니지 않는 주의더라."

백만 엔씩 묶은 돈다발을 백팩에 꾹꾹 눌러 담은 후, 오토하는 금고 안쪽에 들어 있는 검은 손목시계에 시선을 멈췄다.

"여기 있는 거…… 혹시 구로하가 차고 있는 손목시계?"

나는 쓴웃음을 지었다.

내 왼쪽 손목을 내려다보자 금고에 들어 있는 것과 완전히 똑같이 생긴 손목시계가 눈에 들어왔다. 하지만 시곗바늘은 빌딩에서 떨어진 시각인 3월 14일 오후 8시 반을 가리킨 채 멈춰 있었다.

"금고에 보관해 둔 건 실체가 있는…… 진짜 손목시계지. 한편 유령인 내가 차고 있는 건, 생전의 기억에 의지해 가짜로 만들어진 손목시계의 유령에 지나지 않아."

"줘."

"엥?"

오토하는 금고에서 꺼낸 진짜 손목시계를 끌어안았다.

"짝퉁이든 뭐든…… 점점 멋있어 보여서."

나는 한순간 망설였다. 그 반응을 놓치지 않은 듯 오토하가 새끼 고양이처럼 함초롬히 젖은 눈으로 이쪽을 가만히 쳐다보았다.

"소중히 아끼겠다고 약속할게."

어차피 내가 죽으면 이 방의 물건은 결국 전부 처분된다. 그걸 알기에 나도 고집을 부리지 않기로 했다.

"……약속했다?"

"오, 예!"

오토하는 폴짝폴짝 뛰며 손목시계도 백팩 주머니에 넣었다.

"자자, 딴짓 그만하고 다른 것도 챙기자."

태블릿PC와 스마트폰 그리고…… 일회용 심 카드. 그 외에 나는 범용성이 높을 듯한 도청기와 소형 드론 등의 도구를 선별했고, 오토하가 그것들을 재빨리 백팩에 챙겼다.

오토하가 무겁다는 듯한 표정으로 백팩을 메면서 중얼거렸다.

"가져가는 건 좋은데, 이모에게 들키지 않게 숨기는 게 큰일이네."

"손목시계와 일회용 심 카드는 변명이 안 통하겠지만 태블릿PC 정도는 친구에게 빌렸다는 식으로 넘어가면 되겠지."

"글쎄? 이모는 감이 좋거든."

"수사1과 경위님이니 어련하시겠어."

우리는 먼지 위에 남은 흔적을 최대한 눈에 띄지 않게 지우고 작업실을 뒤로했다.

◆

오토하가 배고픈 것 같길래 약속대로 맛있는 하와이안 버거 가게 '오노 버거'로 안내했다.

성인 남성도 주문하기를 망설이는 베이컨 치즈버거를, 오토하는 감자튀김 L사이즈와 함께 게 눈 감추듯 먹어 치웠다. 구아바 주스를 리필할 무렵, 나는 오토하에게 한 가지 지시를 내렸다.

작업실에서 가져온 스마트폰으로 '정보업자'에게 발주하는 것이었다.

"어제 추리한 결과, 나를 옥상에서 떨어뜨린 범인의 조건을 한정했어. 일단 누가 그 조건을 충족시키는지 확인하자. 필요한 건…… 3월 14일 당시의 레지던스 가라 세입자 목록, 옥상 카드 키를 빌린 사람 목록, 빌딩 주인과 관리인 등 빌딩 관계자 자료야. 보수는 너무 높아도 또는 너무 낮아도 의심받으니까 암호 자산 20만 엔으로 설정해."

오토하는 전용 앱으로 발주 의뢰를 송신하면서 고개를 갸웃했다.

"'정보업자'가 뭐야?"

"명칭 그대로 음지에서 다양한 정보를 파는 자야."

SNS에서 폭로 계정을 운영하던 사람이 부업 삼아 시작했다는 소문도 있지만, 진실인지 아닌지조차 불확실하다.

"저기, '정보업자'에게 경찰의 빈집 사건 수사 자료를 살 수는 없어?"

나는 고개를 살짝 저었다.

"'정보업자'도 만능은 아니거든. 원래 사기꾼이나 절도범에게 정보를 파는 일을 하니까, 이번처럼 개인 정보를 수집하는 건 특기 분야지. 아주 정확한 정보를 금방 보내 줄 거야. 하지만 경찰 내부의 수사 자료에는 그들도 힘을 못 써."

"뭐든지 남에게 의존해서는 안 된다는 건가."

"그런 셈이지. 실은 '정보업자'를 이용하는 데에도 위험한 측면이 있는데……."

내 말을 가로막듯 충전 중이었던 스마트폰에 전화가 왔다.

하마터면 갈릭 쉬림프를 쏟을 뻔한 오토하가 내 스마트폰을 내려다보았다.

"고작 삼십 분쯤 전에 충전을 시작했는데, 누구지?"

아까 발주했던 앱을 통해 온 전화였다. 나는 그 표시를 보고 한숨을 쉬었다.

"'정보업자'야. '정보업자'를 이용하면 정확한 정보를 손쉽게 구할 수 있어서 편리하지만…… '누군가 무슨 정보를 샀다'는 사실까지 정보로 팔릴 수 있다는 게 문제야. 이번에는 내가 넉 달 만에 움직였으니 속을 떠보려는 거겠지."

나는 일단 오토하에게 이어폰을 준비하라고 지시했다.

내 스마트폰에는 음성 변조 앱을 설치해 두었다. 그러니 짧게 이야기하고 끝내면…… '정보업자'도 통화 상대가 오토하인 줄은 눈치채지 못할 것이다.

오토하는 이어폰 한쪽을 자기 귀에 꽂고, 다른 쪽을 내게 내밀었다. 이어폰에서 섹시한 수준을 넘어 너무 느끼해서 속이 느글거리는 여자 목소리가 흘러나왔다.

—예전 단골손님, 오랜만이네? 이렇게 의뢰가 없었던 건 처음이라 얼마나 외로웠는지 몰라.

무슨 윤락 업소의 스팸 전화 같지만, 이 '정보업자'는 원래 이렇다. 하기야 저쪽도 목소리를 바꿨을 테니 실은 뚱뚱한 중년 남자가 아양을 떨고 있을 뿐이리라.

온몸에 닭살이 돋은 오토하에게 나는 내 말을 그대로 따라 하라고 지시했다.

"이번에도 특급으로 부탁해. 한 시간이면 충분하지?"

음성 변조 기능이 오토하의 목소리를 내가 '태상노군˙'이라고 별명 붙인 신선 같은 목소리로 바꿔서 전해 줄 것이다.

"아유, 변함없이 쌀쌀맞다니까. 특별히 요금을 10만 엔으로 깎아 줄 테니까, 활동을 넉 달 쉬는 동안 어디서 뭘 했는지 알려주……."

나는 오토하에게 신호를 보내서 전화를 끊게 했다.

"이렇게 부자연스럽게 끊으면 의심받지 않을까?"

"문제없어. 난 '정보업자'의 말을 끝까지 들은 적이 없으니까."

"아, 그래?"

"정중하게 이야기를 듣고 있으면…… 전화받는 사람이 내가 아니라는 걸 눈치채겠지. 그러면 녀석은 신나서 누군가가 완전 범죄 청부사를 사칭해 활동을 시작했다는 정보를 팔아넘길 거야."

오토하는 우웩, 하고 혀를 내밀었다.

"참 역겨운 업계네."

우리는 오노 버거를 나서서 류인 빌딩 옥상으로 향했다.

옥상 문 앞에서 오토하가 떨떠름한 얼굴로 구아바 주스의 빨대를 입에 물었다.

"……문을 잠가 놨네."

나는 어깨를 으쓱했다.

● 노자(老子)를 신격화해 부르는 말

"예상했던 바야. 사람이 옥상에서 떨어졌잖아. 아무리 게을러 빠진 관리인이라도 문 정도는 잠그겠지."

위장용 뿔테 안경 너머로 오토하가 원망 어린 눈빛을 던졌다.

"설마 유령은 문을 빠져나갈 수 있으니까…… 혼자 옥상을 조사하러 가겠다는 생각은 아니겠지?"

그럴 작정이었기에 나는 움찔하며 열쇠 구멍 언저리를 가리켰다.

"이건 골동품이나 다름없는 디스크 실린더 자물쇠로군. 유령만 되지 않았다면 오 초 만에 딸 텐데."

작업실에서 자물쇠 따기 도구는 가져왔지만, 오토하가 대번에 사용법을 익힐 수 있을 것 같지는 않았다. 문득 시선을 주자 오토하는 두 주먹을 불끈 쥐고 무술 고수 같은 자세를 취하고 있었다.

"뭐 하는 거야?"

오토하는 태극권이나 파문*이라도 사용할 것처럼 숨을 들이마시고 내쉬면서 말했다.

"이런 문을 한번 힘껏 걷어차 보고 싶었거든."

"……'발길질로 문 부수기' 업적은 다음 기회에 달성하도록 할까."

"순 게임밖에 모르는 인간 같으니라고!"

"너야말로 범죄를 저지르는 김에 약삭빠르게 추억을 만들려고 하잖아! 미안하지만 내게도 방침이 있어서 말이야. 무슨 일이 있어도 의뢰인을 최우선으로 지키자는 주의지. 따라서 내가 다루는 범죄는…… 나 자신은 물론 의뢰인도 위험에 빠뜨리지 않고

● 만화 〈죠죠의 기묘한 모험〉에 등장하는 특수한 호흡법

완수해야 해.

 문을 걷어차는 거친 방법은 소리가 나고 흔적도 남고, 다칠 가능성도 높으니까 논외야. 불필요한 위험을 무릅쓴 끝에 결국 운에 의지할 수밖에 없는 이류가 되고 싶지는 않지?"

"……알았어."

 나는 다시금 문손잡이를 조사했다. 오토하도 장갑 낀 손으로 경첩을 이리저리 만지작거렸다.

"그런데 구로하는 어쩌다 범죄자가 된 거야?"

"인연이 있었기 때문이려나."

"뭐?"

"범죄자 중 80퍼센트는 그렇게 대답하겠지. 어릴 적부터 '범죄자가 꿈'이었던 녀석은 여간해서는 없을 테니까. 나도 바라서 이렇게 된 건 아니야. 옛날에 KO대학교에 다니던 시절……."

 오토하의 눈이 동그래졌다.

"거기 명문대잖아! 구로하, 겉보기와 달리 머리 좋구나."

"수사나 범죄 수업과는 관계없이 대전제로서…… 사람을 학교 이름으로 판단하는 건 책 표지만 보고 내용까지 아는 척하는 것만큼 바보 같은 짓이야."

"아하. 구로하는 겉보기보다 똑똑하지 않다는 뜻이네."

"아니, 그런 뜻이 아니라……. 아무튼! 난 입학식 때 가입 권유를 받고 별생각 없이 수영부에 들어갔어. 그리고 한 달쯤 만에 동아리 방에 간 날, 게이지 선배와 만났지. 선배는 나보다 세 살 위라 당시 4학년이었어."

그 말을 들은 오토하가 헤실헤실 웃었다.

"알았다! 작업실에 있던 사진 속 사람이…… 그 선배지?"

"맞아."

"수영부 선배가 구로하를 범죄의 길로 끌어들인 거구나."

"전혀 아닌데."

오토하는 어리둥절한 표정을 지었다.

"아니야?"

"일단 선배는 수영부가 아니었어. 선배는 '잡초 애호가 모임'의 회장으로 수영부 옆 동아리 방을 무단으로 사용했지. 잡초 씨앗을 모아서 여기저기 뿌리고 다니는 활동을 한다고 했어."

"으아, 은근히 민폐가 되는 활동이네……."

나는 문의 경첩을 확인하며 말을 이었다.

"뭐, 선배가 애호가 활동에 얼마나 진심이었는지 수상하지만. 어쨌거나 오랜만에 수영부에 갔는데, 하필 그날 수영장 코스 로프 도난 사건이 발생해서 하마터면 범인으로 몰릴 뻔했지."

오토하는 아주 어른스럽게 한숨을 쉬었다.

"역시 평소 행실이 중요하다니까."

"그게 뭔 상관인데! 당시 동아리원들과 거리가 있었던 내게 죄를 덮어씌우고 탈퇴 처분하면 인간관계를 망치지 않고 일을 원만하게 수습할 수 있겠다고 생각한 거겠지. 그리고 그 누명을 벗겨 준 사람이…… 마침 밖에서 죽은 너구리에게 100엔짜리 동전 두 개를 공양하고 있던 게이지 선배였어."

"뭐라고?"

"물론 악마에게 제물로 바치려던 건 아니야. 너구리는 캠퍼스에서 차에 치여 목숨을 잃은 거였어. 선배 나름대로 죽음을 애도하고 저승길 노잣돈을 주기 위해 너구리의 머리에 100엔짜리 동전을 얹은 거야."

무슨 뜻인지 모르는지 오토하가 눈을 깜박거렸다.

"저승길 노잣돈?"

"죽은 사람이 고생하지 않도록 삼도천 뱃삯으로 준비하는 돈. 일본에서는 엽전 여섯 개가 유명하려나. 왜 해외 영화…… 예를 들어 〈분닥 세인트〉에도 죽음을 애도하는 의미에서 눈 위에 동전을 올려놓는 장면이 나오잖아? 선배도 그거랑 완전히 똑같았어."

오토하는 잠시 가만히 있다가, 이해하기를 포기한 듯 고개를 내저었다.

"음, 일단 그 선배가 별난 사람이라는 건 알았어. ……즉, 게이지 선배는 구로하를 범죄로 끌어들인 게 아니라 그냥 추리에 뛰어난 사람이었던 거네?"

"꼭 그런 것도 아니야."

"뭐야, 그게!"

"쉿, 목소리가 커. 선배는 날카로운 통찰력으로 범인은 수영부 사람이 아니라는 걸 증명해서 내 누명을 벗겨 줬지. 수영부 사람들은 뻔뻔한 얼굴로 나한테 사과했지만, 그 자리에서 탈퇴하겠다고 말하고 뛰쳐나왔어."

오토하는 만족스럽게 고개를 끄덕였다.

"은인인 선배에게 감사 인사를 하려고 쫓아간 거구나."

"내가 그런 짓을 왜 해! 성질나서 쫓아간 거야. 선배가 펼친 추리에 수상쩍은 점이 있었거든. 붙잡아서 캐물었더니 아니나 다를까…… 코스 로프를 훔친 진범은 게이지 선배였어."

"결국 나쁜 사람이었네!"

나는 빙긋 웃고 옥상 문의 문손잡이를 가리켰다.

"자, '지식과 기술'을 닦을 기회가 왔어. ……이 문에 달린 원통형 자물쇠는 방범상 취약한 점이 많아서 요즘은 건물 밖으로 이어지는 문에 거의 사용되지 않아. 이거라면 자물쇠를 딸 필요도 없지. 얼른 열고 나가자."

"기다리고 있었습니다!"

"일단 문의 래치 볼트가 뭔지 알아?"

오토하가 얼른 스마트폰으로 조사했다.

"어, 문이 멋대로 열리지 않도록 고정하는 부품이네. 문손잡이의 움직임에 연동해서 튀어나오거나 들어가는 그거."

"원통형 자물쇠는 래치 볼트와 잠금 시스템이 함께 있는 형태라 데드 볼트 같은 별도의 빗장이 존재하지 않는 게 특징이야. 따라서 자물쇠를 잠가도 문틈에 카드를 끼워서 래치 볼트를 밀어내면 잠금 장치를 풀 수 있어. 그러니까…… 뭔가 구부러져도 괜찮은 카드 없을까?"

오토하가 마술사 같은 손놀림으로 고양이 귀가 달린 카드 케이스에서 포인트 카드를 꺼냈다.

카드를 문틈으로 밀어 넣고 비틀자, 세 번 만에 래치 볼트가 카드에 눌려서 밀려났다. 오토하가 재빨리 문을 당겼다.

"······해냈다."

악마의 단말마 같은 소리와 함께 옥상 문이 열렸다.

돌풍이 옆을 지나치는가 싶더니 오토하가 옥상으로 뛰쳐나갔다. 오토하는 두 팔을 펼치고 몸을 한 바퀴 빙글 돌렸다.

"와, 경치 좋다."

류인 빌딩 남쪽에는 아리바이가와강이 펼쳐져 있다.

낚시꾼들이 제각각 수면에 낚싯대를 드리우고 있었다. 제방까지 포함해서 강폭은 100미터 정도일까. 이 강을 따라 뻗은 국도 옆에 류인 빌딩과 레지던스 가라가 나란히 서 있다.

나는 그런 경치에는 시선도 주지 않고 옥상 남동쪽 가장자리로 향했다.

"그래······ 화이트데이 밤에도 여기서 강 건너편을 바라보고 있었어."

바로 밑에 글라디올러스가 만발한 화단이 보였다. 3월 14일 당시 저기 있었던 건 치과 의원에서 설치한 괴상한 동상이었다.

문득 돌아보자 오토하가 옥상 난간을 넘어서 밖으로 나가려 하는 모습이 눈에 들어왔다.

"야, 무슨 짓이야!"

내가 깜짝 놀라 고함을 지르자, 오토하는 몸을 움츠리더니 마지못해 난간에서 물러났다.

"걱정하지 마. ······옆 빌딩까지 거리가 얼마나 되는지 실제로 점프해서 확인해 보려고 했을 뿐이야."

이럴 때 어린아이가 꺼내는 '걱정하지 마'라는 말만큼 믿으면 안 되는 말은 또 없다.

"천연덕스럽게 제일 위험한 짓을 하려고 하다니, 어우, 속 터져."

여기는 6층 빌딩이다. 옥상은 높이가 20미터쯤 되니까 떨어지면 100퍼센트 죽는다. 나처럼 꼬치구이라도 된다면 또 모르지만.

오토하가 쳇, 하고 크게 혀를 찼다.

"참 시끄러운 유령이라니까."

"다시는 난간에 다가가지 마. 그리고 혀 차는 것도 금지야. 알겠어?"

"구로하를 흉내 내는 건데."

"……하지 말라면 하지 마!"

"그렇게 떽떽거릴 거면 여기랑 레지던스 가라의 거리가 얼마나 되는지 구로하가 알아봐."

시키는 대로 나는 난간을 통과해 두 빌딩 사이에 떠올랐다. 바로 위에서 확인하자 빌딩 사이의 거리는 두 다리를 약간 넓게 벌린 정도밖에 안 됐다.

"90센티미터가 조금 안 되려나."

건물을 지을 때 외벽은 부지 경계선에서 일정 거리 이상 떨어져 지어야 한다는 규정이 있었다. 다만 류인 빌딩도 레지던스 가라도 옥상이 외벽보다 튀어나온 디자인이었다. 그 탓에 양쪽 옥상의 거리가 좁아진 것이리라.

"레지던스 가라의 옥상이 살짝 높은 듯하지만, 기껏해야 10센티미터 정도겠군. 이 거리라면 소리가 나지 않게 뛰어넘기도 어렵지 않겠어."

나는 유령의 몸으로 빌딩과 빌딩 사이를 건너는 시늉을 몇 번 했다. 오토하는 류인 빌딩 옥상을 둘러보고 심술을 부리듯 다시 혀를 찼다.

"……역시 넉 달 전에 발생한 사건의 흔적은 전혀 안 남아 있는 것 같네."

내가 떨어진 쪽 난간에도 눈에 띄는 흠집은 없었고, 레지던스 가라와 면한 쪽 난간도 마찬가지였다. 사건 발생 당시는 뭔가 남아 있었을지도 모르지만, 이제는 비바람에 씻겨 아무것도 찾아볼 수 없었다.

오토하는 기특하게도 난간에서 거리를 두고 말했다.

"저기, 돌아가기 전에 아까 전 이야기를, 구로하와 '저승길 노잣돈의 게이지'에 관한 이야기를…… 좀 더 들려줘."

"선배한테 이상한 별명 붙이지 마."

"에이, 알았어. 알았어. 구로하는 내게 복수하는 방법을 가르쳐 주는 스승님이잖아? 스승님에게 스승님이 있었다는 이야기를 들으면 역시 궁금하지 않겠어?"

나는 한숨을 쉬고 입을 열었다.

"그렇게 궁금하다면……. 코스 로프 도난 사건이 마무리된 후, 난 '잡초 애호가 모임'에 가입했어. 회원은 나와 선배, 둘뿐이었지. 결국 잡초 씨앗을 뿌리고 돌아다니는 활동은 해 본 적이 없네."

오토하는 눈을 가늘게 뜨고 구아바 주스의 얼음을 깨물어 먹었다.

"그 모임도 위장이고, 뒤로는 범죄 활동에 힘썼던 거로구나."

"뭐, 그렇게 되는 셈이려나. 나랑 만나기 전부터 게이지 선배는 법률로 처벌할 수 없는 일에 완전 범죄로 복수한다는 아이디어를 구상해서 실행하고 있었어.

세상은 학대, 갑질, 성추행…… 개떡 같은 일 천지지만, 그 대부분은 범죄로 인식조차 되지 않아. 범죄 행위가 있었다는 사실 자체가 흐지부지돼서, 피해자만 경력이나 친숙한 환경이나 모든 것을 다 버리고 도망쳐야 하는 것이 현실이지."

"정말 짜증 나는 세상이야."

오토하의 목소리는 한없이 어두웠다. 오토하는 너무 총명하다. 그래서 자신도 언젠가 그런 더러운 사회의 톱니바퀴 중 하나가 될 수밖에 없다는 사실을 벌써부터 알아차렸는지도 모른다.

"……그렇지만 당시 우리가 실행했던 복수는 범죄라 할 만큼 거창한 게 아니라 기껏해야 학생의 못된 장난질 정도에 지나지 않았어."

"예를 들면?"

"애호가 모임에 가입한 지 얼마 안 됐을 무렵, 성추행을 일삼는 법학부 교수에게 벌을 내려 달라는 의뢰를 받았지. 그때는 교수의 람보르기니에 본인이 사랑해 마지않는 불법 19금 게임의 스티커를 덕지덕지 붙여서 법학부 벽에 기대어 세워 놨지."

"너무하네."

말은 그렇게 하면서도 오토하는 생글생글 웃었다.

"말과 표정이 다른걸. 우리는 성추행 교수가 제일 좋아하는 캐릭터를 선택해 스티커를 붙이는 자비를 베풀었고, 뗄 수 있는 풀을 사용했으니 뒤처리도 깔끔하게 할 수 있었겠지."

"그 밖에는?"

"다른 의뢰는…… 툭하면 폭력을 사용하는 체대 출신 코치의 악행을 전단지로 KO대학교 전체에 알리고, 그 녀석의 차를 정문 벽에 기대어 세워 놓은 적도 있었지."

마침내 오토하가 깔깔 웃음을 터뜨렸다.

"결말이 다 똑같잖아!"

"당시 의뢰비는 일률적으로 3만 엔이었어. 결코 높은 가격은 아니었지만, 선배는 평소 지갑 사정이 좋지 못해서 그렇게라도 돈을 벌어야 했지. 그래서 '잡초 애호가' 활동이랍시고 늘 둑에서 먹을 수 있는 들풀을 찾아다니곤 했어."

나도 강제적으로 들풀 요리를 먹은 적이 있었는데, 산달래와 돼지감자는 의외로 맛있었던 기억이 난다.

"선배는 집안 형편이 별로 안 좋았나."

어린아이답게 전혀 거리낌 없어서 나는 무심코 웃음을 터뜨렸다.

"게이지 선배의 본가는 아주 부자야. 3대에 걸쳐 원장으로서 종합병원을 운영해 온 명문가 출신인데…… 시내에 저택이 여러 채인가 봐. 하지만 부모가 일을 물려받으라고 강요하는 게 싫어서 집을 뛰쳐나가고 싶은 기분은 오토하도 이해하지?"

오토하는 힘차게 고개를 끄덕였다.

"이해해. 나도 수학은 질색이니까 아빠 뒤를 이어서 회계사가 되라고 하면 싫을 거야."

"선배의 부모님은 선배를 어떻게든 의사로 만들어서 구온 종합병원을 물려줄 작정이었나 봐. 하지만 선배는 그걸 거부하고 집을 나왔지."

"자유로워진 대신에 돈을 못 받게 된 거구나."

"그런 셈이야. 선배는 학비와 생활비를 전부 자기 힘으로 벌어야 했어. 대대로 의사 가문이었기 때문인지 친척들까지 적으로 돌아선 모양이더라고. ……당시 아직 고등학생이었고 선배를 아주 흠모했던 남동생 고시만이 같은 편이었어."

어쩔 수 없이 선배는 여러 곳에서 아르바이트를 하고, 완전 범죄 청부사의 초기 형태라고도 할 수 있는 장난질로 돈을 벌어서 입에 풀칠을 했다. 그리하여 유급을 당하면서도 1급 건축사를 목표로 공학부 건축학과에서 열심히 공부했다.

"게이지 선배는 건축사가 되면 돈을 모아 아담한 건축 사무소 겸 카페를 차릴 생각이었어. 물론 스스로 설계해서 말이지."

오토하가 얼떨떨한 표정을 지었다.

"건축 사무소는 알겠는데, 웬 카페?"

"카페는 모델하우스 같은 역할이야. 손님에게 건축 자재나 설비를 직접 만져 보게 하고, 모형 같은 것도 꾸며 놓는 등 새로운 형태의 카페로 만들겠다고 했어."

"확실히 병원 원장 선생님이 되면 못 이룰 꿈이겠네. ……어, 구온 종합병원이면 구로하가 입원한 곳 아니야?"

"맞아. 마호로시에서 상급 종합병원 하면 거기밖에 없지."

"그럼 구로하를 치료해 주는 사람도…… 구온 게이지 선배의 아빠인 원장 선생님이야?"

나는 아리바이가와강에 시선을 돌리고 웃었다.

"오토하, 여러모로 착각하는 것 같구나. 일단 커다란 병원에는 의사가 수십 명이나 돼. 의사에 따라 각각 전공이 다르니까 원장이라고 해서 입원 환자를 전부 진찰하는 건 아니지."

"그렇구나."

"덧붙여 내 주치의는 선배 동생인 고시 선생이야. 나도 그가 고등학생이었던 시절부터 알고 지냈는데, 지금은 뇌신경 외과의가 됐어. 그리고 선배는 구온······."

"영차."

묘하게 늘어지는 목소리가 들렸다.

류인 빌딩 옥상으로 시선을 되돌리자 오토하가 난간 너머에 서 있었다. 오토하는 환하게 웃는 얼굴로 옥상에서 점프했다.

온몸에서 핏기가 싹 가셨다. 유령이 된 후로 한동안 잊어버렸던 감각이었다.

오토하는 빌딩 사이에 멈춰 있던 내 몸을 뚫고 둔탁한 착지음과 함께 레지던스 가라로 넘어갔다. 오토하가 돌아보았다.

"뭘 멍하니 있어? 빨리 이쪽 옥상도 조사하자."

—당했다.

별 흥미도 없으면서 내 과거 이야기를 들려 달라고 요구한 것도, 빈틈을 노려 이웃 빌딩으로 옮겨가기 위해서였나.

오토하는 다리를 쳐들어서 뒤꿈치를 대고 위태위태하게 콘크리트 난간을 넘었다. 얼핏 보기에도 몸 쓰는 데 소질이 없고, 몸놀림이 둔해서 보고 있는 내 심장이 얼어붙을 지경이었다.

"⋯⋯야, 무슨 짓을 했는지 알긴 해?"

설교를 들을 생각 없다는 듯 오토하는 레지던스 가라의 옥상에 드러누웠다. 거친 호흡을 가다듬으며 티셔츠 소매로 땀을 닦았다.

"절대로 하면 안 되는 위험한 짓을 하면 가슴이 두근두근하잖아? 살아 있다는 실감이 나서."

"⋯⋯뭐?"

"난 '산다'는 게 용기를 내서 스스로 길을 선택하는 행동의 연속이라고 생각해. 아침밥은 뭘 먹을지, 어느 길로 지나갈지⋯⋯, 어떤 일을 직업으로 삼을지, 누구를 돕고 누구를 안 도울지⋯⋯ 그 모든 행동의 축적이 그 사람의 '인생'인 거지.

어디에도 편한 길은 없고, 뭘 선택해도 위험은 기다리고, 힘든 일과 슬픈 일도 많이 생길 거야. 하지만 착한 아이인 척 두려워하며 아무 행동도 하지 않는 건⋯⋯ 죽은 거나 마찬가지지. 한 발짝 내디딜 용기를 품지 않으면 살 의미가 없는 거라고."

나는 무심코 인상을 썼다.

―고작 초등학생이 품을 생각은 아니야.

뭔가를 선택하면 반드시 다른 사람에게도 영향이 가고, 그 때문에 행복해지는 사람과 불행해지는 사람이 생긴다. 그런 점을 의식해서 각오나 체념과 함께 살아가는 건 좀 더 때 묻은 어른이 되고 나서 해도 된다.

"과연. 오토하는 위험을 짊어지는 것이야말로 '삶'이라고 생각하는 거구나."

오토하가 상반신을 일으키고 고개를 끄덕였다.

"이번 복수는 내게 그 무엇보다도 중요한 일이야. 모든 걸 잃은 내게 유일하게 남은 거니까. ……그러니 목숨도 걸 각오가 됐어. 온 세상을 적으로 돌려도 상관없어."

나는 픽 웃었다.

"설마 오토하는 그걸 용기라고 생각하는 거야?

그건 아니지. 오토하는 자포자기해서 목숨을 소홀히 여기는 질 나쁜 스릴에 취했을 뿐이야. 확실히 그러는 동안은 자기 자신이 강하다고 느껴지겠지만, 그런 강함에는 아무 의미도 없어."

떼쓰는 아이처럼 오토하가 도리질했다.

"그런 거 아니야!"

"진정한 용기는 닥쳐오는 위험이나 공포를 질리도록 맛본 후, 자신보다 강하다는 걸 뼛속까지 느낀 상대에게 맞서는 순간 태어나는 법이지.

오토하, 그렇게 자포자기만 하다가는 정말로 죽는다? 그 순간이 찾아왔을 때, 성취감을 맛볼 거라는 생각은 집어치워. 남는 건 후회뿐이니까. ……오토하가 없는 세상에 남겨질 가라쓰의 마음도 조금은 헤아려 줘."

"이모는 내가 어떻게 되든 하나도 안 슬퍼할 거야."

나는 깊은 한숨을 쉬었다.

"거짓말을 할 거면 제대로 하든가."

냉철하게 행동하려 하지만, 오토하의 목소리는 딱할 만큼 떨려서 본심을 조금도 감추지 못했다.

갑자기 오토하가 분노를 폭발시켰다.

"장난치지 말고 이모의 마음을 헤아려라? 날 걱정하는 척하면서 어중간하게 착한 사람 흉내 내지 마! 나 다 알아. 구로하가 죽인 건 살인귀 사카시마뿐만이 아니잖아. 아무 죄 없는 사람도 죽였어. 자…… 오야부, 가사이, 이시가메라는 이름을 모른다고 하지는 않겠지?"

뱃속이 차가워졌다. 이시가메라는 이름은 머릿속에 없었지만, 나머지 둘은 잊으려 해도 잊을 수 없는 이름이었기 때문이다.

"어, 어디서 그 이름을?"

내 안색은 시체보다 더 창백해졌을 것이다. 오토하는 전부 다 안다는 듯 눈을 가늘게 떴다.

"엄마와 아빠가 살해당한 후 난 경찰에게 완전 범죄 청부사가 범인이라고 호소했어. 하지만 다들 그런 건 도시 전설이라면서 웃어넘겼지. 그런 와중에도 이모만큼은 달랐어."

"설마 가라쓰가 나에 대해 조사한 건가!"

"이모는 빈집 사건에 정식으로는 참여하지 못했지만, 일하는 짬짬이 완전 범죄 청부사에 대해 조사해서 파일에 정리했어. 한 달 전, 이모가 샤워하는 사이에 가방을 뒤졌더니 바닥에 숨겨 둔 파일이 나오더라."

나는 숨을 삼켰다.

"거기에 오야부와 가사이의 이름이?"

"응. 곧 파일을 빼앗겼고, 그 후로는 숨기는 장소도 바뀌었지만. 그래서 기억하는 건 구로하가 사카시마를 살해했다는 사실과 역시 구로하가 죽인 세 명...... 오야부, 가사이, 이시가메라는 이름뿐이야. 분명 오야부는 묻지 마 살인으로 위장해서 죽였고, 가사이와 이시가메는 계단에서 사고로 떨어진 것처럼 꾸몄던가?"

오토하는 한없이 천진난만한 투로 말했다.

"......과연. 오토하가 완전 범죄 청부사에 대해 빠삭했던 건, 가라쓰의 자료를 훔쳐봤기 때문이었군."

"그런 셈이지."

"하지만 그 자료도 정확하지는 않아. 적어도 난 이시가메라는 이름에는 짚이는 바가 없어. 십중팔구 가라쓰가 다른 범인이 일으킨 사건을 잘 모르고 포함한 거겠지."

아니면…….

나는 몸을 바르르 떨었지만, 오토하는 전혀 눈치챈 낌새 없이 중얼거렸다.

"뭐야, 잘못된 정보도 섞여 있었구나. 결국 이모의 조사 능력도 별것 아니네."

"그럴지도 모르지."

어쨌거나 현경 본부에서 작성한 자료를 가방에 숨겨서 집으로 가져오다니 예삿일이 아니다. 가라쓰는 언니 부부가 살해당한 사건을 상사와 동료 몰래 조사한 것이리라.

―그렇지만 내 카페 겸 주거 공간에 수사의 손길이 미친 흔적은 없었어. 한다 하는 가라쓰도 완전 범죄 청부사가 누구인지까지는 밝혀내지 못한 건가.

나는 조용히 숨을 내쉰 후 오토하에게 몸을 돌렸다.

"이야기의 요점은? 내가 오야부와 가사이를 죽였다고 치고······ 그게 뭐 어쨌다는 건데?"

오토하는 어깨를 으쓱했다.

"딱히 별생각 없는데? 앞으로 복수해야 하는 입장에서는 든든하다, 그뿐이야."

"······."

"다만 살인자가 가족을 걱정하는 건 참기 힘들어. 그렇게 거짓으로 덧칠한 말을 늘어놓기보다, 오토하에게는 이용 가치가 있으니 복수가 끝날 때까지는 아무도 못 건드리게 하겠다고 말했으면 훨씬 기뻤을 텐데."

◆

레지던스 가라는 류인 빌딩보다 약간 나중에 지어졌고, 얼핏 보기에도 옥상에 사용된 콘크리트의 품질이 더 좋다는 걸 알 수 있었다. 관리도 잘해서 바닥에는 쓰레기 하나 없었다.

오토하는 옥상 텃밭 옆에 쪼그려 앉았다.

"호박이다."

화이트데이에 봤던 소송채는 이미 수확한 듯했다. 오토하는 조그마한 호박을 쿡 찌르더니, 주변을 둘러보았다.

"······이쪽 빌딩은 전망이 별로네."

류인 빌딩 옥상은 금속 난간으로 둘러싸여 있을 뿐이고, 사방에 시야를 가리는 것이 없다.

한편 레지던스 가라의 난간은 콘크리트다. 더구나 아리바이가와강이 보이는 남쪽에는 간판이 세워져 있었다. 높이는 2미터 정도고, 간판에 딸린 발판이며 그물을 설치해 놓은 탓에 키가 174센티미터인 나도 강과 국도가 전혀 보이지 않았다.

오토하도 간판 뒷면을 보고 중얼거렸다.

"넉 달 전에도 이랬어?"

"간판은 옛날부터 있었을 거야. 법률사무소가 과잉 채무 관련 간판을 달았던 걸 본 기억이 있으니까."

그때 오토하의 백팩에서 전자음이 들렸다.

우리는 얼굴을 마주 보았다. ……엄청난 손놀림으로 목탁 두드리는 기교를 연습하는 듯한 이 소리는 '정보업자'의 메시지였다.

오토하는 태블릿PC를 들고 간판 그늘 밑에 책상다리로 앉았다.

'정보업자'는 의뢰 내용대로 3월 14일 당시 빌딩 세입자 목록, 옥상 카드키를 빌린 사람 목록, 빌딩 주인과 관리인에 관한 자료를 보냈다.

오토하는 하얀 야구 모자를 뒤집어서 좌우가 바뀐 GP 로고의 얼기설기한 자수 실을 잡아당기며 자료를 읽었다.

"레지던스 가라는 총 25세대. 넉 달 전에는 공실이 없었나 봐."

"이야. 오래된 건물치고는 인기가 있네."

"세입자 중 화이트데이 시점에 옥상 카드키를 빌렸던 곳은 네 집뿐…… 205호, 302호, 403호, 503호야."

집 호수를 나열해도 명확한 이미지가 떠오르지 않았다.

"자료에 맨션 평면도는 없어?"

오토하는 태블릿PC 화면을 손가락으로 넘겨서 평면도를 띄웠다.

"여기에 따르면 1층은 레스토랑이고 2층부터 5층이 주거 공간인가 봐. 어느 층이나 똑같은 구조인데, 복도를 사이에 두고 남쪽과 북쪽에 세 집씩 있어."

집 호수는 홀수가 아리바이가와강이 보이는 남향…… 짝수가 산이 보이는 북향이었다. 오토하가 다른 자료를 띄웠다.

"문제의 네 집 중 503호 사람만 이사해서 없어졌어. 도망치듯 맨션을 떠난 이 사람이 범인 아닐까?"

"꼭 그렇다고 볼 수는 없지. 나를 옥상에서 떨어뜨린 사건은 완전 범죄가 성립했으니까 달아나서 몸을 숨길 필요 없어. …… 대담한 녀석이라면 아무렇지도 않은 얼굴로 여기 눌러앉아 있을 거야."

오토하가 혀를 쏙 내밀었다.

"역시 범위를 좁히기가 쉽지는 않네."

"현재로서는…… 문제의 네 집에 살던 일곱 명 모두 용의자야."

'정보업자'는 각 세대의 입주 신고서 사본을 입수해 문제의 네 집에 몇 명이 사는지까지 알아냈다. 세입자가 허위 신고를 했거나, 신고 후에 동거인이 늘어났을 가능성도 있지만 대체로 정확하리라.

오토하는 GP 로고가 들어간 야구 모자를 다시 쓴 후 팔짱을 꼈다.

"수상한 건 세입자뿐만이 아니잖아. 이 일곱 명에 최소한 두

명, 빌딩 주인과 관리인은 용의자에 포함해야지."

"아니, 한 명이야. 레지던스 가라 6층에 빌딩 주인이 사는데…… 본인이 관리 업무도 맡고 있는 것 같아."

레지던스 가라의 소유자는 '가라 다카히사'였다. 빌딩 이름인 '가라'는 자기 성씨에서 따온 듯했다.

평면도를 보고 있던 오토하가 눈을 동그랗게 떴다.

"와, 빌딩 주인이 사는 6층만 구조가 완전히 다르네."

가라의 거주지만 한 층을 통째로 사용해 5LDK*로 만들어 놨다. 다른 층과 비교하면 아주 사치스럽게 공간을 활용했다.

자료에 따르면 가라 다카히사는 오 년 전에 아내와 사별한 후로 쭉 레지던스 가라에서 혼자 살아왔다. 젊은 시절부터 직장에 다니지 않았고, 지금도 쭉 이 빌딩만 관리하는 듯했다.

"임대 수입만으로 먹고살다니 팔자가 늘어졌군."

오토하는 내가 투덜거리는 소리를 완전히 무시하고 텃밭에 손가락으로 8을 그렸다.

"좋아. 빌딩 주인까지 합쳐서 용의자는 총 여덟 명이네."

"여기서부터 어떻게 줄여 나가느냐……."

갑자기 삑, 하고 전자음이 들렸다. 우리는 화들짝 놀라 고개를 들고 옥상 문을 바라보았다.

……누군가가 옥상으로 올라왔다.

● 숫자는 방의 개수. LDK는 각각 거실, 식당, 주방을 가리킴

4

7월 30일 13:40 제한 시간까지 5일
나는 히죽 웃었다.
"아, 옥상 카드키를 가지고 있으니…… 용의자 중 한 명이겠군."
"그 악의로 가득한 웃음, 진짜 성질나!"
센 척하는 오토하의 허세를 깨부수듯 옥상 문 자물쇠가 풀리고 문손잡이를 돌리는 소리가 이어졌다.
"어, 어쩌지?"
몸을 숨길 곳을 찾아 우왕좌왕하는 오토하를 보고 나는 고개를 저었다.
"이미 늦었어. 태블릿PC만 백팩에 넣고 거기 가만히 있어."
"……."
"그렇게 걱정하지 마. 생각을 바꾸면 돼. 옥상에 사람이 올라오다니 아주 운이 좋았다고."
"어디가 운이 좋단 거야!"
"누군가 옥상에 올라오지 않았다면 오토하는 다시 점프해서 류인 빌딩으로 돌아가야 하잖아? 오토하는 운동신경이 별로인 듯하니까 다음에는 발을 헛디뎌서 나처럼 될지도 몰라."
그렇게 설명해도 오토하는…… 빌딩 사이를 백 번 뛰어넘는 편이 낫다는 표정이었다.
옥상에 나타난 건 오십 대 중반 남자였다.
화려한 가로줄 무늬 폴로 셔츠에 후줄근한 위장 무늬 바지를 입은 그 남자는, 전체적으로 네모난 체형이었다. '관리인'이라고 적힌 완장을 찼고, 비료 포대와 삽을 들고 있었다.

"아까 자료에서 본 얼굴이네. 빌딩 주인 가라 다카히사야."

용의자를 뽑는 제비라고 치면…… 꽝인지 당첨인지 미묘했다. 한편 가라는 오토하를 보고 눈이 동그래졌다.

"안녕하세요."

오토하는 될 대로 되라는 듯 손을 크게 흔들었다. 가라는 당황한 기색으로 중얼거렸다.

"안녕. 음, 넌…… 다나카 씨네 딸?"

어느 세대에 어떤 아이가 사는지까지는 모르는 듯했다. 그 착각에 편승해 오토하는 애매모호하게 고개를 움직여서 대답을 얼버무렸다.

"오늘은 어쩐 일이니?"

오토하가 나를 째려보았다. 솜씨 좋게 눈빛만으로 '빨리 대처해'라는 뜻을 전했다.

―알았어.

"중학교 여름방학 숙제로 '자유 연구'를 해야 하는데, 뭘 하면 좋을지 찾으러 왔어요."

오토하는 내가 한 말을 그대로 읊었다.

어린아이가 뭔가 찔리는 일을 어물쩍 넘기기 위해 써먹을 수 있는 정석적인 대처법 하면 역시 이것밖에 없으리라.

그러나 시대는 참 빨리도 변하는 법이라…… 하와이안 버거를 먹으면서 오토하가 이야기해 준 바에 따르면, 오토하의 학교에서 '자유 연구'는 선택 과제라고 한다.
 실제로 오토하도 '자유 연구' 대신 '만들기'를 선택할 작정이었다고 했다. 복수를 마치고 나서 여름방학 후반에 UV레진으로 액세서리를 만들 거라나.
 ―복수를 끝낸 후의 일정까지 머릿속에 담아 두고 있다니 참 듬직하다고 해야 할까.
 오토하는 아직 초등학교 6학년이지만, 관리인에게는 일부러 나이를 높여서 말했다. 그래야 이야기를 나누기가 쉬울 것이다.
 가라는 험상궂은 외모와는 달리 서글서글한 웃음을 지었다.
 "그럼 텃밭에 뭐 좀 키워 볼래? 아직 빈 곳이 있으니 방울토마토를 키워 보면 어떠려나. 아, 씨앗부터 키울 거면 방울무가 좋을지도 모르겠네. 25일쯤 지나면 수확할 수 있고, 샐러드나 피클로 만들어도 맛있어."
 "정말요?"
 "분명 코메트라는 품종의 씨앗이 남아 있었을 텐데. 필요하면 나중에 갖다주마. 비료량과 햇볕 쬐는 시간에 차이를 둬서 성장 속도와 맛이 어떻게 달라지는지 관찰하는 것도 재미있겠네."
 가라가 텃밭의 잡초를 뽑기 시작하자 오토하도 도왔다. 무엇보다 놀라웠던 점은…… 오토하가 순식간에 관리인과 친해졌다는 것이다.
 ―뭐야. 나랑 가라쓰에게 대들던 때와는 완전히 다른 사람이잖아.
 오토하는 아주 즐거워 보이는 표정으로 가라의 채소 지식 자랑을 들었다. 부모님을 잃기 전에 오토하는 이토록 살갑고, 누구와도 금방 친해지는 아이였을까?
 거기에는…… 내가 모르는 오토하가 있었다.

 갑자기 그늘이 졌다. 방금까지 강렬한 햇살이 쏟아졌는데, 어느덧 서쪽 하늘에 적란운이 퍼져 나가고 있었다.
 가라도 뭉게뭉게 피어오르는 구름을 보고 중얼거렸다.
 "비가 한바탕 쏟아지려나 본데."
 나는 재빨리 옥상을 둘러보았다.
 ─빨래 건조대는 보이지 않는군. 그럼 날씨가 궂어질 것 같은데 굳이 옥상에 올라오는 사람은 없을 거야.
 넉 달 전 사건에 대해 정보를 얻을 기회는 누군가 난입할 걱정이 없는 지금뿐이다.
 "실은…… 화이트데이에 일어난 추락 사고를 '자유 연구' 주제로 삼을 생각이에요."
 오토하는 내 말을 고스란히 살아 있는 사람의 목소리로 바꾸었다. 가라는 깜짝 놀란 눈치였다.
 "그, 그건 좀 그렇지 않겠니?"
 "왜요?"
 "어, 그게, '자유 연구' 주제로는 너무 무겁다고 할까, 과격하다고 할까……. 분명 나중에 엄마나 선생님에게 혼날 거야."
 나와 오토하는 동시에 어깨를 으쓱했다.
 "관리인 아저씨. 아이에게 보기 좋은 것만 가르치는 건 '교육'

이라는 측면에서 볼 때 시대에 뒤떨어지고 무책임한 짓이에요."
"응?"
"제 친구는 '육식과 생명의 소중함'을 주제로 병아리부터 기른 닭을 직접 잡고 손질해서 치킨 샐러드를 만들겠다고 했어요. 다른 친구는 '픽션과 죽음'을 주제로 영화 역사상 가장 잔혹하고 많은 희생자를 낸 작품이 뭔지 조사하는 중이고요."
 물론 내 애드리브와 오토하의 각색이 뒤섞인 순 거짓말이지만, 기가 눌렸는지 가라는 말을 어물거렸다.
"아, 음…… 아저씨 생각에도 괜찮은 주제인 것 같구나."
 어느덧 가라의 두 눈은 '최근 젊은이'라는 이해 불가능한 존재에 대한 두려움으로 가득했다. 안심해라, 그런 젊은이는 실제로 존재하지 않으니까.
 적란운이 쭉쭉 퍼져 나가서 주변이 해 질 녘처럼 어두워졌다. 바람도 강해진 듯했다.
"……아저씨는 화이트데이에 뭔가 못 보셨어요?"
 가라는 목장갑을 벗더니 떨떠름한 표정으로 턱에 손을 댔다.
"그날 밤은 느닷없이 도로에서 크게 웅성거리는 소리가 들렸어. 나도 그 소리에 놀라서 베란다에 나갔던 사람 중 하나야."
"몇 시쯤이었는데요?"
 기억이 잘 안 난다고 대답할 줄 알았는데 가라는 폴로 셔츠 가슴 주머니에서 스마트폰을 꺼냈다.
"그때 찍은 영상이 있으니, 그걸 보면 알지도 모르겠구나. 그때는 일단 베란다로 나가서…… 스마트폰 카메라로 사고 현장을 촬영했지."

오토하는 치뜬 눈으로 가라를 쳐다보았다.

"좀 보여 주시면 안 돼요?"

오토하에게는 어른의 마음을 휘젓는 특별한 재능이 있는 모양이다.

나도 어느 틈엔가 초등학교 6학년의 의뢰를 받아들인 모양새가 됐고…… 가라쓰가 어쩔 줄 모르고 허둥대는 것도 나와 똑같은 기분을 수차례 맛보았기 때문일 것이다.

오토하가 오른손을 내밀자 가라는 사고 능력을 잃은 것처럼 스마트폰 잠금을 해제했다.

◆

창문을 두드리는 빗소리가 시끄러웠다.

빌딩 주인 가라와 헤어진 후 우리는 레지던스 가라 근처 카페 탠저린으로 대피했다. 창문 너머로 번쩍번쩍 빛나는 번갯불이 보였다.

비를 피하기에 딱 좋은 가게다. ……카페 루팡의 영업이익을 30퍼센트쯤 깎아먹어서 꼴 보기 싫은 카페이기도 하지만.

오토하는 캐러멜 너츠 스페셜이라는 메뉴를 걸신들린 듯이 먹었다.

두툼하게 구운 팬케이크에 소프트크림, 견과류 세 종류, 캐러멜 소스를 토핑해서 길티 플레저라는 말이 딱 어울리는 메뉴다.

적당히 구운 견과류가 아주 고소해 보였지만…… 유령은 군침을 흘릴 수조차 없다.

"밥이나 간식 유령이 있어도 되지 않을까? 누군가 흘린 소프트크림 같은 게 유령으로 변해서 나오지는 않으려나."

"꿈도 크셔라."

오토하는 블루하와이 빛깔의 소다수를 마시며 태블릿PC에 시선을 주었다.

그래, 최고로 무의미한 대화다. 시간을 보내기 위해서라면 그것도 나쁘지는 않다.

태블릿PC 화면에서 도넛 모양의 진행률 표시기가 빙글 돌더니 90퍼센트를 나타냈다. 조금만 있으면…… 영상 고화질 변환 처리가 끝난다.

가라가 찍은 일 분 정도의 짧은 영상은 화면이 어두워서 뭐가 찍혔는지도 거의 못 알아볼 지경이었다.

육안으로는 확실히 확인할 수 있었다지만, 6층 베란다에서 스마트폰 카메라로 찍은 영상에는…… 도로에 모인 사람들, 달려오는 구급차의 불빛 등등 모든 것이 작게 담겨 있었다.

오토하는 영상을 잠깐 보자마자 기대에 못 미쳐서, 홧김에 팬케이크를 먹으러 온 것이다.

나는 빗물이 흐르는 창문을 보고 중얼거렸다.

"뭘 모르는군. 영상이 선명하지 못해서 오히려 다행이었는데."

만약 꼬치구이가 된 내 모습이 선명하게 찍혔다면 빌딩 주인도 그런 영상을 아이에게 보여 주려 하지는 않았을 테고, 오토하가 아무리 조른들 영상 사본도 넘기지 않았으리라.

하지만 오토하는 기분이 언짢은 듯 입을 삐죽거리기만 했다.

"이 영상은 봐 봤자 아무 도움도 안 돼."

"결론을 서두르지 마. 초조함은 금물이야. 가라의 스마트폰은 꽤 최신 기종이었잖아? 그럼 화면으로는 어두워서 아무것도 보이지 않았더라도, 밝기를 조정하고 화질 개선 기술을 사용하면 데이터가 원래 가지고 있는 정보를 최대한 끌어낼 수 있을 거야."

고화질 변환 처리가 끝나자마자 오토하는 포크를 내던지고 영상을 재생했다.

촬영 일시는 2024년 3월 14일 오후 8시 36분.

인터넷에 퍼진 '꼬치구이 남자' 영상은 구급차가 도착한 후에 촬영한 것으로, 오후 8시 40분에 촬영을 시작했다. 가라의 영상은 그것보다 사 분이나 이른 셈이다.

일단 촬영자가 신은 운동화와 식물무늬가 들어간 바지, 베란다에 놓아둔 화분과 슬리퍼가 비쳤다. 그리고 갑자기 높이가 높아져서 빨래 건조대와 난간을 넘어 카메라가 맨션 아래를 향했다.

화면 오른쪽에 동상의 창에 꽂힌 내가 비쳤다. 인터넷에 퍼진 영상과 달리 내 모습이 바로 위에서 내려다보는 것에 가까운 각도로 담겼다. 땅에 떨어진 지갑과 애마 코롤라의 부서진 키도 어렴풋이 보였다.

오토하가 이맛살을 찌푸리며 영상을 일시 정지했다.

"이상하네. 가라는 레지던스 가라 6층에 있는 자기 집에서 영상을 찍었다고 하지 않았나? 그럼 꼬치구이가 된 구로하를 바로 위에서 내려다보는 것에 가까운 각도로 찍을 수 없을 것 같은데."

"그렇지도 않아. 난 류인 빌딩 남동쪽 모서리 부근에서 떠밀려 떨어졌거든. 장소로 따지면 레지던스 가라의 바로 옆이야."

"아, 가라가 류인 빌딩과 제일 가까운 남서쪽 베란다에서 촬영했다면 이 정도 각도가 나와도 이상하지 않은 건가."

영상 속에서 사이렌 소리가 가까워졌다. 삼십 초쯤 지나자 "오, 구급차다." 하고 가라가 중얼거리는 소리가 들렸다. 그 후 십 초쯤 구급차를 찍은 후, 다시 카메라가 의식불명 상태인 나를 향했다.

그로부터 십오 초쯤 더 지났을 무렵, 촬영에 질렸는지 카메라가 방 쪽을 향했다. 유리문에 촬영자인 가라의 모습이 비쳤을 때 영상이 끝났다.

······총체적으로 볼 만한 부분이 없는 영상이다.

오토하는 손바닥에 턱을 괸 채 영상을 처음부터 다시 보다가 금방 또 일시 정지했다.

"이 회색 같은 건 뭐야?"

오토하가 확대한 건, 레지던스 가라 앞쪽의 화단에 깊숙이 처박힌 '뭔가'였다. 인도에서 약간 떨어진 곳에 위치한 화단은 가라가 영상을 촬영한 베란다의 거의 바로 아래쪽에 있었다.

나뭇가지와 잎이 방해돼서 아무리 확대해도 확실히 보이지 않았지만, 직육면체에 가까운 형태고 표면에 무늬가 들어갔다는 건 알 수 있었다.

나는 숨을 헉 삼켰다.

"이건 채소 주스야! 무늬로 보건대 내가 산 종이팩이 틀림없어."

채소를 싫어하는 오토하가 금방이라도 토할 것 같은 표정을 지었다.

"전에도 그런 소리를 했었지. 왜 엄청 맛없는 주스를 옥상에 가져간 거야?"

"어허, 채소 주스는 몸에 좋고 맛있잖아."

"혀가 고장 났나 보네."

"……아무튼 그날 밤은 기껏 산 주스를 뜯을 틈도 없이 떠밀려 떨어졌어."

"그 종이팩 말인데, 없어졌어."

"뭐?"

나는 허둥지둥 태블릿PC를 들여다보았다.

오토하 말대로 가라가 구급차를 십 초쯤 찍다가 카메라를 되돌렸을 때, 화단의 식물에는 패인 자국만 남아 있고 채소 주스는 홀연히 사라지고 없었다.

나는 오토하와 얼굴을 마주 보았다.

"누군가 쓰레기인 줄 알고 주워 갔나?"

"옆에 내가 꼬치구이처럼 동상의 창에 박혀 있었는데? 겨우 구급차가 도착한 타이밍에 쓰레기를 줍는 별난 인간은 없겠지."

종이팩은 화단의 식물에 깊이 처박혀 있었다. 구조나 통행에 방해가 되지 않았을 테니, 서둘러 옮겨야 할 이유도 없었을 것이다.

오토하가 앓는 소리를 냈다.

"그렇다면 범인이 가져갔을 가능성이 높을 것 같은데. ……그런데 뭣 때문에?"

나는 눈을 감고 빌딩에서 떨어진 순간의 기억을 되살렸다.

"돌이켜 보니 이상하군. 빌딩에서 떨어진 후, 어찌 된 일인지 뜯지도 않았던 채소 주스팩에서 주스가 흘러나와서 허공에 흩날렸어."

고함량 리코펜 액체는 밤하늘에 산호라도 흩뿌린 것처럼 반짝였다. 악몽 속에서 되풀이해 봤던 그 광경을 잊을 리 없다.

"떠밀린 순간 반사적으로 팔을 휘둘러서 종이팩이 어딘가 부딪힌 거 아니야?"

"그런 것 같군. 범인이 일부러 종이팩을 회수하러 왔다는 사실로 추측건대…… 어쩌면 내가 들고 있던 종이팩으로 범인을 때린 건가?"

기억은 나지 않지만 당시는 나도 필사적으로 난간을 붙잡으려 했을 것이다. 그러다 범인을 때렸어도 이상할 건 없다.

"대체 나는 범인의 어디를 때린 거지? 가능성이 높은 곳은 얼굴이려나. 종이팩에 체액이나 피가 묻기 쉬운 부위는 눈, 코, 입을 포함한 얼굴일 테니까."

오토하가 숨을 삼키더니 입가를 눌렀다.

"혹시…… 범인은 종이팩에 눈을 얻어맞은 건가?"

나는 무심코 미소를 지었다. 오토하가 처음과는 다른 사람으로 보일 만큼 추측하는 실력이 좋아졌기 때문이다.

"좋았어. 눈을 맞았다면 범인이 서둘러 종이팩을 회수하러 간

이유도 이해가 돼. 자신의 피나 체액이 묻었을 가능성이 있다면 현장에 내버려둘 수 없겠지."

"덧붙여 범인은 눈을 다쳐서 한쪽 눈이 잘 안 보이는 상태였을지도 몰라. 만약 범인이 그래서 원근감에 이상이 생긴 상태로 빈집에 갔다면……."

"장식용 들보가 천장에 붙어 있다는 걸 모르고, 신발을 무게추 삼아 로프를 여러 번 던졌어도 이상하지 않지."

"이걸로…… 두 사건이 연결됐네."

나는 내 손끝을 바라보았다.

—어쩌면 내 손이나 손톱에도 범인의 피나 피부 조각이 묻었을 수도 있겠군.

범인도 그걸 알아차렸겠지만, 도로에 사람들이 그렇게 모여들었으니 손쓸 방도가 없었을 것이다.

내 생각을 읽은 것처럼 오토하가 어깨를 움츠렸다.

"경찰은 역시 무능해. 구로하의 손끝을 제대로 조사했다면 단순한 추락 사고가 아니라는 걸 알아냈을지도 모르는데."

"아니, 경찰도 사건이라고 강하게 의심하지 않는 한 손톱 밑까지 조사하지는 않을 테고…… 그때는 상황도 안 좋았어."

동상의 창에 푹 찔린 상처에서 피가 흘러 내 두 손은 피범벅이었다. 그런 상태로는 손끝에 다른 사람의 조직이 묻어 있는지 판별하기가 불가능했으리라. 오히려 내 피에 범인의 조직이 씻겨 나갔을 가능성마저 있었다.

오토하는 영상을 한 번 더 시청했다.

······이십 초쯤 지났을 때 영상 구석에 수상한 움직임을 보이는 사람이 나타났다.

레지던스 가라의 공동 현관에서 나온 그 사람은 망설임 없이 열 몇 발짝 똑바로 나아가 화단으로 향했다.

"이 사람, 너무 수상해."

오토하가 가리킨 그 사람은 검은 옷을 입은 마른 체형의 남자였다.

모여든 인파와 비교해 보건대 키는 평균이고, 얼굴은 모자에 가려져서 보이지 않았다. 카메라가 구급차를 십 초쯤 찍은 후 다시 사건 현장으로 방향을 돌렸을 때 종이팩은 사라지고 없었다.

그 시점에도 남자는 여전히 화단 곁에 있었다.

남자는 당황한 낌새 없이 화단에서 멀어져 인파 사이로 스며들었다.

"틀림없어······ 이 녀석이 날 떨어뜨린 범인이야."

◆

"검증을 시작하자."

오토하가 편의점 비닐봉지에서 채소 주스를 꺼냈다. 용량은 500밀리미터, 그날 밤 내가 산 채소 주스와 똑같은 상품이다.

사건 현장 주변은 넉 달 전과 달라진 점이 거의 없었다. 가로수와 화단이 연한 녹색에서 진한 녹색으로 바뀐 정도고, 나무는 거의 자라지 않았다.

―예외는 우주견 오브제가 철거된 것뿐인가.

나는 레지던스 가라 6층까지 단숨에 올라갔다. 목적지는 류인 빌딩에서 가장 가까운 남서쪽 베란다다.

가라의 집 베란다에는 화분과 낡은 슬리퍼가 놓여 있었고, 빨래 건조대에는 민소매 티셔츠와 사각팬티를 널어놓았다.

유리문과 레이스 커튼 너머로 주방에 서 있는 가라가 보였다.

가라는 두 사람 몫의 식기와 냅킨을 부랴부랴 테이블에 늘어놓고 있었다. 멋들어진 꽃병에는 꽃까지 꽂아 두었다. 복장도 옥상에서 만났을 때와는 달랐다. 타탄체크 무늬가 들어간 거무스름한 바지에 페이즐리 무늬 셔츠를 멀끔하게 차려입었다.

―흠, 연인이라도 초대해 점심을 먹을 생각인가.

남의 사생활을 엿보는 건 재미있지만 오토하를 너무 기다리게 해서는 안 된다.

나는 방을 등지고 베란다 가장자리에 섰다. 그리고 양손 엄지와 검지로 간이 파인더를 만들었다.

"각도는 그 영상과 확실히 일치하는군. 역시 가라는 여기서 촬영한 거야."

덧붙여 가라는 이미 용의자에서 제외했다.

근거는…… 영상 끝부분에 가라의 모습이 유리문에 비쳤다는 것이다. 종이팩을 줍고 나서 고작 이십여 초 만에 6층 베란다로 이동하기는 불가능하므로 알리바이가 성립된다.

즉 나를 떨어뜨린 건 입주자 중 누군가다.

오토하가 화단의 한 곳을 가리키며 나를 올려다보았다. 나는 양손으로 가위표를 만들었다.

"아니, 종이팩이 있던 곳은 거기가 아니야. 한 발짝 오른쪽으로…… 네 기준으로 오른쪽. 그래, 거기."

보는 사람이 없다는 걸 확인한 후 오토하는 채소 주스를 힘껏 화단에 던졌다. 종이팩은 나뭇잎과 나뭇가지 사이에 푹 처박혀, 그날 밤의 광경이 완벽하게 재현됐다.

이어서 나는 류인 빌딩 옥상으로 이동했다.

영상에서는 거리감을 파악할 수 없었지만 우주견 동상이 있었던 곳과 종이팩이 떨어진 곳은 거리가 3미터 가까이나 됐다.

―악몽 속에서 봤을 때 종이팩은 내게서 그리 멀지 않은 곳에 있었어. 떨어지는 동안 거리가 더 벌어진 건가.

류인 빌딩 옥상의 남동쪽 가장자리에 내려서자마자 나는 눈살을 찌푸렸다.

"응? 여기서는 종이팩이 보이지 않는데."

소나기가 지나가고 다시 땡볕이 내리쬤다. 눈부실 만큼 밝았지만 화단의 나뭇잎과 나뭇가지에 가려져서 어디에 종이팩이 있는지 전혀 알 수가 없었다.

만약을 위해 류인 빌딩 옥상 전체를 돌아다니며 확인해 보았지만…… 화단에 처박힌 종이팩이 보이는 곳은 존재하지 않았다.

땅으로 돌아가자 오토하도 인도 가장자리에서 화단을 노려보고 있었다.

"그쪽은 어때?"

말을 걸자 오토하는 꿈에서 깨어난 것처럼 돌아보았다.

"생각했던 것보다 채소 주스가 보이는 곳이 별로 없는 것 같아."

현재 오토하가 서 있는 인도 가장자리는 종이팩이 떨어진 지점과 거리가 3미터 정도밖에 되지 않았다. 하지만 키가 174센티미터인 나조차 나뭇잎과 나뭇가지 때문에 채소 주스가 눈에 들어오지 않았다.

"낮에도 이런데 밤이면 더 안 보이겠군."

"나도 돌아다니면서 확인해 봤는데, 종이팩이 떨어져 식물이 패인 흔적은 바로 위쪽 정도로 가까이 다가가야 볼 수 있을 것 같아."

나는 눈을 가늘게 떴다.

"영상 속 범인은 키가 평균 정도였지? 좀 크게 잡아서 '범인이 178센티미터'라고 가정하고 검증해 볼까."

나는 4센티미터쯤 떠오른 상태로 화단에 조금씩 다가갔다.

그 결과…… 종이팩이 떨어진 지점에서 반경 1.2미터 이내로 다가가야 확인할 수 있다는 사실이 판명됐다. 밤이라면 확인하기가 더 어려우리라.

"1.2미터면 엄청 가깝지 않나?"

"그렇지."

문제의 화단은 정원풍으로 꾸민 공간 제일 안쪽에 있다. 애당초 화단과 인도 사이의 거리는 2미터 정도니까 종이팩은 정원 내부에 들어가지 않으면 발견할 수 없는 셈이다.

갑자기 오토하가 앗, 하고 소리쳤다.

"잠깐! 범인이 종이팩을 회수할 때, 이 빌딩 공동현관 부근에서 망설임 없이 화단으로 다가가지 않았나?"

"응, 똑바로 쭉 나아갔지."

나는 내심 오토하의 예리함에 놀라움을 감추지 못했다.

아직 초등학생인데…… 증거품에 숨어 있는 의문점이나 모순점을 찾아내는 능력이 내가 지금까지 만났던 그 누구보다도 뛰어나다.

─과연, 가라쓰와 늘 팽팽한 신경전을 벌이는 녀석답군.

보면 볼수록 가라쓰의 미니 버전으로 느껴졌다. 천적과 함께 일하는 듯한 기분으로 나는 공동 현관과 화단의 거리를 눈대중했다.

약 8미터.

종이팩이 있다는 걸 눈으로 확인하기는 불가능한 거리다.

"……아무래도 범인은 종이팩이 떨어진 곳을 미리 알고 있었던 것 같군."

"대체 어떻게 알았을까?"

"지상에서 발견한 건 아니겠지. 지상에서 채소 주스를 찾아내려면 떨어진 곳에서 1.2미터 이내로 다가가야 해. 사전에 그렇게 가까이 갔다면, 범인도 그때 종이팩을 주웠겠지. 수고스럽게 일단 떠났다가 나중에 다시 회수하러 오지는 않을 거야."

오토하도 화단에서 채소 주스를 줍는 시늉을 했다.

"손만 살짝 뻗으면 남의 눈에 띄지 않게 주울 수 있으니 뒤로 미뤄야 할 이유도 없겠네.

좋아, 소거법으로 범인은 높은 곳에서 종이팩을 발견했다는 결론이 나왔어! 구로하를 떨어뜨린 김에 류인 빌딩 옥상에서 종이팩을 찾아내서 주우러 간 거야."

그만 웃고 말았다.

"떨어뜨린 김에라니 무슨 표현이 그러냐? 공교롭게도…… 류인 빌딩 옥상에서 채소 주스를 찾아내기는 불가능해. 아까 조사해 봤는데, 화단의 나뭇잎과 나뭇가지에 가려서 그 빌딩 옥상에서는 종이팩을 눈으로 확인할 수가 없었어."

오토하가 부루퉁한 얼굴로 팔짱을 꼈다.

"그럼 범인은 구로하를 떨어뜨린 후, 종이팩이 날아가는 곳을 눈으로 좇은 걸까."

"그것도 아니야."

"왜?"

"범인은 갑자기 눈 부근을 얻어맞았으니 반사적으로 눈을 감든지, 충격으로 균형을 잃든지 했겠지?"

"아, 종이팩이 어디로 날아갔는지 지켜볼 수가 없었겠네."

"게다가 종이팩이 어디로 떨어지는지 느긋하게 확인할 상황도 아니었어. 사고로 위장하기 위해서라도 류인 빌딩 옥상을 재빨리 떠나야 했으니까."

오토하가 벌레 물린 곳을 긁으면서 중얼거렸다.

"잘 생각해 보니…… 류인 빌딩에서 종이팩을 수직에 가까운 각도로 내려다볼 수 있는 곳은 옥상 남동쪽 가장자리지? 거기서 채소 주스가 보이지 않았다면…… 류인 빌딩 어느 층 어디에서 살펴봐도 안 보일 것 같은데."

"그런 셈이야. 범인은 류인 빌딩 말고 다른 곳에서 종이팩을 찾아낸 거야."

우리는 다시 주변을 둘러보았다.

국도와 강에 면해 있는 화단의 위치를 고려하면, 여기를 내려다볼 수 있을 만큼 높은 건물은…… 류인 빌딩과 레지던스 가라뿐이었다.

"류인 빌딩이 안 된다면 범인은 레지던스 가라에서 채소 주스를 찾아냈다는 뜻?"

"하지만 레지던스 가라의 옥상이 아니었다는 건 확실해. 여기 옥상 남쪽에서는 간판 때문에 화단을 내려다볼 수 없으니까."

오토하는 물 만난 고기처럼 눈을 반짝였다.

"그럼 범인을 추려 내기는 간단하겠네. ……베란다에서 종이팩이 보이는 집에 사는 사람이 범인이야!"

나는 공중에 떠올라 레지던스 가라의 어느 베란다가 조건을 충족하는지 조사했다.

종이팩을 눈으로 확인할 수 있는 범위는 상상 이상으로 좁았다. 가라가 스마트폰으로 촬영한 6층 베란다와 그 바로 아래의 남서쪽 끄트머리 집에서만 종이팩이 보였다.

뒷골목의 그늘에서 햇볕을 피하던 오토하가 의기양양하게 빌딩 평면도를 가리켰다.

"남쪽에 있는 세대는 집 호수가 홀수지. ……그중에서도 조건을 충족시키는 남서쪽 모서리 집은 전부 집 호수가 '1'로 끝나."

"즉, 종이팩을 눈으로 확인할 수 있었던 집은 201호, 301호실, 401호, 501호뿐이야."

"옥상 카드키를 빌린 집과 대조해 볼까. '정보업자'에 따르면 카드키를 가지고 있었던 집은 205호, 302호, 403호, 503호니까…… 어라?"

나는 어깨를 으쓱했다.

"끝이 '1'로 끝나는 집은 없네."

"엥? 어쩌지…… 범인이 될 조건을 충족시키는 사람이 없어졌어."

제트코스터 뺨치게 감정 변화가 심한 오토하는 마치 세상이 끝난 것 같은 표정을 지었다. 조카에게 거부당해 절망한 가라쓰와 똑같은 표정이었으므로 나는 무심코 웃음을 터뜨렸다.

어느 틈엔가 오토하가 매섭게 노려보고 있었다.

"왜 웃어?"

"미안, 미안. 오토하에게도 귀여운 구석이 있구나 싶어서. ……설마 그렇게 구멍이 숭숭 뚫린 방법으로 범인을 추려 내려고 할 줄이야."

"시끄러워! 구로하도 나랑 똑같이 추리했잖아. 얼른 어디서 틀렸는지…… 하, 함께 생각해서 가르쳐 줘."

오토하는 울상인 채로 화내면서 약삭빠르게 도움까지 요청했다. 나는 실실 웃으면서 대답했다.

"참고로 난 이미 범인이 어느 집 사람인지 알지롱."

"다우트!"

고함에 놀라 나는 펄쩍 뛰어올랐다.

아니나 다를까 장을 보고 돌아오는 중년 여자가 어리둥절한 얼굴로 오토하가 있는 뒷골목을 들여다보았다. 그 시선을 알아차렸는지 오토하는 귀까지 빨개져서 쓰레기 수거장 뒤편에 숨었다.

"저기…… 다짜고짜 남을 거짓말쟁이 취급하면 못써."

"미안해."

오토하는 무릎을 끌어안은 자세로 실외기 옆에 기운 없이 앉아 있었다. 나는 실외기 위에 앉았다.

"……가라가 촬영한 영상에 이상한 점이 있다는 거 못 알아차렸어?"

힌트를 내 입에서 듣는 것도 성질난다는 듯 오토하는 말없이 영상을 재생했다.

나는 아랑곳없이 말을 이었다.

"아쉽게도 오토하는 또 필요한 정보를 완전히 모으지 못했어. 하지만…… 이번에는 서두른 탓에 놓치거나 선입견 때문에 찾지 못한 게 아니야."

"그럼 어째서!"

"이번 사건은 해결에 필요한 정보를 찾아내고 그걸 조합하는 과정에서 추리를 몇 단계 거칠 필요가 있어. 좀 더 깊은 곳에 해답이 숨어 있으니까, 추리도 필연적으로 어려워지는 거지."

"과연, 응용 편이라는 건가."

태블릿PC 화면에 가라가 입은 식물무늬 바지와 운동화…… 그리고 베란다 바닥에 놓인 슬리퍼가 비쳤다.

오토하의 눈이 동그래졌다.

"어, 가라는 왜 운동화를 신고 있는 거지?"

빨래를 널 때 편리하므로 베란다에 전용 신발을 놓아두는 집이 많다. 실제로 영상에도 베란다에 놓여 있는 슬리퍼가 비쳤다. 그런데 가라는 어째선지 슬리퍼 대신 운동화를 신고 베란다에 나갔다.

나는 고개를 크게 끄덕였다.

"그래, 그게 바로 이번 사건의 범인을 확정할 열쇠야."

"운동화는 슬리퍼에 비해 달리기가 쉽잖아? 가라는 처음에만 스마트폰을 직접 들고 촬영했고, 그다음부터는 기계 장치 같은 걸 이용해서 촬영했는지도 몰라. 영상 끝부분에 찍힌 가라의 모습도 베란다에 붙인 사진을 유리문에 반사시키면 만들어 낼 수 있을 것 같은데."

"오호."

그 방향으로 추리를 진행하려나 싶었는데 오토하는 고개를 내저었다.

"이것 역시 진상이 아니야. 왜냐하면…… 구로하가 채소 주스를 산 것도, 류인 빌딩 옥상에 올라간 것도, 종이팩이 화단에 떨어진 것도 전부 다 우연이니까."

오토하 말대로였다. 범인이 그 우연을 예측하고 미리 베란다에 기계적 장치나 사진을 준비하기는 불가능하다.

오토하는 다시 생각에 잠겼다.

"가라가 범인이 아니라면 뭔가 다른 사정이 있어서 슬리퍼를 못 신었다는 건데. 혹시…… 누군가 먼저 슬리퍼를 신고 베란다에 나가서 어쩔 수 없이 운동화를 선택했다든가?"

―정답이다.

"자료에 따르면 가라는 아내가 세상을 떠난 후로 혼자 살았어. 바꿔 말하면 슬리퍼를 먼저 신은 '누군가'는 가라와 같이 사는 가족이 아니라는 뜻이지."

오토하가 반짝반짝 빛나는 눈으로 나를 쳐다보았다.

"즉, 그날 밤 가라의 집에 손님이 왔던 거네."

◆

"그렇구나. 손님이 먼저 슬리퍼를 신고 베란다로 나갔기 때문에 가라는 현관에서 자기 운동화를 가져와서 손님을 쫓아간 건가."

"아마도."

오토하는 백팩을 끌어안은 채 고개를 갸웃했다.

"아, 하지만…… 가라가 촬영을 시작했을 때는 슬리퍼가 베란다에 놓여 있었잖아. 손님은 어디로 사라진 거지?"

"단순히 촬영이 시작되기 전에 베란다를 떠났을 뿐이야. 가라는 베란다에 혼자 남은 후에 내가 꼬치구이로 변한 현장을 촬영할 생각으로 스마트폰을 꺼낸 거겠지."

오토하는 여전히 수긍하지 못하는 눈치였다.

"하지만 손님이 먼저 방으로 돌아갔다면 가라는 왜 쫓아가지 않았을까? 손님을 내버려두고 베란다에 남는다니, 아무리 생각해도 이상한데."

나는 고개를 저었다.

"그 손님이 아주 친한 사람이라면 꼭 그렇지는 않아. 자주 만나는 친구나 친척이라면 그대로 가라의 집을 떠나더라도…… 반드시 매번 현관까지 배웅을 나가지는 않겠지."

오토하의 얼굴이 새파랗게 질렸다.

"잠깐! 그 손님은 가라의 집 남서쪽 가장자리에 있는 베란다에서 현장을 내려다봤으니, 화단 속 종이팩도 확인할 수 있었던 거잖아. 즉, 베란다에 나갔던 손님이 바로……?"

"분명 날 떨어뜨린 범인이야."

오토하는 레지던스 가라의 정면으로 가서 6층 베란다를 올려다보았다.

"어쩐지 이해가 안 되네. 구로하가 옥상에서 떨어진 게 오후 8시 반이고, 가라가 이 영상을 찍은 건 그로부터 육 분 후잖아. 범인은 그 육 분 사이에 류인 빌딩에서 레지던스 가라 옥상으로 도망쳤고…… 6층에 있는 가라의 집에 가서 베란다로 나갔다는 거야?"

"그 손님이 가라와 친밀한 사이라면 말도 안 되는 이야기는 아니지."

"하지만 사라진 종이팩을 찾아내려면 아래로 내려가서 살펴볼 수밖에 없어. 굳이 아는 사람 집의 베란다로 향할 리 없는걸."

나는 국도로 시선을 돌렸다.

"그날 밤은 특별했거든. 내가 꼬치구이로 변한 현장을 구경하려고 아래에 사람들이 모여들었으니까."

"그렇구나…… 그런 와중에 종이팩을 찾는답시고 수상한 행동을 되풀이하면, 괜히 눈에 띄어서 누군가가 기억할 수도 있겠네."

최악의 경우, 현장에 출동한 경찰관이 거동 수상자로 보고 불심검문을 실시할지도 모른다.

"그래서 범인은 일단 높은 곳에서 채소 주스가 어디 떨어졌는지 파악한 후, 단번에 회수하러 간 거야."

오토하는 입술을 삐죽거리며 불신감 가득한 눈으로 나를 쳐다보았다.

"그렇더라도 범인은 가라의 집 베란다나 집 호수 끝자리가 1인 어느 집 베란다로 향했다는 것밖에 알 수가 없잖아. 구로하는 정말로 범인을 알아낸 거야?"

나는 히죽 웃었다.

"어느 집으로 향했더라도 결론은 똑같아."

"아, 또 여유만만하게 음흉한 웃음을! 그런데…… 어떻게 그렇게 단정하는 거람? 문제의 네 집은 전부 '종이팩이 보이지 않는 집'이라 별 차이 없을 텐데."

"힌트는……."

"안 돼! 내 힘으로 생각할 거야."

―알았어.

내가 얌전히 입을 다물자 오토하는 화단에서 채소 주스를 주우며 중얼거렸다.

"옥상 카드키를 가지고 있었던 사람은 205호, 302호, 403호,

503호 세입자뿐. 레지던스 가라는 남쪽 집 호수가 홀수고, 북쪽 집 호수는 짝수니까 302호만 북쪽 집인가."

별안간 오토하가 두 눈을 번뜩였다.

"잘 생각해 보니…… 집이 남쪽에 있는 사람이라면 일단 자기 집 베란다에서 채소 주스를 찾겠지? 자기 집이라면 의심받지 않고 실컷 현장을 내려다볼 수 있으니까."

"그렇지. 남쪽 집 사람이 그 방법으로 종이팩을 찾지 못했을 경우, 다음에는 어떻게 할까?"

"나 같으면 내려가서 찾으려나. 굳이 남의 집 베란다까지 가서 찾으려고는 안 할 거야."

"왜?"

"그야 자기 집에서 현장을 내려다봤는데도 못 찾았잖아? 보통은 차 밑이나 길도랑같이 위에서 잘 안 보이는 곳에 종이팩이 들어갔을 거라 여기고 위쪽에서 찾기를 포기하겠지."

─정답이다.

이번에는 우연히 한정된 각도에서만 보이는 곳에 떨어졌지만, 이건 아주 희귀한 사례다. 범인은 그렇게 희귀한 일이 벌어진 줄 모르니까, 종이팩이 보이든 보이지 않든 베란다에서는 딱 한 번만 확인할 것이다.

나는 힘 있게 고개를 끄덕였다.

"맞아. 205호, 403호, 503호는 남쪽에 있는 탓에 베란다에서 내려다본다는 딱 한 번의 기회에 반드시 꽝을 뽑을 테니, 아래에 내려가서 종이팩을 찾는 것 말고는 다른 선택지가 없어."

"하지만 범인은 당첨을 뽑아서 종이팩이 떨어진 위치를 알아냈어. 딱 한 번의 기회를 살려 당첨될 수 있는 건…… 북쪽에 집이 있는 302호 세입자뿐이야."

"302호는 북쪽에 집이 있으니 자기 집 베란다는 무용지물이야. 그 대신 남쪽에 있는 지인의 집을 방문해 베란다에서 내려다보고 당첨을 뽑을 가능성이 있는 거지."

"……구로하, 굉장해!"

목소리는 겨우 억눌렀지만 몸은 기분을 거스를 수 없는 듯했다. 오토하는 채소 주스를 휘두르며 기쁨을 폭발시켰다.

"어, 느닷없이 칭찬받으니 무서운걸."

"이번에는 진짜로 진심이야. 난 구로하의 도움 없이는 해답에 다다르지 못했겠지만…… 구로하는 운동화를 신고 있었다는 아주 사소한 사실에서 추리를 시작해 단숨에 범인을 알아냈잖아? 경찰이나 이모보다 완전 범죄 청부사가 훨씬 굉장하다는 사실이 증명된 거야!"

그 말에 다른 뜻이 없다는 건 안다. 하지만 나는 반사적으로 얼굴을 찡그리지 않을 수 없었다.

오토하가 상처 입은 표정으로 나를 올려다보았다.

"……왜 화났어?"

"화 안 났어. 이 일을 업으로 삼은 이상, 이 정도는 당연히 해야 한다고 생각했을 뿐이야."

"자기 자신한테 너무 엄격하네."

나는 쓴웃음을 지었다.

"이래도 아직."

"구로하의 스승인 구온 게이지 선배는 못 따라간다?"

"……그렇지. 난 절대로 선배처럼 새로운 뭔가를 창출해 내지는 못하니까."

오토하가 갑자기 해외 영화에 나오는 괴상한 닌자처럼 두 손을 모으고 감사를 표했다.

"새삼스럽지만…… 내 범죄 스승이 돼 줘서 고마워."

"응?"

"덕분에 장래 희망을 정했어. 복수에 성공하고 어엿한 어른이 되면…… 나도 사고력을 열심히 갈고닦아서 구로하 같은 완전 범죄 청부사가 될 거야."

하마터면 줄행랑을 칠 뻔했다.

"어떻게 봐도 어엿한 어른이 아니잖아! 말해 두겠는데 이건 업보가 따르는 장사야. 의뢰인을 가장해 목숨을 노리는 놈들도 가끔 있다고.

약속 장소로 지정한 곳에 암살자처럼 칼을 숨겨 온 놈이 두 명, 수면제가 든 주사기를 가져온 멍청이가 한 명 있었지. 사전 조사로 함정이라는 걸 알고 따끔한 맛을 보여 줬지만."

"멋지네. 재미있겠다."

"어디가! 추리력을 기르고 싶다면 가라쓰 밑에 제자로 들어가든가."

평소처럼 내 말에 화가 나서 뾰로통해지면 좋을 텐데, 오늘 오토하는 진지한 표정을 무너뜨리지 않았다.

"나도 언제까지나 어린아이는 아니잖아. 내년에는 중학생이 될 테고, 그럼 어른인걸."

"아이고, 중학생은 어린아이지."

"어른이야!"

"아이라니까!"

아무 쓸모도 없는 말다툼에 지쳐 나도 모르게 하늘을 올려다보았다. 그리고 숨을 삼켰다.

"오토하…… 위를 보지 말고 지금 당장 여기를 떠나."

"갑자기 뭐야?"

내 지시는 역효과가 났다. 오토하는 야구 모자를 쓴 채 고개를 쳐들었다.

"어, 누가…… 6층에서 이쪽을 보고 있네?"

"빌딩 주인이라면 아무 문제도 없겠지만. 알아보고 올 테니 오토하는 얼른 집에 가."

시킨 대로 오토하는 고개를 숙이고 걸음을 옮겼다.

나는 단숨에 고도를 높였다. 6층 베란다에 내려섰을 때 우리를 내려다보던 사람은 이미 실내로 돌아가려는 중이었다.

하얀 손수건을 한 손에 들고 슬리퍼를 벗는 그 뒷모습은…… 분명 가라 다카히사가 아니었다. 가라같이 투박한 중년 남자의 뒷모습이 아니라, 훨씬 젊고 싱싱함이 넘쳤다.

―누구지?

그 '누군가'는 현관으로 향하다가 얼굴을 오른쪽으로 돌리고 장난스럽게 손 키스를 날렸다.

"가라 씨, 고마워요. 오늘 점심도 최고로 맛있었어요. ……안 초비를 좋아한다는 사실을 기억해 준 것도 아주 기뻤고."

도톰한 입술에서 독특한 요염함이 느껴졌고, 대조적으로 기름한 눈과 오똑한 콧대는 시원시원해 보였다. 얼굴을 살짝 비스듬하게 돌리는 버릇이 있는데, 그 상태로 살짝 곁눈질하는 모습이 뭐라고 형용할 수 없이 섹시했다.

한 시간쯤 전, 빌딩 주인 가라는 예쁜 꽃으로 테이블을 장식하고 두 사람 몫의 식사를 준비했다. 추측했던 대로 가라는 집에 연인을 불러 함께 점심을 먹은 듯했다.

다만…… 그 연인이 턱수염을 기른 남자였다는 건 예상외였다.

◆

나는 유리문을 통과해 가라의 연인을 바라보았다.

가라가 동성애자든 양성애자든, 그런 건 아무래도 상관없었다.

나도 카테고리에 억지로 끼워 맞추면 무성애자에 속할 테고…… 애당초 남의 취향이나 삶의 방식을 멋대로 분류해 이러쿵저러쿵 참견하는 것만큼 성가신 일은 또 없기 때문이다.

가라의 연인은 현관에서 운동화를 신었다.

마른 체형에 키는 170센티미터 정도. 스웨트 반바지와 티셔츠라는 털털한 차림새였다. 무엇보다 섬뜩했던 건 남자의 왼쪽 눈…… 아니, 본인 기준으로는 오른쪽 눈꼬리에 남은 하얀 흉터였다.

―체형도 키도 영상에 찍힌 범인의 특징과 일치해. 그리고 눈꼬리의 흉터는 내가 옥상에서 종이팩으로 때렸을 때 다쳐서 생긴 건가.

남자는 오른쪽으로 고개를 살짝 돌리고 방에 두고 온 것이 없는지 확인했다. 역무원이라도 된 것처럼 손가락으로 거듭 가리키면서.

가까이에서 보자 갈색 기운이 도는 눈이 탁했다. 멀리서 보았을 때의 시원스러운 분위기와는 정반대였다. 남자의 반바지는 아무래도 실내복 같았고, 호주머니에는 지갑도 들어 있지 않은 듯했다. 어떻게 봐도 멀리서 가라의 집을 찾아온 건 아니다.

분명…… 이 남자가 302호 세입자이리라.

나는 쓴웃음을 지었다.

"빌딩 주인에게 추락 사고에 대해 조사하는 아이가 있다는 이야기를 듣고 불안해져서 밖을 확인한 건가. 오토하를 먼저 돌려보내길 잘했군."

그릇, 나이프, 포크 전부 정리해서 손님이 왔었다는 흔적은 어디에도 남아 있지 않았다.

잠시 후 오른쪽 눈에 흉터가 있는 남자가 활짝 웃었다.

"음, 완벽하네요."

남자는 집주인에게 인사도 없이 손수건을 쥔 손으로 현관문을 열고 복도로 나갔다.

나는 혀를 찼다.

"꾸물거리길래 오토하를 쫓아갈 마음은 없는 줄 알았는데 잘

못 판단했나."

얼른 저 남자를 추적해야 한다.

그렇게 생각하면서도 어째선지 몸을 움직일 수가 없었다. 형광등 불빛에 이끌린 날벌레처럼 눈이 오른쪽을 향했다.

―시선이 느껴져.

아까 그 남자가 점심 먹은 감상을 말했던 방향이다.

아무도 없는 소파에 깔끔한 페이즐리 무늬 셔츠와 거무스름한 타탄 무늬 바지가 개어져 있었다.

"가라가 점심을 준비할 때 입었던 옷이잖아?"

나는 미심쩍어하며 더 안쪽으로 시선을 옮겼다.

크기가 한 평쯤 되는 드레스 룸 속에서 이쪽을 바라보는 사람이 있었다.

······드레스 룸에서 목을 맨 가라 다카히사였다.

"뭐야 이게?"

나는 비틀비틀 뒷걸음쳤다.

드레스 룸은 재킷, 바지, 셔츠, 외투······ 홍수가 난 것처럼 다양한 색깔과 무늬로 넘쳐 났다.

그런 가운데 빌딩 주인만 색채를 잃었다.

가라는 무늬 없는 회색 작업복 차림이었다. 얼굴이 밀랍처럼 새하얘서 혈색이 좋았던 생전 모습과는 완전히 다른 사람이었다. 칠흑색 로프가 목을 깊이 파고들었고, 작업복 바지에는 실금한 자국도 생생히 남아 있었다.

"그 남자…… 시체에 점심 먹은 소감을 말하고 키스를 날린 건가!"

그 이상한 말과 행동으로 미루어 판단컨대 단순한 '자살'일 리 없었다. 오른쪽 눈에 흉터가 있는 남자가 가라 다카히사를 목매단 것처럼 위장해 죽인 것이 분명했다.

─밥을 먹다가 가라가 추락 사고에 대해 조사하는 아이가 있다는 이야기를 꺼냈겠지. 그리고 어쩌다 자기 연인이 그 사고에 연관됐다는 사실을 눈치채고 말았어.

그래서 가라 다카히사는 입막음을 당한 것이다.

식사에 사용한 식기류를 정리해 손님이 왔었다는 증거를 완벽하게 인멸한 것도 그 남자 짓이 틀림없다. 손수건을 쥐고 있었던 것도 실내에 지문을 남기지 않기 위해서였다.

나는 이를 갈았다.

"베란다에서 오토하를 발견했는데도 당장 쫓아가지 않고 현관에서 손가락으로 가리키며 확인한 것도…… 사실은 실내의 증거를 모조리 인멸했는지 확인한 후 쫓아가도 충분하다고 판단했기 때문인가."

상대는 분명 살인에 익숙하다.

─오토하가 위험해!

나는 조급한 마음으로 헐레벌떡 밖으로 뛰쳐나갔다.

5

7월 30일 15:30 제한 시간까지 5일

오른쪽 눈에 흉터가 있는 남자는 아리바이가와강 옆 국도를 빠른 걸음으로 나아가고 있었다.

감시 카메라가 있는 엘리베이터를 피해 계단을 사용한 탓에 남자도 시간을 잡아먹었으리라. 생각만큼 멀리 가지 않아서 다행이었다.

남자가 바라보고 있는 곳은 200미터쯤 떨어진 류인 다리였다.

그 시선 끝…… 다리 난간 너머에 흰색 야구 모자를 쓰고 걸어가는 여자아이가 보였다.

―오토하다.

"뛰어!"

간신히 내 목소리가 들렸는지 오토하는 엉성한 자세로 정신없이 달리기 시작했다.

유령은 기를 써도 생활용 자전거 정도밖에 속도가 나지 않지만, 강 위를 똑바로 날아갈 수 있으므로 오토하가 아리바이가와강을 다 건넜을 무렵에 겨우 따라잡았다.

오토하는 숨을 헐떡이며 의아한 표정으로 물었다.

"갑자기 왜?"

"요약하면…… 날 떨어뜨린 범인이 실은 빌딩 주인의 연인이었고, 그놈이 빌딩 주인을 살해한 후 오토하를 쫓아오고 있어."

"뭐야 그게!"

아리바이가와강 건너편을 돌아본 오토하가 도깨비같이 무서운 형상으로 다가오는 남자를 보고 울상을 지었다.
"어, 어쩌지?"
평소 운동 부족인지 오토하는 잠깐 달렸을 뿐인데도 숨이 턱까지 차올랐다.
아니, 오토하 잘못만은 아니다. 오토하는 작업실에서 챙긴 태블릿PC, 드론, 현금 등을 백팩에 넣어서 들고 왔으니까.
한편 추적자는 짐이 없는 성인 남성이다. 이래서는…… 절대로 못 달아난다.
류인 다리에서 미쓰이네까지 걸어서 이십 분 가까이 걸린다. 어떻게 집까지 잘 도망치더라도 어디 사는지 저 남자에게 발각되면 끝장이다.
—오토하도 다룰 수 있는 유일한 무기인 전기 충격기도 충전이 안 됐으니 도움이 안 되겠군.
"이쪽으로."
나는 오토하를 오래전부터 있었던 주택가로 유도했다.
이 부근의 지리는 나도 잘 안다. 업데이트가 넉 달 전에 멈췄다는 게 문제이기는 하지만, 복잡한 골목 등을 최대한 활용하면 추적자를 떼어 내기는 어렵지 않다.
하지만 안심할 수 없었다.
—문제는 상대도 요 부근을 잘 안다는 거야.
그 남자가 레지던스 가라에 산다면 이 일대는 그야말로 안뜰이나 마찬가지다. 자칫하면 이쪽이 어떻게 추적자를 뿌리칠지도 예측하고 선수를 칠지도 모른다.

나는 곧 숨이 넘어갈 것처럼 헉헉대는 오토하를 돌아보았다.
"……어쩔 수 없지, 짐을 버릴까."

가정집 정원을 통과하는 편법도 구사하며 나는 오토하를 큰길로 유도했다.

아직 그 남자의 모습은 보이지 않는다.

오토하는 미용실 뒤편에 몸을 숨겼다. GP 로고가 들어간 야구 모자를 벗고 조금 가벼워진 백팩을 끌어안은 오토하는…… 몸을 바들바들 떨고 있었다.

나는 아무 일도 아니라는 것처럼 미소를 지었다.

"여기까지 왔으니 괜찮아. 이 부근은 사람도 많고 파출소도 있지. 택시도 늘 지나다니니까 택시를 잡아타면 단숨에 도망칠 수 있어."

"……응."

나는 고도를 높여 주변을 둘러보았다.

100미터쯤 앞에서 빈 택시가 신호를 기다리고 있었다. 몇 분만 있으면 여기까지 오리라.

하지만 그보다 먼저…… 그 남자가 뒷골목에서 나타났다. 운 나쁘게도 남자는 오토하가 숨어 있는 미용실로 망설임 없이 다가왔다.

나는 혀를 찼다.

"역시 이쪽 속내는 다 꿰뚫어 봤다는 건가. 택시를 잡든 파출소로 도망치든 이 부근이 최적의 장소니까."

오토하가 큰길로 나가서 택시를 잡으려 해도 거리가 멀지 않으니 남자에게 붙잡히리라. 이쪽을 올려다보는 오토하에게 아직 나오지 말라는 신호를 보냈다.

남자가 걸음을 멈췄다.

그 시선 끝에는 가로수에 걸린 흰색 야구 모자가 있었다. 오토하가 방금 전까지 쓰고 있었던 모자다. 지금은 뒤집어서 뭉쳐 놓은 탓에 GP 로고도 좌우 반대로 바뀌었고 얼기설기한 자수 실이 드러났다.

남자는 보물이라도 발견했다는 듯 눈을 번쩍였다.

"아아…… 이런 곳에."

남자는 환하게 웃으며 가로수로 다가가 뒤집힌 모자를 살짝 집어 들었다.

거꾸로 급강하해 그 모습을 눈앞에서 확인한 나도 씩 웃었다. 때마침 맞바람이 불었다.

다음 순간 남자가 작게 소리쳤다.

가로수에서 날아오른 종이가 남자의 눈가를 세차게 때렸다. 비틀거린 남자의 발밑에 눈사태처럼 쏟아진 종이 무더기가 바람을 타고 인도로 퍼져 나갔다.

……만 엔짜리 지폐 200장이다.

이렇게 큰돈이 불쑥 솟아날 리 없다. 작업실에서 가져온 현금을 야구 모자로 살짝 감싸 놓았다.

비명과 환성이 들렸다.

야구 모자를 움켜쥔 남자는 순식간에 좀비 무리처럼 몰려온 사람들에게 둘러싸였다.

"돈이!", "괜찮으세요!"

대부분은 가운데 있는 남자가 실수로 돈다발을 떨어뜨려서 지폐가 흩어졌다고 생각하는 듯했다. 그들 중 90퍼센트는 우두커니 서 있는 남자에게 말을 걸면서 친절을 발휘해 아스팔트에 흩어진 돈을 열심히 주워 모았다.

나머지 10퍼센트는 돕는 척하면서 몇 장을 슬쩍해서 호주머니에 넣었다. 그러고는 돈을 챙기지도, 돈을 줍는 걸 돕지도 않고 영상만 촬영하는 사람이 몇 명……. 무슨 일인가 싶었는지 파출소에서 제복 경찰관도 뛰쳐나왔다.

─이제 저 남자는 자유로이 행동할 수 없어.

나는 큰길을 힐끗 보았다.

2백만 엔이나 사용한 소동을 본체만체하고, 오토하는 큰길로 나가서 택시를 잡았다. 택시에 올라탄 오토하는 조금 가벼워진 백팩을 끌어안고 택시 기사에게 말했다.

"역까지요."

만약을 위해 집까지 바로 가지 말라고 주의를 주었다. 혹시라도 택시 기사 입에서 오토하가 어디 사는지 정보가 새어 나가면 큰일이다.

출발하기 직전, 오토하가 작게 숨을 삼켰다.

사람들 한복판에서…… 그 남자가 오토하를 응시하고 있었다.

고개를 살짝 비스듬히 돌리고 기름한 눈을 가늘게 떴다. 도톰한 입술에는 아이를 캠핑에 보내는 엄마처럼 아르카익 스마일[●]이 맺혀 있었다.

다만 그 미소와는 달리…… 탁한 눈빛이 강해졌고, 야구 모자를 움켜쥔 손에는 핏줄이 불거졌으며, 손끝은 분노를 주체하지 못하는 듯 파르르 떨렸다.

◆

"왜 구로하까지 돌아온 건데!"

시로다테초의 버스 정류장에서 집으로 향하는 길에 오토하는 화가 나서 펄펄 뛰었다. 만약을 위해 고도를 유지한 채 주변을 살피며 나는 순순히 사과했다.

"……면목 없다."

"그 남자를 미행하겠다고 큰소리 뻥뻥 쳤으면서, 삼십 분도 안 돼서 돌아오다니! 설마 놓친 거야?"

"유령은 아무리 애써도 생활용 자전거 정도밖에 속력을 못 내. 그러니 상대가 자동차로 이동하면 어쩔 수 없지."

……오른쪽 눈에 흉터가 있는 남자는 제복 경찰관이 불러 세우는데도 아랑곳없이 2백만 엔은 남겨 둔 채 야구 모자만 들고 달아났다.

경찰관이 쫓아가려 했지만 돈을 줍던 사람들이 옥신각신하는

[●] 기원전 7~6세기경 그리스 조각에서 볼 수 있는 입꼬리를 올린 희미한 미소

바람에 출발이 늦었다. 그 틈에 남자는 경찰관의 시야에서 사라져, 스마트폰을 들고 사유지와 점포를 거침없이 통과해 레지던스 가라로 돌아갔다.

―경찰을 뿌리치고 도망치는 와중에 여유만만하게 SNS를 들여다보다니.

302호로 돌아간 남자는 침대 밑에 놓아둔 보스턴백을 들고 빌딩 주차장으로 향했다. 1층 우편함에 적혀 있는 성씨는 야즈…….
'정보업자'에게 얻은 자료에 따르면 302호 세입자의 이름은 분명 야즈 가즈야였다.

나는 이야기를 계속했다.

"남자는 국도를 타고 북쪽으로 향했어. 나도 끈질기게 따라붙었지만…… 생활 자전거 수준의 속력으로는 도저히 쫓아갈 수가 없어서 말이야."

남자의 차는 흰색 경차였다. 일단 자동차 번호는 외웠지만, 오분도 지나기 전에 놓치고 말았다.

"놈은 역 반대쪽으로 향했어. 오토하를 쫓는 건 아니구나 싶었지만, 만에 하나의 사태가 벌어지면 큰일이지. 그래서 오토하와 합류하기로 한 거야."

오토하는 깊은 한숨을 내쉬었다.

"최악의 판단이야. 백번 양보해서 놓친 건 어쩔 수 없다고 쳐도, 왜 나한테 돌아온 거야? 레지던스 가라 302호를 조사한다든가, 따로 할 수 있는 일이 많잖아!"

나는 고개를 숙였다.

"⋯⋯그 선택지는 없었어."

오토하는 발을 쿵쿵 구르며 집 대문으로 들어갔다.

미쓰이네에 담장은 없다. 그 대신 키만 한 높이의 검은 펜스가 부지를 둘러싸고 있다. 그리 높지는 않지만 윗부분이 뾰족하다. 철조망 정도는 아니더라도 기어올라 침입하기는 쉽지 않을 듯했다.

─방범 측면에서는 합격점이려나.

한 번 더 주변이 안전한지 확인한 후, 오토하 곁으로 돌아가 입을 열었다.

"자세한 건 집에 들어가서 한숨 돌리고 말해 줄게."

오토하는 현관문 열쇠를 꺼내면서 또 투덜거렸다.

"유령의 목소리는 아무한테도 안 들리니까 어디서 말하든 상관없잖아. 설마⋯⋯ 그 남자에게도 영적 능력이 있다는 건 아니겠지?"

"아니야, 없어. 놈은 내가 눈앞에 나타났는데도 아무 반응이 없었거든. 설령 연기를 했대도 눈동자와 동공이 그렇게까지 미동도 없기는 불가능해."

"다행이다."

오토하는 안도의 한숨을 내쉬고 세면대에서 손을 씻은 후 에어컨을 켰다.

"설정 온도⋯⋯ 19도? 절전은 어디 팔아먹었냐?"

"우리 집에서는 쾌적함이 최우선이야. 옛날부터 여름에는 19도, 겨울에는 26도로 맞춰 놓고 살았어."

"그게 자랑스럽게 할 말이냐? 바깥 기온과 온도 차가 심해서 몸 상하겠어."

"익숙해지면 괜찮아."

잔소리에서 도망치듯 오토하는 부랴부랴 주방으로 향했다.

"……보고를 들을 준비가 되면 말해."

미쓰이네에서는 거실이 응접실도 겸하는 듯했다. 소파도, 정사각형 테이블도 아주 고급스러웠다.

그 옆에 있는 블랙 보드에는 가족사진을 많이 붙여 놓았다. 자세히 보니 아카코의 동생인 가라쓰와 함께 찍은 사진도 있었다. 자매는 오토하가 태어나기 전부터 자주 왕래했던 모양이다.

나는 쓴웃음을 지었다.

―왜 첫날 밤에…… 못 알아차렸을까.

오토하 엄마는 동생 가라쓰와 아주 닮았다. 다만 인상은 전혀 달랐다.

아카코는 살결이 희고 양갓집 규수 같은 분위기였다. 한편 가라쓰는 날씬하면서도 단련된 몸이라 프레데터가 활개 치는 정글에 내버려둬도 자기 혼자 끈질기게 살아남을 듯했다. 머리카락도 언니와 달리 곱슬이 심해서 드라마에서 피터 포크가 연기하는 형사 콜롬보 같은 느낌이었다.

블랙 보드에 붙여 놓은 사진은 대부분 지난 십 년 사이에 찍은 것들이었다.

오토하가 때때옷을 입고 처음으로 신사에 참배하러 갔을 때 찍은 사진…… 운동회 사진, 포도 따기 체험 사진, 그리고 새 차를 사서 잔뜩 신난 사진까지.

―뭐, 나도 코롤라를 뽑았을 때는 좋아서 사진을 마구 찍어 댔으니 남 말할 처지는 아니지만.

차종까지는 알아볼 수 없었지만 미쓰이네 차는 검은색이었다.

사진 속에서는 지금보다 훨씬 작은 오토하가 손가락을 브이 자로 펼친 채 카메라를 쳐다보고 있었다.

운전석에는 좌석이 크게 느껴질 만큼 몸집이 아담한 오토하 엄마가 앉아 있었다. 추격전이라도 벌일 것 같은 자세로 운전대에 한 손을 얹고 혀를 쏙 내민 모습이었다.

사진이 조금 흔들린 건 촬영자인 오토하 아빠가 웃느라 초점이 빗나간 탓일까?

거기에는 가족이, 행복이…… 내가 화재로 잃은 모든 것이 있었다.

드디어 오토하가 거실로 나왔다. 빨대를 꽂은 커다란 애플 티 종이팩을 들고 소파에 털썩 앉았다.

"이야기 들을 준비 됐어."

나는 오토하에게 돌아서서 입을 열었다.

"아까 봤던 오른쪽 눈에 흉터가 있는 남자는…… 내가 아는 사람이었어. 그래서 야구 모자를 미끼 삼아 오토하를 도망치게 할 수 있었던 거야."

오토하는 애플 티를 마시며 고개를 끄덕였다.

"처음에 야구 모자로 즉석에서 덫을 만들겠다고 했을 때는 그런 어이없는 덫에 걸리는 인간이 어디 있겠냐 싶었는데…… 그 남자는 모자를 보자마자 냉큼 달려들었지. 그 야구 모자 집착남은 구로하가 아는 범죄자나 뭐 그런 거야?"

나는 얼굴을 찡그렸다.

"적어도 얼굴은 완전히 다른 사람이야. 내가 아는 녀석은 졸린 것처럼 쌍꺼풀이 진하고, 입술도 훨씬 얇거든."

"성형수술을 했다는 뜻?"

"그렇겠지."

오토하는 완전히 맥 빠진 표정을 지었다.

"현재로서는 놀랄 만한 요소가 전혀 없는데. 우리의 공통된 적이 '살인에 익숙한 범죄자'라는 건 대충 알고 있었던 바고."

"문제는…… 죽은 가라 다카히사의 복장이 회색 민무늬 작업복이었다는 거야."

"그러고 보니 옥상 텃밭에서 봤을 때 빌딩 주인은 가로줄 무늬 폴로 셔츠랑 위장 무늬 바지 차림이었지? 음…… 연인과 점심을 먹는데 작업복으로 갈아입는 건 이상한데."

"실제로 점심을 준비할 때만 해도 가라 다카히사는 차림새가 멀끔했어. 그때는 타탄체크 무늬가 들어간 거무스름한 바지에 페이즐리 무늬 셔츠를 입고 있었지."

"꽤 화려한 복장이네."

"그런 옷을 좋아하나 봐. 드레스룸도 다양한 색깔과 무늬로 넘쳐 나더라."

오토하가 양손으로 입가를 눌렀다.

"아, 간호사 코스프레를 한 사람에게 엄청 흥분하는 사람이 있다는 이야기 들어 봤어! 그렇다면 빌딩 주인은 작업복 차림에 흥분하는 변태였다든가?"

―초등학교 6학년에게는 듣고 싶지 않았던 가설인데.

나는 씁쓸하게 웃었다.

"정답과는 거리가 멀군. ……내가 추락한 사건과 죽은 가라 다카히사의 복장, 그리고 야구 모자로 만든 덫에 공통되는 요소는 뭘까?"

오토하는 내가 베풀 듯 던져 주는 힌트는 받을 생각 없다는 듯이 끙끙대기 시작했다.

"야구 모자는 뒤집어서 2백만 엔을 감쌌지."

"응."

"빌딩 주인은 가로줄 무늬 폴로 셔츠와 위장 무늬 바지도, 타탄체크 무늬 바지와 페이즐리 무늬 셔츠도 아니고 회색 민무늬 작업복 차림이었고."

일 분쯤 생각에 잠긴 후 오토하가 앗, 하고 소리쳤다.

"알았다! 선택되지 않은 건 전부 줄무늬 옷이고, 선택된 건 민무늬 옷이야! 그렇다면 혹시…… 빌딩 주인 가라는 성씨와는 의미가 정반대●인 민무늬 옷을 입고 살해당한 거야?

나는 작은 박수로 답했다.

"정답."

"듣고 보니 야구 모자도 뒤집어서 로고가 좌우 거꾸로 바뀌었

● 일본어 '가라(柄)'에는 '무늬'라는 뜻이 있다.

네. ……하지만 역시 아니야. 이건 모든 것에 공통되는 요소가 아니라고. 구로하가 추락해서 꼬치구이가 되기는 했지만 거꾸로 박힌 건 아니잖아."

"생각이 얕군. 금방 결론에 달려드는 버릇을 아직 고치지 못했어. ……'꼬치구이 남자'의 영상이 퍼졌을 때 내 신원이 밝혀져서 인터넷에 이름까지 공개된 것 같더라."

오토하는 즉시 대답했다.

"구로하 우유우잖아. 아주 유별난 이름이야."

"일단 유별나다는 점은 제쳐 놓도록 할까. 내 이름의 첫 번째 글자만 가타카나로 바꿔서 거꾸로 읽으면 어떻게 되지?"

"우유우(ウ由宇)니까 거꾸로면 '우주(宇宙)'로 읽을 수 있어. ……앗!"

하마터면 애플 티를 놓칠 뻔한 오토하를 보고 나는 고개를 끄덕였다.

"그래. 넉 달 전 그날 밤, 난 우주복을 입은 개 동상이 들고 있는 창에 꽂혔지. 역시…… 그 사건도 '거꾸로'였던 거야."

"하, 하지만 그건 구로하가 마침 옥상에 올라갔으니까 일어난 일인데."

"물론 계획적인 범행은 아니었을 거야. 그날 밤, 범인은 날 미행하면서 죽일 기회를 노리고 있었겠지. 그런데 운 없게도 내가 옥상에 나가서 내 이름을 '거꾸로' 한 동상 바로 위에 서 있었어. 범인은 우연이 만들어 낸 '거꾸로' 살인의 기회를 놓치지 않고 나를 떨어뜨린 거야."

로고의 좌우가 바뀐 야구 모자를 봤을 때 그 남자가 지은 표정이 떠올랐다.

화이트데이 밤에도 그 남자는 보물이라도 발견한 것처럼 활짝 웃는 얼굴로 내 등을 떠밀었을 것이다.

나는 숨을 작게 내쉬었다.

"이제 확실하지? 내가 추락한 사건과 가라 다카히사 살해 사건의 공통점은 '거꾸로'야. 그리고 그 남자는 '거꾸로'에 강한 집착을 보이니까 야구 모자 덫에 쉽사리 걸린 거고."

어느 틈엔가 오토하의 얼굴이 딱딱하게 굳어졌다.

"그럼."

"응. 나를 옥상에서 떨어뜨리고 오토하의 부모님을 살해한 건…… '거꾸로 살인자'야."

오토하의 웃음소리가 거실에 울려 퍼졌다.

"에이, 아무리 초등학생이라도 그런 거짓말에는 안 속아! 살인귀 사카시마는 사 년이나 전에 죽었는걸. 구로하에게 속아서 체포당할 위기에 처하자 자동차로 추격전을 벌인 끝에 불타 죽었잖아?"

나는 바닥까지 눈을 내리깔았다.

"그건 그렇지만 사카시마는 다양하게 변주한 '거꾸로'를 현장에 남겨서 자기 범행임을 나타내는 증표로 삼았어. 피해자의 이름에 빗대서 '거꾸로'를 만드는 게 상투 수단이었던 것도 사실이고."

"그럼 더 이상하지. 사 년 전에 사카시마는 훨씬 노골적이고 알기 쉽게 범행을 저질러서 '거꾸로 살인자'라는 별명을 얻은 거잖아? 이렇게 누구도 알아차리지 못하도록 '거꾸로'를 숨기지는 않았다고."

씩씩거리는 오토하에게 나는 손가락을 두 개 세웠다.

"두 가지를 고려해 볼 수 있겠지. 첫 번째는 나와 오토하의 부모님을 습격한 범인이 사카시마의 모방범일 가능성. 두 번째는…… 어쩌면 사 년 전 내가 사카시마에게 한 방 먹은 건지도 몰라. 오토하를 쫓아온 그 남자의 목소리와 탁한 눈빛은 내가 아는 사카시마와 똑같았거든."

오토하는 이맛살을 찌푸린 채 태블릿PC로 검색했다.

"'거꾸로 살인자'의 정체는 당시 서른두 살이었던 학원 강사 다나카 가나타였지?"

'다나카가나타'는 앞에서 읽으나 뒤에서 읽으나 똑같은 회문(回文)이다.

다나카는 어린 시절에 이름 때문에 놀림받고 괴롭힘을 당한 적도 있었다고 한다. 자칭 프로파일러는 어린 시절의 괴로운 기억이 뒤틀린 형태로 작용해 '거꾸로·정반대'에 집착하는 계기를 만들었다는 가설을 세웠다. 뭐, 이런 분석은 빗나가는 경우도 많지만.

"한편 레지던스 가라 302호의 세입자 이름은 야즈 가즈야야. 이 이름도 회문인데…… 단순한 우연은 아니겠지. 그 남자는 사카시마와 공통점이 너무 많아."

—만약 다나카 가나타가 내 계획을 눈치챘다면?

사 년 전, 나는 경찰에 '다나카가 사카시마'라는 확실한 증거를 쥐여 주고, 함정을 파서 그를 현행범으로 체포시키는 데 성공했다.

그날 열 대도 넘는 경찰 차량이 다나카의 집을 둘러쌌다. 도주를 꾀한들 도망칠 수 없다는 것 정도는 사카시마도 알고 있었을 것이다.

그런데도 사카시마는 자살 행위나 마찬가지인 자동차 추격전을 펼쳤다.

막판에 자포자기했을 뿐인지도 모르지만, 지능범과 엽기 살인범이라는 양면을 지니고 있던 사카시마답지 않은 행동이었다.

"어쩌면…… 사카시마는 내 계획을 이용해서 죽은 걸로 위장한 후, 성형수술을 받고 다른 사람으로 변신해 평범하게 살아왔는지도 모르지."

오토하의 얼굴에서 핏기가 싹 가셨다.

"잠깐, 연쇄 살인귀에게 '평범한 삶'이 뭔데?"

오토하의 말대로였다.

내 생활이 범죄와 떼려야 뗄 수 없는 것처럼…… 사카시마가 살아 있다면 그 남자도 당연하다는 듯 계속 살인을 저질렀을 것이다.

지난 사 년간 사카시마가 교묘하게 사고나 자살로 위장해 살인을 저지르고, 아무도 모르게 '거꾸로'를 현장에 남김으로써 자신의 욕구를 충족시켰다면?

이제 오토하는 몸을 덜덜 떨고 있었다.

"하지만 불타 죽은 사카시마의 시신을 경찰이 회수했잖아? 뉴스에서도 DNA를 감정해 다나카의 시신임을 확인했다고 했던 것 같은데."

"아니, 위장은 가능했어."

당시 경찰도 체포하기 전에 다나카의 DNA를 채취했던 건 아니었다.

다나카가 집을 철저하게 청소한 후 빗이나 잔에 다른 사람의 머리카락이나 체액을 묻혀 놨다면? 경찰도 집에서 채취한 DNA가 다나카 본인의 것이라고 아무런 의심도 없이 판단한 것 아닐까.

―사 년 전에 다나카 가나타의 형제는 살아 있었지만, 정황상 굳이 형제의 DNA와 비교해야 할 필요까지는 없었다. 즉, 위장하기가 비교적 간단했다는 뜻이다.

나는 어두운 목소리로 말을 이었다.

"사카시마는 체격과 나이가 자신과 비슷한 남자를 감금하고, 그 남자의 머리카락과 타액을 보란 듯이 집에 남겨 둠으로써 경찰을 속였을지도 몰라. 그렇다면 불탄 시체로 발견된 건 대용품으로 살해된 그 남자겠지."

오토하는 이를 따닥따닥 맞부딪치며 고개를 저었다.

"이해가 안 되네. 사카시마가 도망쳤다면 왜 당장 구로하에게 복수하러 오지 않은 건데? 사 년이나 기다리다니 말도 안 돼."

"완전 범죄 청부사가 자신을 함정에 빠뜨렸다는 걸 알고 있었더라도, 거기서부터 내게 다다르기는 쉽지 않아. 정체를 알아내는 데 사 년이 걸린 건지도 모르지."

"사카시마가 구로하를 노린 동기는 그걸로 설명이 될지도 모르지만…… 우리 아빠와 엄마는 왜 노린 거지? 둘 다 범죄에 관여했던 것도 아닌데."

"분명 두 사람이 내게 의뢰하려고 했던 일과 관계가 있겠지."

오토하가 불쑥 중얼거렸다.

"⋯⋯무서워."

오토하는 멈출 줄 모르고 떨리는 자신의 어깨를 끌어안았다.

"이런 거 처음이야. 어쩌지? 구로하, 무서워 죽겠어. 아까 사카시마의 그 눈⋯⋯ 으으, 이제 싫어! 아무도 모르는 곳으로 도망치고 싶어."

나는 눈을 부릅떴다.

지금까지 오토하는 상대가 범죄자든 나든, 한 번도 겁먹은 모습을 보이지 않았다. 그것이 바로 오토하의 긍지이며, 오토하가 자기 자신으로 머물기 위해⋯⋯ 절대로 부러져서는 안 되는 심지였으리라.

그런 오토하가 처음으로 내뱉은 약한 소리였다.

"오토하, 무서운 게 보통이야. 연쇄 살인귀가 상대라는 걸 알고도 아무렇지도 않은 사람이 이상한 거지."

그렇게 달랬는데도 오토하는 이를 악물고 신음을 토했다.

"아니, 난 보통이어서는 안 돼. 그럼⋯⋯ 복수할 수 없으니까."

오토하는 소파에서 천천히 일어나 거실 구석에 있는 전자피아노로 손을 뻗었다.

전자피아노 위에는 소프라노 리코더가 있었다. 전체적으로 검은색이고 마우스피스를 포함한 상단부와 하단부의 일부만 흰색 플라스틱으로 만든, 흔한 디자인이었다.

오토하는 정신이 다른 데 있는 표정으로 리코더를 집었다.

나는 그 모습을 멍하니 지켜보았다.

3월 15일에 부모님이 없는 집에서 깨어났을 때도 오토하는 이 리코더를 불었다고 한다. 악기를 연주하면 마음이 차분해진다고도 말했다.

―분명 오토하 나름의 방어기제겠지.

가만히 놔둬야 한다는 건 안다. 하지만 오토하가 쥔 리코더를 보고 있으니 깔끔 떠는 성격이 고개를 쳐들었다.

"잠깐! 리코더에 먼지가 쌓였잖아. 넉 달쯤 내팽개쳐 뒀지? 알코올로 한번 싹 닦든지, 물로 씻는 편이 좋겠어."

하지만 오토하는 먼지 정도는 신경 쓰지 않는 성격인 듯했다. ……아니면 내가 뜬금없이 제지한 게 마음에 안 들어서 반발심이 불타올랐을 뿐인지도 모르지만.

리코더를 입에 물기 직전, 오토하가 세차게 재채기를 했다.

"그것 봐, 내가 그랬잖아."

"아니야. 먼지 탓이 아니라 이 리코더…… 냄새가 지독해! 시궁창 같아."

나는 배를 끌어안고 웃었다.

"어쩌다 그렇게 된 거야? 손질을 잘못해서 곰팡이라도 피었나."

오토하는 리코더를 분해해서 살펴보더니 인상을 썼다.

"최악이네."

"왜?"

"리코더에 수조용 돌멩이가 박혀 있었어. 왜 이게 여기 있는지도무지 모르겠네."

 오토하 말대로 리코더 상단부 안쪽에 투명한 파란색 장식 돌이 박혀 있었다.

"얼핏 보고 수조용이라는 걸 알다니, 열대어 같은 걸 기른 적 있어?"

"옛날에 구피를 길렀어. 이 돌멩이는 그 수조에 깔아 놨던 거야."

 옛날에 미쓰이네 거실에는 얕고 옆으로 널찍한 수조가 있었는데, 바닥에는 색색의 돌멩이를 깔아 놨다고 한다. 오토하는 이 집을 부모님과 함께 살던 당시 모습 그대로 유지하려 했지만, 그 유일한 예외가…… 구피였다.

"실은 구피도 계속 기르고 싶었어. 총 스물세 마리에게 각각 이름도 지어 줬을 정도니까."

"전부 비슷하게 생겨서 아마추어가 보면 구분이 안 될 텐데."

"응, 구분할 수 있던 건 색깔이 까맸던 카이저랑 알비노였던 리비도뿐이었어."

 ─그런 이름은 어디서 주워듣고 붙인 거냐.

"그런데…… 내가 고열로 입원하고, 이모가 나와 살기 위해 이것저것 절차를 밟는 사이에 잘 돌보지 못해서 다섯 마리나 죽어 버렸지."

 그 죄책감 때문에 오토하는 카이저와 리비도를 포함한 구피를 포기하기로 했다고 한다.

"엄마와 아빠를 잃은 날부터 난 복수를 위해서만 살아가기로 결심했어. 어차피 다른 생명을 기르고 지키기는 더 이상…… 힘들었으니까."

 오토하는 리코더를 전자피아노 위에 내려놓고 고개를 들었다.

 두 눈에 눈물이 맺혔지만, 방금까지 눈 속에 서려 있던 공포와 불안은 희미해졌다. 대신에 자신에게서 가족과 행복을 송두리째 빼앗아 간 자에 대한 증오가 일렁거렸다.

 "……구로하 말이 맞았어."

 "갑자기 뭐야?"

 오토하는 눈물 맺힌 눈으로 분하다는 듯이 미소 지었다.

 "결국 난 정말로 위험한 상황이나 무서운 상황을 겪은 적이 없으니까, 세상 무서운 줄 모르고 설쳤을 뿐이잖아? 확실히 그런 각오는 진정한 용기고 뭐고 아니야.

 하지만 상대가 살인귀라는 걸 알고서도…… 역시 복수해야겠다는 생각밖에 떠오르질 않네. 공포는 지울 수 없지만, 그걸 핑계 삼아 복수를 포기하다니…… 그런 길을 선택한다면 나 자신을 절대로 용서할 수 없을 거야!"

 나와 빈집에서 만났을 때와 똑같은, 아니 그 이상으로 강렬하고 시커먼 화염이 오토하의 두 눈에서 이글이글 타올랐다.

 ─불굴의 의지는 조금도 꺾이지 않은 건가.

 "그리고 지금은 처음만큼 무섭지 않아. 그야…… 난 요리도 조사도, 그냥 평범하게 살아가는 것조차 아직 혼자서는 못 하는 어린아이야. 하지만 난 이제 혼자가 아니잖아. 범죄의 스승이자 추리력도 아주 뛰어난 구로하가 함께 있으니까."

 나는 무심코 어깨를 움츠렸다.

"날…… 너무 비행기 태우는 것 같은데."

"열심히 공부해서 배운 걸 제대로 응용하겠다고 약속할게. 그러니…… 부탁이야. 아무 힘 없는 나도 살인귀의 숨통을 끊을 수 있게끔 완벽한 복수 계획을 세워 줘!"

난 잠시 생각한 후 히죽 웃었다.

"완벽한 복수 계획이라……. 하지만 난 사 년 전, 육체가 있었던 완벽한 상태로도 사카시마에게 당했어. 그런 살인귀를 상대로 고작 닷새 만에 범죄 계획을 세우고 실행까지 하라고? 지금까지 만났던 의뢰인 중에서 제일 억지를 부리는군."

오토하는 소파로 돌아가서 만족스럽게 고개를 끄덕였다.

"다행이다."

"방금 나눈 이야기에 안심할 만한 부분이 있었나?"

"그야…… 구로하는 뭔가 좋은 방안이 떠올랐을 때나, 전부 자기 생각대로 진행될 때만 기분 나쁘게 음흉한 웃음을 지으니까."

"윽."

천박한 웃음을 짓는 나쁜 버릇을 완벽히 간파당한 모양이다. 오토하는 애플 티를 마시며 얄밉게 고개를 갸웃했다.

"구로하…… 실은 연기력이 엄청 형편없는 거지?"

"아, 아니야. 애당초 오토하에게 연기해 봤자 아무 의미도 없잖아. 필요성이 없으니까 안 할 뿐이라고."

"후후, 자꾸 자기 무덤을 파려고 그러네."

"뭐?"

"구로하가 완전 범죄 청부사로 활동할 때 의뢰인에게 얼굴을 드러내지 않은 것도 연기에 자신이 없었기 때문이지?"

나는 오토하를 매섭게 노려보았다.

―이 녀석, 내가 요리 실력이 형편없다고 지적한 걸 품고 있다가 앙갚음하는 거로군.

오토하가 어른의 마음을 휘젓는 그 눈으로 나를 올려다보았다. 우리는 눈싸움을 벌이다가 누가 먼저랄 것도 없이 웃음을 터뜨렸다.

오토하는 소파 위에서 두 무릎을 끌어안았다.

"실은…… 기뻤어."

"뭐가?"

"구로하는 입으로는 '어린아이'라고 하면서도 무슨 일이든 날 대등하게 대해 주고, 늘 이야기를 제대로 들어 줘. 가르쳐 줄 때도 한없이 진지하게 대하니까 나도 구로하를 믿을 수 있어."

나는 팔짱을 꼈다.

"그건 단순히 내가 어른스럽지 못할 뿐인 거 아닐까?"

"그럴지도 모르지. 하지만…… 넉 달 전 그날부터, 학교 친구들이고 선생님이고 모두 다 잘못 건드리면 터지는 폭탄처럼 날 대해. 다들 예전처럼 곁에 있어 주기는 하지만, 아주 투명한데 나만 넘을 수 없는 벽 너머로 가 버린 것 같아서…… 그게 너무 괴로웠어."

―하지만 구로하만은 늘 벽 이쪽에 나랑 함께 있어.

오토하의 그 말을 듣고 나는 눈을 내리떴다.

"무슨 기분인지 알겠어. 나도 어릴 적에 화재로 집도…… 싱글 맘이었던 어머니도, 여동생도…… 전부 잃었으니까."
"뭐?"
오토하는 찢어질 듯 눈을 크게 떴다.
"화재가 발생한 당시 상황은 전혀 기억나지 않아. 어머니와 여동생은 2층 침실에서 불타 죽었고, 나만 뒷문까지 기어 나와서 살았나 봐. 꼬박 하루가 지난 후에야 화상 통증이 너무 심해서 깨어났지. ……으아, 왜 네가 우는 건데!"
"눈물이 나는 걸 어떻게 해."
잠시 눈을 뗀 틈에 오토하의 얼굴은 눈물로 엉망이 됐다.
"나도 그 후로 몇 년은 '비극을 겪은 가엾은 아이' 취급을 받았어. 결국 몇 년 후에는 경사스럽게도 '구제할 길 없는 문제아'로 인정받고 모두에게 버림받았지."
"……내 앞에도 같은 미래가 기다리고 있을까."
오토하가 진지한 표정으로 그렇게 중얼거리길래 나는 피식 웃었다.
"그럴 리가 있나. 백이면 백, 하나밖에 모르는 바보처럼 같은 길을 걸어갈 리 없잖아? 난 내가 원해서 버림받은 거야. 남이 동정하는 것도, 친절하게 대해 주는 것도 고통스럽게 다가올 뿐이었거든. ……당시는 다른 사람이 투명한 벽 너머에서 들여다보는 것도 견딜 수 없었고…… 누군가 벽 이쪽으로 넘어오는 것 역시 소름 끼치게 싫었어."
오토하가 불안한 듯 중얼거렸다.
"지금도 그래?"

"아니, 유령이 돼서까지 고고한 척할 멘털은 아니라서."

내가 그렇게 말할 즈음에는 오토하도 평소의 되바라진 표정을 완전히 되찾았다.

"유령이 되면서 구로하도 조금은 어른스러워진 거네."

"아주 대놓고 버릇없는 소리를 하는구나."

오토하는 소파에 편하게 드러누워 천장의 장식용 들보를 올려다보았다.

"아아, 오늘은 수확도 있었지만 잃은 것도 많은 날이었지? 사건의 배후에 '거꾸로 살인자'가 있다는 사실을 알아낸 건 좋았지만, 그 대신에 얼굴을 들켰어."

"그건 뼈아픈 실수였지."

그러나 사카시마의 눈에 띄었을 때 오토하는 변장용 뿔테 안경을 끼고 있었고, 머리는 풀어서 내렸다. 앞으로 외출할 때는 머리를 묶고 다니고 변장도 바꾸면 금방 사카시마에게 들키지는 않으리라.

그렇게 말해도 오토하의 표정은 밝아지지 않았다.

"무엇보다 문제는…… 사카시마에게서 달아나는 데 집중한 나머지, 그 남자를 놓친 데다 조사가 원점으로 돌아갔다는 거야."

나는 어리둥절했다.

"어디가?"

"얼렁뚱땅 넘어가려고 하지 마. 그 살인귀에게 이어지는 실마리가 전부 끊어졌잖아. 사카시마는 이제 레지던스 가라로 돌아오지 않아. 302호에서 가지고 나온 보스턴백도 도주용으로 준비해 둔 게 틀림없어."

"생각이 얕군."

그렇게 중얼거린 순간 오토하가 노려보았다.

"초조함은 금물이야. ……예를 들어 새로이 알아낸 사실도 있잖아? 사카시마는 십중팔구 지금도 오른쪽 눈이 잘 안 보이는 상태야. 그 남자에게는 얼굴을 오른쪽으로 살짝 돌리는 버릇이 있으니까."

"그렇구나. 왼쪽 눈을 정면으로 향해서 잘 안 보이는 눈을 보완하는 거네."

사 년 전, 사카시마는 자신이 죽은 걸로 위장하고 다른 사람으로 둔갑했다. 그 후로는 병원에 가면 보험증이 위조라는 게 들통날 위험성과 큰 성형수술을 받았다는 사실이 발각될 위험성이 있었을 것이다.

"화이트데이 밤에 종이팩을 얻어맞았을 때도 사카시마는 안과에 가지 않고 스스로 치료하려고 했겠지. 그래서 시력이 돌아오지 않은 거야."

그래도 오토하의 얼굴은 어두웠다.

"하지만 그게…… 사카시마가 어디 있는지 알아낼 단서는 아니잖아?"

나는 검지를 좌우로 살짝 흔들었다.

"아니지, 아니지. 살인귀가 숨은 곳을 우리가 땀 흘려 찾아다닐 필요는 없어. 귀찮은 일은 남에게 떠맡기면 돼."

"설마…… 정보를 유출할 수도 있는 '정보업자'에게 맡기려고?"

"이번만큼은 '정보업자'도 도움이 안 돼. 그 남자가 정말로 사카시마라면 '정보업자'에게 꼬리를 잡힐 만한 실수는 하지 않을 테니까."

오토하가 인상을 썼다.

"그럼 누구한테 맡길 건데?"

"경찰."

◆

그날 밤 가라쓰 경위는 오후 9시가 지났는데도 집에 들어오지 않았다.

가라쓰 본인은 저녁 7시 전에 들어오겠다는 약속을 지키지 못해 속이 탈 것이다. 하기야…… 오토하는 이모의 약속을 눈곱만큼도 마음에 두지 않고, 치즈소고기덮밥 곱빼기를 테이크아웃해서 맛있게 먹었지만.

후시기 현경 본부에서는 전에 숨어들었을 때 고요했던 것과는 딴판으로 형사들의 고성이 오가고 있었다.

나는 스즈키 형사의 책상 위에 책상다리로 앉아 쓴웃음을 지었다.

"뭐, 당연하겠지."

가라쓰가 집에 오지 못하게 된 것도, 벌집이라도 쑤신 듯 수사1과에 대소동이 벌어진 것도…… 전부 나랑 오토하가 경찰에 정보를 제공했기 때문이다.

네 시간 전, 미쓰이네 거실에서 나는 오토하에게 힘주어 말했다.

"미쓰이 부부 살해 사건의 수사본부는 개점휴업 상태야. 그렇다면…… 경찰이 덤벼들지 않고는 배기지 못할 먹잇감을 던져 줘서 활성화하면 돼."

오토하가 열의에 찬 표정을 지었다.

"그렇구나! 새로운 정보가 나오면 회의를 열어서 이것저것 검토해야겠지."

"수사본부가 활성화되면 내가 회의에 잠입해서 경찰의 수사 정보를 단숨에 모아 오는 작전이야."

완벽한 계획일 텐데도 오토하가 원망스럽게 쏘아보았다.

"또 혼자서 앞질러 가려고 하다니 너무해!"

"하지만 현경 본부에 숨어드는 건 유령밖에 못 하는 일이잖아."

"……구로하는 아주 우수하고 믿을 만한 스승님이니까, 뭔가 좋은 방법이 있을 테지?"

"그런 얼굴로 어리광 부려도 아무것도 안 나와! 안 되는 건 안 되는 거야."

오토하는 항의하듯 쳇, 하고 혀를 차더니 소파에서 건방지게 다리를 꼬았다. 하지만 그런 자세에 익숙지 않은 탓인지 정사각형 테이블의 모서리에 발끝을 세게 부딪혔다.

"악!"

"조심 좀 해. 덜렁거리기는."

오토하는 아파서 눈물을 찔끔 흘리면서도 다시 입을 열었다.

"……생각해 봤는데, 구로하 추락 사고와 미쓰이 부부 살해 사건 둘 다 사카시마가 저지른 짓이라고 제보한들 쉽게 믿어 주지는 않겠지?"

"정공법으로 나가면 코웃음 치고 끝나겠지. 그러니까 경찰이 움직일 수밖에 없는 '강력한 정보'를 준비해야 해."

"할 수 있겠어?"

나는 대답하는 대신 이번에는 의도적으로 히죽 웃었다.

갑자기 수사1과의 분위기가 팽팽하게 긴장됐다. 나도 수사 자료를 훔쳐 읽는 걸 중단했다.

무슨 일인가 싶었는데 현경 형사 부장이 수사1과에 나타났다. 휑한 윗머리를 감추기 위해 빗어 올린 옆머리가 훅 불면 금방이라도 날아갈 것 같아서 인상적이었다.

형사 부장이 불안한 목소리로 입을 열었다.

"제보와 관련해 진전은 있었나?"

이건 시즈누마 과장에게 던진 질문이었다.

시즈누마는 관할서에서 실력만으로 현경 수사1과 과장까지 올라온 인물이다.

다만 겉모습은 전혀 형사답지 않다. 바가지 같은 헤어스타일도 그렇고, 동글동글한 두 눈도 그렇고, 진노랑 셔츠만 입는 것도 그렇고…… 중년이지만 팬시 숍에 있을 법한 도토리 요정 캐릭터 같아 보인다.

시즈누마 과장은 평소답지 않게 험악한 표정으로 부하 가라쓰 경위에게 고개를 끄덕였다.

암회색 바지 정장 차림의 가라쓰가 입을 열었다. 콜롬보 느낌이 나는 머리카락이, 지금까지 본 중에서 제일 곱슬거렸다.
"아까 현장에 출동한 후유노에게 보고가 들어왔습니다. 결론부터 말씀드리자면 전부 제보자가 말한 대로였습니다."
"레지던스 가라에서 시신이 발견된 거지?"
"그렇습니다. 빌딩 주인 가라 다카히사가 목을 맸어요. ······줄무늬 옷으로 가득한 드레스 룸에서 거의 유일하다고 할 수 있는 민무늬 작업복을 입은 모습이었죠."
그 순간 형사 부장의 눈이 절망으로 가득 찼다.
"맙소사······ '거꾸로'인가."
"네. 정보를 제공한 제보자는 레지던스 가라에 시신이 있다는 것도, 그 시신이 어떤 상태인지도 정확하게 알고 있었습니다. 그 제보는······ 아니, '거꾸로 살인자'의 범행 성명은 진짜인지도 모르겠네요."
가라쓰의 말에 수사1과 전체가 조용해졌다.
그 한가운데에서 나는 미소 지었다.
"반응이 괜찮은걸."
다른 형사가 절묘한 타이밍에 문제의 제보······ 또는 '거꾸로 살인자'의 범행 성명 녹음본을 재생했다.

─오늘도 사람을 죽였어. 세상은 '거꾸로'로 가득하니까 거리에 넘쳐 나는 '거꾸로' 된 죽음에 아무도 의문을 품지 않지. 벌써 사 년이나 지났는데 내가 멋지게 연출한 '거꾸로'를 알아보지 못

하는 멍청한 것들 같으니라고. 이제 숨어 지내는 것도 질렸어.

 이건 내가 떠올린 대사를 오토하가 읽은 것이다.
 내용이 이상한 건, 오 년 전에 사카시마가 SNS를 경유해 매스컴에 보낸 사차원적인 괴문서의 내용을 흉내 냈기 때문이지, 내 잘못은 아니다.
 내 스마트폰에 깔아 둔 음성변조 앱은 고성능이라 샘플만 충분하면 AI가 다나카 가나타 본인의 목소리와 억양을 재현할 수 있다. 하지만 그렇게까지 하는 건 너무 지나친 짓이리라.
 그래서 이번에는 어떤 영국 배우의 목소리를 샘플링해서 만든 멋진 저음의 목소리였다. 물론 오토하의 요청에 따른 것으로 오토하는 이 목소리에 '셜록'이라는 이름을 붙였다.
 전화를 받은 형사의 목소리가 나왔다.
 "대체 뭔 소리야?"
 ─화이트데이에는 정성을 다해 하룻밤에 세 명이나 '거꾸로' 만들었는데, 아직도 내가 부활했다는 걸 알아차리는 사람이 없군. 그러니 친애하는 멍청이들에게 힌트를 줄게. ……레지던스 가라 6층에 목매달아 자살한 걸로 위장한 시체가 있어. 각양각색의 옷에 주목하도록.
 "이봐, 잠깐만…… 이봐!"
 녹음은 거기서 끝났다.

 평범하게 정보를 제공해서는 받아들여지지 않을 것이다. 그래서 나와 오토하는 사카시마를 사칭해 '거꾸로 살인자'의 부활 선언을 경찰에 보냈다.

나는 살아 있는 사람에게는 결코 들리지 않을 목소리로 작게 중얼거렸다.

"이렇게 피비린내 나는 범행 성명을 보냈으니, 경찰도 무거운 엉덩이를 들 수밖에 없겠지?"

그러나 사 년 전에 사망했을 사카시마가 살아 있다는 실없는 이야기를 경찰이 순순히 믿을 리 없다. 오히려 사카시마의 모방범이 나타났다고 판단할지도 모른다.

―어디로 굴러가나 마찬가지지.

"자, 우리 대신…… 살인귀를 추적해 줘."

이건 형세를 역전시킬 수 있는 한 수다.

하지만…… 오토하에게 100퍼센트 안전한 방법이 아니라는 것도 사실이었다.

물론 경찰에는 내 작업실에서 가져온 스마트폰과 심 카드를 사용해 연락했다. 둘 다 일반적인 물품은 아니다. 역탐지 대책을 세워 놨고, 위치 정보와 발신자 정보도 정확하게 파악할 수 없도록 해 뒀다.

―혹시나 몰라서 심 카드는 통화를 마치고 부숴서 변기에 내려보냈고 스마트폰도 잘 처분했으니, 만에 하나라도 오토하에게 수사의 손길이 미치지는 않겠지만.

어쨌거나 주사위는 던져졌다.

경찰에 속절없이 쫓기게 된 살인귀 사카시마도, 경찰의 눈을 피해 복수해야 하는 나와 오토하도…… 이제 돌이킬 수 없는 강을 건넜다.

인터루드 2

3월 14일 18:10

애마를 몰고 있으니 거리에 감도는 들뜬 분위기가 전해졌다.
"오늘은 화이트데이니까."
덤으로 내일부터 주말이다. 지나가다 본 고등학생은 물론······ 회사원도 주말에 쉴 걸 고대하며 평일의 힘든 노동을 견디는 사람이 많을 것이다.
나만 즐거운 분위기에 젖지 못하고, 준비를 마친 완전 범죄 계획에 대해 생각했다.
목표물이 사는 단독주택의 사전 조사에도 시간을 많이 들였다.
신호를 기다리는 동안 스티커 뭉치를 꺼냈다. 어떤 트릭에 사용할 예정인 방수 스티커로, 붙였다 뗄 수 있게끔 가공해서 만든 것이다.

나는 히죽 웃었다.

—이제 그 극악무도한 인간을 함정에 잘 빠뜨리기만 하면 돼.

순조롭게 진행되면 이번 범죄는 화이트데이가 끝나기 전에 마무리된다. 목표물에게 결정타를 먹이기 위한 증거품도 꼼꼼히 준비했다.

물론 아무리 열심히 준비해도 그 노력을 웃도는 사태가 발생하기도 한다.

쓰라린 배신을 당할 때도 있고, 위험한 다리를 건너야 할 때도 있다. 하지만 현재로서는…… 그러한 사태에 대비한 대책도 포함해 모든 것이 잘 흘러가고 있다고 봐도 된다.

그런데 어째서일까?

운전대를 잡은 손이 멈출 줄 모르고 떨렸다.

"이런 건…… 사카시마를 경찰에 체포시키기 위해 덫을 놓았을 때 이후로 처음이로군."

육감 같은 건 믿지 않지만, 돌이킬 수 없는 '뭔가'가 이 앞에 기다리고 있지 않을까 싶은 예감이 파도처럼 끊임없이 밀려왔다.

나는 고개를 휙휙 내저었다.

"나도 참! 뭘 이렇게 빌빌거리는 거야."

게이지 선배도 그랬다. ……일하는 도중에 '미혹'에 사로잡히는 것이 무엇보다도 위험하다고.

구체적인 근거가 있는 불안에 휩싸였다면, 그걸 떨쳐 내기 위한 새로운 대책을 세우면 그만이다. 하지만 망상 같은 불안에 휩싸였다면, 끙끙대 봤자 시간 낭비다.

나는 조수석을 힐끗 보았다.

조수석에는 선향과 아까 가게에 들러서 구입한 성묘용 꽃, 쑥 찹쌀떡을 놓아두었다. 차 안에 백단향과 국화꽃 향기가 희미하게 감돌았다. 화재로 세상을 떠난 어머니와 여동생의 불단에서 나던 냄새. 아무래도 '죽음'을 연상하지 않을 수 없었다.

마호로시 시외 도로 끝에 있는 나조 묘지가 보였다.

아직 사람과 만나기까지 시간이 있다. 그 전에 꼭…… 이 꽃을 게이지 선배의 무덤 앞에 바치고 싶었다.

제 3 장

1

8월 1일 20:00 제한 시간까지 3일

일단 프라이팬에 저민 고기를 넣고 잘 섞으면서 볶는다.

고기가 익었을 즈음 오토하는 얼레빗 모양으로 자른 양파, 동그랗게 자른 피망, 버섯 그리고 잘게 썬 베이컨을 넣었다.

"소금과 후추 뿌리는 것도 잊지 말고."

"나도 알아!"

내 옆에서 조리용 젓가락을 휘두르는 오토하는 여전히 과학 실험이라도 하는 것처럼 손놀림이 딱딱했다. 그래도 어제 간단 키마 커리를 만들었을 때보다는 나아졌지만.

오토하가 프라이팬을 흔들며 중얼거렸다.

"오늘 보고는?"

"보고고 뭐고…… 어제 낮부터는 오토하도 경찰의 수사 정보를 실시간으로 듣고 있잖아?"

어제 낮에 오토하는 자전거를 타고 현경 본부로 향했다.
 표면상의 이유는 경찰서에 머물며 일하는 가라쓰에게 음식과 필요한 물품을 챙겨 주겠다는 것이었다. 음식은 오토하가 직접 만든 키마 커리와 여러 가지 막과자였다. 그리고 책상에 앉아 눈 붙일 수 있는 쿠션과 스마트폰 충전기도 가져갔다.
 "충전 케이블이 늘 말썽이라고 그랬었지?"
 그렇게 말하며 이모에게 짐 꾸러미를 내민 오토하는…… 평소의 양 갈래 머리였지만 복장은 단정한 원피스로 확 바뀌었다.
 그런 오토하를 보고 가라쓰도 한순간 얼떨떨해했지만, 바로 눈물을 흘릴 듯이 기뻐했다. 받아 든 꾸러미를 꼭 끌어안더니 막과자만 재빨리 재킷 왼쪽 호주머니에 쑤셔 넣었다.
 ─아아, 과자를 저렇게나 쑤셔 넣다니. 무슨 다람쥐 볼주머니도 아니고.
 왼손잡이인 가라쓰는 뭐든지 왼쪽 호주머니에 넣는 버릇이 있었다. 늘 한쪽 호주머니만 불룩한 것도 이 버릇 때문인 듯했다.
 가라쓰는 키가 160센티미터 조금 안 되니까 오토하보다 15센티미터 가까이 크다. 그만큼 차이가 나는데도 강렬한 색깔의 막과자를 보고 잔뜩 신난 가라쓰보다 오토하가 훨씬 어른스러워 보였다.
 ……결국 가라쓰는 그날 밤에야 겨우 점심을 먹었다.

키마 커리를 먹는 내내 가라쓰는 기쁨의 눈물을 흘리느라 코를 훌쩍거렸고, 동료 형사들은 물론 시즈누마 과장까지 "잘됐네." 하고 눈물을 글썽거렸다.

아무래도 다들 가라쓰와 조카의 사정을 들어서 알고 있었던 모양이다.

나는 그 모습을 지척에서 보면서 턱을 긁적였다.

"쿠션과 충전기에 도청기를 심어 놨다는 말은 입이 찢어져도 못 하겠네."

오토하가 단정한 원피스 차림이었던 것도 현경 본부에 가야 해서 긴장했기 때문에……와 같은 귀여운 이유가 아니다. 사카시마와 마주쳤을 때를 대비해 조금이라도 겉모습과 인상을 바꾸기 위해서였다.

옷이 날개라는 말도 있듯이, 단정하게 차려입고 얌전하게 구는 오토하를 보고서 레지던스 가라에 나타난 말괄량이 소녀라는 걸 알아차리기는 어려우리라.

그 외에 도청기에서 태블릿PC로 데이터를 보내기 위해 현경 본부에서 100미터 이내에 중계기를 설치해야 했는데…… 오토하는 그 일도 멋지게 해냈다.

그리하여 현재 미쓰이네 주방에는 수사1과에서 나는 소리가 배경음악으로 흐르고 있었다.

양파와 피망이 익었을 즈음, 오토하는 스파게티를 프라이팬에 넣었다. 그리고 토마토케첩을 듬뿍 부었다. 센불로 단숨에 수분을 날리면 카페 루핀식 나폴리탄 스파게티 완성이다.

오토하는 조리용 젓가락을 휘두르며 또 투덜거렸다.

"도청기 덕분에 이모 자리 부근의 목소리는 들리지만, 소리만으로 모든 걸 다 알 수는 없잖아!"

나는 쓴웃음을 지었다.

"알았어, 알았어. 오늘은 경찰 수사에도 진전이 없는 것 같으니…… 서로 지금까지 알아낸 사실을 보고하고 정리하도록 할까."

오토하는 나폴리탄 스파게티를 수북이 담은 접시와 쇼콜라티에 멜리사의 초콜릿, 애플 티를 들고 거실 소파로 갔다.

"오, 마요네즈는 없네. 드디어 마요네즈광에서 벗어난 건가."

"시끄러워! 일단 구로하부터 보고해 봐."

"어제 드디어 경찰도 302호 세입자인 '야즈 가즈야'에게 의심을 품은 것 같아. 다만 놈이 어디로 도망쳤는지까지는 경찰도 파악하지 못했고."

나폴리탄 스파게티를 입에 넣은 순간, 오토하는 행복 그 자체를 맛본 것처럼 황홀한 표정을 지었지만…… 나와 눈이 마주치자 얼른 자세를 바로 했다.

"뭐, 애초에 경찰에게는 기대하지 않았지만."

"너무 그러지 마. 사카시마는 증거를 철저히 인멸한 후 빌딩 주인의 집을 나섰고…… 평소에도 빌딩 내부의 감시 카메라에 자기 모습이 찍히지 않도록 조심했던 것 같으니까."

"자기가 무슨 국가 스파이라도 되는 줄 아나."

"하지만 아무리 감시 카메라를 조심해도, 이웃 관찰이 취미인 사람은 의외로 많은 법이지."

 아니나 다를까 가라 다카히사의 집에 자주 드나드는 남자가 있다는 사실을 눈치챈 세입자는 여러 명이었다. 그들의 증언 덕분에 302호 세입자의 존재가 부각된 것이다.

 경찰 수사 결과 '야즈 가즈야'는 가명이고, 그 남자가 임대차 계약서를 쓸 때 제시한 운전면허증도 위조였다는 사실이 밝혀졌다.

 "이 두 가지만으로도 수상함이 만점이지만…… 가명인 '야즈 가즈야'가 '다나카 가나타'처럼 회문이라는 점도 경찰이 본격적으로 나선 계기였던 듯해."

 그리고 오늘 아침 일찍 '야즈 가즈야'의 몽타주가 완성됐다.

 "빌딩 세입자의 증언은 꽤 정확했던 모양이야. 몽타주에는 우리가 본…… '오른쪽 눈에 흉터가 있는 남자'의 특징이 완벽하게 담겨 있었어. 사카시마는 눈치 빠르게 도망쳤다고 생각하겠지만, 놈이 탄 종이배는 이미 가라앉고 있는 셈이지."

 경찰이 유능하게 행동해서 마음에 들지 않았는지 오토하가 떨떠름한 얼굴로 입을 열었다.

 "다음은 내 차례지? 나도 '정보업자'에게 302호 세입자에 대해 조사를 시켰지만, 헛수고였어."

 "사카시마의 자동차 번호를 가지고도 못 알아낸 건가."

 "그 남자는 차를 구입할 때도 운전면허증을 제시했지만, 당연히 위조였지. 신청 서류도, 계약서 내용도 엉터리였고."

 "아쉽네."

 오토하가 나폴리탄 스파게티를 우물거리며 나를 빤히 바라보앉다.

"······이제 어쩔 거야?"

나는 손가락을 세 개 세웠다.

"그 남자가 저지른 사건 중 우리가 알고 있는 사건은 세 건이야. 내가 추락한 사건과 가라 다카히사 살해 사건은 이미 진상이 밝혀졌지."

오토하는 딱딱하게 굳은 표정으로 고개를 끄덕였다.

"유일한 미결 사건인······ 내 부모님 사건을 조사하는 수밖에 없다는 거구나."

◆

우리가 정보를 제공한 날짜가 7월 30일.

그날 밤 수사1과는 가라 다카히사의 시신이 발견됐다는 소식에 우왕좌왕했다.

형사 부장은 현기증이 났는지 의자에 털썩 주저앉아 숱 없는 머리를 끌어안고 신음했다.

"그럼······ 범행 성명 중에 놈이 '화이트데이 밤에 세 명을 '거꾸로' 만들었다고 했던 건?"

"브이(victim) 중 한 명은 구로하 우유우로 추정됩니다."

가라쓰가 그렇게 즉답하길래 나는 미소 지었다.

―정답입니다.

본인이 조상신처럼 곁에 붙어 있다는 것도 모른 채, 가라쓰는 파일을 보며 말을 이었다.

"구로하 우유우는 3월 14일 오후 8시 30분경, 자신의 카페 겸 자택이 있는 류인 빌딩의 옥상에서 떨어져 한 치과 의원이 설치한 동상에 꽂혔습니다."

말이 끝나자마자 스즈키 경사가 손을 들고 보충 설명했다.

"구온 종합병원에 문의해 봤습니다. 구로하는 간신히 목숨을 건졌지만…… 주치의의 말에 따르면 지금까지 쭉 혼수상태라고 합니다."

스즈키는 가라쓰의 동기에 해당하는 형사인데, 어떻게 봐도 좋은 집안 자제로밖에 보이지 않는다. 행동거지에도 형사다운 면모가 전혀 없다. 실제로 할아버지는 한때 중의원 의원으로 장관 자리에 앉은 적도 있는 인물이라나.

복장도 이색적이라 혼자 몇십만 엔은 할 법한 양복을 입고 있었다.

한편 범죄자 입장에서 보면 스즈키는 고마운 존재였다. 가끔 수사하다가 터무니없는 실수를 저지르기 때문이다. ……물론 본인은 실수를 한 줄도 모르지만.

형사 부장이 벌레 씹은 듯한 표정을 지었다.

"아아, '꼬치구이 남자'라는 영상이 나돌았던 그 사고? 하지만 그 건의 어디가 '거꾸로'지?"

가라쓰는 파일에서 사진 한 장을 꺼내 발소리를 울리며 화이트보드로 향했다. 그리고 화이트보드에 '우유우(烏由字)=우유우(ウ由字)=주우(宙宇)'라고 적고 우주복을 입은 개 오브제의 사진을 그 옆에 붙였다.

"우유우(ウ由宇)를 반대로 하면 우주로 읽을 수 있습니다. ……역시 이것도 '거꾸로'가 아닐까 싶은데요."

나는 작게 박수를 보냈다.

오토하와 내가 가짜 범행 성명을 보낸 지 아직 세 시간밖에 지나지 않았다. 그 짧은 시간에 이 정도까지 조사해 내다니, 워낙 신속해서 든든했다.

시즈누마 과장이 일어섰다.

"'거꾸로 살인자'가 살해한 것으로 추정되는 나머지 피해자는…… 역시 3월 14일 밤에 살해된 미쓰이 부부입니다."

'브이'라고 하지 않은 건 희생된 사람이 가라쓰의 언니 부부이기 때문이리라. 가라쓰 앞에서 간략하게 기호화한 경찰 은어를 사용하기가 꺼려진 듯했다.

형사 부장이 목소리를 높였다.

"그 두 사람은!"

시즈누마는 도토리를 닮은 얼굴을 일그러뜨리고 무겁게 고개를 끄덕였다.

"네, 가라쓰는 피해자와 너무 가까운 사이라 수사에서 제외했습니다. 그런 관계로 제가 보고드리겠습니다."

그렇게 말한 후 시즈누마는 손짓으로 스즈키 형사에게 지시를 내렸다.

스즈키가 화이트보드에 사건 관련 자료와 현장 사진을 붙였다.

"아시다시피…… 미쓰이 부부 사건은 저희 관할에서는 전례가 없을 만큼 괴이했습니다. 그래서 시신이 발견된 상황의 자세한 내용은 덮어 두고, 세심한 주의를 기울여 정보를 관리해 왔습니다."

 매스컴에는 경찰이 공개를 허용한 범위에서만 정보를 넘겨줬고, 시신 발견자인 인근 주민에게도 결코 함부로 말하지 않도록 신신당부한 모양이다.

 "자, 덮어놓은 정보는 뭘까……?"

 살아 있는 사람에게는 보이지 않는 몸이 된 것에 고마워하며 나는 당당히 화이트보드로 다가갔다. 그리고 그대로 할 말을 잃었다.

 ─오토하의 아빠는 로프로 들보에 묶였고, 죽은 후에 목을 졸린 게 아니었나?

 아니, 경찰이 매스컴에 흘린 정보에도 거짓은 없었다. 다만 사건의 전체상을 제대로 표현하지 않았을 뿐.

 시즈누마는 금속으로 된 포인터를 꺼내 사진들을 가리켰다.

 "얼핏 보기에도 '거꾸로'임을 알 수 있는 건 피해자 중 미쓰이 가이세이입니다."

 형사 부장이 초점이 맞지 않는 눈으로 중얼거렸다.

 "로프로 두 발목을 묶어서 천장의 장식용 들보에 거꾸로 매달았으니 '거꾸로'라고?"

 "네."

 사진 속 가이세이는 로프에 발목이 칭칭 감긴 채 거꾸로 매달려 있었다.

 하지만 그런 '거꾸로'는 지금 내 눈에 들어오지 않았다.

내 사고가 정지된 건, 그 시신이 마치 자기 목을 조르듯 바닥에 닿을락 말락 늘어진 양손으로 목에 감긴 피투성이 로프를 붙잡고 있었기 때문이다.

가이세이는 회계 사무소에서 돌아온 후 옷을 갈아입지 않고 빈집으로 향한 듯했다. 이런 꼴이 되었는데도 셔츠와 진회색 양복의 피 묻지 않은 부분에서는 어쩐지 청결감이 풍겼다.

목의 상처에서 떨어진 피는 손에 감긴 로프와 옷소매를 검붉게 물들였다. 카메라 플래시가 그러한 광경을 전부, 가슴 아플 만큼 선명하게 사진 속에 담아냈다.

시즈누마가 감정을 지운 목소리로 말을 이었다.

"그리고 피해자가 자기 손으로 목에 로프를 감고, 목을 조르는 것처럼 보이도록 연출한 것도…… 일종의 '거꾸로'를 암시한 건지도 모르겠습니다."

나는 화이트보드에 다시 얼굴을 가까이 댔다.

거기에는 가이세이의 검시 결과를 정리한 자료도 붙어 있었다.

자료에 따르면 가이세이는 사후에 로프로 두 발목을 묶여 거꾸로 매달렸으며, 그때 입은 찰과상이 발목에 남아 있었다. 목의 상처도 사후에 생긴 것이라고 한다.

그리고 가이세이의 목에 한 바퀴 감긴 다른 로프의 양 끝부분이 바로 그의 양손에 감겨 있었다. 물론 스스로 목을 조른 것처럼 연출하기 위해서다.

시즈누마는 현장 사진을 바라보며 보고를 이어 나갔다.

"시신을 거꾸로 매단 로프, 그리고 목과 손에 감긴 로프 양쪽

다 매듭이 깔끔했습니다. 분명 힘이 작용하는 방향과 무게를 고려해 용도에 따라 매듭을 바꾼 겁니다."

형사 부장이 입술을 핥았다.

"범인은 로프를 익숙하게 다루는 자인가. 그렇다면 어부나 소방관, 요트나 아웃 도어 활동이 취미인 사람 등이 수상하군."

시즈누마는 고개를 작게 끄덕이고 설명했다.

"현장에서 발견된 로프는 전부 굵기가 5밀리미터였습니다. 목의 경동맥에 상처를 내는 데 사용된 건 아웃 도어용 소형 나이프였고요. 전부 미쓰이 부부가 차에 싣고 다녔던 캠핑용품이라 그걸로 범인을 추적하기는 불가능합니다."

검시 자료에 따르면 가이세이의 시체에는 커다란 특징이 세 가지 있었다.

첫 번째, 두 눈꺼풀에 미세한 염증이 있었다.

부검을 담당한 의사 말에 따르면 즉시형 알레르기 반응일 가능성이 높다고 한다. 알레르기는 생체반응의 일종이므로 사후에 생긴 것은 아니리라. 하지만 이번 사건과 직접 관계가 있는지 없는지는 경찰도 파악하지 못했다.

―과연. 미쓰이네 서재에 있었던…… 근처 피부과에서 처방받은 약은 역시 알레르기 치료약이었구나.

두 번째, 사후경직이 특이했다.

가이세이의 양손은 주먹을 느슨하게 푼 것 같은 특징적인 형태로 경직을 일으켰다. 다섯 손가락과 손바닥이 깔끔한 원기둥꼴을 이루었는데, 로프를 세 번 감고도 아직 공간에 여유가 있었다.

나는 눈대중해 보았다.

"로프와 비교하면 손가락과 손바닥이 만들어 낸 원기둥꼴은…… 지름이 2센티미터 남짓인가."

세 번째, 가이세이의 손바닥과 손가락에 찰과상이 생겼다.

피가 로프에도 스며든 것으로 보건대 이건 로프에 쓸려서 생긴 상처로 추정된다. 다만 상처 자체는 사후에 생긴 것이었다.

"즉, 범인은 가이세이가 죽은 후 그의 손 위로 로프를 붙잡고, 그의 목을 강하게 조르는…… 이상한 행동을 했다는 건가."

나는 그렇게 중얼거린 후 현장 사진을 다시 확인했다.

가이세이의 시신 밑에는 피가 고여 있었다. 그 옆에는 가이세이가 입고 온 것으로 추정되는 트렌치코트와 신발 끈이 꿰어진 구두가 나란히 놓여 있었다.

"남성용 구두로군."

이 구두는 이미 경찰이 가이세이의 것임을 확인했다. 실제로 가이세이의 시신은 양말만 신은 상태였다.

형사 부장이 짜증을 숨기지 않고 말했다.

"이만큼 '거꾸로'가 강조된 사건이었는데 자네들은 '거꾸로 살인자'의 모방범일 가능성을 고려하지 않았던 건가?"

시즈누마 과장이 대답하기 전에 스즈키 형사가 힘차게 손을 들었다.

"외람된 말씀입니다만…… 함께 발견된 아카코의 시신에는 '거꾸로' 요소가 없었습니다. 그래서 사카시마의 모방범이 저지른 짓이라고 의심하지 않았던 겁니다."

형사 부장의 얼굴이 금방 목욕을 마치고 나온 게 아닐까 싶을 만큼 벌겋게 달아올랐다.

"그게 무슨 소리야? 그야 자네들이 수사 중에 빠뜨린 게 있었기 때문이겠지! 미쓰이 아카코의 시신에도 분명 '거꾸로' 요소가 숨어 있을 거야. 일단은 그것부터 찾아내."

그렇게 호통친 후 형사 부장은 엘리베이터로 사라졌다.

시즈누마는 부하를 야단치거나 하지 않고 수사 회의를 속행했다. 스즈키 형사는 입을 삐죽거리면서 다른 화이트보드에 미쓰이 아카코에 관한 자료를 붙였다.

"정말로 이쪽 '브이'에게는 '거꾸로' 요소가 없었는데."

현장 사진을 보니…… 오토하 엄마도 목에 상처를 입었고 흘러나온 피가 원피스에 스며들었다.

몸에 딱 맞는 디자인의 원피스는 눈이 흩날리는 날에는 추울 듯했지만, 아랫도리에 두툼한 타이츠를 입었다. 또한 시체 곁에서는 옷깃 없는 다운 코트도 발견됐는데, 그 코트도 단독으로 사진을 촬영했다.

─확실히 '거꾸로' 요소는 없군.

무릎을 끌어안은 자세로 벽의 선반에 쑤셔 박힌 아카코는 머리가 위고 다리가 아래인 상태였다. 선반 널로 구분된 가로 50센티미터, 세로 90센티미터 정도의 공간에 꽉 끼어 있었다.

가이세이와 마찬가지로 시신 근처에 개켜진 다운 코트, 거기서 조금 떨어진 곳에 여성용 구두가 있었다. 다만 이쪽은 가이세이의 것과 달리 나란하지 않고 따로따로 놓여 있었다.

"음…… 운전면허증?"

묘하게도 다운 코트 위에는 미쓰이 아카코의 운전면허증이 놓여 있었다. 그리고 시신의 원피스 배 부분이 일부 잘려 나갔고, 거기에 로프 끝부분을 아무렇게나 쑤셔 박아 놓았다.

로프는 가이세이를 매다는 데 사용한 것과 똑같은 종류였다.

원피스에 쑤셔 박은 로프를 본 순간 나는 지금까지 느껴 본 중 가장 강한 한기에 휩싸였다. 이대로 소멸하는 게 아닐까 싶을 만큼 손끝까지 허무함으로 가득 찼다.

"아니야, 역시…… 이것도 '거꾸로'야!"

"이럴 수가."

내가 외치는 것과 동시에 가라쓰가 망연자실하게 중얼거렸다.

나는 미쓰이네 소파 위에 떡하니 앉아 설명을 계속했다.

"결국 사카시마는 또 피해자의 이름에 빗대어 '거꾸로'를 연출한 거야. 오토하의 엄마 면허증을 보란 듯이 놓아둔 것도 그 때문이고."

어느덧 오토하는 입술까지 새파랗게 질렸다.

"그게 무슨 소리야?"

"아카코(赫子)라는 이름을 아카고(赤子)˚에 비유한 거지. 태아는 머리가 아래를 향한 상태가 정상이고, 다리가 아래를 향한 상태는 역아거든. 얼핏 보기에 벽 선반에 처박힌 시신은 다리가 아래

● 갓난아이. 젖먹이라는 뜻

를 향한 상태라 거꾸로 같지 않지만…… 실제로는 역아 상태니까 '거꾸로'였던 셈이지."

오토하가 목멘 소리로 말했다.

"그, 그럼 배 부분에 쑤셔 넣은 로프도?"

"탯줄을 모방했다고 봐야겠지."

잠시 침묵이 이어졌다. 이윽고 오토하가 불쑥 중얼거렸다.

"……어쨌든 경찰도 드디어 '거꾸로 살인자'가 우리 엄마와 아빠를 죽였다고 믿는 거네."

"응, 그건 커다란 진전이야."

"사카시마가 발자국을 남기지 않고 빈집에서 사라진 것에 관해서는 뭔가 수사에 진전이 있었어?"

◆

빈집으로 이어지는 통로에 범인의 발자국이 없었던 점에 관해서는 경찰도 두 손을 들었다.

후유노 경사도 머리를 끌어안고 낑낑댔다.

"들어가는 발자국이 없었던 건 일단 설명이 됩니다. 오후 8시경 비가 완전히 그치기 전에 범인이 빈집에 들어가 있었다고 보면 되니까요. 다만…… 범행 성명대로 동일범이 구로하를 빌딩 옥상에서 떨어뜨렸다면 이야기가 달라지죠.

오후 8시 반 시점에 범인이 류인 빌딩 옥상에 있었다면 8시 전에 빈집에 들어가서 잠복했을 가능성은 사라지니까요."

후유노는 관리직이 되는 것 자체에 관심이 없어서 출세와 거리가 먼 우직한 형사로, 수사1과에서 나이가 제일 많았다.
―분명 젊은 시절에 경찰서 내부의 성희롱 실태를 고발해서…… 시즈누마에게 발탁될 때까지 쭉 한직에 머무르며 고생했었지.
짧고 굵은 목에 덩치가 크고, 가라테, 유도, 멕시코식 프로레슬링 등의 무술과 격투기에 정통한 사람이다. 위압감이 넘쳐서 그가 있는 것만으로도 도주를 꾀하던 범인이 얌전해진다나.
하지만 목소리는 가늘고 코맹맹이 같은 말투다.
이건 콧속에 비용종이 생긴 것이 원인인 듯했다. 지금도 이비인후과에 다니고 있으며, 일이 좀 정리되면 수술을 받을 거라고 했다.
나는 픽 웃었다.
"어휴. 내내 현경 본부에 있다 보니, 알고 싶지도 않았던 수사1과의 건강 상태까지 훤히 알게 됐군."
……오늘 현경에 남아 회의에 참석한 건 시즈누마 과장과 후유노 형사 둘뿐이었다.
시즈누마 과장이 아주 피곤한 표정으로 중얼거렸다.
"뭐, 범행 성명도 신빙성이 얼마나 있는지는 모를 노릇이지. 그걸 전제로 하더라도…… 범인이 어떻게 발자국을 남기지 않고 빈집에서 나갔는지 해명하지 못하는 한, 이 사건은 해결할 수 없어. 아아, 남아 있는 수수께끼가 너무 많아."
후유노도 고개를 크게 끄덕였다.

"애당초 비가 언제 그칠지 정확하게 예측하기는 힘듭니다. 그러니 보통은 날씨에 크게 영향받는 '발자국 트릭'을 범죄 계획에 포함하지 않을 텐데요."

—옳은 말이야. 범인이 발자국 트릭을 실행했더라도 날씨가 회복된 후, 정황상 범죄에 이용할 수 있겠다는 걸 알아차리고 사용했다고 봐야 자연스럽겠지.

과장과 후유노가 가라쓰 경위의 자리를 힐끗 바라보았다.

가라쓰도 수사1과의 자기 자리에 있었지만, 미쓰이 부부 사건에서는 제외됐다. 대신이라고 해야 할까, 시내에서 발생한 상해 및 살인 사건을 대부분 혼자 맡은 탓에 정신없이 바빴다.

그런 가운데 오늘은 스즈키 형사의 모습이 보이지 않았다. 현장을 수사하러 나갔든지, 아니면 다른 안건에 동원된 걸까?

어쨌거나 오늘도…… 사건 수사는 가라쓰 없이 진행됐다.

시즈누마 과장이 모니터 앞으로 이동했다. 모니터에서는 감시 카메라 영상이 재생되는 중이었다.

촬영 일시는 3월 14일 오후 9시 52분.

시노노메초 근처 편의점에 설치된 감시 카메라 영상이다. 검은색 밴이 도로를 달려가는 모습이 똑똑히 찍혔다.

—차체의 색깔과 차 안의 분위기로 보건대 틀림없어.

미쓰이네 거실에 붙여 놓은 사진과 똑같은 차였다. 운전석에 앉은 사람은 회색 모자를 썼고, 조수석에 앉은 사람은 아랫배 언저리에 팔짱을 끼고 있었다.

나는 모니터와 자료의 얼굴 사진을 비교해 보았다.
"음, 운전석에 앉은 사람이 미쓰이 아카코로군."
아카코는 차를 운전하면서 조수석의 남자에게 말을 걸었다. 남자는 선글라스를 끼고 고개를 약간 숙이기는 했지만, 미쓰이 가이세이가 분명했다.

오토하에게 들은 바로는 부부 둘 다 운전면허증이 있었다.

가이세이는 버스로 통근했으므로 평일에는 차를 집에 놔두었다. 장을 보러 갈 때는 아카코가, 놀러 갈 때는 가이세이가 운전하는 식으로 역할을 분담했다고 한다.

"미쓰이 아카코는 다운 코트를 입었고, 가이세이는 트렌치코트인가. 양쪽 다…… 현장에 내버려져 있던 코트와 동일하군. 아카코는 생각했던 것보다 중장비지만."

아카코는 코트 위에 하늘색 머플러를 둘렀고, 운전대를 잡은 손에는 길쭉한 검은색 자외선 차단 장갑을 꼈다.

―오, 이 부부는 생각보다 키가 많이 차이 나는데.

편한 자세로 앉은 가이세이는 조수석 머리받이 위로 머리가 쑥 올라갔는데, 아카코는 딱 머리받이 위치에 머리가 있었다.

대충 어림잡아도 15센티미터는 차이 날 듯했다.

시즈누마 과장이 영상을 일시 정지했다.

"자동차 번호로 봐도 이때 촬영된 건 미쓰이 부부가 확실해. 두 사람이 가지고 있었던 스마트폰의 위치 정보도 정확도에 다소의 오차는 있을지언정, 대략 비슷한 위치를 기록했고."

그렇게 말한 후 시즈누마는 안약을 넣고 눈구석을 눌렀다. 후유노 형사도 강렬한 보라색 카페인 음료를 마시며 고개를 끄덕였다.

"그러게요. 감시 카메라가 있는 편의점에서 빈집까지 약 300미터니까 미쓰이 부부는 오후 9시 55분 이후에 빈집에 들어간 걸로 추정됩니다. 하지만…… 마음에 걸리는 점도 있습니다."

나도 지도를 보고 고개를 갸우뚱했다.

"응?"

지도에는 문제의 편의점이 있는 자리를 핀으로 표시를 해 두었다. 편의점을 경유하면 미쓰이네에서 빈집으로 향하는 최단 경로에서 벗어난다.

시즈누마는 고개를 살짝 저었다.

"최단 경로를 지나가지 않은 건, 운전대를 잡은 미쓰이 아카코가 길을 잘못 들었기 때문이겠지. 실제로 이 영상을 보면 차는 속도를 낮췄어. 길을 찾으며 달렸다는 증거야."

후유노는 인상을 찌푸리며 지도를 가리켰다.

"그럴 가능성도 있습니다만…… 저는 도중에 나오는 구네이자카 언덕을 피하려고 일부러 이 경로를 고른 게 아닐까 싶은데요."

"구네이자카 언덕을?"

"네. 그 언덕에는 잡화점이 줄지어 있으니까요. 미쓰이 부부는 무슨 이유로 남의 눈에 띄지 않기 위해 구네이자카 언덕을 피하는 경로를 고른 것 아닐까요?"

구네이자카 언덕은 마호로시의 수제 잡화점이 밀집한 곳이다. 이름대로 가파른 언덕에 세련된 잡화점이 계단식으로 자리 잡고 있다. 각 점포의 아기자기한 외관과 미니어처 용이나 수차가 있는 풍경이 어우러져 동화 속 세계에 빠져든 기분을 맛볼 수 있는 관광 명소이기도 했다.

나는 지도 앞에서 이맛살을 찌푸렸다.

"하지만 잡화점이 그렇게 늦게까지 영업하지는 않을 텐데. 분명 오후 8시에는 문을 닫을 거야."

아무리 생각해도 오후 10시경까지 사람들이 돌아다닐 곳은 아니다.

덧붙여 대부분 점포의 규모가 작기에 굳이 도로를 향해 감시 카메라를 설치한 가게도 거의 없으리라.

─즉, 피해야 할 만큼 사람 눈도, 감시 카메라도 없는 곳이라는 뜻이지.

아니나 다를까 시즈누마 과장이 나와 똑같은 취지의 주장을 펼치자 후유노는 아쉬워하는 표정으로 입을 다물었다.

시즈누마가 처음부터 다시 시작하자는 듯 말을 이었다.

"아무튼 미쓰이 부부가 오후 10시경에 빈집에 들어간 건 틀림없어. 두 사람의 스마트폰 위치 정보 기록과도 대충 들어맞고, 두 사람의 발자국이 통로에 똑똑히 남아 있었으니까. 그 후, 범인은 부부를 살해하고 현장에 '거꾸로'를 연출했어. 그런데 범인이 돌아간 발자국이 남아 있지 않다니…… 역시 아무리 생각해도 말이 안 돼."

3월 15일 아침, 첫 번째 발견자가 현관문을 부수고 밖으로 뛰쳐나온 후, 경찰이 빈집에 아무도 없다는 걸 확인할 때까지 인근 주민들은 현관을 계속 지켜보고 있었다고 한다.

그 이야기를 듣고 나는 눈살을 모았다.

─바꿔 말하면 사카시마가 아침까지 빈집에 남아 있다가 시신이 발견돼서 혼란스러운 틈에 밖으로 달아났을 가능성도 없다는 거야.

화이트보드에는 당시 남아 있던 발자국을 촬영한 사진과 첫 번째 발견자 및 경찰관 등이 남긴 발자국을 지워서 정리한 도면 자료도 붙여 놓았다.

도면 자체는 오토하가 몰래 찍어 놓은 것과 똑같았다.

그러나 이쪽 화질이 더 좋아서 발자국이 좀 더 뚜렷하게 보였다. (그림2)

통로 왼쪽에 발자국이 한 쌍…… 이건 가이세이의 것으로 방향상 현관 포치로 향하는 발

그림2

자국이다. 걸음걸이가 별로 흐트러지지 않았고, 보폭도 상당히 안정적이다. 한편 오른쪽에 있는 발자국 한 쌍은 아카코의 것으로 역시 현관으로 향했다. 이쪽은 걸음걸이가 약간 흐트러졌고 보폭도 좁았다.

후유노 형사가 도면을 보고 읊는 듯한 목소리로 말했다.

"통로 가장자리에 진흙이 얕은 부분도 가끔 있긴 했습니다만…… 당시 그토록 세심하게 조사했는걸요. 범인의 발자국은 일절 존재하지 않았습니다."

시즈누마가 한숨을 쉬었다.

"어쨌거나 현관 포치로 향하는 통로가 콘크리트 포장이었던 게 좋지 않았어. 진흙이 좀 더 깊었다면 뭔가 정보를 얻을 수 있었을 텐데."

나는 희미하게 웃음을 지었다.

"무거운 사람이 지나가든 가벼운 사람이 지나가든 진흙에 남는 발자국의 깊이는 변함없는 상황이었어. 그렇다면…… 미쓰이 부부 중 한 명이 다른 한 명을 업고 빈집에 들어갔다면 어떻게 될까?"

일단 아카코가 가이세이를 업은 상황을 검토해 보았다.

붙여진 자료를 구석구석까지 꼼꼼하게 읽어 본 결과, 아내 아카코는 키가 148센티미터고, 남편 가이세이는 165센티미터였다. 덧붙여 아카코는 빼빼 마른 체형이고 가이세이는 실팍한 체격에 살집도 좀 있었다.

—체격이 이렇게 차이 나면 아카코가 가이세이를 업어서 옮기기는 힘들겠는데.

키와 체격으로 추측하건대 아카코는 몸무게가 40킬로그램이 안 될 것이다. 한편 가이세이는 적어도 50킬로그램은 넘는다. 아카코같이 마르고 가냘픈 여자가 자기보다 무거운 사람을 업어서 옮길 수 있을 것 같지는 않았다.

"반대로 말하면 가이세이가 아카코를 업어서 옮길 수는 있었던 셈이지. 사카시마가 고전적인 트릭을 사용했다고 치면 적어도 범인이 돌아간 발자국이 없다는 점은 설명이 되는 건가."

아카코가 몸이 안 좋거나 해서 가이세이가 아내를 업고 빈집까지 갔다고 가정해 보자.

범행을 마친 사카시마는 빈집을 떠나려다가 진흙에 가이세이의 발자국만 있고 아카코의 발자국은 없다는 사실을 알아차린다. 그래서 사카시마는 수사를 교란할 목적으로 아카코의 신발을 신고 통로를 뒷걸음질해서 밖으로 나갔는지도 모른다.

고전적인 '뒤로 걷기'다.

그렇다면 사카시마가 나갈 때 찍힌 발자국을 아카코가 들어갈 때 찍힌 발자국으로 위장할 수 있다. 마지막으로 주차 공간 쪽에 있는 세로 슬릿창으로 아카코의 신발을 집 안에 던져 넣으면 된다.

─아니, 이 가설은 성립하지 않아.

자료에 따르면 아카코의 구두 사이즈는 230밀리미터다. 여자로서는 평균이지만, 남자 발에 맞는 크기는 아니다.

나는 기억을 더듬었다.

"사 년 전에 다나카 가나타를 체포시키기에 앞서 사전 조사를 했지. 사카시마의 신발 사이즈는 분명 270밀리미터로 평균 크기였을 거야."

 가라 다카히사의 집에서 봤을 때도 사카시마의 발이 작다는 인상은 받지 못했다. 그렇다면 사카시마가 230밀리미터짜리 신발을 신기는 불가능하다.

 실제로 아카코의 구두에는 누군가 큰 발을 억지로 욱여넣은 듯한 흔적이나 뒤축을 꺾어 신은 듯한 자국 또는 주름이 전혀 없었다.

 "즉, 사카시마는 뒤로 걷기 트릭을 사용하지 않았다는 뜻이야."

 시즈누마가 금속 포인터로 관자놀이를 툭툭 두드리며 말했다.

 "현장에서 사라진 캐리어 가방이 발자국 트릭에 사용됐다는 스즈키의 주장은 조금 그럴싸했는데 말이야. 이제는 그랬을 가능성도 사라졌군."

 금시초문이었다.

 내가 기대심에 몸을 내민 줄도 모르고, 후유노는 눈썹 언저리에 근심을 띤 표정으로 고개를 끄덕였다.

 "네, 스즈키 형사가 몸소 검증해서 불가능하다는 걸 증명했으니까요."

◆

 나는 오토하에게 보고를 계속했다.

 "오늘 아침 일찍, 스즈키 형사는 사라진 것과 똑같은 캐리어 가방을 준비해서…… 직접 캐리어 가방에 걸터앉아 발자국을 남기지 않고 빈집 밖으로 나갈 방법이 없는지 검증했다나 봐."

오토하는 나폴리탄 스파게티 접시를 치우고 디저트를 준비하며 물었다.

"결과는?"

"시원치 않았어."

검증에 나선 순간부터 몸무게 60킬로그램에 가까운 스즈키 형사가 걸터앉은 캐리어 가방에서 금방이라도 부서질 것 같은 소리가 났다고 한다. 게다가 캐리어 가방은 예상외로 균형 잡기가 쉽지 않았고 바퀴도 진흙 위에서 잘 굴러가지 않았다.

"당연하지만 평범하게 캐리어 가방을 끌고 가도 진흙에 바퀴 자국이 남아. 어떻게 그 자국을 없앨 방법이 없을까 확인하다가…… 사고가 발생했어."

"앗!"

"무리하게 캐리어 가방을 움직이던 끝에 스즈키 형사가 나자빠져서 캐리어 가방에 깔렸어. 넓적다리뼈가 부러져서 긴급 수술을 받고 입원했대."

오토하가 눈에 띄게 허둥거렸다.

"새, 생명에 지장은 없는 거지?"

"걱정하지 마. 나흘쯤 지나면 퇴원한다는 이야기였고, 모레부터는 보행 재활 훈련도 시작한다고 했으니까."

"다행이다."

나는 한숨을 쉬며 팔짱을 꼈다.

"그나저나…… 수사에 진전이 있기도 전에 부상자가 나올 줄

이야."

 사카시마가 수사를 방해할 다양한 수단을 고려했겠지만, 이번 일은 틀림없이 스즈키 형사의 '설레발'이 초래한 사태다. 정말이지, 이게 무슨 꼴이람.

 오토하의 표정도 갑자기 심술궂게 바뀌었다.

 "역시 경찰에 너무 기대한 게 잘못이었어."

 "그러게."

 그러나 짐짓 못되게 구는 데도 한계가 있는 듯 오토하는 시무룩하게 고개를 숙이고 말했다.

 "······나중에 스즈키 형사님 병문안 가자. 아빠와 엄마 사건을 해결하겠다는 일념으로 무리하다가 그랬으니······ 역시 그냥 넘어갈 수는 없어."

 "알았어."

 스즈키 형사는 가라쓰의 동기이기도 해서 사적으로도 여러 번 미쓰이네를 찾아왔다고 한다. 오토하와도 같이 마리오 카트를 하면서 놀았던 사이다.

 오토하는 디저트로 사 두었던 쇼콜라티에 멜리사의 상자를 열었다.

 작업실에서 꺼낸 3백만 엔 중 2백만 엔은 사카시마에게서 달아나기 위해 사용했지만 나머지 백만 엔은 오토하가 집으로 가져왔다.

 초등학교 6학년은 만져 본 적도 없을 만큼 큰돈이리라.

물론 오토하도 복수 계획을 위한 돈이라는 건 알기에 낭비는 하지 않았지만, 약간은 간이 커진 듯했다.

어제 후시기 현경 본부에 들러 가라쓰에게 필요한 물건을 전달한 후, 오토하는 역에서 좀 떨어진 쇼콜라티에 멜리사에 들렀다 왔다. 오토하는 자기 용돈으로 샛노란 상자에 담긴 여섯 개들이 모둠 초콜릿을 구입했다.

이건 멜리사의 대표 상품인 허니 컬렉션인데, 초콜릿 여섯 개에 2천 엔이 넘는 아주 포악한 가격이 붙어 있다.

―어휴. 아무리 그래도 너무 비싸잖아.

그래도 마호로시에서는 이 가게의 초콜릿이 선물로 자주 사용되고, 밸런타인데이에는 가게 앞이 폭동이라도 일어날 듯한 열기에 휩싸일 만큼 인기가 많다.

오토하는 그런 고급 초콜릿을 매일 한 개씩 먹기로 정했다.

오토하가 '오늘 몫'이라는 듯 물방울 모양 다크초콜릿을 집어서 입에 넣었다. 이 모양은 분명 건조 체리 가나슈가 들어간 초콜릿이다.

어젯밤에 하트 모양 플레인 밀크초콜릿을 먹는 것으로 시작했으니 아직 네 개 더 남았다.

나는 속으로 한숨을 쉬었다.

―오늘은 8월 1일이니까 내가 소멸하기까지 앞으로 사흘밖에 남지 않았군.

오토하가 식욕을 자제하는 한 나보다 이 초콜릿의 수명이 길다. 얄미운 초콜릿 같으니라고.

"……그러고 보니 멜리사는 건과일을 넣은 위스키 봉봉으로 유명하지?"

"응, 이 허니 컬렉션에도 건조 크랜베리를 넣은 위스키 봉봉이 있어. 고작 두 개뿐이라 전부터 너무 적게 든 것 아닌가 싶었지만."

오토하가 가리킨 대로 상자에 담긴 초콜릿 중에는 비닐로 포장된 초콜릿이 두 개 섞여 있었다. 특징적인 새빨간 포장과 아래쪽이 불룩한 모양으로 보건대 틀림없었다. 명물인 위스키 봉봉이다.

나는 씩 웃었다.

"좋아하는 음식은 마지막까지 남겨 놨다가 먹어?"

"응."

오토하는 누가 봐도 아주 좋아한다는 걸 모를 수가 없는 표정으로 위스키 봉봉을 바라보았다.

"만족스러운 기분에 찬물을 끼얹어서 미안하지만…… 법률적으로는 어떤지 몰라도 위스키가 들어간 초콜릿을 어린아이가 먹으면 몸에 별로 좋지 않잖아?"

"괜찮아. 한 개만 먹으면 기분이 적당히 좋아져."

"취한 거잖아!"

"에이 참, 잔소리는."

돌이켜 보니 오토하가 보물처럼 소중히 여기는 때 묻은 빈 상자도 허니 컬렉션이었다.

즉, 오토하는 원래 아빠에게 위스키 봉봉이 들어간 모둠 초콜릿을 선물받은 것이다. 분명 미쓰이네에서는 위스키 봉봉을 어린아이도 너무 많이 먹지만 않으면 된다는 식으로 취급했던 것이리라.

—그렇다면 내가 이래라저래라 할 일도 아니겠군.

오토하는 상자에서 위스키 봉봉을 꺼내 새빨간 포장지를 벗기더니 입에 쏙 넣었다. 그리고 나를 노려보았다.

"봐, 구로하가 쓸데없는 소리를 하니까 홧김에 먹어 버렸잖아!"
"내 핑계 대기는."

이렇게 줄어든다면 허니 컬렉션의 수명이 나보다 짧을 듯했다.

—아니지, 지금부터 할 이야기를 들으면 원치 않게 속도가 떨어지려나.

나는 거실의 장식용 들보를 올려다보았다.

"그리고…… 현장에서 없어진 건 캐리어 가방만이 아니었대."
"그래?"
"아카코 씨가 착용했던 모자와 머플러, 그리고 둘 다 가지고 있었을 것으로 추정되는 핫 팩도 없어졌어. 한편 아카코 씨의 자외선 차단용 장갑은 현장에 남아 있었지."

오토하가 이맛살을 찌푸렸다.

"범인이 장갑은 놔두고 모자와 머플러만 가져간 건가. 뭔가 의도가 있으니까 그런 거겠지?"
"아마도."
"그런데 어떤 모자와 머플러였는지 기억해?"
"모자는 회색이고 머플러는 하늘색 같아 보였어."

나는 감시 카메라에 찍힌 오토하 부모님의 모습을 기억나는 대로 최대한 자세하게 설명했다.

"음, 모자도 머플러도 엄마가 겨울에 자주 착용했던 게 틀림없어. ……하지만 그렇게 두껍게 입었는데 왜 핫 팩까지?"

"화이트데이 밤은 3월치고는 기온이 낮았고, 목적지는 난방이고 뭐고 안 되는 빈집이야. 추울까 봐 핫 팩을 가져갔어도 이상하지는 않지. 실제로 두 사람의 옷과 호주머니에서 미량이지만 핫 팩에서 새어 나왔을 것으로 추정되는 쇳가루 등이 발견됐대."

"알았다!"

"갑자기 뭐야."

"사카시마는 발자국을 없애는 트릭에 머플러와 모자, 핫 팩을 사용한 거야. 그리고 증거를 인멸하기 위해 전부 가져간 거지!"

들떠서 눈을 반짝이는 오토하에게 나는 쓴웃음으로 답했다.

"수업 내용을 또 잊어버렸네? 성급함은 금물, 그렇게 함부로 결론에 달려들면 안 돼. 하물며…… 이번 상대는 사카시마야. 논리적인 추리의 난이도도 높아져."

"왜?"

"그 남자는 엽기 살인귀이자 지능범이기도 해. 기본적으로 본인 머릿속에서 이성에 맞는 행동밖에 하지 않지만, 그걸 남이 예상하기는 어렵지.

나도 범행을 저지를 때 죄책감을 완전히 지우지는 못해. 오히려 그게 보통이지만…… 그 남자는 살인 현장에서도 완벽하게 평정심을 유지해. 살인 충동과 '거꾸로'에 대한 집착이 그 남자의 이성을 뒤틀어 버린 탓이겠지."

"최악의 경우에는 추웠는데 마침 잘됐다는 이유만으로 현장에서 머물러며 핫 팩을 가지고 갔을지도 모른다는 건가."

"그런 셈이지. 그러니 지금까지보다 더욱 신중하게 검토해야겠지."

오토하가 작게 한숨을 쉬었다.

"……그 밖에 뭔가 알아낸 건?"

"어제 늦은 밤 수사1과에서 사건에 사용된 독극물을 재검증했어. 덕분에 지금까지 우리가 파악하지 못했던 중요한 사실을 알아냈지."

내가 그렇게 답하자 오토하는 애플 티를 마시며 몸을 내밀었다.

"결국 독은 어디 들어 있었던 거야?"

"독은 쇼콜라티에 멜리사의 초콜릿에 들어 있었어."

경찰이 빈집에 들어갔을 때 미쓰이 아카코의 시신이 처박힌 벽 선반 옆에는 초콜릿이 두 개 널브러져 있었다. 물방울 모양 초콜릿과 아래쪽이 불룩하고 새빨간 비닐 포장지에 감싸인 초콜릿이 하나씩.

이야기를 들은 오토하는 굳어진 표정으로 샛노란 상자를 내려다보았다.

"초콜릿 모양과 포장지로 보면…… 그거, 허니 컬렉션에 들어 있는 초콜릿이지?"

나는 고개를 크게 끄덕였다.

"경찰도 멜리사에 문의해서 확인했어. 그렇지만 그날은 화이

제3장 251

트데이였잖아?"

 화이트데이 하면 밸런타인데이 정도는 아니더라도 한 해에 초콜릿이 가장 많이 팔리는 시기 중 하나다.

 "멜리사는 아주 인기가 많은 가게야. 밸런타인데이 초콜릿에 대한 답례로 화이트데이에도 초콜릿이 많이 나가지. 실제로 3월 10일부터 3월 14일까지 2천 상자 가까이 팔렸대. 그 정도 수량이 움직였으니, 허니 컬렉션의 구입 경로를 통해 범인을 밝혀내기는 불가능해."

 오토하가 나를 올려다보았다.

 "현장에 떨어져 있던 초콜릿에서 독이 검출됐어?"

 "응. 둘 다 치사량이 넘는 청산가리가 검출됐어."

 부검 결과 미쓰이 가이세이의 위장에서는 시안화칼륨 외에 위스키, 초콜릿, 건조 크랜베리 조각, 극히 소량의 녹차 성분이 검출됐다. 아카코의 위장에서는 역시 시안화칼륨 외에 녹차, 초콜릿, 우유, 건과일 성분이 검출됐다. 양쪽 다 거의 소화되지 않은 상태로.

 내 대답에 오토하는 어리둥절한 듯 중얼거렸다.

 "위스키와 건조 크랜베리가 발견됐다는 건 아빠가 위스키 봉봉을 먹었다는 거야?"

 "경찰은 그렇게 단정했어. 현경 내부에서는 유명한 이야기인 듯한데…… 멜리사에서는 독특한 감미료를 초콜릿 맛의 비법으로 사용하나 보더라고. 이번에도 감식반이 조사한 결과, 가이세이 씨가 멜리사의 봉봉을 먹은 건 틀림없대."

현경 본부에서 훔쳐 들은 바로는 이 비법이 해결의 실마리가 된 사건도 적지 않은 듯했다.

―그야말로 범죄자의 마음을 울리는 초콜릿이로군.

범죄를 저지를 때 멜리사의 초콜릿을 사용한 적이 없어서 다행이라고 가슴을 쓸어내리면서 나는 말을 이었다.

"감식반이 알아낸 건 그뿐만이 아니야. 가이세이 씨가 먹은 위스키 봉봉에 독이 들었음을 나타내는 증거도 발견했어."

가이세이는 봉봉에 든 건조 크랜베리를 거의 씹지 않고 삼켰다. 그 크랜베리 중심부를 조사해 보니, 위장의 다른 내용물에 비해 시안화칼륨이 훨씬 고농도로 스며들어 있었다.

"범인은 주사기로 위스키 봉봉에 청산가리를 주입한 거겠지. 그 결과 건조 크랜베리가 오랜 시간 독이 든 위스키에 절여져서 중심부까지 청산가리가 스며든 것 같아."

한편 아카코의 위장에서는 위스키가 검출되지 않았다.

아카코의 위장에서도 건과일은 발견됐지만, 잘 씹어서 삼켰으므로 무슨 과일인지는 알아내지 못했다.

나는 미간을 잔뜩 찌푸렸다.

"하지만…… 지금까지 판명된 정보만으로는 오토하 엄마가 위스키 봉봉을 먹지 않았다고 단정할 수 없어."

"어, 위스키 성분은 나오지 않았잖아?"

"예를 들면 아카코 씨 위장에서 녹차 성분도 발견됐으니까."

"아, 그렇구나! 엄마가 녹차를 많이 마시고 나서 위스키 봉봉을 먹었다면 이야기가 달라지는 건가."

멜리사에서 판매하는 위스키 봉봉의 위스키 함량은 그리 높지 않다. 어린아이도 먹을 수 있을 정도다. 차를 많이 마셔서 희석됐다면 위스키 성분이 검출되지 않아도 이상할 건 없으리라.

"경찰에서도 현재 상태로는 아카코 씨가 건과일이 든 보통 초콜릿을 먹었을 가능성이 높다고 판단할 수밖에 없다고 했어."

바로 오토하가 끙, 하고 소리를 냈다.

"그건 좀 이상한데. 엄마는 허니 컬렉션에서 반드시 위스키 봉봉부터 먹고, 아빠는 엄마에게 양보하느라 위스키 봉봉을 먹지 않아. 초콜릿을 서로 바꿔 먹은 듯 보이는 건…… 설마 사카시마가 아빠와 엄마에게 억지로 초콜릿을 먹인 탓인가?"

나는 고개를 살짝 끄덕였다.

"경찰도 그 가능성을 의심했어. 그런데 두 사람의 입과 목구멍에서 억지로 초콜릿을 쑤셔 넣은 듯한 상처나 흔적은 일절 발견되지 않았대.

멜리사의 초콜릿은 딱딱한 편이고 한 알도 제법 크잖아? 어른이라도 통째로 삼키면 목구멍을 다칠 거야. 그래서…… 경찰도 현재로서는 두 사람이 스스로 초콜릿을 입에 넣고, 평범하게 먹었을 가능성이 높다고 보고 있어."

오토하가 몸을 부르르 떨었다.

"잠깐! 아빠와 엄마가 먹은 초콜릿이 평소와 반대인 것도…… 설마 사카시마가 남긴 '거꾸로'?"

"재미있는 발상이네. 하지만 그건 아닐 거야."

"하긴, 사카시마가 우리 부모님의 취향을 알 리가 있나."

"특히 초콜릿 취향같이 세세한 부분이라면…… 같이 사는 가족이 아니고서야 모르겠지. 아주 개인적인 정보니까."

오토하는 입술을 깨물고 나서 다시 입을 열었다.

"그나저나 모르겠네. 왜 경찰은 초콜릿에 독이 들어 있었다는 사실을 덮어 둔 거지?"

"빈집에서 사건이 발생했을 때, 경찰은 다른 사건과 관계가 있는 것 아닌가 의심했거든."

"다른 사건이라니?"

"오토하도 뉴스에서 이름 정도는 들어 보지 않았으려나? 올해 2월에 발생한 '독극물 누가 과자 사건'."

오토하가 눈을 크게 떴다.

"알아! 완다시에서 발생한 무차별 독살 사건이잖아. 분명 입춘맞이 축제에서 나누어 준 수제 누가에 청산가리가 들어 있었다던가……."

"허니 컬렉션에도 누가 초콜릿이 포함돼 있지. 사용된 독극물이 청산가리였다는 공통점도 있어서 경찰은 빈집 사건과 완다시 독극물 사건이 서로 관련된 것 아닌가 의심했어."

"하지만 독극물 누가 사건의 범인은 두 달 전에 체포됐던 것 같은데. ……아, 봐. 주민회 회장이 체포됐어."

오토하가 그렇게 말하며 인터넷 뉴스 기사를 보여 주었다.

"그런 것 같더군. 난 혼수상태였기 때문에 자세하게는 모르지만…… 주민회 회장이 체포되길 기다릴 것도 없이 경찰도 두 사건이 무관하다는 걸 알아차렸나 봐."

그 근거는 시안화칼륨에 섞여 있던 불순물이었다.

독극물 누가 사건에 사용된 청산가리는 예전에 화학 교사였던 주민회 회장이 스스로 정제한 탓에 불순물이 다량 함유돼서 품질이 열악했다. 한편 미쓰이 부부를 살해하는 데 사용된 청산가리는 순도가 높고, 약간 함유된 불순물도 주민회 회장이 독살에 사용한 청산가리와는 성분이 전혀 달랐다.

이는 두 독극물의 출처가 다르다는 증거로, 동일범의 소행이 아니라는 것을 암시했다.

"그러나…… 빈집 범행에 청산가리가 사용된 건 독극물 누가 사건과 무관하지 않을지도 몰라. 세상을 떠들썩하게 만든 사건과 공통점이 많으면 많을수록 경찰은 두 사건의 관계성을 의심하지 않을 수 없어. 그만큼 수사를 교란할 수 있는 거지."

"범인에게도 유리한 점이 있다는 뜻이구나."

잠시 침묵이 이어졌다.

오토하가 태블릿PC 화면을 손가락으로 두드렸다.

"사건 정보는 이것저것 입수했어. 하지만 정작 '사카시마에게 어떻게 복수하느냐'는 정하지 않았잖아? 구로하가 소멸하기까지…… 이제 삼 일밖에 안 남았는데."

나는 소파 위로 떠올라 씩 웃었다.

"방법이라면 이미 정해 놨지."

"다우트."

오랜만에 이 말을 들었다. 이번에는 예전과 달리 가냘프고 자신 없는 목소리였지만.

"거짓말 아니지? 정말로 믿어도 되는 거지? 나 같은 어린아이도 확실하게…… 그 살인귀의 숨통을 끊을 수 있는 거지?"

"물론이야."

"경찰 손에 넘겨주는 건 절대로 안 돼!"

필사적인 표정으로 호소하는 오토하를 보고 나는 쓴웃음을 지었다.

"말했잖아? 난 일할 때 몇 가지 방침이 있고, 의뢰인은 무슨 일이 있어도 최우선으로 지키는 주의라고. 즉…… 완전 범죄는 자신과 의뢰인에게 아무런 위험도 없는 상태로 끝나야 해. 당연히 의뢰인을 지키기 위한 뒤처리도 영원히 완벽해야 한다는 뜻이지."

"응."

"이번에 '완전 범죄 청부사의 정체가 나'라는 사실을 사카시마에게 들켰고, 오토하도 얼굴이 드러났어. 그렇게 너무 많이 아는 인간을 산 채로 경찰 손에 넘기는 위험한 짓을 내가 하겠어?"

오토하는 안도한 표정으로 숨을 크게 내쉬었다.

"안 하겠지."

"그리고 오토하는 눈에는 눈, 이에는 이를 원했잖아? 나도 당한 만큼 갚아 주는 건 좋아하니까 사카시마에게도 똑같은 독을 선사하고 싶어. 하지만…… 청산가리를 다루는 건 오토하에게 너무 위험해."

오토하는 당황한 듯 눈을 깜박였다.

"그럼 어쩌려고?"

"요컨대…… 사카시마가 저지른 짓을 되돌려주는 형태로 보복하면 되는 거야. 그러면 오토하가 바라는 복수에 아주 가까워지겠지?"

"응! 역시…… 구로하와 나는 '최강의 콤비'야. 유령과 어린아이가 손잡으면 못 할 일은 하나도 없어."

눈을 반짝이는 구로하에게 나는 고개를 끄덕였다.

"작전 자체는 머릿속에 완성해 뒀어. 하지만 아직 부족해. 까놓고 말해 완전 범죄는 사전 준비가 80퍼센트라고 해도 과언이 아니거든. 이제부터는 시간이 허락하는 한도에서, 어떤 예측 불가능한 사태에도 대응할 수 있도록 차분히 진행하자."

갑자기 오토하가 킥, 웃어서 나는 어리둥절했다.

"……남이 진지하게 이야기하는데 웃냐?"

"미안해. 절대로 무모하게 굴지 않고, 성공이 확실해져야 움직인다. 겁쟁이라 할 만큼 신중한 그 태도가 구로하답다 싶어서."

"뭐?"

오토하는 쑥스러움을 감추듯이 고개를 홱 돌렸다.

"이것저것 많이 배웠지만 난 아직 그런 태도를 흉내도 낼 수 없어서 그런지, 답답해서 짜증이 나기도 했어. 하지만 지금은 구로하의 용의주도한 성격을 좋아하고 존경하기도 해.

뭘 하든 먼저 곰곰이 생각하기에 절대로 함정에 빠지지 않고, 아무리 불가능한 일이라도 반드시 해내지. ……이런 어른도 있는 거구나 싶어서 멋있더라고."

2

8월 3일 09:55 제한 시간까지 하루

구온 종합병원 입구 옆에서 오토하는 에코백을 내려다보았다. 에코백에는 오렌지와 사과를 넣어 왔다.

곧 오전 10시, 입원 병동의 면회가 허락되는 시간이다.

구온 종합병원은 병상 숫자가 삼백 개 이상에, 직원 숫자만 육백 명이 넘는 규모다. 총 3층 건물의 1층에는 편의점과 식당도 있다.

오늘도 커다란 유리창 너머로 대기 공간에서 진료 순서를 기다리는 사람들이 보였다.

—여기가 상급 종합병원이라 다행이군.

외래 진료를 받으러 온 사람과 병문안 온 사람이 많으면 오토하가 병원을 돌아다녀도 남의 시선을 끌지는 않을 것이다. 입실을 엄격히 관리하는 집중치료실 등의 특수한 병실은 별개지만…… 유령인 나의 길 안내에 따라 간호사와 의사의 눈을 피해 입원 병동에 숨어드는 것 정도는 일도 아니었다.

오토하를 출산할 때 아카코는 이 병원에서 제왕절개 수술을 받았고, 넉 달 전까지는 지병인 당뇨병과 편두통 때문에 통원했다고 한다. 오토하도 엄마를 따라오거나 예방 접종하러 여러 번 와 봤으므로, 병원에 침입한 후에도 전혀 어색해하지 않았다.

어제는 내가 입원한 병실에도 숨어들어 내 육체와 처음으로 대면했을 정도다.

7월 29일 이후로는 나도 상태가 안정돼서 이틀 전에 집중치료실에서 일반 병동 개인실로 이동했다. 그러나 내 목구멍에서 튀어나온 튜브는 여전히 인공호흡기에 연결된 상태로, 뇌파와 심박수 역시 24시간 모니터링되고 있었다. 간호사가 찾아오는 빈도도 다른 병실에 비하면 높았다.

"……덥다."

오토하는 그렇게 중얼거리고 주차장을 둘러보았다.

햇살이 찌르는 듯 내리쬤다. 일기예보에서는 최고 기온을 갱신할 것이라고 했다. 내 몸에는 변함없이 으슬으슬한 한기가 감돌고 있지만.

온몸이 늘어지는 듯한 더위 때문인지 맞은편 신사에도 사람은 없었다. 뒤편에 펼쳐진 구온 연못은 그저께 소나기가 내린 덕분에 수위를 회복해, 멀리서는 시원해 보이기도 한다.

갑자기 오토하가 숨을 삼켰다.

오토하의 시선을 좇자 자전거 주차장에 낯익은 남자가 있었다.

회색 티셔츠와 칠부 치노 팬츠. 남자는 고상해 보이는 노부인과 이야기를 나누며 전동 자전거에서 짐 내리는 걸 도와주고 있었다.

오토하가 몸을 너무 벌벌 떠는 바람에 들고 있는 에코백에서 부스럭부스럭 소리가 났다.

"사카시마……."

그 순간 노부인과 이야기를 나누던 사카시마가 고개를 들었다. 거리상 방금 오토하가 중얼거린 말이 들렸을 리 없는데도 사카시마는 고개를 살짝 오른쪽으로 틀어, 자동문 옆에 있는 오토하의 모습을 정확하게 파악했다.

―말도 안 돼. 시선을 피부로 느끼는 능력이라도 있나.

나는 오토하에게 소리쳤다.

"도망쳐!"

내 말이 끝나기도 전에 오토하는 쏜살같이 병원으로 뛰어들었다.

사카시마는 미소를 짓더니 노부인의 짐을 화단에 내던졌다. 너무 갑작스러운 사태에 노부인은 끽소리도 내지 못했다. 사카시마는 불쌍한 노부인을 거들떠보지도 않고 유유히 자동문을 통과해 병원으로 들어갔다.

한발 먼저 도망친 오토하는 사람들로 붐비는 외래 진료 구역을 재빨리 빠져나갔다. 아무렇지도 않은 척 복도 오른쪽과 왼쪽을 지그재그로 오가면서.

사카시마도 병원 안에서 남의 눈에 띌까 봐 걱정되는지 속도를 높이지 않고 차분히 오토하가 지나간 길을 따라갔다.

나는 오토하를 쫓아가서 속삭였다.

"입원 병동은 저 모퉁이에서 오른쪽으로."

"나도 알아!"

오토하는 숨을 헐떡이면서도 무사히 연결 복도를 지나 입원 병동에 도착했다. 첫 번째 관문은 간호사실이다. ……오토하는 내 신호에 맞춰 간호사들에게 보이지 않도록 허리를 구부리고 간호사실 앞을 통과했다.

그리고 입원 병동 안쪽으로 향했다.

전화벨 소리에 간호사가 시선을 돌린 순간을 노려 사카시마도 재빨리 간호사실 앞을 통과했다. 고양잇과 맹수가 연상되는 유연한 몸놀림이라 소리가 거의 나지 않았다.

오토하는 병동 끝부분에 있는 슬라이드식 문을 열고 안으로 들어갔다. 십 초쯤 늦게 그 문을 연 사카시마가 눈을 부릅떴다.

"여기는……."

실내에는 인공호흡기를 비롯해 심전도와 혈중 산소, 뇌파를 측정하기 위한 기기가 죽 놓여 있었다.

그 한복판에는 죽음으로 향하는 내 육체가 누워 있었다. 며칠이나 유령으로 지낸 탓인지, 완전히 수척해진 그 모습을 보았는데도 아무 느낌도 들지 않았다.

사카시마는 손을 뒤로 돌려 문을 닫고 고개를 살짝 내저었다.

"의외인데요. 달리 도망칠 만한 곳이 얼마든지 있었을 텐데, 일부러 구로하 우유우의 병실로 안내해 주다니."

오토하는 레이스 커튼을 친 창가까지 물러나서 사카시마를 쏘아보았다.

"말해 두겠는데 잘못해서 이 방에 온 게 아니야."

"정말로? 난 구로하를 죽일 작정으로 여기 왔고, 나와 단둘이 있다는 건…… 당신도 죽는다는 소리예요."

"나도 마찬가지야. 사람이 있는 방으로 도망치면…… 널 죽여서 복수할 수가 없잖아."

그 말을 듣고 사카시마는 환한 웃음을 지었다.

"재미있네요. 그럼 어젯밤에 SNS에서 '꼬치구이 남자'에 대한 묘한 글이 화제가 된 것도……전부 날 여기로 유인하기 위한 함정이었던 건가요?"

"물론이지."

오늘 오토하는 머리를 풀어서 내리고 큼지막한 뿔테 안경을 꼈다. 사카시마와 처음 마주친 날 꼈던 위장용 안경이다. 물론 전부 사카시마가 쉽게 발견할 수 있도록 그런 것이다.

◆

어젯밤 나와 오토하는 남은 백만 엔을 들여서 SNS에 가짜 정보를 퍼뜨려 달라고 정보업자에게 의뢰했다.

빌딩에서 떨어져 넉 달이나 혼수상태였던 '꼬치구이 남자'가 의식을 되찾기 시작했다는 내용이다. 하나부터 열까지 순 거짓말이었다.

덧붙여 SNS 글에 사진을 몇 장 첨부했다. 구온 종합병원 건물 밖에서 촬영한 사진인데, 그중 한 장에는 안경을 끼고 자전거 주차장에 서 있는 오토하의 모습이 작게 담겼다.

……전부 사카시마를 유인할 미끼였다.

내 육체가 드러누운 침대를 사이에 두고 사카시마와 오토하는 서로 노려보았다.

나는 히죽 웃었다.

"그날 오토하를 쫓아다닐 때 너도 마음이 편하지는 않았지?

고작 열 살 안팎의 꼬맹이에게 '거꾸로 살인자'라는 사실이 들통 난 데다, 그걸 이용한 함정에 빠진 것으로밖에 느껴지지 않았을 테니까."

당연히 사카시마도 소녀의 배후에 누군가가 있을 가능성을 고려했으리라.

나는 살아 있는 사람에게는 들리지 않는 목소리로 말을 이었다.
"그 후 숨어 지내던 너는 내가 의식을 되찾았다는 정보를 입수했어. 그리고 내가 입원한 병원에 문제의 소녀가 드나드는 걸 암시하는 사진까지 봤으니…… 위험을 무릅쓰고 달려들지 않을 수 없었겠지?"

아니나 다를까 사카시마는 면회가 시작될 시간에 맞춰 구온 종합병원에 나타났다.

―오히려 어려웠던 건 미끼를 어떻게 사카시마의 코앞에 늘어뜨리느냐였어.

가짜 정보를 퍼뜨리는 데 SNS를 사용한 이유는 두 가지다.

하나는 원래 SNS에서 폭로 계열 계정을 운영했던 인물이라는 소문도 날 만큼 이러한 정보를 퍼뜨리는 것이 '정보업자'의 특기이기 때문에. 다른 하나는 사카시마가 과거에 SNS를 활용해 매스컴에 사차원적인 괴문서를 보낸 적이 있으며…… 지금도 SNS를 부지런히 확인하는 모습을 내 눈으로 봤기 때문이다.

사카시마는 당황한 기색 없이 오히려 늘어지는 목소리로 말했다.
"그렇구나. SNS를 활용하면 손쉽게 정보를 퍼뜨릴 수 있는 데다 그 정보가 나한테까지 잘 도달하리라고 생각한 건가요. 그래서 어제 이 병원에…… 그런 묘한 소문을 퍼뜨린 거고요?"

오토하는 고개를 살짝 끄덕였다.

그렇다. 순수하게 가짜 정보만 SNS에 퍼뜨려 봤자 그걸 부정하는 글이 올라와서 기세가 꺾일 뿐이다. 가짜 정보가 부풀려져서 퍼져 나갈 가능성은 낮다.

그래서 어제 오토하를 내 병실에 침입시킨 것이다.

―어제는 오토하가 대활약했지.

내 병실에 숨어든 오토하는 간호사 호출벨을 누르고 도망치기를 두어 번 반복했다. 그리고 나도 심전도를 의도적으로 격하게 흐트러뜨려서 두어 번 간호사를 불러냈다.

솔직히 병원 입장에서 이만큼 악질적이고 민폐인 짓은 또 없다.

의사도 간호사도 인명을 구하기 위해 바쁜 와중에 자신들의 몸을 갈아서 환자들을 돌본다. 설령 장난이더라도 이상이 발생하면 간호사는 병실로 달려가야 한다. 그리고 주치의 고시 선생이 구르다시피 나타나서 정신없이 조치하는 모습을 보고 있으니 나도 마음이 아팠다.

―뭐, 전부 계획을 세운 내 잘못이지.

장난을 되풀이하자 간호사실에서 간호사들이 농담 반 진담 반으로 "구로하 씨가 의식을 되찾고 있는 건 아니겠죠?" 하고 이야기를 나누게 됐다. 그 소문이 다른 직원에게 퍼지기까지 시간이 오래 걸리지는 않았다.

이리하여 사카시마를 무사히 내 병실까지 유인해 냈는데……
동시에 섬뜩한 부분도 있었다.

오토하는 여기로 오면서 왼쪽에 붙었다 오른쪽에 붙었다 하며 복도를 부자연스럽게 지그재그로 이동했다. 이는 되도록 병원 내부의 감시 카메라에 촬영되지 않는 곳을 택하느라 그런 것이다.
 이 경로는 내가 유령의 특성을 최대한 활용해서 찾아냈다.
 ―병원의 감시 카메라 위치를 모조리 확인하고, 경비실에 있는 모니터 영상과도 비교해서 사각지대와 영상에 잘 비치지 않는 곳을 찾아내는 데 한나절은 걸렸지.
 섬뜩했던 건 오토하를 쫓아가는 사카시마가 오토하와 완전히 똑같은 경로로 이동했기 때문이다.
 이 남자도 병원에 있는 감시 카메라의 위치를 모조리 파악한 건가? 아니면 평소 감시 카메라를 피하는 습관이 몸에 배서 본능적으로 그렇게 행동한 걸까.

 사카시마는 고개를 살짝 오른쪽으로 돌리고 오토하를 빤히 바라보았다.
 "가라 다카히사에게는 중학생이라고 한 모양이지만…… 실은 아직 초등학생이죠?"
 오토하는 아무 대답도 하지 않았다.
 "기껏해야 초등학생밖에 안 되는 아이가 내 정체를 알아차리고, SNS에서 원하는 정보를 폭발적으로 퍼뜨릴 수 있을 것 같지는 않네요. 당신에게 협력한 건 역시 이 남자?"
 사카시마는 그렇게 말하며 침대에 누운 내 육체를 가리켰다.
 "그렇다면?"

"아아, 그럴 줄 알았지."

노골적으로 넌더리 난다는 표정을 지으며 사카시마는 인공호흡기에 연결된 튜브를 잡았다. 어느 틈엔가 니트릴 장갑을 꼈다.

"오랜만이에요, 구로하 우유우. 의식을 되찾았다는 걸 어떻게 의사에게 숨겼는지는 모르겠지만, 날 앞에 두고도 손가락 하나 까딱하지 않는 걸 보면…… 전신 마비라는 건 거짓말이 아닌 모양이네요."

적어도 사카시마에게는 그렇게 보이리라.

살인귀의 일거수일투족에 일일이 전전긍긍하는 유령이 곁에 있어서 '손가락 하나 까딱하지 않는다'라는 말이 오토하에게는 전혀 설득력 없이 다가오겠지만.

이윽고 사카시마가 단념한 듯 웃었다.

"보아하니 눈을 깜박이는 횟수나 시선의 방향을 이용해 이 아이와 의사소통한 것 같군요."

―유령이 실제로 존재한다는 걸 모르면 보통은 그렇게 생각하겠지.

자기 마음대로 해석하고 넘어가려는 살인귀에게 오토하가 다시 입을 열었다.

"사카시마, 구로하를 옥상에서 떨어뜨렸을 때 채소 주스 종이 팩에 오른쪽 눈을 얻어맞았지?"

사카시마는 오른쪽 눈가를 손가락으로 문지르며 고개를 끄덕였다.

"그때는 참 아팠죠."

"그리고 그 상처 때문에 한쪽 눈이 거의 보이지 않아. 그렇지?"

"아니요. 눈 상태는 훨씬 예전부터 안 좋았어요. ……따지고 보면 다 거기 누워 있는 '자칭' 완전 범죄 청부사 잘못이죠."

"뭐?"

어리둥절해하는 우리에게는 아랑곳없이 사카시마는 오른쪽 눈꼬리에 남은 흉터를 긁적긁적 긁었다.

"사 년 전, 나는 스스로 죽기 위해 어쩔 수 없이 차를 폭발시켜 불 질렀어요. 그때 날아온 파편이 여기 푹 박혔지 뭐예요? 그 후로 오른쪽 눈으로는 밝은지 어두운지만 어렴풋이 분간할 뿐이고, 성형수술로도 흉터를 완전히 지울 수는 없었어요."

눈꼬리의 흉터가 벌어졌는지 피가 배어났다.

"……즉, 본인이 몰래 살아남은 다나카 가나타라는 사실을 인정하는 거지?"

사카시마는 오토하의 질문에 대답하지 않고 고개를 기울였다.

"날 죽여서 복수하겠다고 했죠? 복수에는 상응하는 이유가 있어야 해요. 거기 누워 있는 '자칭' 완전 범죄 청부사가 내게 복수하고 싶어 하는 건 뭐, 자연스러운 흐름이라 치고…… 당신은 왜 내가 죽길 바라는데요?"

―일이 찜찜하게 흘러가네.

나는 오토하에게 못을 박았다.

"질문에는 대답하지 마. 빈틈을 노려서 오토하가 어디의 누구인지 알아내려는 수작이니까."

하지만 복수만큼 인간의 판단력을 흐리게 하는 독이 또 어디 있겠는가. 파멸로 향해 가는 원수의 귓가에 자신의 정체를 속삭이는 쾌감을 참을 수 있는 사람은 웬만하면 없는 법이다.

아니나 다를까 오토하는 눈을 가늘게 뜨고 입을 열었다.

"난 미쓰이 오토하야."

"모르는…… 이름인데요."

"그래? 미쓰이 가이세이와 아카코라는 이름은 기억하겠지."

사카시마가 입꼬리를 쭉 끌어올렸다.

"아아, 빈집에서 청산가리를 먹고 죽은 부부 말이군요. 당신은 그 부부의 아이고요. 거기까지는 알겠어요. 그런데…… 그 사건이 대체 나랑 무슨 상관인가요?"

오토하는 화가 나서 붉게 달아오른 얼굴로 호주머니에 오른손을 넣었다. 나는 당황해서 제지했다.

"하지 마. 뻔한 도발에 넘어가면 안 돼!"

물론 유령인 나로서는 오토하의 팔을 누르는 시늉밖에 할 수 없었다. 그래도 오토하는 정신을 차리고 나를 올려다보았다.

"하지만."

"진정하고 내 말 들어. 이 자식은 시치미 떼는 걸로 오토하를 혼란시켜서 시간을 벌려고 하는 것뿐이야."

오토하는 숨을 크게 내쉬고 살인귀를 다시 쏘아보았다.

"날 가지고 놀 생각 하지 마! 자기가 잔인하게 죽여 놓고 나더러 설명하라는 거야?"

사카시마는 도톰한 입술에 검지를 대고 고개를 끄덕였다.

"부탁 좀 해도 될까요? 난 짚이는 점이 전혀 없어서요."

―뻔뻔한 거짓말을.

오토하가 바로 받아쳤다.

"내 부모님이 살해당한 사건의 현장에도 '거꾸로'가 연출돼 있었다는 것 정도는 알지?"

어디까지 진심으로 시치미를 뗄 작정인 건지, 사카시마는 목이 떨어져 나갈 것처럼 고개를 크게 끄덕였다.

"맞아요. 당신 아빠는 천장에 거꾸로 매달려서 자기 손으로 목을 조르는 듯한 모습이었고…… 벽 선반에 처박힌 엄마는 역아를 나타내는 거였던가요?"

"다우트!"

오토하가 고함을 지르자, 이번에는 사카시마도 눈이 동그래졌다.

"나 보고 거짓말쟁이라는 거예요?"

"새빨간 거짓말이잖아! 현장에 '거꾸로'가 연출돼 있었다는 건 경찰밖에 몰라. 그걸 알고 있었으니 자기가 범인이라고 자백한 거나 마찬가지야."

"말이 심하네요."

"뭐?"

"나도 이것저것 마음에 걸리는 점이 많아서 첫 번째 발견자와 인근 주민에게 정보를 모았을 뿐인데, 정말 너무해요."

너무나 뻔뻔하게 주장해서 화나는 수준은 이미 넘어섰다. 차라리 허탈할 정도였다.

오토하도 깊은 한숨을 내쉬었다.

"인정할 마음은 전혀 없는 거야?"

"인정이고 뭐고, 뭐가 뭔지 통 모르겠는걸요."

그렇게 부정하면서도 사카시마는 짐짓 손뼉을 짝 쳤다.

"아아, 그런데…… 그 빈집에서 어째선지 범인의 발자국만 발견되지 않았다는 이야기는 들어서 알고 있어요. 누군가가 시신에 '거꾸로'를 연출한 건 틀림없는데, 그걸 연출한 범인의 발자국만 없었다나. 후후, 신기한 일도 다 있네요."

나는 쓴웃음을 지었다.

―그딴 허접한 발자국 트릭은 이미 풀어냈어.

내 마음속 목소리를 대변하듯 오토하도 코웃음 쳤다.

"발자국이 없었던 것 정도로 신기해하기는. ……사카시마, 내가 마지막으로 언제 엄마랑 눈싸움을 했는지 알아?"

희미하게 웃고 있던 사카시마가 갑자기 정색했다.

"그걸 내가 어떻게 알아요?"

"올해는 3월에도 날씨가 추워서 3월 14일에 진눈깨비가 내렸지. 그리고 마지막으로 눈이 쌓인 건 3월 11일이었어."

"그게 뭐 어쨌는데요?"

사카시마가 어깨를 으쓱하자 오토하는 담담하게 대답했다.

"그날은 두 달 만에 눈이 내려서 나도 아주 들떴지. 그러니…… 눈 속에서 뛰어논 아이는 나뿐만이 아니었을 거야."

이 부근은 원래 눈이 잘 내리지 않는 지역이다. 그래서 눈이 조금만 내려도 아이들이 아주 좋아하는 모습이 자주 눈에 띈다.

―겨울철에 빈집 앞을 지나갔을 때도 근처 아이들이 빈집 부지에서 눈사람을 만들며 놀고 있었지.

사카시마가 다시 입술에 손가락을 댔다.

"이야기의 요점이 뭔지 모르겠네요."

"마지막으로 눈이 내린 3월 11일, 실은 빈집 부지에서도 눈을 가지고 놀았어. 그리고 넌 근처 아이들이 만든 눈사람을 범행에 이용한 거야."

"그럴 리가요. 다음 날인 12일에는 눈이 다 녹아서 없어졌는걸요. 눈사람은 빈집에서 발생한 사건과 아무 상관도 없을 거예요."

오토하는 웃음을 터뜨린 사카시마를 매섭게 쏘아보았다.

"과연 눈이 전부 없어졌을까?"

"……오호."

"당연하지만 눈의 수명은 쌓인 장소와 볕이 드는 정도에 따라 달라지는 법이야. 예를 들어 눈사람같이 커다란 눈덩이가 지붕이 달린 빈집의 주차 공간처럼…… 햇빛도 비도 맞지 않는 곳에 놓여 있었다면 어떨까?"

"그렇다면 눈사람이 14일 밤까지 남아 있었을 가능성도 없지는 않겠죠. 하지만 극히 일부만 남았을걸요?"

어디까지 모르쇠로 일관할 작정인지, 사카시마는 '그렇게 얼마 안 되는 눈으로 뭘 할 수 있겠느냐?'라는 표정으로 오토하를 바라보았다.

"발자국을 숨기는 것만이라면 약간의 눈으로도 충분해. 진흙이 쌓인 통로를 그대로 걸어가면 발자국이 남겠지만, 발과 진흙 사이에 굳은 눈을 깔면 어떨까? 눈이 쿠션 역할을 해줄 테니, 적어도 진흙에 신발 밑창 자국은 남지 않아."

그렇다, 이건 단순한 트릭이었다.

지붕 달린 주차 공간에 남아 있던 '눈사람의 잔해'를 작은 판자 모양으로 굳히고, 그것들을 통로 구석의 진흙에 같은 간격으로 놓아둔 후, 그 위를 걸어가면 된다.

―이 방법이라면 밟혀서 뭉개진 눈덩이에만 발자국이 남고, 그 밑의 진흙에는 신발 밑창의 형태가 찍히지 않아.

"14일은 한랭기단의 영향으로 진눈깨비가 내렸지만, 기온은 그렇게 낮지 않았죠."

사카시마가 속내를 읽을 수 없는 눈빛으로 중얼거렸다.

"그 정도 기온이면…… 아침에 첫 번째 발견자가 빈집에 왔을 무렵에는 눈덩이가 녹아서 없어졌을 거다?"

"눈은 녹으면 물로 변하니까. 물론 눈덩이 위로 체중이 실린 부분은 진흙이 다소 눌렸겠지만…… 그것도 눈이 녹으면서 나온 물이 평평하게 해 줄 거야. 다음 날 아침에는 차이를 못 알아볼 만큼 주변과 비슷해졌을걸?"

나는 훗, 하고 웃었다.

―덧붙여 눈덩이의 재료인 눈사람이 빈집 부지 안에서 만들어졌다는 게 중요해.

그 눈사람에는 통로나 산울타리의 진흙과 흙도 적지 않게 포함돼 있었으리라. 그런 진흙과 흙도 통로에 남은 자국을 감추는 데 도움이 됐을 게 분명하다.

사카시마는 쯧쯧, 하고 소리를 내며 검지를 흔들었다.

"재미있는 추리지만 문제가 두 가지 있어요.

확실히 그 방법이라면 주차 공간에서 눈덩이를 가져와서 들어가는 발자국은 숨기면서 빈집에 들어갈 수 있을지도 모르죠. 하지만 나오는 발자국은 어떻게 하나요?"

오토하가 어깨를 으쓱했다.

"사건 현장에서 범인이 가져간 물건이 몇 가지 있는데, 그중 하나는 캐리어 가방이었어."

"……처음 듣는 이야기네요."

"넌 '눈사람의 잔해' 절반을 들어갈 때의 발자국을 숨기는 데 사용했어. 그리고 남은 눈덩이는 캐리어 가방에 넣어서 빈집까지 들고 갔지? 그러면 나올 때는 들어갈 때 놓아둬서 약간 녹았을 눈덩이에다 캐리어 가방으로 옮긴 눈덩이도 사용할 수 있잖아. 넌 그 눈덩이들을 활용해서 나올 때의 발자국도 숨긴 거야."

이번에는 사카시마가 애처로워하는 듯한 표정을 지었다.

"어휴, 딱해라. 무슨 모순이 있는지도 모르고 말하는 건가요?"

"그게 무슨 소리야?"

"캐리어 가방에 넣어 옮긴 눈과 빈집에 들어갈 때 사용한 눈덩이가 한동안 녹지 않고 남을 만큼 기온이 낮았다면, 아침까지 눈이 전부 녹아서 사라진다는 보장도 없잖아요! 좀 더 이른 시간대에 시신이 발견될 가능성도 있었다는 걸 고려하면, 실소가 나올 만큼 확실하지 못한 방법이에요."

반격을 받았지만 오토하는 표정 하나 변하지 않았다.

"범인이 현장에서 가져간 물건은 캐리어 가방만이 아니었어. 핫 팩도 사라졌다고."

"……핫 팩?"

"그래. 넌 눈덩이를 밟으며 빈집을 떠날 때 핫 팩을 찢어서 내부의 가루를 조금 뿌렸어. 그러면 아무것도 하지 않는 것보다 훨씬 빨리 눈을 녹일 수 있으니까."

사카시마가 언짢다는 듯 눈을 가늘게 오므렸다.

핫 팩에는 쇳가루, 활성탄, 염류가 들어 있다. 공기 속에 뿌린 쇳가루는 급격히 산화해 열을 방출하고, 염류도 얼음을 녹이는 작용을 한다.

―둘 다 눈을 빨리 녹이는 데 유효하니, 나쁜 방법은 아니야.

정황상 경찰이 통로의 진흙 성분까지 검사할 가능성은 크지 않다. 또한 철분과 염류는 자연계에도 존재하므로, 활성탄을 포함해 극히 미량이 검출되더라도 핫 팩을 사용한 게 발각될 위험성도 낮다.

나는 작게 중얼거렸다.

"트릭 자체는 아주 단순해. 이 트릭이 성공하고, 경찰도 진상을 쉽게 해명하지 못하는 사태가 일어난 건…… 오로지 맹점을 잘 찔렀기 때문이겠지."

경찰도 현장에 눈덩이가 있었다는 걸 파악했다면 좀 더 일찍 우리와 같은 결론에 다다랐으리라.

하지만 빈집 근처에 사는 사람들도 아이들이 눈사람을 만들었다는 사실을 잊어버린 게 틀림없다. 그래서 시신이 발견됐을 때도 사 일 전에 눈사람이 만들어졌다는 걸 떠올리고 경찰에 설명하는 사람은 없었다.

오토하가 팔짱을 끼고 말을 이었다.

"어디까지 계획했는지는 모르겠지만…… 넌 빈집에 남아 있던 '존재가 잊힌 눈사람'을 이용함으로써 발자국 없는 현장을 만들어 냈어. 즉, 그 눈사람을 재발견하지 않는 한, 이 사건을 해명하기는 불가능하다는 뜻이야."

추리가 완성됐다.

―이제 해명되지 않고 남은 수수께끼는 없다. 지금부터 계획대로 이 살인귀를 완전 범죄에 끌어들이기만 하면 된다.

목표가 달성될 순간을 눈앞에 두고 나와 오토하는 눈빛을 교환했다.

우리는 육 일간 함께 지냈다. 나는 어떤 의미에서든 좋은 교사는 아니었을 것이다. 설령 그렇더라도…… 오토하와 함께 쌓아 올린 시간은 진짜였다. 그렇기에 이제는 서로의 마음을 손바닥 들여다보듯 잘 안다.

오토하는 내가 세운 계획을 믿고, 나도 어린아이라고 해서 오토하의 행동력을 의심하지는 않는다.

복수를 마무리할 시간이다.

◆

사카시마가 박수를 짝짝 쳤다. 마치 남의 일이라는 듯한 태도를 유지한 채.

"이야, 근사하네요. 무슨 일이든 궤변으로 무리하게 짜맞추는 점이 가라쓰 경위의 조카다워요."

사카시마가 이모라는 지뢰를 밟자 오토하는 대번에 인상을 찌푸렸다.

"뭐야, 그 태도는! 난 궤변을 늘어놓은 게 아니라 추리한 거라고."

"잘 들었어요. 재미있었어요."

"재, 재미있으라고 한 소리가 아니야! 방금 추리가 올바르다면 하다못해…… 보답하는 셈 치고 이만 인정해. ……왜 우리 엄마 아빠의 목숨을 빼앗은 거야? 우리 부모님이 너한테 뭘 어쨌길래!"

살인귀는 인간과 동떨어져 보이는 몸놀림으로 고개를 갸우뚱했다.

"글쎄요, 모르겠는데요."

"뭐?"

사카시마가 갑자기 무관심한 기색을 지우고 핥는 듯한 눈으로 오토하를 빤히 바라보았다.

"그쪽이야말로 아까부터 자꾸 나를 죽이겠다고 하는데, 경찰관의 조카가 살인을 저질러도 되겠어요? 그 예쁘고 귀여운 손이 피로 물들면 소중한 이모가 죽도록 슬퍼하지 않을까요?"

오토하는 움찔하며 양손을 등 뒤로 숨겼다. 하지만 다음 순간 귀까지 새빨개졌다.

한순간이라고는 하나 기죽은 자신에게…… 복수하기가 두려워진 자신에게 분노하는 심정이 오토하의 가슴속에서 타올랐다.

사카시마가 만족스럽게 웃었다.

"실은 무섭죠? 사람을 죽일 배짱도 없으면서."

"시끄러워! 너만은 반드시……."

말을 어물거리면서도 오토하는 다시 호주머니에 오른손을 넣었다.

"멈춰, 저 녀석의 말에 놀아나면 안 돼."

나는 허둥지둥 제지했지만 이번에는 말릴 수 없었다. 오토하는 이미 유령이 된 내 몸을 뚫고 사카시마 쪽으로 한 발짝 내디뎠다.

―큰일이야.

오토하의 원동력은 강한 의지와 두려움을 모르는 행동력, 그리고 그 속에 숨어 있는 분노였다.

하지만 사카시마는 만난 지 고작 몇 분 만에 오토하의 분노가 연약함으로 이어진다는 사실을 꿰뚫어 보았다. 그래서 오토하의 분노를 끌어내기 위해 계속해서 마음을 뒤흔들었고…… 마침내 오토하를 혼자로 만들었다.

내 목소리는 더 이상 오토하에게 다다르지 않는다.

나는 유령, 오토하는 어린아이. 둘 다 혼자서는 아무것도 할 수 없다는 걸 알고 있었기에 우리는 힘을 합쳐 여기까지 왔다. 그런데 설령 일시적이라 해도 오토하와 마음이 분리돼서는…….

오토하가 으스스할 만큼 차분한 목소리로 말했다.

"이모가 알면 뭐? 그게 복수를 포기할 이유가 될 것 같아? 난 두려울 게 없어. 반드시 널 죽이고 완전 범죄를 성립시킬 거야."

그 순간 사카시마가 배를 끌어안고 웃었다.

"하하하…… 우스워라."

병원에 있다는 걸 의식했는지 목소리를 낮추기는 했지만, 눈에 눈물까지 맺혔다. 오른쪽 눈꼬리의 흉터에 밴 피와 붉은 기를 띤 눈물이 섞여 뺨으로 흘러내렸다.

"그렇게 웃는 것도 이제 마지막이야."

"어째서요?"

전부 오토하를 도발해 속내를 알아내기 위한 수작이다.

뻔히 다 보이는 짓이건만, 오토하는 내가 아무리 불러도 전혀 반응하지 않았다. 마치 유령이 보이지 않게 된 것처럼. 나와 오토하가 육 일 걸려서 쌓은 인연을 이 남자가 고작 십 분 만에 무너뜨렸다는 건가?

……엽기 살인귀이자 교활한 지능범이기도 한 사카시마는 여전히 웃음을 거두지 않았다.

오토하는 분노로 눈을 번쩍이며 말을 이었다.

"넌 이제 이 방에서 죽을 거니까. 난 네가 죽은 걸 확인하고 유유히 저 창문으로 떠날 거야."

"그만해, 오토하!"

내 고함이 들리지 않는지 오토하는 레이스 커튼 너머로 창밖을 힐끗 보았다.

지금은 한여름, 화상을 입을 것처럼 햇살이 강하다.

창밖에는 잔디를 심은 정원이 펼쳐져 있었다.

창문으로 다가가서 내려다보면 땅에 설치된 물 주기용 스프링클러와…… '잔디 양생 중, 출입 금지'라고 적힌 간판이 눈에 들어올 것이다.

하지만 이 정원은 토질이 몹시 안 좋은 듯, 잔디는 드문드문 자라났을 뿐이다. 출입 금지인 데다 병원 뒤편이라 한낮에도 인적이 전혀 없는 곳이다.

……그렇다, 탈출 경로로서는 최적의 장소였다.

사카시마가 히죽히죽 웃었다.

"환자가 창문에서 떨어지는 걸 막기 위해 창문 앞에 난간을 두 개 달아 놨네요. 당신만큼 몸집이 작지 않으면 난간이 방해돼서 밖으로 나가기가 쉽지 않겠어요. 혹시 나를 처치하는 데 실패하더라도 금방 따라잡힐 걱정이 없어서 안심이겠네요."

오토하는 도전적으로 고개를 끄덕였다.

"완전 범죄는 모든 가능성을 고려해야 하거든."

"후후, 그러고 보니…… 당신은 여기로 올 때도 감시 카메라를 피해서 이동했죠."

"다행히도 이 병실 앞 복도에는 감시 카메라가 없어. 창문으로 나가면 내가 구로하의 병실에 왔다는 증거는 전혀 남지 않지. 내가 널 죽이고 도망친 후, 구로하가 여기로 간호사를 부를 예정이야."

―왜 그런 이야기까지 하는 거야?

나는 오토하와 눈을 맞추려 애썼다. 하지만 오토하의 눈은 공허했다.

……방금 그 말도 허풍은 아니었다.

유령은 나타난 지 칠 일 만에 소멸하고, 동시에 육체도 진정한 죽음을 맞는다. 이 사실로도 알 수 있듯이 유령이 된 나와 내 육체는 아직 연결 고리가 완전히 끊어지지 않았다.

실제로 유령이 돼서 깨어나자마자 나는 혼란에 빠져 과호흡을 일으켰다. 그때도 안 좋은 상태가 육체에 전해져 심전도에 이상이 생겼다. 이 현상을 이용하면 유령인 나도 원하는 타이밍에 병실로 간호사나 의사를 부를 수 있다.

만약을 위해 어제 일부러 심전도에 이상을 일으킬 수 있는지 시험도 해 보았다.

그렇게 만반의 준비를 마쳤다…… 그런데.

사카시마는 또 남의 일이라는 듯한 표정으로 중얼거렸다.

"그렇군요. 마지막에는 병실로 달려온 간호사가 내 시체를 발견하고 비명을 지른다는 각본이네요. 아아, 좋아요. 정경이 눈앞에 떠오르네."

오토하가 미소를 지었다.

"완벽한 계획이지?"

"글쎄요, 어떨까요. 무슨 흉기로 날 죽일지에 달렸겠죠. 명백하게 타살로 보이는 흔적이 남으면 전부 헛수고로 돌아갈 테니까요. 상황상 병사로 위장하는 게 제일이려나."

먹잇감이 갈고리에 걸렸다고 확신했기 때문이리라. 사카시마는 더 이상 속내를 감추려 들지 않고, 오토하가 무슨 무기를 가져왔는지 노골적으로 알아내려고 했다.

평소의 오토하라면 이렇게 뚜렷한 악의를 느끼지 못할 리 없다. 하지만 평소와 다른 오토하는 호주머니에서 스프레이와 전기 충격기를 꺼냈다.

"이걸 사용할 거야."

"최루 스프레이와 전기 충격기?"

"스프레이에는 진한 소금물을 넣어 놨어."

"나쁘지 않네요. 사용해도 땀과 섞여서 티가 잘 나지 않겠어요. 현장에 아무 증거도 남지 않을 것 같네요."

오토하는 눈을 가늘게 뜨고 가학적인 표정을 지었다.

"시력을 빼앗는 시간은 짧지만 이래 봬도 꽤 아프거든? 어쩌면 스프레이와 전기 충격기만 사용해도 아픔에 겨워서 몸부림치며 비명을 지를지도 몰라. 그러면…… 구로하가 굳이 간호사를 부를 필요도 없겠네."

"그 전기 충격기, 어린아이도 살 수 있는 장난감은 아닌 것 같군요. 해외에서 불법으로 조달한 물건을 구로하 우유우에게 받은 건가."

"그렇다면 뭐 어쩔 건데?"

구로하가 인상을 쓰자, 사카시마는 갑자기 안쓰러워하는 표정으로 미소를 지었다.

"가엾게도 당신은 이 남자에게 속은 거예요."

◆

활활 타오르는 복수심을 내비치며 웃던 오토하의 표정에 금이 갔다.

"뭐라고?"

"아아, 그 얼굴도 좋네요. 난 서로 '신뢰'하는 사람들에게 진상을 알려주는 걸 좋아한답니다. 이러니저러니 해도 '신뢰'는 결국 거짓과 기만이 겹겹이 쌓였을 뿐인지라 아주 간단하게 정반대인 '증오'로 뒤바뀌죠."

"대체 뭔 소리람."

"지금은 아직 몰라도 괜찮아요. 이제부터 나와 당신은 친구가 될 테니까요."

뭐라고 형용할 수 없는 오한이 내 등골을 타고 올라왔다.

사카시마는 얼핏 듣기에 의미가 불분명한 말만 늘어놓았다.

하지만 그 이면에는 명확한 의도가 숨어 있는 것이 분명했다. 분노를 이용해 오토하를 뒤흔들어 판단력을 상실시키고 오토하에 대한 자신의 영향력을 높인 후…… 마침내 본론에 들어간 것이다.

나는 사카시마를 멍하니 바라보았다.

―설마 이 녀석…….

사카시마가 오토하에게 고개를 끄덕였다.

"아무리 철모르는 어린아이라지만 참 지독하게도 속였다, 그죠? 어차피 그 전기 충격기도 특별히 개조한 물건이라고 설명했을 거예요."

"그, 그걸 어떻게."

"'출력을 높였으니 이걸 사용하면 아무 증거도 남기지 않고 사카시마의 숨통을 끊을 수 있다'라든가…… 그런 소리를 하지 않았어요? 전부 순 거짓말이에요."

마침내 오토하가 입을 꾹 다물었다.

당연하다. 난 사카시마가 말한 대로 오토하에게 설명했으니까. 오토하가 나를 돌아보았다. 분노에서 해방된 대신 불안에 휩싸인 표정이었다.

나는 고개를 저었다.

"이딴 살인귀의 말을 믿는 거야?"

하지만 내 목소리와 표정에서 뭘 느낀 걸까. 오토하의 얼굴이 순식간에 창백해졌다.

―아아, 역시 이 아이는 너무 총명하다.

오토하도 말한 적 있는데…… 난 확실히 연기에도 거짓말에도 서툴다. 감정이 고스란히 새어 나와서 평소 지적받는 천박한 웃음도 감추지 못할 정도다.

결국 오토하가 내 거짓말을 알아차리고 말았다.

……영적 능력이 없는 인간에게는 내가 보이지 않는다.

사카시마 눈에는 오토하가 허공을 쳐다보며 눈물을 글썽거리는 것으로 보이리라. 사카시마는 의아해하는 표정으로 니트릴 장갑을 낀 손을 뻗어 오토하가 움켜쥔 전기 충격기의 전극을 건드렸다.

"일단 전기 충격기를 사용하면 아무 증거도 남지 않는다는 건 말도 안 되는 소리예요. 사람이 확실히 감전사할 만큼 출력이 높은 전기 충격기를 갖다 대면 설령 옷 위일지라도 피부에 화상을 입죠."

틀림없는 사실인 만큼 나는 오토하에게 아무 말도 할 수가 없었다.

사카시마가 얼굴을 오른쪽으로 살짝 돌리고 말을 이었다.

"이제 알겠죠? 구로하 우유우는 믿을 만한 인간이 아니에요."

어떻게든 평정심을 되찾으려는 듯 오토하는 전기 충격기 스위치에 손가락을 댔다.

"무슨 속셈인지 다 보여. 넌 구로하가 미워 죽을 지경이잖아? 그래서 나랑 구로하 사이에 불화를 일으키려는 거지. 옴짝달싹도 못 하는 구로하를 외톨이로 만들어 절망에 빠뜨리고, 우리 복수도 좌절시키려고."

"네, 나는 구로하가 미워요. 너무너무 증오해서 이 남자에 관해 샅샅이 조사한 끝에 당신이 모르는 진실도 손에 넣었죠. …… 속아 넘어간 줄도 모르고 구로하의 말을 철석같이 믿는 당신을 그냥 내버려둘 수는 없어요.

어떻게든 '신뢰'를 정반대의 '증오'로 바꿔 드려야겠네요."

사카시마가 내 침대에 털썩 앉았다.

"구로하 우유우는요, 하나부터 열까지 거짓말로 똘똘 뭉친 인간이에요. 이 남자 이름의 유래는 '까마귀'에 '있다'라는 한자를 쓰는 '오유(烏有)'에요. ……이 말에는 아무것도 없다는 뜻이 있죠. 이름대로 이 남자의 본성은 텅 비어서 공허하답니다."

오토하가 코웃음 쳤다.

"막 갖다 붙이기는."

"어떻게 추리했는지는 몰라도 자신을 옥상에서 떨어뜨린 범인이 나라는 걸 꿰뚫어 본 점은 칭찬해 주고 싶네요. 사 년 전에도 '거꾸로 살인자'의 정체가 나라는 걸 알아내는 데도 성공했고요. 뭐, 그 외에는 죄다 실패한 얼간이지만요."

전부 이 남자 말대로였다.

'거꾸로 살인자'를 체포시키려 했지만 결과적으로 사카시마가 달아나는 걸 도와준 꼴이 됐다. 그것도 모자라 그 살인귀에게 빌딩 옥상에서 떠밀리는 결말을 맞았다.

사카시마는 누워 있는 내게 경멸에 찬 시선을 던졌다.

"이런 무능력자에게 협력을 요청해 봤자, 당신이 바라는 '살인'으로 복수를 달성할 수는 없어요."

"구로하는 얼간이도 무능력자도 아니야! 확실히 겁이 좀 많기는 하지만, 복수를 달성하지 못한다고? 그럴 리가 있나. 구로하는 완전 범죄 청부사로서 벌써 여러 사람을 죽였고…… 그걸 아니까 구로하에게 복수를 의뢰한 거야."

—미안하다.

오토하가 보여 주는 신뢰가 내 몸을 불사르는 것 같았다.

더 이상 들을 용기가 없어서 나는 두 귀를 꼭 막았다. 하지만 사카시마가 비웃는 소리가 사정없이 뚫고 들어왔다.

"하핫, 나 같은 살인귀에게는 똑같은 살인 괴물을 맞붙이면 된다? 그런데 구로하가 사람을 죽인 적이 있대요?"

"그런 것도 모르고 의뢰했겠어? 구로하가 죽인 건 오야부라는 사람이랑 가사이라는 사람이랑……."

"오야부…… 아아, 오야부 게이지 말인가요."

오토하의 눈이 동그래졌다.

"게이지?"

"네. 구로하의 KO대학교 시절 선배이자, 이 남자를 범죄의 길로 끌어들인 장본인이죠."

사카시마가 활짝 웃는 얼굴로 대답하자 오토하는 날카롭게 소리쳤다.

"다우트!"

"왜 거짓말이라는 거예요?"

"그야 게이지 선배는 구온 종합병원 원장의 아들이니까. 그럼 성씨는 당연히……."

오토하가 갑자기 입을 다물었다. 본성을 드러내듯 사카시마의 얼굴에 맺힌 웃음이 비열하게 바뀌었다.

"어라라. 책 표지만 보고 내용까지 다 아는 것처럼 굴면 안 된다고 엄마 아빠한테 안 배웠어요?"

나는 고개를 숙일 수밖에 없었다.

—그래, 오토하는 게이지 선배에 대해 착각한 채로 지내 왔다.

아직 초등학생인 오토하는 구온 종합병원의 원장이라면 성씨도 '구온'일 것이라고 생각했다. 그렇기에 선배의 이름이 '구온 게이지'일 것이라고 믿어 의심치 않았다. 하지만 이건 착각이다.

오토하가 진실을 요구하듯 나를 가만히 쳐다보았다.

"용서해 줘, 오토하…… 대체 어떻게 설명하면 좋을지 몰라서. 사카시마 말대로 선배의 이름은 오야부 게이지야."

"그럴 수가."

병원 창문으로 구온 연못이 보였다. 나는 저편에 보이는 수면에 시선을 주었다.

"이 병원 창설자는 게이지 선배의 증조할아버지인데, 성씨는 역시 오야부였대. 다만 '오야부' 하면 아무래도 '돌팔이*'가 연상되니까 병원 이름으로 사용하기가 그랬겠지. 그래서 연못 이름을 따서 '구온 종합병원'이라고 한 거야."

오토하는 옆에 살인귀가 있다는 사실이고 뭐고 다 잊어버린 것처럼 중얼거렸다.

"그럼 구로하는…… 누구보다 소중했던 스승님을 죽인 거야?"

내가 고개를 젓는 것과 거의 동시에 사카시마가 허공을 바라보는 오토하의 시선을 되돌리려는 듯 입을 열었다.

"에이, 무슨 말씀을. 구로하는 오야부 게이지는 물론이고 그 누구도 죽인 적이 없어요."

"뭐?"

"왜냐하면 이 남자는 가짜니까. ……이게 바로 내가 전하고 싶었던 진실이에요."

◉ 일본어 '야부'에는 '돌팔이'라는 뜻이 있다.

3

8월 3일 10:35 제한 시간까지 1일

사카시마는 침대에 누운 내 육체를 내려다보며 말했다.

"구로하 우유우는 하나부터 열까지 거짓말로 똘똘 뭉친 인간이라고 했잖아요. 그래서 할 수 있는 일이라고는 남이 만들어 낸 아이디어나 실적을 빼앗아 그 사람을 사칭하는 것뿐. 이름처럼 속이 텅 비어서 공허하죠."

오토하가 당혹스러움을 감추지 못하고 중얼거렸다.

"즉…… 완전 범죄 청부사조차 아니고, 처음부터 내 의뢰를 완수할 마음도 없었다는 거야?"

"아니야!"

바로 부정은 했지만, 더 이상 무슨 말을 덧붙여야 할지 몰랐다. 내가 말문이 막힌 사이에 사카사마가 체셔 고양이 같은 웃음을 띤 채 대답했다.

"음, 대답은 '네'이기도 하고 '아니요'이기도 하려나."

"그게 무슨 소리야?"

"일단 구로하는 진짜 완전 범죄 청부사가 아니에요. 처음에 그 이름을 내걸고 완전 범죄 살인을 저지른 건 구로하와는 달라도 너무 다른…… 훨씬 뛰어난 사람이죠."

사카시마의 말에는 도취해서 자화자찬하는 듯한 어감이 섞여 있었다.

그걸 민감하게 알아차리고 오토하가 얼굴을 찡그렸다.

"흠, 사카시마는 '진짜'를 정말 좋아하는구나? 어째선지 누가 진짜 청부사고 누가 가짜 청부사인지 확실히 구분할 수 있는 모양이고⋯⋯. 마치 자기 일처럼 치켜세워서 이야기해."

바로 사카시마가 고개를 저으며 겸손을 떠는 시늉을 했다.

"착각하면 곤란해요. 나는 결코 완전 범죄 청부사가 아니니까요. 그러니 누가 진짜를 사칭하더라도 화나지 않고 경멸도 하지 않죠."

거짓말이 분명했다.

그 증거로⋯⋯ 지금도 사카시마는 내 육체에 더할 나위 없이 경멸에 찬 시선을 던지고 있었고, 그 두 눈에는 불꽃 같은 증오가 깃들어 있었으니까.

오토하가 바로 받아쳤다.

"말은 그렇지만 게이지 선배가 완전 범죄 청부사라는 아이디어를 낸 것 아니었나? 그럼 네가 말하는 진짜도 남의 아이디어를 베꼈을 뿐이잖아."

"핫. 따지자면 의뢰를 받아서 완전 범죄를 대행한다는 부분만 겨우 겹친다고 할 수도 있겠네요. 그렇지만 오야부 게이지는 기껏해야 장난질보다 조금 나은 수준의 범죄를 용돈 벌이 삼아 저질렀을 뿐이라고요. 그런 시시한 짓은 완전 범죄도 뭣도 아니에요."

사카시마가 화난다는 듯 내 육체를 가리켰다. 마치 음식물 쓰레기라도 보여 주듯이.

"그렇게 따지면⋯⋯ 이 소심한 인간은 더 심하죠. 그냥 오야부의 똘마니 노릇을 했을 뿐, 잔챙이 악당이라고 부르기도 아까워요. 그야말로 물거품 같은 존재였다고요."

내가 완전히 부정하기를 기대하며 오토하가 이쪽을 보았다.

하지만 전부 사실이었다.

―미안해.

나는 오토하의 신뢰에 부응하지 못하고 침묵을 지키는 것이 고작이었다.

잠시 후 오토하가 눈을 부릅떴다.

"잠깐! 만약 구로하가 아무도 죽이지 않았다면 게이지 선배를 죽인 진범은…… 설마 진짜 완전 범죄 청부사?"

사카시마가 자랑스러운 듯한 표정으로 고개를 끄덕였다.

"물론이죠. 겁쟁이 구로하와는 달리 진짜는 아무 망설임도 없이 사람을 죽이니까요."

말문이 막힌 오토하에게는 아랑곳없이 사카시마는 말을 이었다.

"아무튼…… 십일 년 전에 오야부 게이지가 살해당한 걸 계기로 구로하 우유우가 본성을 드러낸 건 틀림없어요. 이 남자는 오야부가 죽은 직후부터 마치 다른 사람이 된 듯 복장이고 말투고 모조리 바꿔서 오야부의 분신처럼 행동하기 시작했으니까."

"뭐?"

"후후, 소름 끼치죠? 마치 시체에서 가죽을 벗겨 내 그 사람으로 둔갑하는 요괴 같잖아요."

오토하는 절망에 난도질당한 것 같은 표정으로 중얼거렸다.

"왜 그런 짓을?"

"이유는 명쾌해요. 이 남자는 알맹이 없이 텅 비었으니까 다른 사람 행세를 하지 않으면 살아갈 수 없다. 그뿐이에요."

"······전부 거짓말이지?"

거짓말이라고 대답할 수 있다면 얼마나 좋을까.

처음 만난 그날, 나는 주저 없이 오토하에게 거짓말을 했다. 그런데 지금은······ 더 이상 거짓말에 거짓말을 덧칠할 수가 없었다.

나는 고개를 숙인 채 중얼거렸다.

"내가······ 텅 비어서 공허한 건 사실이야. 사실 이 말투와 복장도······ 이 손목시계조차도 게이지 선배를 흉내 낸 것뿐이지."

예전에 오토하가 내 작업실에서 대학 시절 사진을 발견했다.

그때 오토하는 이상한 표정을 지은 게이지 선배를 대학 시절의 나라고 믿었다. 당연하다, 유령으로 변한 내 모습도······ 결국 오야부 게이지의 모방이었으니까. 그리고 오토하가 음침해 보인다고 표현했던 앞머리를 길게 기른 남자가 바로 대학 시절 나였다.

유령의 목소리가 들리지 않는 사카시마는 내가 이야기하는 동안에도 담담히 자기 할 말을 했다.

"물론 구로하는 오야부 선배에게 우정 또는 애정을 품고 있어서 그런 기행을 벌인 게 아니에요. 이 남자가 오야부의 분신처럼 행동하는 동시에······ 완전 범죄 청부사 행세를 하면서 일을 시작한 것만 봐도 명백하죠.

네, 구로하는 오야부 게이지를 죽인 인간도 사칭한 거예요."

오토하는 고개를 계속 저었다.

"집어치워! 그딴 이야기는······ 안 믿어!"

"아니야, 오토하. 내가 그렇게 한 데는 이유가······."

내가 뭐라고 더 말을 이을 여유도 없이 마지막 일격이라는 듯 사카시마가 행동에 나섰다. 그는 니트릴 장갑을 벗고 오토하가 들고 있는 전기 충격기의 전극을 잡았다.

"그럼 시험해 볼까요?"

"어?"

오토하의 얼굴이 두려움으로 딱딱하게 굳어졌다.

"십일 년 전, 구로하 우유우가 완전 범죄 청부사를 사칭해 활동하기 시작하자 진짜는 그 이름을 버렸죠. 그러니 그 이후에 완전 범죄 청부사로 활동했던 건 구로하가 틀림없어요."

"그럼······."

사카시마는 전기 충격기의 전극을 잡지 않은 손으로 검지를 살짝 흔들어 오토하의 말을 막았다.

"네, 이 남자도 범죄 대행 정도는 얼마든지 할 수 있죠. 하지만 구로하에게는 당신에게 제일 중요한 능력이 없답니다. 이 남자는 사람을 죽여 본 적도 없고, 애당초 남의 생명을 빼앗지도 못하는 겁쟁이거든요."

"······."

"내기해도 좋아요. 이 전기 충격기도 구로하가 준비했다면 사람이 죽을 만큼 위력이 강할 리 없어요. 기껏해야 몇 분 행동을 제약하는 수준일걸요? 거짓말 같으면 스위치를 눌러 봐요."

오토하는 사카시마를 노려보며 전기 충격기 스위치에 손가락을 댔다.

하지만 실험해 볼 필요도 없이, 전기 충격기에 살상 능력이 없다는 걸 꿰뚫어 보았으리라. 오토하는 체념한 것처럼 전기 충격기를 내렸다.

"오토하……."

내가 불렀지만 오토하는 시끄럽다는 듯 고개를 내저을 뿐이었다.

―승패가 확정됐어.

그건 나도 사카시마도 뒤흔들 수 없는 사실이었다.

"아이, 착해라. 그래야죠."

사카시마는 환하게 웃으며 굳건한 승리를 거두었다는 확신에 취한 목소리로 말했다. 역시…… 사카시마는 오토하라는 인간을 전혀 모른다.

사카시마가 자만심에 빠진 틈을 노려 오토하는 사카시마의 하복부에 전기 충격기를 대고 스위치를 눌렀다. 비명도 지르지 못하고 쓰러진 사카시마는 사타구니를 누른 채 몸부림쳤다.

―제법이로군.

전기 충격기의 위력이 충분하지 못하다는 사실을 안 순간, 오토하는 논리적인 사고 과정을 거쳐 사카사마에게 최대한 고통을 줄 수 있는 방법을…… 잘하면 고통으로 쇼크사 할 수 있는 방법을 선택한 것이다.

입장이 반대라면 나도 그런 선택을 했을지도 모른다.

넉넉히 이십 초는 지난 후에야 오토하는 전기 충격기를 살인귀의 하복부에서 떼고 숨을 깔딱거리는 사카시마를 내려다보았다.

"진짜다. 위력이 한참 모자라잖아."

"……이, 이 망할 년이!"

사카시마는 격렬한 통증과 근육이 마비된 영향으로 침을 질질 흘리며, 떨리는 손으로 품속에서 서바이벌 나이프를 꺼내려고 했다. 하지만 오토하는 그것도 예상하고서 사카시마의 왼쪽 눈에 소금물 스프레이를 잔뜩 뿌렸다.

고통과 굴욕에 찬 살인귀의 절규가 병실에 울려 퍼졌다.

사카시마는 왼쪽 눈을 문지르며 칼을 마구잡이로 휘둘렀다. 오토하는 이미 병실 창문을 통해 밖으로 도망쳤는데…… 오토하가 병실에 없다는 사실조차 모르는 듯했다.

―도망쳐, 오토하.

하지만 나는 아직 여기를 떠날 수 없다. 복수의 결말을, 내 두 눈으로 끝까지 지켜봐야 한다……. 그것이 내가 다 해야 할 역할이자 책무이기도 했다.

병실 벽에 피 보라가 튀었다.

사카시마가 함부로 휘두른 칼이 침대에 닿았기 때문이다. 내 육체의 왼쪽 어깨와 옆구리를 베어서 침대가 선혈로 물들었다.

그때 나는 분명 통증을 느꼈다.

육체에 상처가 나면 유령에게도 영향이 있는 걸까. 아니면 내 육체에 상처가 나는 걸 보고 환상통을 느꼈을 뿐일까. 그것조차 알 수가 없었다.

……평소 상태였다면 사카시마는 실수 없이 내 목이나 가슴에 칼을 박았으리라. 그는 구로하 우유우를 죽일 작정으로 왔다고 선언했고, 이런 상황에서 나를 살려 둘 이유도 없을 테니까.

나는 그칠 줄 모르고 떨리는 양손을 꽉 움켜쥐었다.

─나 자신이 살해당하는 광경은 보고 싶지 않은데.

하지만 사카시마도 고작 일 분으로는 전기 충격기의 영향에서 완전히 벗어나지 못한 듯했다. 내가 오토하에게 지시한 시간의 두 배…… 족히 이십 초는 급소에 전기 충격을 당한 데다 소금물 스프레이까지 맞았으니 당연한가.

사카시마는 침대 다리에 걸려서 요란한 소리를 내며 쓰러졌다. 일어나려고 했지만 갓 태어난 새끼 사슴처럼 다리가 바들바들 떨려서 쉽지 않은 듯했다.

그때 다른 비명 소리가 병실에 울려 퍼졌다.

병실 입구에 간호사 두 명이 서 있었다. 사카시마의 비명과 날뛰는 소리를 듣고 달려온 듯했다.

드디어 시야가 회복됐는지 사카시마가 왼쪽 눈을 입구로 돌리고 칼을 겨누며 일어섰다. 피에 젖은 칼을 들이대자 검은 머리 여자 간호사는 찢어지는 듯한 비명을 지르며 복도로 달아났고, 갈색 머리 남자 간호사는 다리가 풀려서 주저앉았다.

다음 순간, 살인귀는 희미한 웃음을 지으며 칼을 버렸다. 칼끝이 리놀륨 바닥에 꽂혔고, 살인귀는 피에 젖은 두 손을 머리 위로 들었다.

"……항복할게요."

사카시마는 간호사에게 대피하라고 지시하며 빈틈없이 권총을 겨눈 두 사람에게 외쳤다.

한 명은 후줄근한 셔츠 차림의 험상궂은 중년 남자, 한 명은 암회색 바지 정장 차림의 여자…… 후유노 형사와 가라쓰 경위였다.

후유노가 중얼거렸다.

"이 얼굴은."

"응, 오른쪽 눈의 흉터로 보건대 틀림없어. 몽타주를 만든 레지던스 가라 302호 세입자야."

가라쓰 뒤에는 목발을 짚은 스즈키 형사도 있었다. 소동이 벌어진 걸 조금 늦게 알아차리고 고시 선생도 달려왔다.

……고시 선생은 게이지 선배의 친동생이다.

나도 그와 옛날부터 알고 지냈다. 가끔 단골 어묵집에서 둘이 고구마 소주를 마시기도 하는 사이다. 게이지 선배의 추억을 공유하는 몇 안 되는 사람 중 하나다.

고시도 오야부 성씨지만 병원 직원이나 환자가 '오야부 선생님'이라고 부르는 건 본 적이 없다. 역시나 어쩐지 '돌팔이 의사'가 연상돼서 꺼려지는 것이리라. 옛날부터 다들 친밀함을 담아 고시 선생님이나 젊은 선생님이라고 불렀다.

냉정함을 유지하는 형사들과 달리 고시 선생은 소동이 발생한 병실을 보고 금방이라도 실신할 것처럼 안색이 창백해졌다.

잠시 후 가라쓰가 후유노에게 눈짓했다.

후유노는 권총을 겨눈 채 앞으로 나서서 바닥에 엎드리라고 사카시마에게 명령했다.

"야즈 가즈야…… 상해 현행범으로 체포한다."

◆

 뒤로 돌린 손에 수갑이 채워지자 사카시마가 바닥에 엎드린 자세로 물었다.
 "정말 웃기지도 않네요. 왜 수사1과 형사가 입원 병동에 모여 있는 거죠?"
 "……입 다물어."
 후유노 형사가 코맹맹이 소리로 대꾸하며 사카시마를 꼼꼼히 몸수색했다.
 다행히 이 살인귀는 칼 말고 다른 위험물은 가져오지 않은 듯했다. 호주머니에서는 흰색 야구 모자, 휴대용 치약과 칫솔, 그리고…… 가느다란 손전등이 나왔다.
 후유노 형사가 손전등을 조사해 보고 인상을 찌푸렸다.
 "평범한 손전등이 아니라 자외선 손전등이네요. 왜 이런 걸?"
 "우리 감식반도 눈에 잘 띄지 않는 물적 증거를 찾을 때 블랙라이트를 사용하곤 하잖아? 그것도 명칭은 다르지만 자외선 손전등의 일종이야."
 그렇게 대답한 건 가라쓰였다. 후유노는 몸을 부르르 떨었다.
 "즉…… 이 녀석은 범죄 현장에 뭔가 생각지 못한 증거를 남기지는 않았는지 세심하게 확인하기 위해 늘 자외선 손전등을 가지고 다닌다는 겁니까?"
 "그렇겠지."
 가라쓰는 후유노에게 야구 모자, 양치질 세트, 자외선 손전등을 받아서 비닐봉지에 담았다. 그리고 크기가 있는 야구 모자는 가방에, 양치질 세트와 자외선 손전등은 재킷 왼쪽 호주머니에 넣었다.

사카시마가 리놀륨 바닥에 뺨을 댄 채 히죽 웃었다.

"수사1과 형사가 여기 모여 있었던 이유를 알 것 같네요. 미쓰이 오토하가 불러낸 거죠?"

살인귀가 느닷없이 조카의 이름을 꺼내서 놀랐는지, 가라쓰는 현경 본부에 지원을 요청하려다가 스마트폰을 떨어뜨렸다.

"설마…… 오토하에게도 해코지를?"

살인귀는 의미심장하게 고개를 저었다.

"아니요. 오히려 내가 그 아이에게 죽을 뻔했는걸요."

후유노가 어이없다는 듯 입을 열었다.

"헛소리 좀 그만해. 가라쓰 경위님과 내가 이 병원에 온 건 입원 중인 스즈키 형사가 살해 예고장을 받았기 때문이야. ……경위님의 조카와는 아무 상관도 없어."

가라쓰는 불안한 듯한 표정으로 스마트폰을 붙들고 있었다.

보호 필름에 금이 가서 잘 보이지는 않았지만, 오토하가 무사한지 확인하기 위해 전화를 걸고 있는 듯했다.

고시 선생도 병실에 남아 칼에 베인 내 육체에 응급처치를 했다. 병실 입구에서 슬리퍼 한쪽이 벗겨진 것도 모르는지 양말만 신은 발을 디딘 채, 팔자 눈썹을 찡그리고 정신을 집중해서 지혈했다.

나는 훗, 웃었다.

―집중하면 주변이 눈에 들어오지 않는 건 예나 지금이나 변함없군.

그런 면은 형 게이지 선배와 판박이였다.

사카시마가 목발을 짚은 스즈키에게 시선을 주었다.

"그러고 보니 스즈키 형사는 빈집 사건을 검증하다 뼈가 부러졌던가요? 캐리어 가방에 걸터앉았다가 넘어졌다든가."

뭘 어떻게 했는지는 모르겠지만, 사카시마는 수사1과의 내부 사정에도 훤했다. 살인귀의 야유에 스즈키는 벌겋게 달아오른 얼굴로 고개를 푹 숙였다.

사카시마는 알겠다는 표정으로 말을 이었다.

"아아. '거꾸로 살인자'가 범인으로 추정되는 사건을 수사하다 다쳤으니까, 동일범이 살해 예고에도 관여했을지 모른다고 생각한 건가요?"

후유노가 고개를 살짝 끄덕였다.

"그래서 나랑 가라쓰 경위님이 파견된 거야. 입원 중인 스즈키 형사를 보호하기에 좀 더 알맞은 병원으로 옮기려고."

나는 벽에 튄 핏자국을 바라보았다.

…물론 스즈키 형사를 죽이겠다고 예고한 것도 나와 오토하였다.

곁에서 가라쓰가 스마트폰을 끌어안을 듯이 움켜쥐고 안도의 한숨을 내쉬었다.

"다행이다, 무사해서."

스마트폰에서 언짢은 듯한 오토하의 목소리가 새어 나왔다.

―무슨 소리야?

"아니, 아무것도 아니야. 아무 일 없으면 됐어."

전화 저편에 있는 오토하에게 들릴지는 모르지만, 나는 말을 꺼내지 않을 수 없었다.

"그래, 전부 사카시마 말이 맞아. 처음부터 난 오토하에게 살인을 저지르게 할 마음이 없었어. 완전 범죄 청부사를 사칭해 일을 시작한 후로도 살인 의뢰만큼은 받아들인 적이 없고."

─그런데 오토하는 '살인'으로 복수하길 바랐지.

처음부터 우리는 어우러질 수 없었던 것이다. 그래서 나는 오토하를 속여서⋯⋯ 사카시마의 목숨을 빼앗지 않고 그가 확실히 체포당할 상황을 만들어 냈다.

오토하가 나간 창밖을 바라보았다.

─완전 범죄를 달성하려면 항상 논리적으로 생각하고, 무모하게 굴지 말고 신중하게 준비해서 승산 있는 승부에만 나서야 해.

일찍이 내가 오토하에게 했던 이 말은 결코 거짓말이 아니었다.

거짓말이 아니었기에 오토하는 아무 의심도 없이 나를 믿었다. 그리고 만에 하나 사카시마를 죽이는 데 실패했을 상황에 대비해 구온 종합병원에 수사과 사람을 불러 놓는다는 방안에도 기꺼이 협력했다.

⋯⋯내게 속아 넘어간 줄도 모르고.

"하지만 오토하⋯⋯ 달리 무슨 선택지가 있었겠니?"

아무리 상대가 오토하의 부모님을 죽인 살인귀일지라도, 오토하 본인이 '살인'으로 복수하기를 간절히 바라더라도, 열두 살짜리 아이가 사람을 죽이는 걸 도울 수는 없었다.

나는 얼굴을 잔뜩 찡그렸다.

―그런 걸 게이지 선배가 바랄 리 없어.

하지만 '사카시마의 체포'라는 길을 선택한 대가는 작지 않았다.

아니나 다를까, 가라쓰가 스마트폰을 집어넣은 타이밍을 노려…… 사카시마가 입을 열었다.

"경찰은 참 무능하네요. 스즈키 형사에게 살해 예고장을 보낸 것도 거기 누워 있는 구로하 우유우가 배후에서 조종해 저지른 짓인데, 알아차리지 못하다니."

이 말에는 형사들보다 고시 선생이 더 놀랐다.

사카시마의 칼에 베인 상처는 얕지 않은 듯했다. 내 상처를 급히 봉합하기 위해 내선으로 다른 과에 연락하고 있던 고시 선생이 하마터면 전화를 내던질 뻔했다.

"어, 구로하 씨가…… 뭐라고?"

사카시마는 여유만만한 표정을 유지한 채 바닥에서 고시 선생을 올려다보았다.

"그 남자는 완전 범죄 청부사로 활동하는 범죄자예요."

"푸핫!"

"지금도 의식이 돌아오지 않은 척하고 있지만, 그 남자는 거짓말로 똘똘 뭉친 인간이거든요? 아까도 미쓰이 오토하를 이용해 나를 이 병원으로 유인해 냈어요."

고시 선생은 가라쓰에게 몸을 돌리더니 웬일로 버럭 화를 냈다.

"형사님, 이 사람이 너무 말 같지도 않은 소리를 해서 더는 못 들어 주겠는데요."

사카시마가 의사를 무섭게 노려보았다.

"네가…… 뭘 안다고 그래?"

상대가 '거꾸로 살인자'라는 사실을 모르는 고시 선생은 양손을 허리에 대고 어린아이라도 야단치는 듯한 말투로 대꾸했다.

"모르는 건 그쪽 같은데요! 저는 구로하 씨의 주치의입니다."

"주치의?"

"잘 들어요. 구로하 씨는 현재 우리 병원의 임상 시험에 협력해 주시고 계십니다. 그래서 매일 뇌파 등을 검사해서 뇌 상태를 확인하고 있었단 말입니다! 형사님, 구로하 씨는 내내 혼수상태였어요. 다른 의사와 간호사에게 확인하셔도 상관없습니다."

가라쓰가 눈을 가늘게 떴다.

"누군가에게 지시해서 야즈 가즈야를 병원으로 불러낼 수는 없었다는 말씀이신가요?"

"당연하죠. 현재 구로하 씨의 상태로는…… 의사소통이 절대로 불가능해요. 검사 결과는 연기나 의지력으로 속일 수 없으니까요."

나는 히죽 웃었다.

―고시 선생, 도와줘서 고마워.

침대와 함께 내 육체를 옮기기 위해 대기 중이던 갈색 머리 남자 간호사도 가세해서 고개를 끄덕였다.

"선생님 말씀이 맞습니다. 필요하다면 저도 증언할게요."

……사카시마는 오토하의 배후에 내가 있다는 사실을 정확하게 꿰뚫어 보았다.

물론 이 병실에서 이야기했을 때도 오토하는 내가 협력했다는 사실을 숨기지 않았고, 사카시마에게도 진실밖에 말하지 않았다.

다만 그것은 '유령이 실제로 존재한다'라는 특수한 상황에서만 성립하는 진실이다.

사카시마가 진지하게 '흑막은 구로하 우유우'라고 진실을 말하면 할수록, 그는 수렁에 빠져드는 셈이다. 구온 종합병원의 의료 관계자가 사카시마의 주장을 모조리 부정할 것이기 때문이다. 내 검사 결과를 누가 어떻게 검증해도 의학적으로 도출되는 결론은 동일하다.

'사카시마는 엄청난 거짓말쟁이'임이 증명될 뿐이다.

사카시마는 바닥에서 상반신을 일으키려 몸부림치면서 중얼중얼 말을 늘어놓았다.

"무슨 말도 안 되는! 방금도 그 꼬맹이가 구로하를……."

후유노가 한숨을 푹 쉬었다. 어느 틈엔가 그 우락부락한 얼굴에 경멸하는 기색마저 서렸다.

"설마 그 꼬맹이가 가라쓰 경위님의 조카는 아니겠지?"

사카시마는 이성을 잃은 것처럼 악을 썼다.

"또 누가 있는데! 너희가 달려오기 직전까지 미쓰이 오토하가 이 병실에 있었어. 감시 카메라를 피해 여기로 와서 나를 함정에 빠뜨리고 전기 충격기로 공격했단 말이야."

목발로 몸을 지탱하고 있던 스즈키가 쓴웃음을 지었다.

"그런 말도 안 되는 소리를 믿으라는 거야? 우리는 비명과 요란한 소리를 듣자마자 내 병실에서 달려왔다고."

그래도 가라쓰만큼은 사카시마의 주장을 신중히 곱씹고 있었지만, 결국 믿을 가치가 없다는 결론에 다다른 듯 차가운 목소리로 말했다.

"공교롭게도 스즈키 형사가 입원한 병실에서 이 병실까지는 복도가 일직선이야. 우리가 복도로 나온 이후, 구로하 씨의 병실에서는 아무도 나오지 않았고 간호사실 쪽으로 도망친 사람도 없었어."

간호사가 머뭇머뭇 끼어들었다.

"저기, 저는 소리가 들리기 일 분쯤 전부터 복도에 있었는데요……."

긴급 봉합 수술을 위해 내 침대를 복도로 옮기려던 검은 머리 여자 간호사는 제일 먼저 이 병실로 달려온 간호사 중 한 명이다. 간호사가 성실함 그 자체 같은 목소리로 말을 이었다.

"제가 복도에 있는 동안 구로하 씨의 병실에 드나든 사람은 없었습니다. 단언할 수 있어요."

그 말을 듣고 나는 힘없는 웃음을 지었다.

─대체로 계산한 대로군.

나는 스즈키 형사가 입원한 병실의 위치도 고려해서 사카시마를 함정에 빠뜨릴 계획을 세웠다. 물론 간호사가 이렇게까지 적극적으로 증언해 준 건 요행이기도 했지만.

내 병실로 올 때 오토하는 감시 카메라를 피해서 이동했다.

이 병실 앞 복도에는 감시 카메라가 없지만…… 이렇게 많은 형사와 간호사가 증언했으니 '아무도 병실에서 복도로 달아날 수는 없었다'라고 인정될 것이다.

사카시마가 크게 혀를 찼다.

"너무하네요. 내가 언제 복도로 도망쳤다고 했어요? 그 꼬맹이는 저 창문을 통해 밖으로 도망쳤다고요."

모두의 시선이 레이스 커튼을 친 창문으로 빨려 들었다.

가라쓰의 안색이 창백해졌다. 오토하의 성격상 전기 충격기로 공격한 후 창문을 타 넘어 도망치는 정도는 '할 수도 있다'라고 생각했기 때문이리라.

―그 직감은 들어맞았어. 하지만.

"제가 확인해 보겠습니다."

후유노가 레이스 커튼을 젖혔다.

창문은 잠겨 있지 않았다. 당연하다. 그렇게 짧은 시간에 창문으로 나간 후, 밖에서 자물쇠를 잠그는 재주를 부릴 수는 없다.

후유노는 창문을 열고 상반신을 내밀려고 했지만, 나잇살 때문에 배가 걸려서 무리였다. 창문 앞쪽에 설치된 추락 방지 난간 겸 안전 손잡이 두 개가 아무래도 걸리적거렸다.

"확실히 어린아이라면 밖으로 나갈 수 있겠군요. ……몸을 웅크리고 걸으면 실내에 있는 사람에게 들키지 않고 이동할 수 있을지도 모르겠습니다."

후유노 형사가 찜찜해하는 말투로 보고했다. 그 옆에서 창밖으로 고개를 내민 고시 선생이 힘이 쭉 빠진 목소리로 말했다.

"아아…… 그 남자가 또 엉터리로 말했네요."

아까 내가 깨어났다고 주장했다가 완벽하게 박살 난 기억이 되살아난 것이리라. 사카시마는 두려움이 서린 눈으로 의사를 보았다.

"그게 무슨 뜻이죠?"

고시 선생은 흰 가운을 펄럭이며 창문 바로 아래를 가리켰다.

"어디에도 발자국이 없잖습니까! 아무도 이 창문으로 나가지 않았다는 건 누가 봐도 명백합니다."

◆

"……발자국?"

사카시마는 입을 반쯤 벌린 채 중얼거린 후 뻣뻣하게 굳어 버렸다.

고시 선생은 이 거짓말쟁이에게는 무슨 말을 해도 안 통한다고 생각한 듯, 가라쓰와 후유노에게 고개를 돌리고 설명했다.

"여기 뒤쪽 정원은 아직 잔디가 제대로 자라지 않았고, 특히 창문 부근은 흙이 고스란히 드러나 있습니다. 그리고 오늘 아침 물을 줬는지 땅이 진흙처럼 질척질척하니까…… 누군가 이 창문을 통해 밖으로 나갔다면 발자국이 남아 있어야 해요.

보세요. 잔디가 자라서 발자국이 남지 않는 곳까지 3미터는 넘겠죠?"

나는 유령의 특권을 사용해 벽을 뚫고 정원으로 나갔다.

볼 필요도 없이 알고 있었지만 거기에는 고시 선생의 설명과 똑같은 광경이 펼쳐져 있었다. 지금도 물웅덩이가 생길 것같이 축축하게 젖어 있는 땅에는…… 오̇토̇하̇의̇ 발̇자̇국̇이̇ 하나도 남아 있̇지̇ 않̇았̇다.

달라진 점이 있다면 오토하가 걸었을 것으로 추정되는 곳 주변에 돌이 따로따로 널브러져 있다는 것 정도다. 그 돌도 젖은 땅에 푹 박혀 있지는 않고, 흙이나 드문드문 자란 잔디 위에 얹혀 있었다.

나는 고개를 살짝 끄덕였다.

―아무래도 오토하가 잘̇ 해̇낸̇ 모양이네.

병실로 돌아가자 사카시마뿐만 아니라…… 형사들도 험악한 표정이었다.

"뭐, 당연하겠지."

진흙과 발자국이라는 키워드에 그들이 무관심할 리 없었다.

빈집에서 사건이 발생했을 때 진흙 위에 범인의 발자국만 남아 있지 않았다는 점이 그 사건을 불가능 범죄로 만든 요인이었으니까.

―사카시마 입장에서는 오토하의 발자국이 홀연히 사라진 것처럼 느껴질 거야.

들어 줄 사람은 없지만 나는 중얼거렸다.

"시노노메초의 빈집에서 사카시마는 발자국 없는 살인 현장을 만들어 냈어. 그래서 이쪽도 똑같이 '발자국이 남지 않는' 복수 계획을 실행한 거야."

발자국 트릭을 사용한 복수는 대성공을 거두었다. 하지만 그

성공을 보고하고 기쁨을 나눠야 할 사람은 이 자리에 없었다.

―허무하군.

지금까지 헤아릴 수 없을 만큼 많은 범죄를 실행했지만, 이토록 강렬한 달성감과 가슴을 에는 듯한 괴로움을 동시에 느낀 건 처음이었다.

시간이 정지된 것처럼 침묵만이 흐르자 고시 선생은 불안해진 듯했다.

"어…… 제가 그…… 뭔가 이상한 소리를 했습니까?"

마비 상태에서 제일 먼저 풀려난 사람은 스즈키 형사였다. 그는 의사를 안심시키기 위해 고개를 크게 내저었다.

"무슨 말씀을요. 귀중한 정보를 제공해 주셔서 감사합니다. 선생님 덕분에 이 자가 거짓말을 한다는 게 확실해졌습니다."

고시 선생은 안도한 듯 고개를 꾸벅 숙였다.

"수술을 담당할 의사에게 부상 정도를 전달하고 나서 돌아오겠습니다. 아, 건물 관리자에게도 한마디 해 두는 게 좋으려나?"

고시 선생은 혼잣말로 말을 끝맺으며 간호사와 함께 내 침대를 밀고 복도로 나갔다.

스즈키가 사카시마를 내려다보고 목발을 흔들며 웃었다.

"다들 이 녀석의 언변에 놀아날 뻔했죠? 발자국이 또 사라진 건가, 하고 믿을 뻔했지만…… 이번에는 단순히 궁여지책으로 거짓말을 했을 뿐이에요."

"아니야."

사카시마가 나지막한 목소리로 말했지만, 가라쓰는 완전히 무시하고 팔짱을 꼈다.

"새빨간 거짓말이었네. 오토하는 용돈도 딱 정해진 만큼만 받고, 아직 신용카드도 없어. 그런데 어떻게 나 모르게 전기 충격기를 사겠어?"

"그것도 구로하가 준비를……."

사카시마가 이를 악물고 그렇게 항변하자 스즈키는 어이없다는 듯 어깨를 축 늘어뜨렸다.

"아직도 그 소리야?"

가라쓰가 쪼그려 앉아 사카시마의 눈을 똑바로 바라보았다.

"당신 말대로라면, 오토하는 감시 카메라를 피해서 이 병실까지 왔다는 거지? 그럼 좀 가르쳐 줘. 오토하 같은 초등학생이 감시 카메라가 어디 달렸고 각도가 어떤지를 어떻게 파악했다는 거야?"

"그, 그건."

어쩔 줄 몰라 하는 사카시마를 보고 후유노도 비웃음을 지었다.

"덧붙여 넌 칼을 휘둘러 상해 사건을 일으켜 놓고 오히려 자기가 피해자라고 호소했지. 힘없는 초등학생에게 죽을 뻔했다는 이야기만 해도 신빙성이 의심되는데…… 창밖에 발자국이 없는 건 어떻게 설명할래?"

나는 픽 웃었다.

"그래, 밖에 발자국이 왜 남아 있지 않느냐는 수수께끼를 풀어내지 못하는 한…… 진실은 뒤틀릴 수밖에 없어. 네가 말하는 '여자아이'가 이 병실에 존재하지 않았다는 사실이 증명되는 셈이야."

 사카시마와 대결할 때 이 살인귀가 오토하의 마음을 뒤흔들리라는 건 나도 예상했다.
 하지만 고작 십 분 정도 만에 전부 무너져 내릴 줄은…… 내가 오토하에게 했던 거짓말까지 꿰뚫어 볼 줄은 꿈에도 몰랐다.
 하지만 사카시마의 기습도 복수라는 대세에 영향을 주지는 못했다.
 ―애당초 오토하의 신원이 밝혀진 상태에서 사카시마가 체포당해도 그 아이의 안전만큼은 확보할 수 있도록 계획을 세웠으니까.
 어떤 의미에서 오토하는 몇 중으로 보호받고 있었다.
 우리가 정보를 제공함으로써 사카시마는 이미 가라 다카히사의 죽음에 관여했다는 혐의를 받고 있다.
 물론 경찰이 제보를 얼마나 믿을지는 확실치 않다. 하지만 이 남자가 다나카 가나타와 동일 인물일 가능성을 머리 한구석에 심어 두기는 했을 것이다. 적어도 '거꾸로 살인자'의 모방범으로 여기기는 하리라.
 ―그리고 이 남자는 내게 칼을 휘두른 혐의로 현행범 체포됐어.
 이미 경찰에게 사카시마의 인상은 최악이다. 지금부터 사카시마가 뭐라고 주장하든 자신의 죄를 가볍게 하기 위한 '거짓말'이라고 의심받기 쉬운 토양이 만들어진 셈이다.
 나는 미동도 없이 멍하니 있는 사카시마를 내려다보며 중얼거렸다.

"결국 살인귀가 주제에 맞지 않게 진실을 주장하며, 오토하의 배후에 내가 있다는 사실과 오토하가 창문으로 도망쳤다는 사실을 정직하게 경찰에 호소한 순간…… 네 패배는 확정된 거야."

그러한 주장 때문에 사카시마의 증언은 신빙성을 완전히 잃었다.

앞으로 그가 오토하에 대해 뭐라고 주장하든 헛수고다. 내가 의사소통이 불가능한 상태였던 이상은…… 초등학생 혼자서 할 수 있는 행동이 아니라는 이유로 모조리 헛소리 취급받을 테니까.

—이걸로 오토하의 안전은 보장된 셈이야.

갑자기 나지막한 웃음소리가 울려 퍼졌다.

병실 바닥에 엎드린 사카시마가 경련하듯 어깨를 떨며 웃음을 토해 냈다. 예상외의 반응에 나는 당황해서 뒤로 물러났다. 그런 내 몸을 뚫고 가라쓰가 성큼 앞으로 나섰다.

"뭐가 그렇게 우스워?"

"아아, 재수 옴 붙은 날이네요. 내가 무슨 소리를 해도 죄다 거짓말이라는 게 증명돼요. 마치…… 진실에 버림받은 것처럼."

후유노가 더는 이야기를 나눌 필요 없다는 듯 사카시마의 손목에 채워진 수갑을 잡았다.

"나머지는 현경 본부에서 듣도록 할까."

아무런 저항 없이 복도로 끌려가던 사카시마가 고개를 돌려 가라쓰에게 끈적한 미소를 던졌다.

"실컷 즐겨 보자고요."

"뭐?"

"설마 이걸로 끝날 줄 알았어요? 죽은 걸로 위장한 지 사 년, 숨어서 지내기도 지겨웠던 참이었어요. ……기쁘네요. 이걸로 겨우 술래잡기의 술래가 바뀌었어요. 언제까지 나를 묶어서 가둬 놓고…… 그렇게 웃을 수 있으려나."

강렬한 악의가 깃든 기름한 눈을 보자 오싹한 한기가 느껴졌다.

―아니, 이번에는 절대 못 도망쳐.

그런 말로 스스로를 달랬지만 한기는 조금도 가시지 않았다. 한기가 등골을 타고 온몸으로 퍼지면서, 발끝부터 입술까지 힘이 쭉 빠지고 마비되는 것만 같았다.

완전히 깜박했었는데, 나는 이 감각을 한 번 맛본 적이 있었다.

"죽음인가."

이제 시간이…… 얼마 안 남은 듯하다.

4

8월 3일 12:45 제한 시간까지 하루

아지랑이가 피어오를 것같이 더운 날씨인데도 시로다테초에서는 변함없이 참새가 정원수 사이를 날아다니고 있었다.

자전거도 사람도 거의 지나다니지 않는 조용한 오후다.

나는 미쓰이네 대문 앞에 내려섰다. 크리스마스로즈 화분이 뒤집어져서 흙이 포석 위에 쏟아졌다.

2층 창문으로 오토하의 방을 살그머니 들여다보았다.

—있군.

에어컨 설정 온도는 평소처럼 19도. 오토하는 침대 위에 웅크려 앉아 무릎에 얼굴을 묻은 자세였다.

"……나가."

육감이라고밖에 할 수 없는 뭔가로 내가 돌아온 걸 알아차렸는지 오토하가 그렇게 중얼거렸다.

지독한 코맹맹이 소리였다.

책상에는 블루투스 이어폰과 손때 묻은 허니 컬렉션 빈 상자가 놓여 있었다. 예전에 봤을 때와 다른 점은, 내 작업실에서 가져온 태블릿PC와 검은색 손목시계가 새로운 멤버로 합세한 것 정도일까.

나는 벽 앞에 서서 입을 열었다.

"멋대로 들어와서 미안해. 일단 보고는 해 두려고. 사카시마는 무사히 체포돼서 현경 본부로 연행됐어. ……창밖에 오토하의 발자국이 남아 있지 않다는 걸 알고 얼마나 놀라던지. 참 볼만했어."

쿠션이 내 얼굴을 스치고 책장에 부딪쳤다. 저금통과 같이 있던 분홍색 망치가 떨어져서 시끄러운 소리가 났다.

"이 거짓말쟁이!"

나는 쓴웃음을 지었다.

"하지만…… 사카시마에게 복수했잖아?"

"이건 내가 바라던 복수가 아니야! 난 믿었어. 구로하만큼은 날 어린아이 취급하지 않고 어엿한 인간으로 대해 줄 거라고. ……절대로 날 배신하지 않을 거라고."

내 웃음에서 힘이 빠져나갔다.

"오토하가 몇 살이든 똑같아. 난 진짜 완전 범죄 청부사가 아니야. ……그러니 누구를 위해서든 살인을 도와줄 수는 없었어."

오토하는 발톱을 내려다보며 중얼거렸다.

"스승입네 하면서 날 속이니까 재미있었어?"

"아니."

"'그 어떤 예측할 수 없는 사태에도 대응할 수 있도록 만반의 준비를 해야 한다며, 나를 속여 이모를 구온 종합병원으로 불러낼 계획까지 실행했으면서……. 시키는 대로 하는 나를 보고 내내 웃었겠지!"

나는 오른손을 얼굴 앞으로 들어 올려 멍하니 바라보았다.

"어쨌거나 안심해도 돼."

"뭐?"

"이제 뭐가 어찌 되든 오토하의 몸에 위험이 미칠 일은 없을 테니까."

오토하가 눈을 꼭 감았다.

"그렇게 용의주도한 점도 포함해서…… 비겁해."

"나머지도 보고할게. 오토하가 병실에서 탈출한 후, 사카시마는 칼을 휘둘러 내 육체에 상처를 입힌 혐의로 현행범 체포됐어. 안 그래도 '거꾸로 살인자' 본인이나 그 모방범으로 의심받던 인물이니만큼, 이번에 체포됨으로써 심증이 더욱 굳어졌지."

내 이야기를 듣는 동안 오토하의 입술이 일그러졌다.

"여자 초등학생이 자신을 함정에 빠뜨렸다고 주장해 봤자 죄를 가볍게 하기 위한 거짓말로 여길 뿐 아무도 믿지 않는다고? 창밖에 내 발자국이 없다는 사실이 존재하는 이상, 사카시마가 나에 관해 뭐라고 말해도 헛소리 취급받는다는 거야?"

"그렇지."

그제야 오토하가 고개를 들어 나를 노려보았다.

"그렇게 어중간한 짓을 해서 날 지켰답시고…… 어, 구로하?"

눈물에 젖은 오토하의 눈이 동그래졌다.

"……역시 기분 탓이 아니었네."

이제는 내 손가락을 통해서 방바닥이 보였다. 병실에 있었을 때는 형체가 좀 더 또렷했었는데.

─힘이 쭉 빠지고 마비되는 것 같았을 때부터 이런 건가.

오토하가 고개를 홱 돌렸다.

"말해 두는데 그렇게 변했다고 금방 소멸하는 건 아니야. 두 번째로 만난 도코 씨도 몸이 희미해지고 나서 소멸하기까지 한나절 이상 걸렸어."

나는 손을 몇 번 쥐었다 폈다 했다.

"교통사고를 당해 유령이 된 여자였지. 하지만…… 나는 생각했던 것보다 빨리 소멸할 것 같아."

내가 유령으로 나타난 건 7월 28일 오후 8시 30분경이었다.

만약 만으로 칠 일…… 168시간의 유예가 있다면 나는 8월 4일 오후 8시 반까지 활동할 수 있을 것이다.

─지금부터 한나절 남짓이면 아무리 늦어도 8월 4일 이른 아침에는 소멸하겠지. 계산이 안 맞아.

분명 유령이 된 기준점을 착각한 것이리라.

나는 28일 이른 아침에 한 번 심정지를 일으켰다. 지금 생각하면 그때 이미 유령이 됐겠지만, 금방 깨어나지 못한 것이리라.

같은 결론에 다다랐는지 오토하가 울먹이는 표정으로 웃음을 흘렸다.

"유령이 무슨 늦잠을 자고 그러냐."

"그러게."

좀 으슬으슬해졌는지 오토하가 에어컨 리모콘으로 설정 온도를 2도 높였다.

"구로하는 못됐어. 완전 범죄는 자신과 의뢰인에게 아무런 위험도 없는 상태로 끝나야 한다고 했으면서…… 순 거짓말쟁이! 왜 자기 몸은 위험에 노출시키는 건데?"

날카로운 지적에 나는 한숨을 쉬었다.

확실히 사카시마를 죽이지 않는다는 선택이 꽤 위험했던 건 사실이다.

전기 충격을 받은 사카시마가 길길이 날뛰다가 형사들이 병실로 달려오기 전에 내 육체를 끔찍한 시체로 만들었을 가능성도 있으리라.

오토하가 더 화를 냈다.

"늘 주의 깊게 행동했으면서, 대체 뭐야! 구로하가 다치는 걸 전제로 한 복수 계획이라니…… 난 그런 걸 바란 적 없는데."

"유령이 되는 건 돌이킬 수 없는 현상이니까. 육체로 돌아갈 수 없다면 그 침대에 누워 있는 건 나이자…… 내가 아니야. 탈피한 후에 남은 껍질 같은 거라고 할까."

그 껍질도 어차피 내 소멸에 맞춰 완전한 죽음을 맞는다. 그게 하루쯤 빨라진들 무슨 상관이겠는가.

"그뿐만이 아니야. ……사카시마를 살려 둔 건 큰 실수라고! 체포된 그 녀석이 구로하가 완전 범죄 청부사를 사칭했던 것부터 시작해서 모든 걸 경찰에게 말할 거야."

나는 힘없이 웃었다.

"체포되자마자 사카시마는 그런 주장을 펼쳤지. 완전 범죄 청부사인 내가 오토하를 배후에서 조종한 흑막이라고."

"그것 봐."

"아까는 고시 선생이 두둔해 준 덕분에 나에 대한 의혹이 옅어졌지. 하지만 언제까지 버틸지는 미지수야. 시간이 흐르면 경찰도 나를 수상하게 여기고 카페 루팡을 수사하러 올지도 모르겠어."

"전혀 괜찮지 않잖아!"

"어떻게든 되겠지."

만약을 위해 '카페를 운영하는 나'와 '비밀 사업에 종사하는 나'의 생활을 완전히 분리해 두었다.

"카페 루팡과 집에 비밀 사업에 관련된 물건은 하나도 없어. 유일하게 작업실 여벌 열쇠가 있긴 했지만…… 그건 오토하가 가지고 왔으니까 문제없지."

여벌 열쇠를 가지러 갔을 때 남은 흔적은 최대한 지웠고, 작업실은 집보다 두 층 위에 있다. 집이나 카페 루팡을 수사하러 가도 내게 불리한 물건은 발견되지 않을 것이다.

그런데 오토하가 심술궂은 목소리로 말했다.

"정말로 그럴까? 이모가 수사하러 가도 괜찮겠어?"

나도 모르게 몸을 움찔했다.

"그렇게 사람 불안하게 하는 소리 하지 마."

─아니, 결과가 나올 무렵에 나는 이미 소멸해서 없을 테니 괜찮다면 괜찮은 건가.

오토하가 텔레비전 리모컨을 집었다. 소형 텔레비전에 정보 방송이 나왔다.

마침 구온 종합병원에서 발생한 칼부림 사건의 속보 내용이었다. 사건이 발생한 지 얼마 되지도 않았는데 병원 앞으로 리포터가 달려가 소식을 전했다.

"병실에서 칼을 휘둘러 현장에서 상해 혐의로 체포된 용의자는…… 자칭 야즈 가즈야라는 신원 불명의 남성입니다."

나는 고개를 갸웃했다.

"묘하군. 그렇게 큰 사건도 아닌데 전국 규모의 정보 방송에서 언급하다니."

오토하가 질렸다는 듯 나를 쳐다보았다.

"분명 구로하 탓이야."

"왜?"

뭘 어떻게 했는지 방송국에서는 사건의 피해자인 내가 이른바 '꼬치구이 남자'라는 사실을 알아냈다. '사 개월간 혼수상태였던 남성을 노린 이유는?'이라는 자막이 화면에 떴고…… 내가 꼬치구이가 된 밤에 촬영된 영상까지 빼먹지 않고 내보냈다.
 그 순간 온몸이 근질근질했다.
 "이건 아니지, 난 일반인이라고. 피해자에게 초점을 맞춰서 방송 좀 하지 마!"
 나는 오토하에게 채널을 바꿔 달라고 부탁했지만, 오토하는 텔레비전에서 눈을 떼지 않고 중얼거렸다.
 "후회할 거야."
 "……뭐?"
 "사카시마는 살아 있는 한 절대로 포기하지 않을 테니까."
 사카시마의 말이 머릿속에 되살아났다.
 '술래잡기의 술래가 바뀌었어요. 언제까지 나를 묶어서 가둬 놓고…… 그렇게 웃을 수 있으려나.'
 현경 본부로 연행되기 전, 그 남자가 강렬한 악의와 함께 내뱉은 말이었다.
 ─아니, 그건 패배자의 마지막 발악이야.
 "오토하, 사 년 전과는 상황이 달라. 사카시마는 수갑을 찬 데다 가라쓰와 후유노 형사가 연행해 갔어. 그 두 사람의 눈을 속이고 달아나기는 불가능해."
 "그럼 다행이지만."
 오토하는 불안감을 감추지 못해 뻣뻣하게 굳은 모습이었다. 금방이라도 사카시마가 도주했다는 뉴스가 나오지는 않을까 싶어 긴장한 듯했다.
 나는 그 뒷모습에 대고 말을 붙였다.

"걱정하지 마. 이제 아무 일도 일어나지 않아. 복수는 끝났어."

―그런데 오토하는 왜 이렇게 겁먹은 걸까?

오토하가 다시 고개를 숙였다.

"아무것도……안 끝났어."

"혹시 사카시마가 재판에서 무죄를 얻어 내 자유로운 몸이 될까 봐 겁나는 거야?"

그래도 오토하는 아무 대답도 없었다.

"걱정하지 말래도. 우리가 제공한 정보가 효과를 발휘할 테니까. 놈의 죄목은 병원에서 칼부림한 것만이 아니야. ……가라 다카히사 살해 혐의, 나를 옥상에서 떠민 혐의, 오토하 부모님 살해 혐의에 대해서도 엄하게 취조를 당하겠지."

"취조해도 죄를 증명하지 못하면 아무 의미 없어."

오토하는 초조함과 불안감이 깃든 표정으로 '경찰은 무능하다'라는 평소 지론을 펼쳤다.

"아니, 일본의 경찰은 물론 검찰도 아주 우수해. 이번 수사에 가라쓰가 얼마나 관여할 수 있을지는 모르지만, 수사1과 형사라면 틀림없이 모든 죄를 밝혀내겠지."

"하지만……."

"게다가 놈이 다나카 가나타 본인임을 증명하기도 어렵지 않아."

"어떻게?"

"사 년 전, 다나카 가나타의 부모님은 이미 고인이었어. 하지만 형제는 지금도 살아 있지. 그들의 DNA와 비교하면 아주 높은 확률로 형제 관계임을 증명할 수 있을 거야."

사카시마는 성형수술을 많이 받아서 인상이 달라졌다.

하지만 그 정도로 육친까지 속이기는 힘들다. 형제는 다나카 가나타의 점이나 반점, 흉터 같은 신체적 특징을 자세히 기억하고 있으리라. 그렇게 증거와 증언을 확보해 나가면 결국은 재판에서도 인정될 수준에 도달할 것이다.

"놈이 다나카 가나타 본인이라는 게 입증되면 '거꾸로 살인자'가 사 년 전까지 저지른 살인죄로 처벌할 수 있겠지."

사카시마가 저지른 살인 사건은 판명된 것만 해도 열 건은 된다. 숫자로만 따지면…… 그자를 세 번 넘게 극형에 처할 수 있을 수치였다.

오토하가 텔레비전 음량을 낮추고 내게 고개를 돌렸다.

"저기, 구로하가 아무리 그럴싸한 말로 우겨도 달라지는 건 없어. 우리 부모님을 살해한 그자가 살아 있는 한 내 가슴속에서 분노와 증오는 사라지지 않을 테니까! 전부 끝낼 수 있는 기회였는데."

오토하가 아무 대꾸도 하지 못하는 나를 쏘아보며 말을 이었다.

"있지…… 지금 나한테 제일 무섭고 기분 나쁘게 느껴지는 게 뭔지 알아?"

"모르겠는데."

"구로하야."

"……"

"나한테 거짓말만 늘어놓은 당신은 대체…… 뭐야?"

◆

"모르겠어."

"뭐?"

"난 그 누구도 아니야. ······분명 누구도 될 수 없겠지."

당혹스러운 듯 오토하가 이맛살을 찌푸렸다.

"구로하 우유우라는 것도 가명이었어?"

"아니, 미스터리 애독자였던 어머니가 우유우라는 이름을 지어 준 건 사실이야. 어릴 적에 화재로 집과······ 어머니와 여동생을 잃은 것도 진짜고."

어디선가 소방차 사이렌 소리가 들려왔다.

유령이 된 지금도 땡땡, 하고 경종이 섞인 사이렌 소리를 들으니 구역질이 밀려왔다.

"그럼 구로하는 언제부터 거짓말만 하게······ 자기 자신을 잃고 누구도 아닌 인간이 된 거야?"

"사카시마도 말했듯이 내 이름의 유래는 '까마귀에 있다'라는 한자를 쓰는 '오유(烏有)'야. 어머니도 이 말이 무슨 뜻인지 알고 있었기에 그대로 쓰지 않고 '由宇'라는 한자를 가져와서 내 이름을 지었대."

"좋은 이름이네."

오토하의 말에 나는 고개를 크게 내저었다.

"내 생각은 달라. '오유로 돌아가다'는 특히 화재로 모든 것을 잃었을 때 쓰는 말이거든. 실제로 불이 난 밤에 난 가족도 집도…… 나 자신조차 잃어버렸어."

초등학교 3학년 여름이었다.

싱글 맘인 어머니와 초등학교 2학년인 여동생은 2층 침실에서 타 죽었고, 나만 뒷문까지 기어 나와서 구출됐다.

"화재가 발생한 당시의 기억은 없어. 그날 밤 불꽃놀이를 하기로 약속했는데 갑자기 소나기가 내려서 취소됐지. 그래서…… 잔뜩 토라진 채 저녁을 먹은 것까지는 기억나."

그날 반찬이 돼지고기감자조림과 크로켓이라 재료가 겹친다고 어머니에게 불평했다가 어째선지 여동생과 드잡이할 만큼 큰 싸움으로 발전했던가.

나는 몸을 벌벌 떨면서 말을 계속했다.

"그다음부터 기억이 안 나. 불은 자정쯤에 났는데 그때까지…… 난 뭘 했던 걸까?"

"너무 생각하지 마. 화재의 영향으로 기억이 날아갔을 뿐이야."

오토하의 말이 옳을 수도 있고, 그렇지 않을 수도 있다.

"소방 관계자 말에 따르면 발화 지점은 1층 거실이었어. 콘센트에 먼지가 쌓여서 누전된 게 원인이라고 알려 줬지. 하지만 그날…… 콘센트 근처에 막대 폭죽을 놔뒀어. 혹시 난 밤중에 몰래 일어나서 막대 폭죽에 불을 붙이려다 사고를 낸 것 아닐까?"

초등학교 3학년쯤 되면 실내에서 막대 폭죽에 불을 붙이는 것이 얼마나 위험한 행동인지 알 것이다. 하지만 그날 밤은 불꽃놀이를 하지 못해서 화가 났고, 여동생과 몸싸움까지 벌였다.

평소는 말싸움조차 한 적이 없는데.

―그날 밤, 난 뭘 어떻게 한 걸까?

지금도 전혀 모르겠다.

"제일 그럴듯한 건…… 역시 내가 거실에서 불꽃놀이 막대 폭죽에 불을 붙였겠지. 그리고 불씨가 마구 튀자 놀라서 적당히 정리한 후 2층 침실로 도망친 거야."

오토하가 나지막한 목소리로 말했다.

"……그 불씨가 콘센트의 먼지에 튀어서 불이 났다?"

"침실로 도망쳐서 태평하게 졸다가 아래층 상태가 이상하다는 걸 알아차렸겠지. 확인하러 1층에 내려갔다가 불이 났다는 걸 알고…… 믿기지 않게도 가족을 버리고 내뺀 거야."

그렇지 않으면 나만 살아남은 이유가 설명되지 않는다.

하지만 오토하는 고개를 저었다.

"그건 수많은 가능성 중 하나에 지나지 않아. 아무도 막대 폭죽을 만지지 않았지만 콘센트에서 저절로 불이 났을지도 모르지. 아니면 동생이 밤에 일어나서 막대 폭죽을……."

"아니야!"

나는 반사적으로 오토하의 팔을 꽉 붙잡을 뻔했다.

하지만 겁에 질린 오토하의 눈을 보고 멈칫했다. 설령 팔에 손을 뻗었더라도 유령인 내가 오토하를 건드릴 수는 없었겠지만.

잠시 침묵이 흘렀다.

"……미안해."

오토하가 먼저 머뭇머뭇 말을 꺼냈다.

"아니, 사과는 내가 해야지."

나는 숨을 작게 들이마시고 다시 입을 열었다.

"그러고 나서 난 방어 본능 때문인지, 불에 덴 충격 때문인지 기억을 잃었어. 하지만 기억나지 않아도 확실해. ……난 살 가치가 없는 인간이야."

불이 난 원인이 무엇이든 간에 나는 화재가 발생한 걸 알아차렸다. 그런데 그 사실을 2층에 있는 어머니와 동생에게는 알리지도 않고 혼자 살 길을 찾아 뒷문으로 도망쳤다.

―너무 두려운 나머지 혼란에 빠졌으니까?

아니면 여동생을 질투했던 걸까.

한 살 어린 여동생은 어떻게 된 건지, 무슨 일이든 나보다 잘했다. 운동은 나이 차이가 있어서 날 당해 내지 못했지만, 신동이라 불렸고…… 공부로는 날 훨씬 앞섰다.

천지를 분간할 무렵부터 어머니도 딸만 끼고 살았다.

집에서도 학교 행사에서도 늘 딸을 우선했다. 불타서 없어진 앨범에 끼워 놓은 사진도 대부분 딸 사진이었다. 우수했던 딸에게 기대하다 보니 자연스레 그렇게 된 것이리라.

평범한 오빠와 재능 넘치는 여동생.

당시의 내게는 너무 당연한 일이라 거의 의식하고 지내지 않았다. 분명 질투를 느끼기에는 너무 어렸던 것이리라.

―하지만 불이 난 순간 처음으로 그런 감정에 눈떴다면?

아무리 생각해 내려 해도 머릿속에는 아무것도 보이지 않는 새까만 어둠만 펼쳐질 뿐이었다.

"병원에서 깨어나 어른들에게 이야기를 듣고…… 나 자신에게 한없이 절망했지. 가족을 죽게 내버려둔 것에도, 불리한 기억은 지워 버리고 뻔뻔하게 살아남은 것에도."

눈물은 한참 전에 말랐다.

"난 살 가치가 없어. 하지만 너무 겁쟁이라 죽음을 선택하지도 못했지. 동생 대신 네가 죽는 게 낫다고 악담한 친척도 있었지만 화는 나지 않았어. 사실을 말했을 뿐이라는 생각이었지."

그 후로 나는 빈껍데기처럼 살아왔다.

그야말로 오유. ……내면에 아무것도 없는 공허한 인간으로서.

"그 무렵에는 죽은 동생이 늘 곁에 있는 기분이었어. 그래서 작게나마 속죄하기 위해…… 내 인생을 버리기로 했지. 동생이 걸어야 했던 길을 대신 나아가서, 동생이 꿈꿨던 광경만이라도 보여 주기로 마음먹었어."

어느 틈엔가 오토하가 눈을 크게 뜨고 있었다.

"그때부터 구로하는 자기 자신으로 살아가길 그만둔 거야?"

"아마도."

이제 나 자신이 어떤 인간이었는지도 기억이 나지 않는다.

다만…… 어린 마음에도 그때까지 소중히 여겼던 물건들을 전부 버렸던 것은 기억난다. 불길 속에서 살아남은 몇 안 되는 장난감이고 열쇠고리고 전부 다. 정말 좋아하는 애니메이션도 더 이상 보지 않았고, 친하게 지냈던 친구들과도 멀어져 고독하게 살기를 스스로에게 강요했다.

나는 문득 웃었다.

―돌이켜 보면 동생이 이루려 했던 꿈은 어머니의 바람이었을

지도 모르겠군.

그렇지 않다면 아직 어렸던 동생이 명문 KO대학교에 가겠다는 꿈을 품을 리 없었으리라.

"난 동생의 꿈을 이루기 위해 열심히 공부했어. 날 거둔 친척에게 부담을 줄 수는 없으니 학원에도 다니지 않고 혼자 공부했지. 동생의 꿈이었던 KO대학교에 간신히 붙기는 했지만…… 그 다음이 없었어."

"왜?"

"동생은 고작 초등학교 2학년이었으니까. 대학교 입학까지만 꿈꿨던 거야."

처음부터 그렇게 될 줄은 알고 있었다.

나는 죽음이 두려운 나머지 살아 있어도 되는 이유를 찾아서, 죽음에서 눈을 돌린 채 살아왔던 게 틀림없다.

대학교에 입학할 무렵에는 동생이 곁에 있다는 감각도 사라졌고, 앞으로 내가 열심히 학교생활을 해 본들…… 무슨 속죄가 될 것 같지도 않았다.

"그러다 게이지 선배를 만났다?"

"응."

동생의 꿈을 이루겠다고 결심한 후로 난 분노도, 기쁨도, 슬픔도 거의 잊어버렸다. 나 같은 인간은…… 어떤 상황에 놓여도 불만을 늘어놓을 권리는 물론, 그 상황을 즐길 권리조차 없다고 생각했다.

하지만 수영부에서 코스 로프를 훔쳤다고 의심받은 순간, 나는 전에 없이 강한 분노에 사로잡혔다. 모두가 한통속이 되어 내가 범인이 아닌 줄 알면서 죄를 뒤집어씌우려 한다는 걸 직감적으로 꿰뚫어 봤기 때문이다.

―왜 그렇게 비겁한 짓을 하는 거지?

그리고…… 나는 너구리에게 저승길 노잣돈을 공양했던 갈색 머리 남자에게 도움을 받았다.

게이지 선배다.

솔직히 선배가 끼어들지 않았다면 수영부원들에게 무슨 짓을 했을지 모르겠다.

"그 사람은 내 누명을 벗겨 줬어. 하지만 고마운 것 이상으로…… 코스 로프를 훔쳐서 그 모든 사태를 초래한 선배가 원망스러웠지. 그런데 그 사람이 이렇게 말하더라."

―드디어 말이 통할 법한 사람을 찾았네.

나는 쓴웃음을 지었다.

"대체 정신머리가 어떻게 돼야 불같이 화를 내는 상대에게 그런 소리를 할 수 있을까? 그것도 모자라 '그 논리적인 사고 능력은 완전 범죄에 적합하다'라는 둥 이상한 지론까지 늘어놓더라."

어느덧 나는 게이지 선배와 함께 행동하게 됐다.

"그때부터 선배에게 여러 가지를 배우며 같이 의뢰를 받아서…… 법률로는 처벌할 수 없는 일을 겪은 사람 대신 소소한 완전 범죄로 복수를 대행했지. 물론 전부 학생의 장난질 수준이었지만…… 우리는 어떤 증거나 실마리도 남기지 않고 잘 해냈어."

당시 의뢰비는 일률적으로 3만 엔.

경비가 더 많이 들어가는 경우도 적지 않았으므로 아무리 애써도 선배의 생활비에 도움이 될까 말까 하는 수준이었다. 그래서 당시 선배는 늘 들풀을 뜯어서 먹곤 했었다.

오토하가 어른스러운 몸짓으로 어깨를 으쓱했다.

"결국 게이지 선배 말처럼 구로하는 정말로 범죄에 소질이 있었던 거네?"

"글쎄. 선배 말에 따르면…… 나 스스로에게 고독을 강요한 결과, 사람과 세상사를 객관적으로 관찰하는 능력이 길러졌다나 봐."

미심쩍기 그지없는 말이었지만, 완전히 빗나갔다고는 할 수 없게끔 절묘하게 핵심을 찌르는 것이 정말 그 선배다웠다.

"신기하게도 게이지 선배와 함께 지내다 보니, 내가 잃어버렸을 감각이 점점 되살아났어. 성희롱이나 폭력을 당한 피해자와 함께 분개하거나, 완전 범죄를 목표로 녹초가 되도록 바쁘게 일하거나…… 선배와 같이 지낸 일 년은 진심으로 즐거웠어."

그 순간만큼은 내가 '살아 있다'라는 사실을 실감할 수 있었다.

"하지만 장난질 수준이라고는 해도 우리가 저지른 짓은 분명 범죄 행위였어. 그런 짓을 하면서 '살아 있음'을 맛보고 존재 의의를 확인하려 하다니 정상이 아니라는 자각은 있었지. ……오토하 생각도 그렇지?"

오토하의 눈이 휘둥그레졌다.

"그걸 나한테 묻는 거야? 복수를 위해 살인이라는 수단을 택하려 했던 나한테?"

"그렇지 않아, 오토하는……."

"아니, 우리는 비슷한 부류야. 어쩔 도리도 없이 벼랑 끝에 몰린 탓에 인간으로서 소중한 뭔가를 잃어버렸지. 나도 똑같아. 구로하를 만나기 전까지는 위험한 길을 고르는 것이야말로, 자기 목숨을 깎아 먹는 것이야말로 살아 있다는 증거라고 생각했지."

나는 고개를 숙였다.

"그런 의미에서는 선배만 달랐군. 나는 어디까지나 '살아 있음'을 맛보고 싶다는 욕심에서 선배의 소소한 완전 범죄를 도왔을 뿐이지만…… 선배는 어마어마한 사명감에 불타올랐으니까."

"사명감?"

"응. 게이지 선배는 독특한 견해를 품고 있었어. '세상에는 법률로 처벌할 수 없는 범죄가 너무 많다. 그러니 누군가가 그런 범죄에 피해를 당한 사람의 도주로가 되어 주어야 한다'라는."

오토하가 이해하기 어렵다는 표정을 지었다.

"같은 일을 하더라도 다른 방법이 있었을 텐데. 선배는 왜 완전 범죄에 집착한 걸까?"

"법률로 처벌할 수 없는 범죄에는 역시 법률로 처벌될 일 없는 완전 범죄로 대항하는 수밖에 없다는 단순한 논리야. 선악이고 뭐고 관계없어. 그저 피해자의 도주로로 이용할 수 있다면 지금은 그걸로 됐다…… 라는 것이 선배의 지론이었지.

정말 터무니없지? 하지만 나는 그런 지론을 관철하려 했던 선배의 담대한 성격이 좋았어. 소심한 내게는…… 절대로 손이 닿지 않을 눈부신 태양 같아 보였지."

하지만 그렇게 위험한 짓을 영원히 계속할 수 있을 리는 없다.

나는 나지막한 목소리로 말을 이었다.

"작은 성공이 거듭되자 나와 선배는 저마다의 이유로 복수의 감미로움에 취했지. 그리고…… 분수도 모르고 너무 나댔어."

십일 년 전, 선배는 '완전 범죄 청부사'의 소문을 들었다.

음지에서도 그 정체는 불명. 돈만 주면 목표물이 누구든, 원하는 바가 강도든 살인이든 가리지 않고 의뢰를 받아서 완전 범죄를 실행한다. 당시 경찰도 '완전 범죄 청부사'의 꼬리를 잡기는커녕, 그 존재조차 파악하지 못한 상태였다.

오토하가 숨을 헉 삼켰다.

"즉, 그자가 게이지 선배의 목숨을 앗아 간 진짜 완전 범죄 청부사?"

"응, 선배는 먹고 자는 것도 잊어버릴 만큼 '완전 범죄 청부사'에 관해 열심히 조사했어. 문제는…… 상대가 우리의 장난질과는 수준도 규모도 다른, 진정한 완전 범죄를 실행하던 범죄자였다는 거지."

게이지 선배도 섣불리 관여하면 안 되는 상대라는 것쯤은 알았을 것이다. 그래도 불을 보고 달려드는 나방처럼 몸을 던지지 않을 수 없었던 듯했다.

왜냐하면 진짜는 선배의 이상을 짓밟았기 때문이다.

"선배는 고구마 소주병을 끌어안고 자기 꿈을 이야기하곤 했어. 지금은 장난질 수준밖에 안 되지만, 학교를 졸업하면 좀 더 폭넓은 범위에서의 완전 범죄로 복수를 대행하겠다고. ……아이러니하게도 진짜의 활동은 선배의 꿈에 한없이 가깝게 다가갔다고 할 수 있었어."

차이는 단 하나.

진짜는 살인도 서슴지 않았는데, 그것이야말로 게이지 선배가 무엇보다도 혐오하는 짓이었다.

나는 얼굴을 찡그렸다.

"미안해. 오토하에게 살인을 저지르게 하다니…… 애초에 그런 짓은 할 수 없었어. 게이지 선배가 용납할 리 없으니까."

오토하가 고개를 숙인 채 웅얼거리듯 말했다.

"……결국 십일 년 전에 무슨 일이 생긴 건데?"

"일단 내가 겁을 먹고 '완전 범죄 청부사' 안건에서 손을 떼겠다고 선언했어. 내가 이탈하면 선배도 그만두지 않겠느냐는 약간의 기대도 품고서. 하지만…… 잘못된 판단이었지."

다음 날부터 게이지 선배는 학교에 얼굴을 내비치지 않았다.

선배가 학교에 오지 않는 것 자체는 종종 있는 일이었다. 생활비가 많이 모자랄 때는 알고 지내는 어부에게 부탁해 일주일쯤 아르바이트로 시간을 보내기도 했기 때문이다.

"그렇지만 그때는 두 주가 지나도록 선배에게 문자메시지 한 통도 오지 않았어. 그런 적은 처음이라 불안해져서 선배 본가에 연락도 해 봤지. 하지만 의절당했다는 말은 과장이 아니었는지 선배 이름을 꺼내자마자 전화를 끊어 버리더라고."

그 후…… 나는 중화 요리점에서 선배가 죽었다는 사실을 알았다.

늘 지직거리는 중화 요리점의 텔레비전 속에서 아나운서가 담담하게 소식을 전했다.

"마호로 시립 크레센트 삼림 공원에서 발견된 피해자는 시내에 거주하는 오야부 게이지(23세) 씨로 추정되며…… 둔기로 머리와 얼굴을 몇 차례 얻어맞았고, 이송된 병원에서 사망이 확인됐습니다."

그런 뜬금없는 소리를 어떻게 믿겠는가.

"중화 요리점을 뛰쳐나가서 크레센트 삼림 공원으로 갔지. 출입이 금지된 현장에는 경찰이 버글버글했어."

조금이라도 정보를 얻을 수 없을까 싶어 그 자리에 있던 경찰관을 붙잡고 물어보았다. 하지만 내가 오야부 게이지의 친구라고 알리고 나자…… 무슨 말을 하면 될지 난감해졌다.

나는 씁쓸한 웃음을 지었다.

"학교에서 저질렀던 장난질에 관해 이야기할 수도 없는 노릇이니까. 그래도 선배가 '완전 범죄 청부사'에 대해 조사 중이었다는 건 분명히 전달했어. 하기야…… 경찰은 나를 나사 빠진 인간으로 취급했을 뿐 진심으로 상대해 주지 않았지만."

그때만큼은 나도 경찰의 무능함에 치를 떨었다.

그래서 스스로 사건에 관한 정보를 긁어모았다. 지금의 오토하와 완전히 똑같은 행동에 나섰던 셈이다.

"이윽고 경찰의 수사가 진행되자…… 게이지 선배가 묻지 마 살인범에게 당했을 가능성이 높다는 뉴스가 나오기 시작했지. 당시 수도권에서 범행을 거듭해 세간을 술렁거리게 했던 묻지 마 살인범의 범행 아니겠느냐고."

실제로 게이지 선배를 죽인 흉기는 수도권의 묻지 마 살인범이 사용했던 것과 똑같은 쇠망치였다.

하지만 이상한 점도 많았다.

수도권의 묻지 마 살인범은 주로 뒤에서 강렬한 일격으로 피해자의 목숨을 빼앗는 것이 특징이었다. 반면 선배는 정수리와 뺨이 함몰될 만큼 집요하게 폭행을 당했다.

오토하가 가라앉은 목소리로 말했다.

"역시 이모가 독자적으로 조사했던 결과가 옳았던 거네. 게이지 선배를 죽인 건 진짜 완전 범죄 청부사고…… 진짜는 묻지 마 살인범의 범행을 흉내 내서 수사를 교란하려 한 거야."

"응, 나도 똑같은 결론에 다다랐어. 그 추측이 옳았다는 건 차차 증명됐지."

선배가 살해당하고 삼 년 후, 수도권의 묻지 마 살인범이 체포됐다.

전직 도서관 사서였던 범인은 취조를 받을 때 대부분 자신의 범행이라고 인정했다.

그 남자가 유일하게 부인한 사건이…… 오야부 게이지 살해 사건이었다.

"그 주장을 뒷받침하듯 범인에게는 선배가 살해됐다고 추정되는 시각에 완벽한 알리바이가 있다는 사실이 밝혀졌어. 그 시간대에 놈은 아예 도쿄에 없었거든. ……역시 게이지 선배를 살해한 건 묻지 마 살인범이 아니었던 거야."

오토하가 두 팔로 쿠션을 꼭 끌어안았다.

"거기까지는 이해했어. 그런데…… 구로하는 왜 게이지 선배와 진짜 완전 범죄 청부사 양쪽을 다 사칭한 거야?"

나도 모르게 웃음과 울먹임이 뒤섞인 목소리가 나왔다.

"어머니와 여동생을 잃었을 때와 완전히 똑같아."

"응?"

"내가 '완전 범죄 청부사' 조사에서 손을 떼지 않았다면 선배도 그렇게 끔찍한 최후를 맞지는 않았겠지. 물론 내가 함께했어도 둘 다 살해당하는 결과가 나왔을지도 몰라. 그래도 뭔가 바꿀 수 있었을 거야."

오토하가 작게 숨을 삼켰다.

"그럼 구로하는."

"게이지 선배는 나보다 훨씬 살 가치가 있는 사람이었어. 그래서 나는 아무것도 없는 공허한 존재로…… 오유로 돌아가서, 선배가 걸었어야 할 길을 대신 나아가기로 했지. 선배가 만들어 낸 것들이 이대로 사라지지 않도록."

부족하나마, 나는 선배에게 범죄에 관해 모든 것을 배웠고 그의 이상도 이해하는 유일한 사람이었다. 그렇기에 더더욱 내가 할 수밖에 없다고 생각했다.

"그날부터 난 선배가 됐어. 복장부터 말투까지 모든 걸 흉내 냈지. 그래도 결국은 모조품에 불과해. 그 사실을 스스로에게 일깨우기 위해 손목시계만은 일부러…… 가짜를 골랐지."

나는 내 손목시계를 내려다보았다. 넉 달 전 오후 8시 반을 가리킨 상태로 멈춰서 이제는 시간조차 올바르게 알려 주지 못하는 고물이다.

"작업실에서 오토하가 본 사진 속에 선배가 차고 있던 건, 못해도 백만 엔이 넘는 진짜 고급 손목시계야. 가족에게 고등학교 입학 선물로 받은 거라고 했지. 하지만 내 시계는 그냥 짝퉁. 그게 어울린다고 생각했거든."

"……짝퉁."

그렇게 중얼거린 오토하의 시선 끝에는 내 작업실에서 가져온 검은색 손목시계가 있었다.

나는 한숨 섞인 목소리로 말했다.

"하지만 선배가 품었던 꿈을 모조리 실현한 건 아니야. 나는 문과였고, 적성의 문제도 있었으니까. '1급 건축사 되기'라는 선배의 또 다른 꿈에는 도전할 엄두조차 나지 않더라."

그 대신 나는 행동에 나섰다.

건축 사무소를 차리지는 못하더라도, 선배가 함께 운영하고 싶어 했던 카페는 열고 싶었기 때문이다. 그에 병행해 선배의 제일 큰 꿈이었던…… 법률로 처벌할 수 없는 범죄에 고통받는 사람들에게 의뢰를 받아, 예전에는 실현 불가능했던 규모의 완전범죄를 대행하는 서비스를 시작했다.

"하지만 그것만으로는 불충분했어."

그 정도로 게이지 선배를 빼앗겨 가슴에 뻥 뚫린 구멍이 메워질 리 없었다. 그 상처가 나을 낌새는 전혀 보이지 않았다.

나는 이를 악물고 탄식했다.

"이번에는 어머니와 여동생을 잃었을 때와 완전히 달라. 선배를 죽인 범인은 지금도 태연자약한 얼굴로 편안히 살고 있어. 그런 건 절대로 용서 못 해!

그래서 오토하처럼…… 나도 범인에게 직접 복수하기로 맹세했지. '완전 범죄 청부사'를 끌어낼 좋은 방법을 찾아 머리를 쥐어짰어."

오토하는 눈을 크게 뜨고, 모든 걸 깨달았다는 듯 고개를 끄덕였다.

"그래서 구로하는 선배의 목숨을 빼앗은 범인 행세를 하기로 한 거구나? 가짜 완전 범죄 청부사가 나타나면 진짜도 무슨 움직임을 보일 거라는 생각으로. 그런데…… 진짜는 함정인 걸 눈치채고 자취를 감춘 건가."

"응."

진짜가 아무 반응도 보이지 않아서 당황했지만, 나는 어떻게든 진짜의 정체를 알아내려고 애썼다. 하지만 상대는 지금까지 완전 범죄를 저질러 온 인간이다. 새로운 범행에 나서서 꼬리를 드러낸다면 모를까…… 그것도 바랄 수 없는 이상 어떻게 손댈 방도가 없었다.

나는 쓰디쓴 웃음을 지었다.

"나도 당시는 지금보다 더 미숙했고, 복수에만 정신이 팔려서 눈에 뵈는 게 없었으니까. 오히려 진짜가 내 행동을 이용했다는 것조차 알아차리지 못했지."

오토하가 당황한 듯 쿠션을 움켜쥐었다.

"그게 무슨 소리야?"

"진짜는 '완전 범죄 청부사'라는 이름을 버림으로써 그때까지 저질러 온 죄를 전부 나한테 떠넘긴 거야. 복수하길 바랐던 내 존재조차 놈에게는 써먹기 좋은 도구였던 셈이지."

이 상황은 내게 좋은 결과와 나쁜 결과를 초래했다.

일단 저지르지도 않은 살인죄와 은인인 선배를 죽였다는 오명이 나를 따라다녔다. 가라쓰가 독자적으로 조사해서 오야부 살해 사건의 진실을 알아냈듯…… 경찰에 체포되면 조사당한 끝에 나는 여러 살인죄로 처벌받을 것이다.

대신에 그 오명은 나를 지키는 방패기도 했다.

살인도 마다하지 않았던 진짜는 내가 사칭했을 시점에 음지 세계에서도 이미 두려움의 대상이었기 때문이다. 덕분에 '완전 범죄 청부사' 행세하며 활동하는 내게 과도하게 간섭하는 사람은 아무도 없었다.

이 점은 아직 대학생이었던 내가 겨우겨우 의뢰를 받아 완전 범죄를 대행하기 시작했던 즈음에는 유리하게 작용했다.

―오히려 놈의 이름을 빌리지 않았다면 이 일을 궤도에 올리기조차 불가능했을지도 몰라.

"이 년쯤 지나서야 나도 진짜에게 이용당했다는 걸 깨달았지. 이 정도로 완벽하게 당해서는 복수하기가 쉽지 않겠다는 걸 깨달았지만…… 나는 완전 범죄 청부사라는 이름을 버릴 수도, 복수를 포기할 수도 없었어."

"어째서?"

"분명 어중간하게 실력이 좋았기 때문일 거야. 가짜이지만 예상외로 일을 잘 해냈어. 어느덧 완전 범죄 청부사라는 이름 아래, 선배의 꿈을 거의 전부 이뤘지."

오토하가 희미하게 미소 지었다.

"선배가 오토하에게 소질이 있다고 한 건 정말이었구나."

나는 희미해진 내 왼쪽 손목을 내려다보았다.

거기에는 검은색 손목시계가 있었다. 유령으로 변해도 몸에서 떼어 놓을 수 없는, 나 자신을 상징하는 짝퉁 손목시계다.

"하지만 난 어디까지 가도 가짜고, 진짜는 될 수 없었어. 게이지 선배의 꿈을 이루면 분명 '선배가 꿈 너머에서 찾아냈을 뭔가'를 발견할 수 있지 않을까 싶었는데…… 막상 거기에 서자 아무것도 느낄 수가 없었어. 아무것도.

그 후로는 복수해야 한다는 마음을 완전히 내려놓지 못한 채, 타성에 젖어 같은 일을 되풀이했을 뿐이야."

—아아, 허무하다.

"결국 난 구제할 길 없는 바보였던 거야. 선배를 잃고서야 비로소 내 본심을 깨달았으니까.

물론 완전 범죄를 통해 복수를 대행하는 것도 싫지는 않아. 하지만 그때…… 내 '삶'이 확 뒤집힐 만큼 즐겁다고 느낀 건 완전 범죄와는 관계없었어. 선배가 함께 있어 줬으니까 세상이 달라 보였을 뿐이었던 거지. ……화를 내거나 웃거나 뭘 어쩌든 혼자뿐인 삶이 이렇게 허무할 줄은 꿈에도 몰랐어.

완전 범죄 청부사 활동도 그 선배가 함께하지 않으면 아무 의미도 없어. 대체…… 왜 나 같은 가짜만 살아남은 거야!"

어느새 눈물이 앞을 가렸다.

오토하는 분명 경멸하리라. 다 큰 어른이 초등학생 앞에서 펑펑 울다니, 이만큼 꼴 보기 싫은 모습은 또 없다. 하지만 눈물이 자꾸 넘쳐흘러서 어쩔 수가 없었다.

아니나 다를까 오토하가 싸늘한 눈으로 쳐다보며 일어섰다.

"……아까부터 가짜 가짜 하는데, 진짜가 아닌 게 그렇게 잘못이야?"

내뱉듯이 말한 후 오토하는 바닥에서 분홍색 망치를 주웠다. 쿠션이 책장에 부딪혔을 때 떨어진 물건이다.

"오토하 뭘 어쩌려고……."

내가 멍하니 바라보고 있으니 오토하가 느닷없이 망치로 책상을 내리쳤다. 자기가 소중히 아끼겠다고 약속한…… 내 작업실에서 가져온 실체 있는 검은색 손목시계를.

"어, 으아앗!"

뭔가 부서지는 소리가 세차게 귀를 때리는 것과 동시에 손목시계의 유리가 산산이 깨졌다. 달려가 본들 유령인 나로서는 어쩔 도리도 없다. 눈앞에서 허무하게 튀어 나간 작은 톱니바퀴와 분침이 책상에 널브러졌다.

오토하가 콧김을 씩씩거리며 말했다.

"역시 짝퉁은 쉽게 부서지네."

나는 어찌할 바를 모르고 박살 난 손목시계만 내려다보았다.

"무, 무슨 짓을."

"내가 박살 냈으니까 이제 가짜는 어디에도 존재하지 않아.

겁이 많고 결단력이 없으니까 안 된다? 그거야 곰곰이 따져 보고 행동하니까 그런 거잖아. 오히려 장점이라고. 나는 구로하의 그런 면이 좋아. ……알겠어? 여기 있는 구로하는 내가 일을 의뢰한 완전 범죄 청부사고, 소중한 범죄의 스승이고…… 내 복수도 성공시켜 준 진짜야.

뭐, 자기는 가짜라면서 징징거리고 싶다면 맘대로 해. 하지만 누군가의 유지를 대신 이루어 내는 것도 그 사람만의 재능이야! 구로하는 구로하 말고 다른 사람은 해낼 수 없는 일을 한 거라고."

나는 책상 옆에 풀썩 주저앉았다.

"아니야."

"뭐가?"

"금고에 있었던 이 시계는…… 내가 차고 있던 가짜가 아니야. 이건 인연이 닿아서 유품으로 받은 선배의 손목시계인데……."

"그, 그럼 백만 엔도 넘는 진짜 고급 시계?"

"응."

오토하는 튀어 나간 톱니바퀴와 분침을 허둥지둥 주워 모으며 말을 어물거렸다.

"진짜도 의외로…… 쉽게 부서지는구나."

결국 나는 참을 수가 없어서 웃음을 터뜨렸다. 누구의 눈치도 보지 않고 마음껏. 이렇게 웃은 건 몇 년 만일까?

"미안해."

오토하는 당장이라도 울음을 터뜨릴 듯했다. 나는 너무 웃어서 또 눈물을 흘리며 고개를 저었다.

"아니야. 내가 가짜라는 게 들통나서 오토하가 정떨어질까 봐 무서운 나머지 손목시계에 대해 제대로 설명하지 않은 게 잘못이지. 게다가…… 이 손목시계는 더할 나위 없이 장렬한 최후를 맞았잖아? 그대로 금고에 놔뒀다가 모르는 사람 손에 넘어가는 것보다 훨씬 나아. 게이지 선배라면 오히려 기뻐할 거야."

"으응."

나는 여전히 어깨를 떨고 있는 오토하에게 왼손을 보여 주었다.

"그리고…… 나는 워낙 패기 없는 인간이라 이 정도로 독한 방법을 쓰지 않았으면 자유로워지지 못했을 거야."

"아!"

내 왼쪽 손목에서 손목시계만 사라졌다.

유령의 모습은 분명 본인이 자기 자신에게 투영한 이미지이리라. 그 손목시계는 더 이상 내 일부가 아니다. 그래서 유령의 모습에서도 해방된 것이다.

오토하가 킥킥 웃었다.

"와, 구로하. 말투도 좀 달라진 것 같네."

"이렇게 편한 마음으로 말하는 것도 십일 년 만이려나."

오토하는 목장갑을 찾아서 끼고 부서진 손목시계 조각을 비닐봉지에 담았다. 내 모습은 조금씩 흐릿해지고 있었지만, 오토하는 그걸 모르는 척하며 묵묵히 작업을 계속했다.

잠시 후 오토하가 불쑥 중얼거렸다.

"마지막에…… 복수할 수 있어서 다행이야."

"그러게."

"구로하도 알아차렸겠지만, 사카시마는 틀림없이…… 진짜 완전 범죄 청부사이자 게이지 선배를 죽인 범인이야. 그자는 구로하가 진짜가 아니라는 사실을 처음부터 알고 있었고, 진짜는 구로하와 달라도 너무 다른 사람이라느니, 그런 이상한 소리를 했잖아."

"응, 진짜만 그렇게 단언할 수 있겠지. 그때 사카시마는 완전히 자기 자신에게 취했었고, 가짜인 내가 앞에 있어서 그런지…… 진짜에 대해 이야기하면서 자화자찬을 감추지 못했어."

그 남자도 처음부터 살인귀였던 건 아니리라.

'완전 범죄 청부사'로 활동했던 시절은 의뢰에 따라 완전 범죄를 대행하는 형태로 욕구를 충족시켰을 것이다. 하지만 살인을 거듭하다 보니 점차 그런 형태로는 만족할 수 없게 되고 말았다.

―그때 내가 나타나서 완전 범죄 청부사 행세를 한 거지.

그 후 다나카 가나타는 '사카시마'라는 이름으로 새로이 활동하기 시작했다. 이제 의뢰인이니 뭐니 자신을 속박하는 것이 사라졌으니, 마음 내키는 대로 사람을 죽였으리라.

나는 다시금 양손을 바라보았다.

모든 것이 내 계획대로 진행됐다. 사카시마는 체포됐고, 오토하도 손을 피로 물들이지 않았다.

―이걸로 된 거지?

음량을 줄인 텔레비전에서 새어 나오는 광고 소리만 오토하의 방에 퍼졌다.

"……마지막으로 가고 싶은 곳은 없어?"

오토하가 뜬금없이 물었다.

"일단 현경 본부에 가서 사카시마가 취조를 받으며 쥐어짜이고 있는 모습이라도 구경해 볼까."

"아니, 그런 게 아니라…… 한 번 더 보고 싶거나 가고 싶은 특별한 장소는 없냐고 물어본 건데."

"바다라든가?"

"아니면 디즈니랜드나 유니버설 스튜디오 저팬이라든가."

나는 웃음을 터뜨렸다.

"그건 오토하가 가고 싶은 곳이잖아? 아쉽지만 둘 다 너무 멀어. 유령은 아무리 애써도 생활용 자전거 정도밖에 속도를 못 내니까."

오토하가 침대에서 힘차게 일어섰다.

"바다라면 삼십 분 만에 갈 수 있어. 잠깐만 있어 봐, 금방 자전거를 꺼낼 테니까…… 같이 가자."

그때 텔레비전에서 뉴스 속보를 알리는 소리가 흘러나왔다.

음량을 줄여서 잘 들리지 않은 탓에 내가 시선을 줬을 때, 속보 자막은 이미 사라지고 없었다.

―지진이나 정치가의 불상사에 관련된 속보일까.

정보 방송은 최신 영화 소개 코너로 넘어갔다. 그런데 갑자기 출연자와 스태프가 부산스러운 모습을 보였다. 오토하도 이상하다는 듯 텔레비전 음량을 높였다.

"……병원에서 칼을 휘둘러 상해 혐의로 체포된 자칭 야즈 가즈야 용의자에 대한 새로운 정보가 들어왔습니다."

나와 오토하는 무심코 얼굴을 마주 보았다.

"설마." "역시."

입에서 튀어나온 말은 서로 달랐지만, 우리 둘 다 최악의 사태를 떠올린 건 똑같았다.

오토하의 말이 선명하게 되살아났다.

—사카시마는 살아 있는 한 절대로 포기하지 않을 테니까.

설마 가라쓰에게 체포당한 사카시마가…… 정말로 도망치기라도 했다는 걸까?

아나운서가 무거운 표정으로 소식을 전했다.

"후시기 현경의 발표에 따르면, 자칭 야즈 가즈야 용의자는 체포되고 나서 몸 상태가 안 좋다고 주장해 구온 종합병원에서 치료를 받았습니다. 그 후 현경 본부로 이송되는 도중에 경찰관 두 명을 폭행하고 도주를 꾀하다…… 그 자리에 있었던 다른 경찰관의 총에 가슴을 두 발 맞아 사망했습니다."

나는 깜짝 놀랐다.

사카시마가 경찰관의 총에 맞아 사망했다?

—이번에는 사 년 전같이 다른 사람의 시체를 이용할 수도 없다. 그렇다면 사카시마는 정말로 죽은 건가?

아나운서의 목소리가 이어졌다.

"자칭 야즈 가즈야 용의자에게 폭행당한 경찰관은 둘 다 전치 사 주의 중상을 입었지만, 생명에 지장은 없다고 합니다. 후시기 현경에서는 야즈 가즈야 용의자에게 발포한 경찰관의 대응에 문제가 없었는지도 포함해 조사를……."

오토하는 끝까지 듣지 않고 방을 뛰쳐나갔다. 나도 서둘러 쫓아갔다.

"잠깐. 사카시마가 죽은 걸로 위장해서 달아났을 가능성도 아직……."

"무슨 소리를 하는 거야. 이모가 다쳤을지도 모르잖아? 집에 가만히 앉아 있을 수는 없어!"

오토하는 그렇게 소리치며 계단을 뛰어 내려가 얼른 자전거에 올라탔다.

인터루드 3

3월 14일 18:40
 나조 묘지 주차장에 도착했을 때는 흩날리던 비도 거의 그쳤다.
 나는 차에서 내리려다 묘지 입구에 나동그라져 있는 걸 보고 놀라서 천장에 머리를 부딪혔다.
 ……이걸로 두 번째. 오늘은 정말 운이 없는 듯했다.
 나를 놀라게 한 건 죽은 흰코사향고양이였다.
 먹이를 찾아 산에서 내려왔다가 재수 없게 차에 치인 것이리라. 입에서 흘러나온 피가 콘크리트에 거무튀튀하게 말라붙었고, 앞발은 무참하게 찌부러졌다.
 게이지 선배의 모습이 머릿속에 되살아났다.
 나와 처음 만난 날, 운명의 톱니바퀴가 돌아간 그날…… 게이지 선배는 죽은 너구리 위에 100엔짜리 동전 두 개를 올려놓는 기행을 벌였다. 설마 저승길 노잣돈인 줄은 몰랐기에 악마에게 제물이라도 바치는 건가 싶어 간이 철렁했다.

나는 힘없이 웃은 후 흰코사향고양이 옆에 쪼그려 앉았다.

"가엾게도."

야생동물은 위험한 병원균이 있을 가능성도 있으므로, 사체를 절대 건드리지 않도록 주의하며…… 예전에 선배가 그랬듯이 100엔짜리 동전 두 개를 살짝 올려놓았다.

두 손을 가볍게 모았다.

최소한의 애도였다. 상대가 동물이든, 생태계를 교란하는 외래종이든 그런 건 지금 상관없었다. 그저 스러진 목숨에 조의를 표시하고 싶었다.

물통과 국자를 빌려 물을 푸고 길게 이어지는 콘크리트 언덕을 올랐다.

언덕 끝에…… 선배가 잠든 무덤이 있었다.

아직 봄의 피안˚이 되기에는 조금 이르고, 이미 주변이 꽤 어두워져 있었다. 화이트데이에, 더구나 유령이 나올 것 같은 시간에 묘지를 찾아오는 사람은 그다지 없다. 묘지의 발 언저리에 설치된 LED 전등 불빛만이 마음을 달래 주었다.

묘비 앞에 도착하자 나는 미소를 지었다.

선배의 무덤에 시든 꽃과 선향이 타고 남은 재가 있었기 때문

● 춘분을 중심으로 한 전후 사흘로, 죽은 사람의 영혼에 공양하는 기간

이다.

―고시 선생인가.

나는 쓰레기 봉지에 시든 꽃을 넣고 선향의 재를 정리했다.

게이지 선배의 본가인 오야부 일가는 이 지역 명문가다.

병원을 경영할 뿐 아니라 자선 활동에도 적극적이고, 마호로시에 소유한 저택이 몇 채나 된다. 당연하다는 듯 일가의 무덤도 시내의 일등지에 자리한 마호로 절에 있었다. 큼지막한 묘비가 열 개쯤 모여 있어, 옛날 영주의 무덤으로 착각할 만큼 훌륭하다.

그런데 게이지 선배의 무덤만 왜 이런 교외에 있느냐 하면…… 선배와 실질적으로 의절한 오야부 일가가 유골을 거두기를 거부했기 때문이다.

지금 선배가 잠들어 있는 무덤은 대학생이었던 내가 돈을 마련해서 만든 것이다. 물론 오야부 일가 사람은 성묘하러 오지 않는다. 유일하게 찾아오는 사람은 형 게이지와 사이가 좋았고, 그를 잘 따랐던 동생 고시뿐이었다.

당시 아직 고등학생이었던 고시는 너무나도 무정한 부모님의 처사에 화를 냈다. 그리고 조금이라도 도움을 주기 위해 용돈을 모아 둔 통장을 움켜쥐고 눈물을 글썽이며 KO대학교에 있는 나를 찾아왔다.

고시의 마음은 기뻤지만 나는 도움을 거절하고 혼자 무덤을 만들었다.

그렇게 하는 것이…… 내가 감당해야 할 '책임'이라고 생각했기 때문이다.

수건으로 묘비를 닦고, 가져온 꽃을 꽂았다. 그리고 선배가 아주 좋아했던 쑥찹쌀떡을 바쳤다.
 나는 천천히 두 손을 모았다.
 ―'잡초 애호가 모임'에 있을 때도 봄이 되면 선배는 정신없이 쑥을 뜯었지.
 아무래도 상관없는 추억만 되살아나서 자칫하면 눈물로 시야가 흐려져 아무것도 보이지 않을 듯했다. 마지막으로 한 번 더 인사하고 주차장으로 향했다. 유턴해서 국도를 달려 마호로시로 돌아가기 위해.
 오늘 밤에 만날 사람이 있다. 아주 긴 밤이 될 듯했다.

제 4 장

1

8월 3일 14:20 제한 시간까지 하루

구온 종합병원과 현경 본부의 중간 지점까지 왔을 때 봉쇄된 도로가 눈에 들어왔다.

아무래도 사카시마는 이 부근에서 도주를 꾀한 모양이다.

4차선 도로의 차선 두 개가 봉쇄됐고, 경찰 차량이 그 주변을 둘러싸고 있었다. 구경꾼도 50명 가까이 모였다.

나는 공중으로 떠올라 현장 전체를 둘러보았다.

출입 금지된 구역의 한복판에 가드레일을 들이받은 경찰차가 보였다. 차량 앞부분이 크게 파손됐고, 주변에는 앞 유리창 파편이 어지러이 널려 있었다.

"흠, 경찰차로 이송 중에 사카시마가 난동을 부리는 바람에 운전대를 잘못 조작해서 가드레일을 들이받은 건가."

다른 차량이 사고에 휘말리지 않아서 그나마 다행이었다.

그리고 경찰차 앞 유리창 파편이 떨어진 곳 근처에 피가 잔뜩 고여 있었다. 어떻게 봐도 생명이 위험할 만한 출혈량이었다.

―사카시마는 가슴에 총을 두 방 맞았다고 보도됐어. 분명 그 피겠지.

심상치 않은 분위기에 오토하의 얼굴이 창백해졌다.

"이모?"

오토하는 자전거를 내팽개치고 출입 금지 테이프 안쪽으로 들어가려 했다. 하지만 주변을 통제하고 있던 여자 경찰관에게 제지당했다.

나는 혼자 출입 금지 테이프를 넘어가서 오토하에게 말했다.

"안쪽 상황을 살펴보고 올게. 오 분 안에 돌아올 테니까 경찰관 옆에 꼭 붙어 있어."

다행히 가라쓰는 금방 눈에 띄었다.

출입 금지 구역 제일 안쪽, 경찰 차량인 밴의 뒷좌석에서······ 시즈누마 과장과 뭔가 이야기를 나누고 있었다. 가라쓰는 옷에 피가 튀기는 했지만 안색은 나쁘지 않았다. 아무래도 무사한 듯했다.

오토하도 발돋움해서 그 모습을 보고 안도한 듯 가슴을 쓸어내렸다.

―혹시 후유노 형사가 다친 걸까?

입원 중인 스즈키 형사가 이송을 맡았을 리 없다. 다친 건 후유노와 지원을 나온 다른 경찰관일 가능성이 높을 듯했다.

 예상대로 현장을 둘러봐도 후유노의 모습은 눈에 띄지 않았다. 얼마나 다쳤는지는 모르지만 이미 병원으로 옮겨졌으리라.

 나는 고개를 들었다.

 "남은 문제는…… 사카시마로군."

 발포하고 시간이 별로 지나지 않아서인지 시신은 아직 현장에 있었다. 구경꾼의 눈에 들어가지 않도록 시신 주변에 파란색 시트를 칸막이처럼 둘러쳐 놓았다.

 나는 유령의 특성을 살려 칸막이 바로 위에서 시신 옆에 내려섰다.

 거기 누워 있는 건 틀림없이…… 사카시마였다.

 티셔츠 가슴 부분이 피로 거무칙칙하게 물들었고 동공이 완전히 풀렸다. 사카시마는 병실에서 오른쪽 눈꼬리의 흉터를 긁다가 피가 맺혔다. 그때 생긴 상처도 분명 남아 있었다.

 유령인지라 맥박을 확인할 수는 없었지만, 사카시마의 가슴과 배에는 움직임이 전혀 없었다. 호흡이 완전히 정지했다는 건 누가 봐도 명백한 사실이었다.

 나는 인상을 찌푸렸다.

 "그래, 다나카 가나타는…… 정말로 죽었군."

 죽었는데도 사카시마는 작은 손전등을 꽉 움켜쥐고 있었다.

 몸수색했을 때 사카시마의 호주머니에서 나온 자외선 손전등이었다. 가라쓰에게 압수당했지만, 몸싸움을 벌일 때 도로 빼앗은 모양이다.

―분명 긴장성 사후경직이겠지.

사망 직후 시체의 골격근은 일단 이완되는 것이 보통이다. 하지만 드물게 이완을 거치지 않고 그대로 사후경직으로 넘어가기도 한다.

이는 사망 직전에 근육이 몹시 긴장했을 때 나타나는 현상인데…… 물에 빠진 사람이 붙잡고 있던 둑의 풀을 꽉 움켜쥔 채 사망하는 사례도 이 현상이 일어난 것이다. 헤이안 시대의 승병 무사시보 벤케이가 서서 죽음을 맞았다는 일화도 긴장성 사후경직 때문이라고 볼 수 있다고 한다.

자외선 손전등을 움켜쥔 사카시마의 오른손은 상처가 나서 피투성이였다. 그뿐만 아니라 화상도 입은 듯했다.

사고가 났을 때 생긴 상처일까.

갑자기 꺼림칙한 한기가 등골을 타고 올랐다.

―설마 사카시마도 유령이 된 건…… 아니겠지?

오토하의 말에 따르면 죽었다고 해서 꼭 유령이 되는 건 아닌 듯했다.

오토하도 지금까지 유령을 네 명밖에 못 봤다고 했고, 실제로 나도 육 일쯤 시내를 돌아다녔지만 동료와 마주친 적은 한 번도 없다.

"만에 하나 놈이 유령이 됐더라도 유령은 살아 있는 사람에게 직접 해를 끼칠 수 없으니 괜찮겠지만."

만약을 위해 나는 높이 솟아올라 주변을 면밀히 확인했다.

―좋아, 오토하는 경찰관 옆을 떠나지 않았군.

오토하는 경찰관에게 질문하고 있었다. 그리고…… 눈에 들어오는 범위 안에 살아 있는 사람과 유령을 불문하고 사카시마 같은 모습은 없었다. 빠뜨리지는 않았을 것이다. 만약을 위해 성형 후인 야즈 가즈야의 얼굴과 성형 전인 다나카 가나타, 양쪽의 얼굴을 염두에 두고 찾아봤으니까.

확인을 마치고 나는 쓴웃음을 지었다.

"뭐, 사카시마가 유령이 됐다면…… 찾을 필요도 없이 나나 오토하를 보자마자 살의에 불타서 날아왔겠지."

이만큼 조용하니 사카시마는 유령이 되지 않았다고 봐도 무방할 듯했다.

이어서 나는 사고를 일으킨 경찰차를 들여다보았다.

경찰차 뒷좌석 창문은 양쪽 다 3분의 1쯤 열려 있었다. 사카시마가 병원에서처럼 몸이 안 좋다고 주장하며 속이 메슥거리니까 창문을 열어 달라고 부탁이라도 한 걸까?

깨져서 흩어진 앞 유리창의 파편이 뒷좌석까지 튀었고, 군데군데 핏자국도 남아 있었다.

깨진 앞 유리창과 운전석에 묻은 핏자국. 이 피는 가드레일을 들이받았을 때 운전자가 다쳐서 흘린 것이리라. 그걸 제외하고 뒷좌석에도 피가 고여 있었다. 사카시마와 형사들은 심하게 격투를 벌인 모양이다. 여기저기 피가 튀었다.

"사카시마가 총에 맞았을 때 흘린 피일까, 아니면……."

밖에 피가 잔뜩 고여 있었던 걸 고려하면 뒷좌석에서 피를 흘린 사람은 후유노 형사일지도 모른다.

격투의 또 다른 부산물로 뒷좌석 한가운데에는 휴대용 치약이, 뒷좌석 밑에는 칫솔이 떨어져 있었다. 칫솔은 누군가 밟아서 더러워졌고 치약도 뚜껑이 날아가서 투명한 젤이 흘러나왔다.

―둘 다 처음 보는 상표인데.

치약과 칫솔에 일본어 문구는 없었고, 설명도 전부 영어로 적혀 있었다. 수입품이리라.

경찰차를 조사해 봐도 사카시마가 목숨을 잃은 경위는 파악할 수 없었다.

나는 다른 정보를 얻기 위해 시즈누마 과장과 가라쓰가 이야기를 나누고 있던 경찰 차량으로 향했다. 두 사람이 있는 밴에 고개를 들이민 순간 나는 깜짝 놀랐다.

좌석 끄트머리에 엉덩이를 대고 앉은 가라쓰가 곁에서 봐도 알 수 있을 만큼 몸을 떨고 있었기 때문이다.

"……전부 제 책임입니다."

그렇게 말하는 가라쓰는 전에 없이 멍한 표정이었다. 시즈누마는 공허한 가라쓰의 시선을 정면으로 받으며 걱정스럽다는 듯이 고개를 저었다.

"그렇지 않아. 자네 판단은 옳았어. 야즈 가즈야라는 그 남자가 사카시마의 모방범인 건 의심할 여지 없는 사실이야. 도주하게 놔뒀다면 분명 시민에게도 피해를 줬겠지."

나는 눈을 부릅떴다.

"그렇구나…… 사카시마를 쏜 건 가라쓰였군."

경찰관이라도 용의자에게 실제로 권총을 겨누는 사태에 휘말리는 건 평생 한 번 있을까 말까 하리라. 가라쓰는 클레이 사격의 명수이지만, 실제로 사람에게 발포하는 것과 클레이 사격은 완전히 별개다. 하물며 상대의 목숨을 빼앗았다면.

오토하의 손을 '살인'이라는 죄로 더럽히지 않기 위해 나는 온갖 방법을 다 썼다.

하지만…… 이런 결말을 바란 건 아니었다.

왜 가라쓰가 모든 업을 짊어지게 된 걸까? 실은 전부 내가 짊어져야 했는데.

시즈누마 과장은 책임을 느낄 필요 없다고 가라쓰를 계속 타일렀다.

사카시마가 도주를 꾀한 이상, 가라쓰의 판단이 최선이었고 그 외에 다른 방법은 없었다……. 시즈누마의 말은 틀림없이 정론이었다.

하지만 가라쓰에게는 그 말이 들리지 않는 듯했다. 가라쓰는 초점이 맞지 않는 눈으로 자동차 머리받이만 멍하니 바라보았다.

시즈누마가 열심히 말을 늘어놓은 덕분에…… 나도 이송 중인 경찰차에서 무슨 일이 일어난 건지 대강 파악했다.

병원과 현경 본부의 중간 지점에 다다랐을 때 사카시마가 오른쪽 옆에 있던 후유노 형사를 덮쳤다. 뒤로 돌린 손에 수갑을 찬 채, 어디에선가 투명한 유리 조각을 꺼내 후유노의 옆구리를 찔렀다고 한다.

물론 용의자가 흉기를 숨기고 있을 줄은 꿈에도 몰랐다. 그래서 무술에 능통한 후유노도 대응이 늦었던 듯하다.

후유노는 사카시마에게 옆구리를 찔리고 박치기를 당해서 의식을 잃었다.

그 후 사카시마는 두 다리를 쳐들어 경찰차를 운전하던 순경의 목을 졸랐다. 통제력을 잃은 차는 가드레일을 들이받았고⋯⋯ 순경은 갈비뼈가 여러 개 부러지는 중상을 입었다고 한다.

사카시마는 차를 강제로 세운 후 이번에는 왼쪽에 있던 가라쓰의 목을 찌르려고 했다.

가라쓰도 유도에 소양이 있고, 역도로 근력을 단련해 보통 여성과는 비교도 안 될 만큼 힘이 세다. 하지만 그런 가라쓰도 가드레일에 충돌한 충격 때문에 정신이 몽롱했다. 한편 사카시마는 후유노에게서 수갑 열쇠를 빼앗아 양손의 자유를 되찾았다고 한다.

⋯⋯절체절명.

다행히 가라쓰는 권총을 가지고 있었다.

원래 가라쓰와 후유노는 입원 중인 스즈키 형사가 살인 예고장을 받은 사건을 조사하고, 스즈키의 신변을 지키기 위해 병원에 달려왔다. 그래서 가라쓰와 후유노 둘 다 권총을 휴대한 것이다.

가라쓰가 즉시 권총을 겨누며 투항하라고 지시하자 사카시마는 형세가 불리하다고 판단한 듯 후유노가 소지한 권총을 뽑으려고 했다.

어쩔 수 없이 가라쓰는 발포했다.

두 발 다 빗나가지 않고 사카시마의 가슴에 명중했다.

그중 한 발은 사카시마가 들고 있던 유리 조각도 산산이 부서뜨렸다. 어쩌면…… 내가 봤던 앞 유리창 파편에 사카시마가 사용했던 흉기의 파편도 섞여 있었을지 모르겠다.

사카시마는 그래도 도주를 시도했지만 결국 악운이 다했다. 경찰차에서 빠져나온 사카시마는 피를 왈칵 토하며 쓰러졌고, 그대로 사망했다.

가라쓰가 나지막한 목소리로 중얼거렸다.
"과장님도 아시다시피…… 제 불찰입니다. 그자가 흉기를 숨기고 있었다는 걸 알아차리지 못했으니까요."
방금까지 멍했던 것이 맞나 싶을 만큼 침착한 목소리였다. 의지력으로 모든 감각을 억제하기라도 한 건지 떨림도 점차 잦아들었다.
시즈누마는 난처한 표정으로 고개를 저었다.
"그것도 자네 잘못은 아니야. 실은…… 후유노가 병원으로 실려 가기 전에 보고했어. 야즈를 체포했을 때 몸수색한 것도, 경찰차에 태우기 직전에 다시 확인한 것도 자기라고."
그러나 가라쓰의 얼굴은 밝아지지 않았다.
"몸수색할 때 저도 한 번 더 확인했습니다. …… 분명 경찰차에 올라탈 때만 해도 유리 조각 같은 건 없었는데."
시즈누마도 벌레 씹은 듯한 표정이었다.
"후유노도 그렇게 말했어. 하지만 유리 조각이 어디서 갑자기 솟아날 리는 없지."

"옳으신 말씀입니다."

"그자는 뭔가 비겁한 방법으로 우리 눈을 속여서 유리 조각을 들고 탄 거야. ……그게 현실이지. 앞으로 수사가 진행되면 놈이 흉기를 어떻게 숨겼는지도 밝혀지겠지."

그 말에 나는 표정을 찡그리지 않을 수 없었다.

—사카시마 그 자식, 죽기 직전까지 묘한 트릭을 사용한 건가.

마지막의 마지막에 사카시마는 마술사처럼 어디에도 없었을 흉기를 불쑥 꺼낸 모양이다.

돌이켜 보면 사카시마의 시체는 손끝이 상처투성이였다. 그것도 유리 조각을 꽉 쥐고 휘둘렀을 때 생긴 상처일까?

잠시 후 시즈누마가 가라쓰를 배려하는 투로 말했다.

"오늘은 이만 들어가서 쉬는 게 좋겠어."

"하지만."

"우리 걱정은 하지 마. 피의자는 이미 사망했잖아. 더 이상 사건은 벌어지지 않겠지."

"네."

"자네에게는 이미 필요한 보고를 받았어. 야즈가 저지른 일은 경찰차 블랙박스에도 기록됐을 테니, 나머지는 우리한테 맡겨. ……그러니 내일이라도 본부에 와서 상담사를 한 번……."

그런 시즈누마의 배려에도 가라쓰는 괜한 참견이라는 듯 멋쩍은 웃음만 지었다.

"배려해 주셔서 감사합니다. 하지만 저 자신은 저 스스로 관리할 수 있습니다. 그렇게 신경 쓰실 필요 없어요."

그렇게 말하고 가라쓰는 경찰 차량을 뒤로했다.

◆

결국 가라쓰는 오토하가 현장에 왔다는 것도 모르고 깊은 생각에 빠진 표정으로 택시를 잡아타고 가 버렸다.

이러면 집에도 가라쓰가 먼저 도착하리라.

나는 자전거를 타고 시로다테초로 돌아가는 오토하 옆에서, 당시 현장에서 보고 들은 것들을 설명해 주었다. 그러자 오토하가 도서관 옥외 자전거 주차장 앞에서 급브레이크를 잡았다.

"좀 더 자세히 말해 봐."

"뭔가 마음에 걸리는 점이라도 있었어?"

"레슨1, 성급함은 금물이잖아? 지금은 정보 수집 단계야. 구로하야말로 결론을 서두르지 마."

나는 쓴웃음을 지었다.

―완전히 준 대로 돌려받았네.

오토하는 후유노 형사가 사카시마를 몸수색해서 양치질 세트 등을 압수했을 때의 상황과 이송할 때 세 사람이 경찰차의 어느 자리에 앉는지를 궁금해했다.

"……시즈누마 과장의 말에 따르면 지원을 나온 순경이 운전을 맡았고, 뒷좌석 왼쪽에 가라쓰, 한가운데 사카시마, 오른쪽에 후유노가 앉았대."

그 순간 오토하가 눈을 크게 떴다.

"모든 걸 알아냈어. 사카시마가 존재하지 않았을 흉기를 꺼낸 트릭도 포함해…… 전부 다."

"정말이야!"

깜짝 놀라 목소리가 뒤집힌 나를 무시하고 오토하는 자전거에 올라탔다.

"야."

"미안해. 자세하게 설명할 시간이 없어. 그리고 내가 설명할 필요도 없겠지. 잘 생각하면 구로하도 분명 같은 해답에 다다를 테니까. ……정말로 아직 모르겠어? 필요한 단서는 전부 구로하가 들려준 이야기 속에 있었는데."

"내가 들려준 이야기 속에?"

말은 그렇지만, 나는 아직 정말로 아무 추리도 구성하지 못했다.

"힌트는 경찰차를 타고 갈 때 앉은 위치."

오토하는 그 말만 남기고 부지런히 자전거 페달을 밟았다.

나는 미소 지었다.

정말이지 어린아이는 무섭도록 빠르게 성장한다. 처음에는 정보 수집도 추론 능력도 엉성했었는데, 어느새 추리력으로 나를 앞질렀다. 이제 누가 가르치는 쪽인지 모를 정도다.

"후후, 이제 유령이 나설 차례는 없는 건가."

오토하에게 가르쳐 준 내용에는 내가 게이지 선배에게 배운 내용도 포함돼 있었다.

더 이상 진짜와 가짜에 연연할 마음은 없지만…… 그래도 게이지 선배에게 물려받은 사고법과 추리법을 이어 나갈 사람이 있다고 생각하자 순수하게 기쁘기도 했다.

―원래부터 저돌적으로 밀고 나가는 행동력과 불굴의 의지력을 갖춘 녀석이었지. 거기에 곰곰이 따져 보는 사고력이 더해졌으니 강할 수밖에.

오토하는 분명 가라쓰와 게이지 선배를 넘어서는 어른으로 자라리라.

"암, 미래는 어린이의 것이지."

나는 그렇게 중얼거리고 오토하를 쫓아갔다. ……오토하의 새로운 추리를 듣는 순간을 진심으로 고대하며.

미쓰이네에 도착하자 가라쓰는 이미 돌아왔는지 현관문이 잠겨 있지 않았다. 오토하는 땀을 줄줄 흘리며 집에 들어갔다.

"이모?"

대답은 없었다.

가라쓰는 거실 소파에 두 발을 올린 자세로 앉아 있었다. 트레이드 마크인 암회색 바지 정장은 구깃구깃했고, 상의에는 핏자국도 생생하게 남아 있었다.

나는 인상을 찌푸렸다.

―안 좋은 징조인걸.

평소 같으면 가라쓰가 피 묻은 옷을 입은 채 오토하 앞에 나타날 리 없다. 자신의 차림새가 어떤지 의식하지 못할 만큼 정신적으로 궁지에 몰린 것이리라.

가라쓰가 피로로 가득한 얼굴을 숙인 채 중얼거렸다.
"아아, 오토하…… 왔구나."
"괜찮아?"
반대쪽 소파에 앉은 오토하는 추운 것처럼 입술이 보랏빛이었다. 가라쓰도 몸을 살짝 떨고 있는 듯했다. 아무래도 괜찮아 보이지 않았다.
―에어컨 설정 온도가 너무 낮은…… 탓은 아닌 것 같군.
가라쓰가 움켜쥐고 있는 물건이 싫어도 눈에 들어왔다.
하얀 야구 모자였다.
한가운데 GP라는 로고가 박혀 있다. 잘못 봤을 리 없다. 우리가 덫을 놓기 위해 사용해서 사카시마의 손에 넘어간 그 모자였다.
나는 혀를 찼다.
―그러고 보니 병실에서 사카시마를 몸수색했을 때 야구 모자가 나왔지. 그 살인귀, 오토하의 모자를 일부러 가져오다니!
가라쓰가 조카를 빤히 바라보았다.
"이 모자, 오토하 거지?"
"일주일쯤 전에 잃어버린 야구 모자와 비슷하게 생긴 것 같네."
오토하가 그렇게 대꾸하자 가라쓰는 깊은 한숨을 쉬었다.
"전부 다 알면서 나더러 설명하라고?"
"……"
"오늘 오전 10시경, 오토하는 구로하 우유우라는 사람의 병실에 있었지? 거기서 누구와 만나서 이야기했는지는 네가 제일 잘 알 테고."

"그게 무슨 소리야?"

"야즈 가즈야라는 그 남자…… 이제 '거꾸로 살인자' 본인이라고 단정해도 되겠지. 그가 구온 종합병원에서 체포됐어. 그때 사카시마는 무슨 속셈인지 오토하와 구로하의 함정에 빠져 죽을 뻔했다고 주장했어."

오토하가 바로 어깨를 으쓱했다.

"순 헛소리네. 가령 사카시마가 우리 부모님을 죽인 원수라고 해도…… 난 아직 초등학생이야. 연쇄 살인귀를 함정에 빠뜨리다니 무슨 수로?"

"나도 처음에는 그렇게 생각했어. 구로하도 도저히 그런 일을 벌일 수 있는 상태가 아니었으니까. 전부 사카시마가 날 동요시키기 위해 내뱉은 새빨간 거짓말이라고 믿었지."

가라쓰가 야구 모자를 쳐들었다.

"그런데 사카시마는 오토하의 야구 모자를 가지고 있었어. 그래서 의심이 피어오른 거야. ……사카시마의 말이 적어도 일부는 진실 아니겠느냐는 의심이."

나는 몹시 복잡한 기분으로 가라쓰를 바라보았다.

사카시마에게서 압수한 야구 모자는 중요한 증거품 중 하나다. 그걸 이렇게 무단으로 집에 가져오다니, 경찰관으로서 절대 해서는 안 되는 짓이다. 오토하에게 연결되는 증거를 지워 없애는 것과 다를 바 없는 행동이기 때문이다.

오토하가 한숨을 쉬었다.

"뭐야, 살인귀의 말을 믿겠다는 거야? 아니면 내가 그 병실에 있었다는 증거라도 있어?"

"오히려 반대야. 병실 문은 나랑 간호사가 감시하는 모양새였고, 다른 출구인 창문 밖에도 누군가 달아난 발자국은 남아 있지 않았어. 병실에는 사카시마와 구로하밖에 없었다는 사실이 증명된 셈이지."

"그럼 더더욱······."

가라쓰가 애처로워하는 듯한 웃음을 지었다.

"하지만 발자국은 간단히 위장할 수 있어."

"어떻게? 그냥 무조건 내가 병실에 있었다고 믿고 싶은 거 아니고?"

처음에는 의기양양했던 오토하의 목소리가 점차 약해졌다. 주방으로 간 가라쓰가 싱크대 옆 서랍에서 쓰레기 봉지를 꺼냈기 때문이다.

아무 특징도 없이 평범한 폴리에틸렌 봉지.

하지만 그건 분명······ 오토하가 실행한 트릭의 핵심이었다.

"당연하지만 젖어서 질척한 땅이 아니면 그 위를 걸어도 발자국이 잘 남지 않아. 섣불리 진흙에 잔꾀를 부리기보다 처음부터 땅이 젖지 않도록 노력하면 편한 경우도 있지 않을까?"

"그럴지도 모르지."

오토하는 그렇게 말한 후 입을 꾹 다물었다. 가라쓰는 그런 조카에게 시선 한 번 주지 않고 조용히 추리를 이어 나갔다.

"구온 종합병원에서는 매일 아침 뒤쪽 정원에 물을 뿌린대. 얼핏 본 바로는 뒤쪽 정원에 물 주기용 스프링클러를 설치해 놨더라. 분명 아침에도 누군가 직접 물을 뿌리는 게 아니라 스프링클러를 사용할 거야."

전부 가라쓰가 추측한 대로였다.

"……그래서?"

"그럼 아침에 스프링클러가 작동되기 전, 예를 들어 전날 밤늦은 시간대에 그 병실 창문 주변에 비닐 시트를 깔아 놓으면 돼. 땅이 물에 젖지만 않으면 되니까 비닐 시트라고 해서 두꺼울 필요는 없어. 보통 쓰레기 봉지를 가공해서 사용해도 충분할 거야."

오토하가 코웃음 쳤다.

"바람이 불면 날아갈 텐데."

"뭔가로 눌러 두면 되겠지. 실제로 그 병실 밖에는 돌이 널려 있었어."

"……내가 돌로 비닐을 눌렀다고?"

"응. 비닐을 깐다고 해서 정원 전체를 덮을 필요는 없어. 자기가 발 디딜 곳에 범위를 좁혀서 깔면 되겠지. 그럼 거기만 돌로 눌러 두면 그만이야."

오토하가 새파랗게 질린 얼굴로 입을 다물었지만 가라쓰는 사정없이 계속 몰아붙였다.

"그렇게 미리 준비한 후, 창문으로 나온 오토하는 마른 땅 위를 이동하면서 돌로 눌러 둔 비닐을 회수한 거야. 마지막에는 물 주기용 스프링클러의 밸브를 조작해서 아주 잠깐만 물을 최대한 세게 틀었겠지."

……이번 트릭의 가장 큰 장애물은 '시간'이었다.

원래 오토하가 창문으로 탈출한 직후에 형사들을 병실로 불러서 사카시마를 체포하게 할 계획이었다.

하지만 사카시마는 체포되자마자 오토하가 창문으로 도망쳤다고 주장할 테니, 결국은 다 함께 창밖을 확인할 순간이 찾아온다. 짧으면…… 오토하가 병실에서 탈출하고 오 분 정도밖에 시간이 없을지도 모른다.

―필연적으로 발자국 위장도 속도로 승부를 보는 수밖에 없었지.

오토하가 마른 땅 위를 이동하면서 비닐 시트를 회수하는 데 이 분. 그리고 스프링클러 밸브를 조작해 마른 땅을 적시는 데 삼 분.

아슬아슬한 시간 배분이었다.

하지만 오토하는 계획한 대로 완벽히 해냈다.

그러나 아무 흔적도 남지 않은 건 아니다. 가라쓰는 그 점도 놓치지 않고 지적했다.

"우리가 창밖을 확인했을 때 정원은 물웅덩이가 생길 것처럼 축축하게 젖어 있었어. 하지만 아침에만 물을 뿌렸을 뿐이라면 물이 땅에 흡수돼서 물기가 훨씬 없었겠지? 이건 누군가가 직전에 물을 뿌렸다는 증거야."

그 말대로다.

아침에만 물을 뿌렸어도 발자국이 남을 만큼 땅이 젖긴 하겠지만…… 적어도 그렇게 흥건하게 젖어 있지는 않을 것이다.

가라쓰가 팔짱을 끼고 오토하를 바라보았다.

"분명 여러 가지 조건이 갖추어졌으니까 가능했던 거겠지. 이 발자국 트릭을 실행하려면 스프링클러 밸브가 병실에서 어느 정도 떨어진 곳에 있어야 할 테고⋯⋯ 물 뿌리기 담당이 의욕에 넘치는 사람이라도 역시 트릭을 실행하기 어려울 거야."

나는 씁쓸한 웃음을 지으며 가라쓰에게는 들리지 않는 목소리로 중얼거렸다.

"그래, 물 뿌리기 담당은 우리 계획에 딱 알맞게 의욕이 없었어."

담당자는 식물 관련 지식이 없는 사람이라 매일 물을 뿌리기만 하면 된다고 여긴 듯했다. 지난 며칠 관찰한 바로는 정원 상태를 확인하지도 않았고, 내 병실 창문 부근까지 온 적이 한 번도 없었다.

―그래서 뒤쪽 정원의 잔디가 잘 자라지 않은 거겠지.

일단 땅의 색깔에 맞춰 눈에 띄지 않는 비닐 시트를 사용하기는 했지만, 그래도 물 뿌리는 시간에 정원을 구석구석까지 살펴본다면 끝장이었다.

물 뿌리기 담당자가 정원을 제대로 확인하지 않는 사람이었던 데다, 그 정원이 병원 뒤편에 있어서 한낮에도 인적이 거의 없기에 가능한 트릭이었다.

처음으로 가라쓰의 표정이 흔들렸다.

"오토하, 사카시마에게⋯⋯ 뭘 한 거니?"

지금까지 차분해 보인 것도, 직업상 익숙한 형사라는 가면을 덮어쓰고 수수께끼 풀이에 집중함으로써 간신히 자기 자신을 속였을 뿐인 듯했다. 이제는 불안과 공포에 짓눌려 금방이라도 울음을 터뜨릴 것처럼 보였다.

 오토하는 아무 대답도 하지 않았다. 가라쓰가 눈을 내리깔고 중얼거렸다.

 "그래, 너도 알고 있었구나. 엄마와 아빠를 죽인 게 사카시마라는 사실을. 그래서 복수하려고 한 거야?"

 오토하가 양손을 꽉 부르쥐었다. 하지만 어째서일까. 오토하의 두 눈은 이모와는 달리 분노라고 불러야 마땅할 감정으로 격렬히 불타올랐다.

 "잘도 그런 소리를 하네."

 "뭐?"

 "이모야말로…… 사카시마에게 뭘 한 거야?"

◆

 처음에는 오토하가 무슨 소리를 한 건지 이해하지 못했다.

 힌트는 경찰차를 타고 갈 때 앉은 위치. ……오토하가 던진 말이 머릿속에 되살아나는 것과 동시에 내가 커다란 실수를 저질렀음을 깨달았다.

 "아차!"

 오토하의 성장이 기뻤던 나머지, 나는 오토하의 새로운 추리를 듣는 순간을 진심으로 고대했다. 하지만 이건 스스로 추리하기를 포기한 인간의 마음가짐이다.

 그 순간 나는 당치 않게도 생각을 멈추고 말았다. 사카시마가 느닷없이 사망하는 예상외의 사태가 벌어졌다고는 하나, 이번 의뢰와 복수가 잘 마무리돼서…… 무의식중에 이 세상에서 내가 완수해야 할 역할도 끝났다고 여긴 탓이었다.

―아니야, 그래서는 안 됐는데!

오토하가 '알아냈다'라고 말한 순간, 나는 좀 더 죽기 살기로 고민했어야 했다. 오토하가 추리 끝에 다다른 진상이 무엇이었는지.

오토하는 눈물을 글썽거리며 입을 열었다.

"몸수색을 했는데도 사카시마는 경찰차에서 존재할 리 없는 유리 조각을 꺼내서 이모 일행에게 덤벼들었지?"

가라쓰의 얼굴이 일그러졌다.

"그, 그걸 오토하가 어떻게 알아?"

"이유는 제쳐 놓고, 그보다 문제는…… 사카시마가 흉기를 꺼낸 방법이야."

가라쓰의 얼굴에서 표정이 싹 사라졌다.

공포와 불안에 사로잡힌 표정이 연기였던 건 아니다. 그저 다시 형사의 가면을 썼을 뿐이다. 이제 가라쓰에게는 무미건조함과 곁에 오래 있고 싶지 않은 으스스함이 감돌았다.

"사카시마가 어딘가에 유리 조각을 감췄다는 거니?"

오토하는 가볍게 어깨를 으쓱했다.

"일단 거기부터 틀렸어. 사카시마는 애초에 유리 조각을 가지고 있지 않았으니까."

"그게 무슨 소리야?"

"투명한 유리 조각으로 보인 그 흉기는…… 경찰차 안에서 만들어 낸 거야."

가라쓰가 눈살을 확 찌푸렸다.

"무슨 뜻인지 모르겠는데."

"그러고 보니…… 이모에게는 아직 말하지 않았지? 나, 여름방학 숙제로 액세서리나 열쇠고리를 만들어서 제출할 생각이야."

그 이야기가 사카시마의 흉기와 어떻게 연결되는지 이해가 안 됐기 때문이리라. 가라쓰는 당혹스러움과 두려움이 반반인 실로 인간미 있는 표정을 되찾았다.

"액세서리? 아주 좋은 생각 같은데."

"덧붙여 재료는 주로 레진을 사용할 거야."

그 말을 들은 순간, 나도 오토하가 무슨 이야기를 하려는 건지 깨달았다. 가라쓰도 마찬가지인지 안색이 창백해졌다.

오토하는 천연덕스럽게 말을 이었다.

"UV레진이라고 하는 편이 정확하려나."

UV레진은 자외선을 이용해 가공하는 합성수지로, 수정으로 착각할 만큼 투명도 높은 액세서리를 만들 수도 있다. 그리고 이름 그대로 UV라이트, 즉 자외선 조명을 쬐면 몇 분 만에 딱딱하게 굳는 성질이 있다.

"실은 사카시마가 가지고 있었던 휴대용 치약에는 치약이 아니라 무색투명한 레진이 들어 있었어. 사카시마는 수갑이 채워졌지만, 이모 일행에게 압수당한 양치질 세트와 자외선 손전등을 슬쩍해서 레진으로 즉석에서 흉기를 만들어 낸 거야."

나도 모르게 탄식이 흘러나왔다.

돌이켜 보면 사카시마의 손은 상처투성이였고 화상을 입은 흔적도 있었다.

―자외선 조명으로 레진을 굳히면 열이 발생하지. 그 열기에 덴 건가. 아니면 손에 들러붙은 상태로 굳은 레진을 억지로 떼어낼 때 피부가 벗겨진 건지도 모르겠군.

레진은 치아 충전물로도 사용하는 소재다. 사카시마가 단단함과 튼튼함을 우선해서 레진을 골랐다면, 분명 흉기로 사용할 수 있을 만큼 단단하게 굳힐 것이다.

오토하는 말이 없어진 가라쓰를 보고 비웃는 듯한 표정을 지었다.

"역시 경찰은 무능하지? 사카시마가 가지고 있던 흉기가 앞유리창 파편과 알아볼 수 없게 뒤섞였더라도…… 현장에 남아 있는 치약이나 뒷좌석을 샅샅이 조사하면 사카시마가 레진을 사용했다는 것 정도는 금방 알아낼 텐데."

가라쓰가 쓴웃음을 지었다.

"오토하가 말한 사태가 벌어졌다면…… 지금쯤 경찰도 알아차렸겠지. 현장 검증을 하면 놓치고 넘어갈 리 없으니까."

나와 오토하는 사건이 터진 직후에 현장으로 향했다. 흉기에 관한 수수께끼는 아직 현장 검증이 충분히 진행되지 않은 탓에 생겨난 것이리라.

하지만 오토하는 쌀쌀맞게 대꾸했다.

"다우트!"

"……."

"사실 이모는 사카시마가 가지고 있던 자외선 손전등과 양치질 세트를 본 순간, UV레진을 무기로 사용하려 한다는 사실을 알아차린 거 아니야?"

"그럴 리가."

"거짓말하지 마! 이모는 후유노 형사에게 자외선 손전등과 양치질 세트를 받아서 재킷 왼쪽 호주머니에 넣었잖아?"

왼손잡이인 가라쓰는 받은 물건을 뭐든지 왼쪽 호주머니에 넣는 버릇이 있었다. 그래서 재킷 왼쪽 호주머니가 오른쪽 호주머니보다 불룩할 때가 많고…… 그때도 분명 압수한 물건을 왼쪽 호주머니에 넣었다.

가라쓰는 나지막한 사각형 테이블을 내려다보며 중얼거렸다.

"마치 전부 다 보고 있었던 것 같은 말투구나. 병실에 감시 카메라라도 설치해 둔 거니?"

오토하는 대답 없이 자기 할 말을 했다.

"그 후 사카시마는 경찰차를 타고 이송되는 도중에 이모가 증거품으로 압수한 자외선 손전등과 치약을 슬쩍했어. 하지만 그건…… 원래 같으면 불가능한 일이야."

나는 눈살을 찌푸렸다.

―확실히 묘하군.

후유노 형사는 경찰차에 타기 전에도 사카시마를 몸수색했다고 했다. 그렇다면 사카시마는 경찰차 안에서 레진을 슬쩍했을 가능성이 높다.

다만 형사들은 사카시마를 체포했을 때 손을 뒤로 돌려서 수갑을 채웠다.

이 상태로도 물건을 훔칠 수는 있겠지만, 아무래도 팔의 가동 범위가 한정된다. 가라쓰나 후유노 몰래 슬쩍할 수 있는 건, 두 사람의 소지품 중에서도 사카시마 쪽에 놓여 있는 물건이나 사카시마 쪽 호주머니에 들어 있는 물건뿐이었으리라.

오토하가 이모를 빤히 바라보았다.

"경찰차를 타고 갈 때, 뒷좌석 왼쪽에는 이모, 한가운데에 사카시마, 그리고 오른쪽에 후유노 형사님이 앉았지?"

이제 '어떻게 알았는지' 캐물을 기력도 없는지 가라쓰는 체념 어린 표정으로 고개를 끄덕였다.

"맞아."

"이모는 사카시마 왼쪽에 앉았으니까 사카시마 쪽에는 오른쪽 호주머니가 있었을 거야. 그런데 손을 뒤로 돌려서 수갑을 찬 사카시마는…… 멀어서 손이 닿지 않을 왼쪽 호주머니 속 자외선 손전등과 치약을 슬쩍했어. 이건 어떻게 된 걸까?"

"설마 내가 사카시마에게 레진을 넘겨줬다는 거야?"

"아니면 이모가 압수한 자외선 손전등과 양치질 세트를 일부러 오른쪽 호주머니로 옮겼을지도 모르지. 사카시마가 슬쩍하기를 기대하고서."

그 순간 가라쓰의 얼굴이 일그러졌다.

"상대는 살인귀야! 내가 그렇게 위험한 인간에게 흉기를 넘길

리 없잖아."

"……아니, 오토하의 추리는 옳아."

나는 무심코 그렇게 중얼거렸다.

사건 당시 경찰차 창문은 열려 있었다. 사카시마가 속이 메슥거리니까 창문을 열어 달라고 부탁했기 때문이다. 하지만 창문을 열었어도 레진이 굳으면서 나는 냄새를 완전히 숨길 수는 없었을 것이다.

물론 사카시마는 냄새가 많이 나지 않는 레진을 선택했겠지만, 그래도 차 안에서 꺼내 굳혔다면 곁에 있는 가라쓰나 후유노가 무슨 냄새를 맡았을 가능성이 크다.

나는 현경 본부에서 들었던 형사들의 건강 상태를 떠올렸다.

—분명 후유노는 코에 지병이 있어서 수술을 받을 거라고 했었지.

그렇다면 후각도 둔해졌을 테니 레진 냄새를 못 맡았어도 이상하지 않다. 하지만 가라쓰는…….

오토하가 문득 웃었다.

"이모는 사카시마가 흉기를 마련하는 데 협력했어. 그렇게 함으로써 이모가 뭘 노렸는지도 알아. 정당방위가 성립해서 사카시마를 쏴 죽여도 문제없을 상황을 만들고 싶었던 거지?"

너무나 위험한 도박이었다.

운 좋게 사망자는 나오지 않았지만, 사카시마는 후유노와 경찰차를 운전하던 순경에게 전치 4주의 중상을 입혔다. 자칫하면 가라쓰 본인도 목숨을 잃었을지 모르고, 사카시마를 놓쳐서 피해자가 늘어났을 가능성도 있었다.

경찰관으로서 절대로 해서는 안 될 행동이다.

아니나 다를까 가라쓰는 치를 떨며 소리쳤다.

"이상한 소리 하지 마! 사카시마는 분명 무시무시한 살인귀야. 하지만 어떤 인간도 법에 따라 심판받아야 마땅해. 그 권리를 지키는 게 우리 경찰관의 역할인데…… 내 멋대로 목숨을 빼앗다니 말도 안 돼!"

"이제 번지르르한 소리는 그만하자."

"뭐?"

"동기만 있으면 인간은 절도도 살인도, 그 어떤 지독한 짓도 서슴없이 저질러. 이모도 그럴걸?"

가라쓰가 이를 악물고 앓는 듯한 소리를 흘렸다.

"사카시마는 내 언니와 형부의 목숨을 빼앗았어. 분명 천 번을 찢어 죽여도 분이 안 풀리겠지. 하지만 상대가 아무리 증오스러워도 나는 복수라는 수단은 선택하지 않아."

오토하가 숨을 크게 내쉬었다.

"복수…… 그게 이유였다면 얼마나 좋을까."

"무슨 소리야?"

"엄마와 아빠를 죽인 범인은…… 이모잖아?"

2

8월 3일 17:00 제한 시간까지 하루

부정하는 말은 나오지 않았다.

범인으로 지목당했는데도 가라쓰는 고개를 숙인 채 아무 말도 없었다. 오토하는 소파에 앉아 양어깨를 끌어안은 채 입을 열었다.

"엄마와 아빠는 독 초콜릿으로 살해당했어.

범행에 사용된 청산가리는 즉효성이 높아. 독을 먹으면 몇 분 안 지나서 효과가 나타나겠지. 그렇게 짧은 시간에 범인은 어떻게 경계받지 않고 엄마와 아빠에게 연속해서 독을 먹일 수 있었을까…… 내내 신기했어."

가라쓰가 진절머리 난다는 눈으로 오토하를 보았다.

"나라면 너희 엄마와 아빠에게 경계받지 않고 쉽사리 독이 든 초콜릿을 먹일 수 있었다, 그런 소리니?"

"옛날의 나였다면, 그런 가능성이 얼핏 떠올랐어도 말도 안 된다고 바로 부정해서 절대로 진상에 다다르지 못했겠지.

그 무렵은 아무튼 움직여야겠다는 마음밖에 없었어. 생각만 하고 행동을 미루는 건 겁쟁이라고 생각했거든. 결국 나는 필요한 정보를 골라내는 방법도, 논리적으로 사고하는 방법도 몰랐던 거야.

하지만 지금은 달라. 신중한 판단도 꼭 필요한 과정이라고 여기고, 추리할 때 중요한 내용도 많이 배웠어. ……모든 것을 의심하라, 그게 수사의 기본이잖아?"

나는 안색이 창백해졌다.

분명 내가 오토하에게 가르쳐 준 내용이었기 때문이다. 그렇지만…….

가라쓰가 침묵을 지키자 오토하는 서글퍼 보이는 표정으로 말을 이었다.

"내가 언제부터 구체적으로 이모를 의심했는지 알아? 빈집의 천장에 남아 있던 발자국에 대해 다시 고찰해 봤을 때였어."

"아, 너희 아빠 발자국이 남아 있었다는 그 이야기 말이로구나."

"처음에는 그 발자국에 대해 이렇게 생각했지. 천장에 그런 자국이 남은 건 범인의 한쪽 눈이 잘 안 보이는 상태라 원근감을 파악할 수 없었던 탓이라고."

분명 예전에 우리는 그렇게 추리했다.

범인은 한쪽 눈의 시력을 잃은 탓에 장식용 들보 중 하나만 천장에 붙어 있다는 사실을 알아차리지 못했다. 그래서 로프를 걸려다가 몇 번이나 실패했다고.

가라쓰가 쓴웃음을 지었다.

"그 추리는 옳았던 것 같네. 경찰 조사 결과, 사카시마의 오른쪽 눈은 시력이 아주 안 좋다는 게 밝혀졌으니까."

오토하는 바로 고개를 저었다.

"하지만 사카시마와 병실에서 만났을 때…… 그자는 넉 달 전이 아니라 사 년 전부터 오른쪽 눈이 안 좋았다고 했어."

나도 모르게 몸이 부르르 떨렸다.

―아니, 이 실마리를 쫓아가서는 안 돼.

본능이 세차게 비상벨을 울렸다.

그 너머에 숨어 있는, 어둡고 무정한 진실이 어른어른 보였기 때문이다. 그러나 오토하는 망설임 없는 발걸음으로 심연을 향해 나아갔다.

"사 년 전 시점에 오른쪽 눈 시력이 떨어졌다면, '장식용 들보가 천장에 붙어 있다는 사실'을 사카시마가 못 알아차릴 리 없잖아?"

가라쓰는 고개를 기울였다.

"그렇겠지. 한쪽 눈밖에 보이지 않는다고 해서 원근감을 완전히 잃는 건 아니니까."

물체가 겹친 건 한쪽 눈으로도 확인할 수 있고, 그림자 방향 등으로 뭐가 앞에 있고 뭐가 뒤에 있는지도 추측이 가능하다.

―만약 사카시마가 사 년간 왼쪽 눈에 의지해 살아왔다면⋯⋯ 경험과 숙달을 통해 두 눈을 사용하지 않고도 어느 정도는 원근감을 파악할 수 있었겠지.

장식용 들보와 천장의 위치 관계를 제대로 확인하지도 않고 로프로 묶은 신발을 계속 던져 올리는 건, 사카시마치고는 너무나 어리석은 행동이라 할 수 있었다.

오토하가 계속 설명했다.

"덧붙여 거기는 빈집이라 전기가 끊겼잖아? 따라서 범인도 손전등으로 밑에서 장식용 들보를 비추며 로프를 던졌을 거야. 그렇게 밑에서 불빛을 비췄다면, 천장에 생기는 그림자를 조금만 자세히 봐도 장식용 들보가 천장에 붙어 있다는 걸 금방 알아차릴걸."

가라쓰가 어깨를 으쓱했다.

"그럼 사카시마가 거짓말한 거겠지. 사 년 전부터 시력이 안 좋았다고 되는대로 지껄인 거야."

"또는 사카시마가 범인이 아닐 수도 있겠지. 진범은 '장식용 들보는 천장과 간격을 두고 설치하는 법'이라고 굳게 믿었기 때문에 제대로 확인하지도 않고 신발을 몇 번이나 던진 건지도 몰라."

"……굳게 믿었다고?"

오토하는 천장을 가리켰다.

미쓰이네 거실 천장은 빈집과 디자인이 비슷하다. 빈집처럼 천장을 4등분하듯 검은 장식용 들보가 세 개 달려 있다.

"한복판의 장식용 들보가 천장에서 50센티미터쯤 떨어져 있느냐, 천장에 붙어 있느냐…… 그게 우리 집 천장과 빈집 천장의 차이야."

"그게 뭐 어쨌는데?"

가라쓰는 미소를 지었지만, 태연한 건 얼굴뿐이었다. 몸은 경찰 차량에서 시즈누마 과장과 이야기를 나눌 때보다 더 심하게 떨렸다. 앉아 있는 소파에서 금방이라도 소리가 날 것 같았다.

오토하는 개의치 않고 사정없이 말을 내뱉었다.

"즉…… 우리 집 천장에 익숙한 사람이라면, 디자인이 비슷한 빈집의 천장을 보고 한복판의 장식용 들보가 천장에서 떨어져 있다고 생각할 가능성이 있었다는 뜻."

"농담은 그만해. 나는 넉 달 전까지 이 집에 안 살았는데 천장이 익숙하겠어?"

"다우트."

오토하가 그렇게 단언한 이유는 나도 짐작이 갔다.

거실에 장식된 사진을 보건대 가라쓰는 미쓰이 부부와 가깝게 지낸 듯하다. 그렇다면 이 집에도 여러 번 찾아왔으리라.

―그리고 약을 어디에 보관하느냐를 두고 오토하와 말다툼했을 때 가라쓰는 초등학생 때까지는 이 집에 살았다고 했으니까.

중학생 때 가라쓰 일가에 양녀로 들어갔고, 그 후로 혼자 산 기간도 길었으리라. 하지만…… 아무리 시간이 흘러도 어렸을 적에 살았던 집은 선명히 기억에 남는 법이다.

즉, 가라쓰라면 미쓰이네와 빈집의 천장이 똑같이 생겼다고 오인해도 이상하지 않다.

불리하다고 생각했는지 가라쓰가 공격 방향을 바꾸었다.

"오토하는 어려서 잘 모르나 본데, 천장을 이렇게 디자인한 집은 얼마든지 있어. 오토하의 논리대로라면 그런 집에 사는 사람은 전부 다 살인 용의자게?"

"문제는 장식용 들보만이 아니야."

무거운 침묵이 흘렀다. 오토하는 무릎을 끌어안고 띄엄띄엄 말을 꺼냈다.

"엄마와 아빠는 차를 타고 빈집으로 갔어. 그 모습이 편의점 감시 카메라에도 찍혔다는데, 그 영상에 찜찜한 점이 몇 가지 있었지. ……하나는 엄마와 아빠가 가장 짧은 경로를 지나가지 않고, 구네이자카 언덕을 피해서 낮은 속도로 달렸다는 거야."

가라쓰의 입이 반쯤 벌어졌다.

"그런 정보를 어떻게 얻었어! 설마 현경에 가져온 충전기나 쿠션에 뭔가 수를 쓴 거니?"

오토하는 질문에 대답하지 않고 말을 이었다.

"또 하나는 감시 카메라에 찍힌 차 안의 상황이 이상했다는 거야."

"그건 또 무슨 소리야?"

"엄마와 아빠의 앉은키가 이상했어. 이모도 알다시피…… 엄마는 키가 148센티미터밖에 안 됐지. 그런데 감시 카메라 영상에서는 딱 머리받이 위치에 엄마 머리가 있었대."

나는 거실에 장식된 가족사진을 보았다.

사진 속에서 아카코는 새 차 운전석에 앉아 추격전을 벌이는 듯한 시늉을 하고 있었다. 아카코는 좌석이 커 보일 만큼 몸집이 아담했다. 물론 머리도 머리받이까지 다다르지 않았다.

"그리고 아빠도 머리받이 위로 머리가 쑥 올라간 것 같은데, 평소는 앉은키가 그렇게 크지 않았어."

가라쓰는 딱딱한 웃음을 지었다.

"뭔 소린지 모르겠네. 오토하, 두 사람이 좌석에 쿠션이라도 깔아서 일부러 앉은키를 키웠다는 거야?"

"아니. 앉은키가 이상했던 건…… 그때 차를 운전한 사람이 엄마가 아니었기 때문이야. 그 사람은 모자만 푹 눌러써도 '미쓰이 아카코'로 착각될 만큼 엄마와 닮았어. 하지만 그 사람은 엄마보다 선 키도 앉은키도 컸지."

그 두 가지 조건을 충족시키는 사람을 나는 한 명밖에 모른다.

물론…… 가라쓰다.

곱슬머리인 가라쓰는 언니 아카코와 모질이 다르지만 얼굴은 아주 닮았다. 야간에 모자를 푹 눌러쓰면 감시 카메라 정도는 속일 수 있을지도 모른다. 덧붙여 아카코는 키가 148센티미터밖에 안 되지만, 가라쓰는 160센티미터에 가깝다.

오토하는 눈물이 그렁그렁한 눈으로 가라쓰를 쳐다보았다.

"이모는 엄마 행세를 했어. 하지만 엄마보다 10센티미터쯤 키가 크니까 그대로 운전석에 앉으면…… 조수석의 아빠와 견줘서 너무 크다는 게 들통나겠지? 그래서 눈속임을 하기 위해 아빠를 쿠션 위에 앉힌 거야.

그리고 보니 아빠가 즐겨 쓰던 젤 쿠션을 이모가 멋대로 버렸지. 그 쿠션을 아빠 밑에 깐 거야?"

마지막 저항이라는 듯 가라쓰가 어깨를 으쓱했다.

"자꾸 이상한 소리 하지 마."

"그럼 이건 어때? 엄마와 아빠를 죽인 범인은 현장에서 몇몇 물건을 가져갔어. 캐리어 가방과 핫 팩, 그리고 엄마 머플러와 모자도 사라졌대."

"……"

"진범이 왜 그런 짓을 했는지도 알아. 감시 카메라에 찍힌 가짜 엄마는 밤인 데다 차 안인데도 머플러와 모자에 자외선 차단용 장갑까지 착용했어. 그것도 어쩔 수 없이 그랬던 거지?

키 차이 때문에 이모는 엄마의 원피스를 입을 수 없었어. 그래서 자기 옷을 입고 엄마 코트와 모자를 이용해 변장하기로 한 거야. 코트 밖으로 드러나는 목 부분은 머플러를 두르면 숨길 수 있고, 자외선 차단용 장갑을 끼면 코트 크기가 맞지 않아서 소매가 짧다는 것도 티 나지 않겠지."

내 머릿속에 현경 본부에서 봤던 수사 자료의 내용이 되살아났다.

분명 사건 당일 밤, 아카코는 몸에 딱 맞는 디자인의 원피스를 입었다. 마른 체형의 아카코에게 딱 맞았다면, 키가 더 크고 근육질인 가라쓰에게는 전혀 맞지 않았으리라.

"이모가 모자를 가져간 건, 이모의 머리카락이나 땀이 직접 닿은 물건이었기 때문이겠지. 아무리 조심했어도 이모 DNA가 검출될지도 모르니까."

나는 인상을 찡그리며 중얼거렸다.

"과연. 자외선 차단용 장갑이 현장에 그대로 남아 있었던 건, 장갑은 몸에 직접 닿지 않았기 때문이었나."

가라쓰도 현장에 자신의 지문이나 DNA가 남지 않도록 세심한 주의를 기울였을 것이다. 그렇다면 변장하려고 아카코의 장갑을 낄 때, 밑에다 니트릴 장갑 따위를 꼈으리라는 건 상상하기 어렵지 않다.

오토하가 쉴 틈도 주지 않고 말을 이어 나갔다.

"하지만 모자 속에 머리카락을 전부 넣었다면 머플러는 머리카락에 직접 닿지 않았을 거야. 어쩌다 머리카락이 떨어졌을까 봐 두려워서 가져갔거나…… 아니면 머플러에는 다른 용도가 있없는지도 몰라."

가라쓰는 어색한 웃음을 지었다.

"상상력이 너무 풍부한 것 아니니? 그럼 캐리어 가방과 핫 팩은 왜 없어졌을까?"

―설마!

내 머리를 스친 최악의 추리를 오토하가 말로 바꾸었다.

"차를 타고 가기 전에 이미 엄마를 살해해서 캐리어 가방에 넣어 둔 거지? 그리고…… 조수석의 아빠 역시 그때 이미 살해된 거고."

"나 원 참, 대체 뭔 근거로 그런 소리를."

"이모가 운전한 차가 구네이자카 언덕을 피해 낮은 속도로 달렸다는 게 그 증거야. 조수석에 앉힌 아빠의 시신이 쓰러지지 않도록 가파른 오르막길인 구네이자카 언덕을 피했고, 속도도 높이지 않은 거지?"

나도 모르게 몸이 바르르 떨렸다.

오토하는 가라쓰가 가이세이를 젤 쿠션 위에 앉혔다고 추리했다. 어쩌면 그 젤 쿠션은 앉은키를 조정하는 역할뿐만 아니라 죽은 가이세이의 자세가 무너지지 않도록 미끄럼을 방지하는 역할이었는지도 모른다.

"그리고 아빠는 밤인데도 선글라스를 끼고 있었어. 그것도 이모가 아빠의…… 깜빡임 없이 공허한 눈을 감추기 위해 씌운 거지?"

오토하의 추리가 옳다면 오토하의 부모님은 빈집 말고 다른 곳에서 살해당한 후 운반된 셈이다. 그렇다면 핫 팩의 용도는 하나밖에 없다.

화이트데이 밤은 몹시 추웠다.

현장 근처 감시 카메라에 '미쓰이 부부로 추정되는 두 사람'의 모습이 확실히 찍힌 이상, 경찰도 기본적으로 오토하의 부모님이 오후 10시 이후에 살해당한 것으로 추정했으리라. 그리고 두 사람의 시신이 빈집에서 낮은 기온에 노출돼 있었다는 전제로 검시를 진행했을 것이다.

―요컨대 시신의 체온이 낮아지는 걸 늦추면 다소는 사망 추정 시각을 오인시킬 수 있을지도 몰라.

아니나 다를까 오토하는 내가 예전에 알려 준 지식을 꺼냈다.

"사망 추정 시각은 사후경직이나 시반 말고도 체온 저하나 안구 변화 등을 종합적으로 판단해서 산출해."

"……그게 어쨌는데?"

아까까지와 달리 가라쓰는 도발적인 목소리로 대꾸했다. 어쩐지 불길한 낌새에 가슴이 술렁거렸다.

―뭐지, 이 갑작스러운 태도 변화는.

하지만 이 정도로 오토하가 추리를 멈출 리 없었다.

"일단 이모는 엄마와 아빠를 빈집보다 훨씬 온도가 높은 곳에서 살해했어. 그리고 시신을 옮길 때도…… 히터를 세게 틀어서 차 안의 온도를 최대한 높였지? 그리고 아빠 코트와 엄마를 담은 캐리어 가방에 핫 팩을 넣어서 체온을 높이기까지 했어."

그때 핫 팩에서 가루가 약간 새어 나와서 가이세이와 아카코의 옷에 묻은 것이리라.

그리하여 경찰은 현장에서 핫 팩이 사라졌다는 건 알아차렸다. 하지만 진범이 핫 팩의 존재를 감추려 한 진짜 이유에는 다다르지 못했다.

나는 생각에 잠겼다.

―그 방법으로 운반했다면 체온은 비교적 천천히 낮아졌겠지. 한편 경찰은 시신이 낮은 기온에 노출됐다는 걸 전제로 검시를 진행했을 테니, 산출된 사망 추정 시각에는 오차가 생겨.

그러나 속이는 데도 한도가 있다.

부검까지 진행되리라는 걸 감안하면 사망 추정 시각을 대폭으로 오인시키기는 불가능하다. 그러나 조건에 따라서는…… 삼십 분이나 한 시간 정도라면 사망 추정 시각을 실제보다 늦출 수 있을지도 모른다.

물론 너무 온도를 높여서 시신에 부자연스러운 사후 변화가 일어나지 않도록 조심해야겠지만.

오토하가 가라쓰를 매섭게 노려보았다.

"그런데 모르겠는 점이 딱 하나 있어."

한편 가라쓰는 자비로운 웃음을 지었다.

"뭔데?"

"원래 같으면 쓰지 않아도 될 꼼수를 이모가 쓴 이유. ……엄마와 아빠를 죽인 시각이 오후 10시에 가깝다면 시신의 체온을 높일 필요 없잖아? 그러지 않더라도 실제로 살해한 시각과 사망 추정 시각에 별 차이가 없을 테니까."

"그럴지도 모르지."

"그래서 생각해 봤어. 과연 어떤 경우에 이모가 그런 꼼수를 써야 할지. ……이모, 실은 오후 10시보다 훨씬 이른 시간대에 엄마와 아빠를 살해한 거지?"

나는 암담한 기분에 빠져서 눈을 내리떴다.

―그래, 그렇게 보는 수밖에 없겠지.

상황에 모순이 생기는 건, '미쓰이 부부가 차를 운전하는 모습'이 감시 카메라에 포착된 오후 9시 52분보다 사망 추정 시각이 훨씬 앞당겨지는 경우뿐이다.

예를 들어 실제 범행 시각이 오후 8시고, 아카코의 사망 추정 시각이 오후 7시부터 9시 사이로 나왔다고 치자.

이때 오후 10시 이후에 살해당한 것처럼 위장하면 사망 추정 시각이 너무 일러서 문제가 된다. 경찰도 사망 추정 시각을 근거로 감시 카메라 영상의 신빙성이 낮다고 판단해, 운전석에 앉은 '아카코'는 가짜라고 단정하리라.

당연히 가라쓰에게는 치명적인 사태다.

오토하가 연이어 말했다.

"얼마나 계획적이었는지는 모르겠지만, 이모는 오후 9시 이전에 엄마와 아빠의 목숨을 빼앗았어. 그래서 어쩔 수 없이 시신의 체온을 높여야 했던 거지? ……엄마와 아빠의 경동맥에 상처를 내는 무시무시한 짓을 저지른 것도 전부 사망 추정 시각을 정확하게 산출하지 못하도록 하기 위해서였어."

확실히 이상한 상태로 발견된 시체일수록 사망 후 시간이 얼마나 지났는지 알아내기가 더 어려워진다.

하지만 각각의 꼼수…… 시신의 체온 높이기나 사후 피 빼기 등으로 오인시킬 수 있는 사망 추정 시각은 얼마 안 된다. 그렇기에 가라쓰는 꼼수를 여러 가지 조합함으로써, 좀 더 확실하게 사망 추정 시각을 조작하려 했던 것이리라.

가라쓰가 눈을 가늘게 오므렸다.

"……그렇다면?"

"아무 의미도 없었어. 결국 이 꼼수는 거의 불발로 끝났으니까."

일반적으로 시신이 빨리 발견될수록 사망 추정 시각의 정밀도도 높아진다.

가라쓰는 시신이 예상보다 빨리 발견될 가능성도 고려해서 만약에 대비해 여러 가지 꼼수를 사용했으리라. 하지만 시신은 다음 날 아침 오전 9시가 돼서야 발견됐다. 발견되기까지 시간이 걸려서, 경찰이 산출한 사망 추정 시각도 '오후 8시 반부터 오전 0시 사이'로 간격이 벌어졌다.

나는 작게 신음했다.

―이 정도로 간격이 벌어진다면 오토하가 지적한 대로…… 꼼수를 쓰지 않아도 어떻게든 됐을 가능성이 있겠군.

갑자기 가라쓰가 목구멍 안쪽에서 웃음을 흘렸다.

"가만히 듣고 있으니…… 순 말도 안 되는 추리만 늘어놓네."

"어디가?"

"백번 양보해서 내가 아카코 언니로 변장해서 차를 운전했다고 가정해 볼까. 그래도…… 굳이 감시 카메라에 내 모습을 드러낼 리 없잖아? 그러지 말고 더 신중하게 카메라가 없는 길을 골라서 빈집에 가면 돼."

전부 예상 범위 안이라는 듯 오토하는 어디까지나 침착함을 유지했다.

"이모는 오후 10시경까지 엄마와 아빠가 살아 있었다는 증거를 남길 필요가 있었어. 모든 죄를 완전 범죄 청부사에게 떠넘기기 위해."

나는 깜짝 놀라서 눈이 동그래졌다.

"설마…… 가라쓰가 시신을 빈집으로 옮긴 것도, 메모에 꼼수를 쓴 것도, 전부 나를 살인범으로 몰기 위해서였던 건가."

오토하는 내게 고개를 살짝 끄덕인 후 다시 가라쓰를 보았다.

"화이트데이 다음 날 아침, 나는 냉장고에 붙어 있던 메모를 발견했어. 아빠 글씨로 '3월 14일(목) 밤 10시, 시노노메초 1번지의 빈집에서 안개꽃'이라고 적혀 있었지. 그런데 '밤 10시' 부분만 분명 나중에 '1'을 추가한 거였어."

"그런 메모는 몰라."

"그만 좀 해, 이제 거짓말은 지긋지긋하니까!

내가 이 메모에 대해 이모한테 얼마나 많이 상의했는데, 그걸 잊어버렸다고는 하지 마. …… '밤 10시' 부분에 '1'을 추가한 것도 이모였지?"

가라쓰는 어깨를 움츠렸다.

"내가 왜 그런 짓을."

"아빠가 쓴 메모의 원래 내용을 생각해 보면 알아. 아빠는 방송을 녹화할 때 다음 날 이른 아침 프로그램이라도 반드시 '전날 날짜'에 '밤 몇 시'라고 메모했어. 그러니까…… 만약 전부 이모가 계획한 대로 진행됐다면, 완전 범죄 청부사는 3월 15일 오전 0시에 빈집에 나타났을 거야."

하지만 실제로는 그렇게 되지 않았다.

—오후 8시 반에 난 사카시마에게 떠밀려 우주견 동상이 들고 있는 창에 꽂혔으니까.

나는 혼수상태에 빠져서 약속을 지키지 못했다. 그리고 내 의뢰인이 될 터였던 미쓰이 부부도 내가 옥상에서 떠밀리고 고작 두세 시간 후에 내가 지정한 약속 장소에서 살해당했다고 볼 수밖에 없는 상태로 발견됐다.

나는 인상을 확 구겼다.

"연속성이 높은 특수한 상황이라 나도 오토하도 두 사건이 깊이 연결돼 있을 거라고 믿었지."

그런데 설마 두 사건이 우발적이고 동시다발적으로 발생했을 줄이야.

가라쓰가 사카시마와 완전히 무관하게 행동했다면…… 내가 이미 의식불명의 중태에 빠졌다는 사실을 알 턱이 없었던 셈이다.

나는 현기증마저 느꼈다.

아아, 전제로 삼았던 사실이 무너져 내린다.

그 결과 전제에 옭매여 있던 사고가 단숨에 자유를 되찾았다. 그리고 나는 오토하가 들려주려 하는 추리의 끝을 확실히 보았다.

옥상에서 떨어지기 전, 내게 육체가 있었을 때조차 머릿속에서 이렇게 생각이 연속해서 번뜩인 적은 없었다. 아이러니하게도 지금이 내 인생을 통틀어 가장 예리한 순간이었다.

동시에 지독한 한기가 몰려왔다.

―큰일이야, 이떻게든 해야 해.

아니면 이다음에 오토하에게 다가올 건 틀림없이…… 지옥이었다.

하지만 지난 육 일간 함께 지낸 만큼 추리를 시작한 오토하를 말릴 수 없다는 것도 잘 알고 있었다. 이미 운명은 굴러가기 시작한 것이다.

오토하는 눈을 내리뜬 채 말을 이었다.

"이모는 여기, 우리 집에서 엄마와 아빠를 독살한 거지? 빈집으로 이동할 때 우리 차를 타고 갔는데, 그 차는 출퇴근에는 사용하지 않았어. 따라서 화이트데이 밤에도 차는 역시 집 차고에 있었을 거야.

……우리 집 냉장고에 붙어 있던 메모에는 '1'이 부자연스럽게 추가돼 있었고, 머플러와 장갑, 앉은키를 속이기 위한 젤 쿠션도 집에서 가져갔어. 전부 범행 전후에 이모가 우리 집에 왔다는 걸 나타내."

오토하 말대로였다.

걸어서 시신 두 구를 먼 곳까지 옮겼을 리는 없다. 무게 측면에서도 남의 눈에 너무 띈다는 측면에서도 문제가 있다. 필연적으로 차고가 있는 미쓰이네에서 살해했을 가능성이 컸다.

가라쓰가 웃음만큼은 지우지 않고 고개를 살짝 내저었다.

"……그래서?"

"이모는 우리 차고에서 엄마 시신을 캐리어 가방에 넣고 차에 실은 후, 아빠 시신은 억지로 조수석에 앉히고 선글라스를 씌웠어. 물론 체온이 떨어지지 않도록 이런저런 꼼수를 썼지."

가이세이가 살아 있는 것처럼 위장하기 위해 가라쓰는 감시 카메라 앞에서 시신에게 말을 거는 연기까지 했다.

……나조차 토할 것 같은 기분이 들었다.

입을 다물어 버린 가라쓰를 살펴본 후 나는 눈을 감았다.

─몸집이 작고 마른 아카코라면 몰라도 키가 165센티미터에 살집도 있는 가이세이의 시신을 여자 혼자 옮기기는 쉽지 않겠지.

하지만 가라쓰는 평범한 여자가 아니다.

고교 시절에는 후시기현의 유도 대표였고, 경찰관이 된 후로도 역도 대회에서 우승할 만큼 몸을 단련했으니 힘이 상당히 셀 터였다.

시신을 차고까지 옮겨 차에 싣는 정도라면 충분히 가능했으리라.

"그리고 이모가 운전하는 차는 오후 10시경에 빈집에 도착했어. 이모는 차를 빈집 주차 공간에 세운 후, 아빠 시신과 캐리어 가방에 담은 엄마 시신을 빈집으로 옮긴 거야."

빈집은 시노노메초에서도 으슥한 곳에 있었다.

나무들이 방해돼서 다른 가정집 창문이나 베란다에서는 내려다볼 수 없는 곳이기에, 소리만 조심하면 근처의 시선을 끌 위험성도 거의 없었을 것이다.

"그리고 엄마 시신을 캐리어 가방에 넣었을 때와 똑같은 자세로 벽 선반에 쑤셔 넣었지? 어떤 드라마에서 봤는데 자세만 바꾸지 않으면 사망한 후에 시신을 움직였다는 걸 알아차리기 힘들대.

그리고 '역아'가 연상되도록 꾸며서 '거꾸로' 살인임을 암시하려고 했어. 이것도 엄마가 캐리어 가방에 '무릎을 끌어안은' 자세로 담겨 있었다는 사실에 생각이 미치지 않도록 '태아'에 비유해 의미를 심으려고 한 거지?

하지만 수사1과 형사들은 이모의 생각 이상으로 둔했어."

나는 작게 숨을 내쉬었다.

—확실히 시즈누마 과장도 스즈키 형사도, 현장에 '거꾸로'가 연출돼 있었다는 사실조차 눈치채지 못했으니까.

그들은 거꾸로 매달린 시신의 괴이함과 발자국을 남기지 않고 사라진 범인의 불가사의함에 이리저리 휘둘릴 뿐이었다. 결국 가라쓰가 '태아'로 유도하기 위해 뿌려 둔 떡밥은 아무도 지적하지 않고 넉 달이 지나갔다.

가라쓰는 오토하의 추리를 긍정도 부정도 하지 않고 침묵으로 일관했다.

"그 후 이모는 아빠 시신을 거꾸로 매달았어. 분명 그때지? 이모가 빈집 천장을 제대로 살펴보지도 않고 우리 집 천장과 똑같을 거라 착각해 로프로 묶은 신발을 몇 번이나 던져 올린 건."

나는 나지막한 목소리로 중얼거렸다.

"그리하여 이 여자는 스스로 무덤을 판 건가."

"음······. 하지만 이모도 아무 의미 없이 아빠 시신을 거꾸로 매달고, 자기 손으로 목을 조르는 것처럼 보이는 자세를 만든 건 아니겠지?

 캐리어 가방에 담아서 옮긴 엄마와 달리 아빠는 빈집에 도착할 때까지 조수석에 앉혀 놨었어. 옮기는 도중에 몇 번이고 자세가 바뀐 아빠 시신에는 이동한 흔적이 남을 가능성이 높았을 거야."

 일반적으로 시신을 운반한 사실을 감추려 할 때, 모순이 발생하기 쉬운 부분은 사후경직과 시반이다.

 오토하의 추리는 계속됐다.

 "나, 많이 조사해 봤어. 사후경직은 사망하자마자 일어나는 게 아니고, 시반도 사후 여덟 시간쯤 지날 때까지는 나타났다 사라진대. 이모도 그걸 잘 아니까 아빠 시신에 강한 사후경직과 고정시반*이 발생하기 전에 빈집으로 옮긴 거지?"

 ―아아, 이것도 내가 알아 둬야 할 '지식'으로서 가르쳐 준 거다.

 오토하 말대로 사후경직은 사망한 지 두세 시간이 지나고 일어난다. 다만 그 단계에서는 턱관절이나 목 관절로 경직이 한정되는 경우가 많다.

 시반도 마찬가지다. 사후 여덟 시간쯤 지나면 한 번 생긴 시반은 잘 사라지지 않지만…… 사후 대여섯 시간 이내라면 시체의 자세를 바꿈으로써 신체 아래쪽에 생긴 시반을 일단 없앨 수도 있다.

 가라쓰는 자포자기한 듯한 웃음을 지었다.

 "확실히…… 살해하고 세 시간 이내에 이동을 끝낸다면 시신에

● 체위를 변경하여도 같은 위치에서 확인되는 시반

두드러지는 흔적을 남기지 않고 운반할 수 있을지도 모르지."

오토하가 자기 목에 손을 댔다.

"그래도…… 이모가 시신을 빈집으로 옮겼을 시점에 아빠 목 주변에는 이미 사후경직이 일어났을 거야."

가이세이의 시신은 차로 이동할 때 고개를 약간 숙인 자세였다. 만약 그 상태로 경직됐다면 거꾸로 매달았을 때 각도가 부자연스러워졌을 것이다.

"그래서 이모는 사후경직이 일어났다는 걸 감추기 위해…… 아빠가 로프로 자기 목을 조르는 듯한 끔찍한 자세를 만들어 낸 거야."

나는 눈을 가늘게 떴다.

—로프가 감긴 가이세이의 목에는 자기 양팔의 무게가 실려 있었어. 거꾸로 매달기 전에 목 근육을 어느 정도 풀어 주기만 하면, 팔 무게 때문에 서서히 자연스러운 각도로 돌아왔을지도 모르겠군.

이야기를 마무리하듯 오토하가 다시 입을 열었다.

"늦어도 오후 11시에는 모든 작업을 마치고 빈집을 떠났을 거야. 그리고 어딘가에서 빈집을 감시하며…… 엄마와 아빠를 만나기로 한 완전 범죄 청부사가 나타나기를 기다렸겠지."

나는 아주 복잡한 심경으로 가라쓰를 바라보았다.

"그렇게 이 살인범은…… 미쓰이 부부를 살해한 죄를 전부 내게 떠넘기려고 한 건가."

오토하가 고개를 살짝 끄덕였다.

"그날 밤, 이모는 빈집을 완벽한 함정으로 만들었어.

실제로 첫 번째 발견자는 문손잡이가 부서진 탓에 빈집에 갇혀서 난리를 쳤잖아? 그것도 필연적인 일이었어. 문손잡이에 수작을 부려서 안쪽에서는 현관문이 열리지 않게 만든 것도 이모였으니까. ……오전 0시에 완전 범죄 청부사가 나타나면 일시적으로 빈집에 가둘 작정이었지?"

이 말에는 나도 참을 수 없이 몸이 떨렸다.

"즉, 진흙에 범인의 발자국이 남아 있지 않았던 것도 전부다……."

"응, 전부 이모가 자기 몸을 지키려고 그런 거야.

모든 일이 이모 계획대로 진행됐다면, 완전 범죄 청부사는 '들어가는 발자국'을 진흙에 남기고 빈집에 들어가서 그대로 안에 갇히겠지. 이모는 밖에서 그 상황을 지켜보다가 익명으로 신고할 생각이었지? 아니면 소리를 내서 인근 주민들을 불러 모으는 작전이었을 수도 있고."

그렇게 됐다면 나는 완전히 독 안에 든 쥐였다.

―빈집에서 제때 탈출하지 못해 경찰이 도착하면, 아무 변명도 통하지 않겠지. 진흙에 피해자 두 명과 내가 '들어간 발자국' 밖에 남아 있지 않은 이상, 경찰은 다짜고짜 나를 '범인' 취급할 거야.

조금이라도 혐의가 적용돼 수사가 진행되면…… 경찰은 내가 완전 범죄 청부사로서 일을 의뢰받았다는 사실도 알아낼 것이다.

더구나 가라쓰는 냉장고에 붙어 있던 메모도 수정했다.

그 메모가 존재하는 이상, 내가 아무리 약속 시간은 오전 0시고 내가 왔을 때 두 사람은 이미 죽은 뒤였다고 주장한들 아무도 믿어 주지 않으리라.

오토하가 가라쓰를 날카롭게 노려보았다.

"현장에 '거꾸로'를 연출한 것도 빈집에 도착한 완전 범죄 청부사를 혼란에 빠뜨릴 목적이었지? 경찰은 알아차리지 못했지만, 완전 범죄 청부사라면 현장이 '거꾸로'라는 걸 단번에 꿰뚫어 볼 것이라고 기대했을 거야."

—그래, 가라쓰는 독자적인 조사를 통해 내가 사 년 전 '사카시마'의 체포와 죽음에 관여했다는 걸 알고 있었을 테니까.

만약 전부 가라쓰의 계획대로 진행됐다면, 나는 첫 번째 발견자와 마찬가지로 어떻게든 현장에서 빠져나오려고 발악했으리라. 사 년 전 죽음으로 악연을 끝냈을 '사카시마'의 범행으로밖에 보이지 않는 광경이 눈앞에 펼쳐졌으니 공황 상태에 빠지지 않고 배기겠는가.

"이모는 아주 비겁하게도…… 온갖 수단을 동원해 완전 범죄 청부사를 함정에 빠뜨림으로써 자신이 저지른 살인죄에서 벗어나려 한 거야."

그렇게 지적해도 가라쓰는 목구멍에서 웃음을 흘릴 뿐이었다.

"오토하, 농담을 받아 주는 것도 이제 지치는데."

"이게 농담으로 들려?"

"무엇보다 '범인의 발자국이 남아 있지 않았다는 수수께끼'가 전혀 해명되지 않았잖니. 나는 대체 어떻게 발자국을 남기지 않고 빈집에 들어간 거야?"

오토하는 한숨을 내쉬면서 고개를 설레설레 흔들었다.

"아주 간단해. 엄마와 아빠가 이미 사망한 상태로 빈집에 왔다면 전제가 달라지니까. ……즉, 진흙에 남은 발자국은 전부 범인이 찍은 거겠지? 범인은 보폭이고 뭐고 전부 자기가 원하는 대로 할 수 있었어."

"그래서?"

"아까도 말했지만 이모는 엄마 아빠의 시신을 차로 운반했고, 차는 빈집의 주차 공간에 세웠어. 그리고 시신을 빈집으로 옮기려다가 움찔했겠지? 왜냐하면 현관으로 이어지는 통로에 발자국 하나 없는 진흙이 펼쳐져 있었으니까."

가라쓰도 뒷문을 확인해 보기는 했겠지만, 뒷문은 꽉 낀 상태라 열리지 않는다.

출입구가 현관문밖에 없다는 걸 알고 가라쓰는 스마트폰으로 일기예보를 확인했으리라. 하지만 화이트데이 밤중부터 다음 날까지는 맑은 날씨가 계속됐다.

이대로 시신을 옮기면…… 자기 발자국이 고스란히 진흙에 남는다.

오토하가 가라쓰를 가리켰다.

"이모의 무서운 점은 아주 짧은 시간에 자기 발자국을 남기지 않을 방법을 떠올리고, 비 그친 후의 진흙이라는 상황조차 '완전범죄 청부사에게 놓을 덫'으로 이용한 거야.

일단 이모는 자기 신발을 벗고 엄마 신발로 갈아 신었어. 그리고 엄마 시체가 담긴 캐리어 가방을 끌어안고 옮겼지. 엄마는 키가 작고 말라서 몸무게도 가벼웠잖아. 역도로 몸을 단련한 이모라면 충분히 옮길 수 있었겠지?"

아카코의 몸무게는 40킬로그램 이하고, 캐리어 가방이 3킬로그램 정도라고 가정하면…… 합쳐도 가라쓰가 운반하지 못할 무게는 아니었을 것이다.

"그때 이모는 진흙에 평범하게 발자국을 남기며 빈집으로 향했어. 이걸로 진흙에 '엄마가 들어간 발자국'이 감쪽같이 생겼던 거지."

가라쓰가 과장되게 어깨를 으쓱했다.

"그러고 나서 너희 아빠 시신을 가지러 다시 차로 돌아가야 하잖아. 그때의 발자국은 어떻게 지우는데?"

"지울 필요 없어. 뒷걸음질로 '엄마가 들어간 발자국'에 발자국을 섞으면 되니까."

너무나 고전적인 트릭이기 때문인지 가라쓰는 무시하듯 입꼬리를 올리며 웃었다.

"저기…… 분명 아카코 언니의 발자국은 간격이 좁고 걸음걸이도 조금 흐트러지기는 했어. 하지만 보폭은 대체로 일정했거든? 나중에 뒷걸음질로 발자국을 더했다면 보폭이 이상해져서 절대로 위장할 수 없을 거야."

오토하는 호주머니에서 구깃구깃한 종이를 꺼냈다. 진흙에 남은 발자국을 나타낸 도면이다. 오토하는 서랍에서 색연필을 꺼내서 아카코가 남겼다고 추정되는 발자국에 색깔을 나누어 칠했다.

"이모, 이거 알아? 보폭이 가지런한 이 발자국은, 똑같이 보폭이 가지런한 발자국 세 쌍으로 구분할 수 있어."(그림3)

아주 단순한 이야기였지만 오토하가 지적한 대로였다.

아카코의 것으로 추정되는 발자국에 세 가닥으로 땋은 머리처럼 다른 색으로 구분된 발자국이 세 쌍 나타났다.

"봐, 이제 이모가 뭘 어쨌는지 알아보기가 쉬워졌어. 흰색, 검은색, 회색 발자국 중…… 흰색 발자국에만 다른 발자국에는 없는 특징이 있지? 이것만 약간 팔자걸음으로 통일됐고 보폭도 제일 안정적이야."

한편 검은색과 회색 발자국은 안짱걸음과 팔자걸음이 섞여 있고, 보폭도 흰색에 비해 약간 흐트러진 경향이 있었다.

오토하가 말을 이었다.

"당연하지만 인간은 뒤에 눈

그림3

이 없어. 그러니 아무리 고개를 돌려 확인하면서 뒷걸음친들 보폭도 각도도 안정된 발자국을 남기기는 거의 불가능해."

"그렇겠지."

"이모는 첫 번째로 빈집에 들어갈 때 엄마 시신을, 두 번째로 들어갈 때는 아빠 시신을 옮겼어. 그때는 물론 뒷걸음질이 아니었지만…… 무게가 나가는 시신을 들고 안정된 보폭으로 비틀거리지 않고 걷기는 아주 힘들 거야. 하지만 이모는 그걸 해냈어."

아무리 근력을 길렀어도 여자가 4, 50킬로그램이 넘는 사람을 옮기기는 쉽지 않다. 어떻게든 비틀거리지 않고 운반한 건, 통로가 4미터 정도로 짧았던 덕분이리라.

—그래도 아카코를 옮겼을 때가 무슨 수를 쓰기 쉬웠던 건 사실이겠지.

가이세이는 아카코보다 키가 크고, 몸무게도 10킬로그램 정도는 더 나갔을 것이다. 따라서 가이세이를 옮겼을 때는 나중에 꼼수를 쓸 생각으로 보폭을 약간 넓혀서 걷고 싶어도 그럴 수 없었으리라.

가라쓰가 피식 웃었다.

"즉, 흰색 발자국은…… 내가 아카코 언니의 시신을 들고 갈 때 찍힌 발자국이라고?"

"응. 이모는 일단 엄마 시신을 빈집으로 옮기고 '거꾸로' 살인으로 위장했어. 그 후 빈 캐리어 가방을 들고 엄마 신발을 신은 채 뒷걸음쳐서 주차 공간으로 돌아간 거야."

무심코 그 당시 광경을 상상했다.

가라쓰는 제일 먼저 남긴 흰색 발자국을 기준으로…… 예를 들면 흰색 발자국의 ×센티미터 앞쪽에 신발 뒷굽이 오도록 하는 식으로 회색 발자국을 찍었으리라. (그림4)

―하지만 뒷걸음치면서 원하는 위치에 정확하게 발자국을 남기기는 절대 쉽지 않지. 그래서 흰색 발자국과의 거리가 각기 다르고, 안짱걸음이 되는 등 걸음걸이가 들쭉날쭉해진 거야.

"차로 돌아간 이모는 엄마 신발을 벗었어. 그리고 신발에 묻은 진흙을 닦은 후 세로 슬릿 창으로 빈집에 던져 넣은 거야. ……그러고 나서 아빠 신발로 갈아 신고 아빠 시신을 빈집으로 옮겼지."

그때 남은 것이 가이세이가 '들어간 발자국'으로 추정되는 발자국이었다.

"하지만 아빠는 신발 크기가

그림4

270인가 280쯤 됐어. 그냥 신으면 신발이 헐렁헐렁해서 걷기 힘들겠지. 그래서…… 이모는 변장에 사용한 머플러를 자르든지 찢든지 해서 걷기 쉽도록 신발 빈틈에 끼웠는지도 몰라."

나는 쓴웃음을 지었다.

─과연.

아까 오토하가 머플러에는 변장 말고 다른 용도가 있었다는 식으로 말했다. 확실히 가라쓰가 머플러를 잘라서 신발에 넣었다면, 그런 증거품을 현장에 남겨 둘 수는 없었으리라.

가라쓰가 깊은 한숨을 내쉬었다.

"그 후에 너희 아빠 시신을 빈집으로 옮겨서 거꾸로 매달고, 또 '거꾸로' 살인으로 보이도록 연출했다는 거니?"

"응. 이모는 빈집에서 아빠 신발을 벗어서 신발 속에 머플러의 섬유가 남아 있지 않은지 세심히 확인한 후, 아빠 트렌치 코트 옆에 놔뒀어. 그리고 빈집에 던져둔 엄마 신발을 신고 한 번 더 뒷걸음질로 차에 돌아간 거야."

가라쓰는 또 먼저 남긴 발자국을 기준으로…… 예를 들면 두 번째로 찍은 회색 발자국의 ×센티미터 앞쪽에 신발 뒷굽이 오도록 검은색 발자국을 진흙에 찍은 것이리라. 물론 뒷걸음친 탓에 그 발자국도 안짱걸음과 팔자걸음이 섞여 통일감이 없어졌지만.

이리하여 진흙에는 발자국이 두 줄만 남았다.

얼핏 보기에 한쪽은 가이세이가 '들어간 발자국'으로밖에 보이지 않는다. 흰색, 검은색, 회색으로 구성된 아카코의 발자국도 마찬가지다.

─범인의 발자국만 존재하지 않는 불가사의한 현장이 완성되는 건가.

"마지막으로 이모는 또 세로 슬릿 창으로 엄마 신발을 빈집에 던져 넣었어. 이번에는 엄마 다운 코트 옆에 떨어지도록 잘 노려서."

실내에서 발견된 가이세이의 신발이 가지런히 놓여 있던 것과 달리 아카코의 신발이 따로따로 널브러져 있었던 것도 밖에서 던져 넣었기 때문인 듯했다.

갑자기 가라쓰가 작게 코웃음 쳤다.

"오토하가 설명한 트릭이 가능한지 불가능한지만 따지자면…… 일단 '가능'할지도 모르겠네. 하지만 너무 취약해서 쓸 만한 트릭이 못 돼."

"어디가?"

"무엇보다 경찰을 확실히 속일 만한 위력이 없잖아. 이번에는 우연히 내 상사와 동료가 감시 카메라 영상의 허점을 알아차리지 못했으니까 불가능 범죄 같은 사건으로 받아들여졌지만…… 피해자를 다른 곳에서 살해하고 시신을 빈집으로 옮겼다는 사실을 눈치챈 순간, 도미노처럼 발자국 트릭도 무너져. 오토하, 내가 그렇게 확실성 없는 트릭을 쓰겠니?"

하지만 오토하는 대번에 대답했다.

"당연히 쓰겠지."

"뭐?"

"그야 이모는 처음부터 불가능 범죄 같은 상황을 만들 생각이 전혀 없었으니까. 발자국 트릭도, '거꾸로' 살인으로 위장한 시신도, 일부러 망가뜨린 문손잡이도…… 더 나아가 그 빈집 자체를 완전 범죄 청부사를 붙잡기 위한 함정으로 이용한 거야."

오토하의 말이 옳다.

사카시마가 개입하지 않았다면 통로의 진흙에 새로운 발자국을 남기고 빈집에 갇힐 사람은 나였다. 현장에 피해자와 내 발자국밖에 없다는 사실을 근거로, 내가 '미쓰이 부부를 살해한 범인'으로 체포되는 것까지가 가라쓰의 계획이었으리라.

그랬다면 '발자국 수수께끼'는 애당초 발생할 리가 없었다.

나는 나지막한 목소리로 중얼거렸다.

"……결국 이 사건이 불가능 범죄처럼 보인 것도, 사카시마가 나를 빌딩에서 떨어뜨린 탓에 생긴 우연의 산물에 지나지 않았던 거로군."

아이러니하다고밖에 할 말이 없었다.

빌딩 옥상에서 떨어져 꼬치구이가 된 나를 기다리고 있던 건 '유령의 삶'과 '소멸로 향하는 카운트다운'이었다. 하지만 사카시마에게 떠밀리는 운명을 회피했더라도…… 그 앞에 있는 건 '미쓰이 부부를 살해했다는 '누명'과 '파멸'이었다.

삐걱하는 소리와 함께 가라쓰가 소파에서 몸을 일으켰다.

"아아, 진짜. 어쩐지 찜찜하더라니. 최근 오토하가 묘하게 착하게 굴고, 말도 잘 듣고…… 직접 요리까지 만들어서 현경 본부에 가져오다니 천재지변이 일어날 징조였다는 걸 눈치챘어야 했어. 그 사건을 파고들지 않으면 좋겠다고 생각하긴 했었는데."

억누르고 있던 감정이 단숨에 폭발했는지 오토하는 어깨를 덜덜 떨며 물었다.

"왜 그랬어? 이모가 엄마나 아빠랑 싸우는 모습은 한 번도……본 적 없는데. 모두 늘……."

블랙 보드에 장식된 가족사진이 이쪽을 바라보고 있었다.

포도 따기 체험 사진도 그렇고, 운동회 사진도 그렇고 그림으로 그린 듯한 행복이 미쓰이 가족과 가라쓰를 감싸고 있었다. 언제부터 사이가 벌어져서 회복할 방법이 없는 균열이 퍼져 나간 걸까.

가라쓰가 검지로 오토하의 입술을 살짝 눌렀다.

"동기는 안 가르쳐 줘."

"……뭐?"

오토하가 몸을 빼지도 못하고 망연자실한 표정을 짓자 가라쓰는 웃음을 던졌다.

"후후, 거짓말이야. 너무 흔하고 닳아빠진 이유가 있을 뿐이지. ……난 경찰관으로서 절대로 넘어서는 안 되는 선을 넘고 말았어. 지금까지 잘 숨겨 왔는데, 넉 달 전에 결국 너희 아빠에게 들키고 말았지."

이런 반응이 돌아올 줄은 꿈에도 몰라서 당황했는지 오토하의 눈이 크게 벌어졌다.

"이모?"

이제 거기에 조카를 키우느라 애먹고 실수만 저지르던 이모의 모습은 없었다.

"멍청한 녀석. 아무것도 모르고 얌전하게 굴었으면 훨씬 행복하게 살 수 있었을 텐데."

가라쓰는 성가시다는 듯 고개를 휘휘 내젓더니 주방으로 향했다. 오토하에게 채소를 먹이려고 늘 고심해서 저녁을 만들던 때처럼 싱크대 아래 서랍에 손을 댔다.

다만…… 거기는 식칼이 들어 있는 서랍이었다.

나는 이를 악물었다.

─아아, 결국 걱정했던 사태가…….

"도망쳐!"

내가 경고를 날리기 전에 오토하는 거실에서 뛰쳐나갔다.

"어…… 오토하, 어디 가니?"

현관으로 도망치려는 오토하의 움직임을 완벽하게 읽었는지, 가라쓰는 기선을 제압하듯 현관 쪽 복도로 돌아와서 길을 막았다.

가라쓰는 오른손에 둔중하게 빛나는 식칼과 과도 두 자루를 부채처럼 펼쳐서 들고 있었다. 입에는 미소를 띠었지만 두 눈에는 심연을 들여다보는 것처럼 감정이 없었다.

오토하는 입술을 덜덜 떨며 계단으로 도망쳤다.

하지만 중간쯤에서 발끝이 걸리는 바람에 호주머니에서 튀어나온 스마트폰이 계단으로 굴러떨어졌다. 최악이게도 오토하의 스마트폰은 가라쓰의 발 언저리에서 멈췄다.

가라쓰는 주저 없이 스마트폰을 짓밟았다.

"……어쩔래?"

슬리퍼 밑에서 유리가 부서지는 듯한 소리가 났다. 돌아본 오토하의 눈이 완전히 절망에 물들었다.

나는 도망치는 것도 잊고 우두커니 서 있는 오토하 옆에 내려섰다.

"젠장, 저 망할 인간이 하필이면 친조카를…… 해치려 하다니!"

이런 상황인데도 오토하는 내가 가라쓰를 나쁘게 말하는 걸 용납할 수 없었는지, 양손으로 귀를 막고 악을 썼다.

"시끄러워!"

유령의 목소리는 들리지 않을지언정, 가라쓰도 조카의 예상치 못한 반응에 놀란 듯 발을 딱 멈췄다. 오토하가 나를 노려보았다.

"역시 버리면 안 됐잖아!"

"……확실히 작업실에서 가져온 스마트폰을 버린 건 시기상조였어."

오토하의 스마트폰은 가라쓰에게 밟혀서 부서졌지만…… 며칠 전까지는 내 작업실에서 가져온 스마트폰이 있었다. 하지만 그 스마트폰도 경찰에 정보를 제공한 후 심 카드와 함께 처분했다.

"하지만 스마트폰이 없어도 어떻게든 될 거야. 네 방으로 도망쳐서 바리케이드를 쌓고 창문으로 경찰을 불러 달라고 크게 도움을 요청해. 그게 제일 빨라."

여기는 한적한 주택가다.

유령이 된 후 심심풀이 삼아 산책해 봤는데…… 인근에는 전업주부도 있고, 자택 경비원 노릇을 하는 백수도 있다. 오토하가 외치는 소리를 들으면 누군가가 금방 신고해 줄 것이다.

오토하는 고개를 살짝 끄덕이고 자기 방으로 뛰어갔다. 그 직후에 찰칵, 하고 가벼운 소리가 들렸다.

―걸쇠를 걸었나.

　오토하의 방에는 자물쇠가 있다. 하지만 오토하가 직접 설치한 물건이라 나사가 헐거워서 빈말로도 튼튼하다고 할 수는 없었다.

　가라쓰는 즉시 조카를 뒤쫓지 않고 일단 짓밟은 스마트폰을 주워서 거실 테이블에 놔둔 후 계단을 올랐다. 전혀 서두르지 않고 칼 세 자루를 만지작거리며.

　2층에서는 아직 아무 소리도 들리지 않았다.

　"빨리 도움을 요청해! 이 살인귀는 오토하도 죽일 작정이야."

　내가 소리쳐도 반응은 없었다. 문 너머에서 숨죽이고 있는 기척이 느껴질 뿐이다. 아무래도…… 오토하는 내 지시에 따르지 않고 가라쓰가 어떻게 나오는지를 보고서 결정할 생각인 듯했다.

　"그래서는…… 늦어."

　오토하의 방문은 밖으로 열리는 방식이다.

　실내에 붙박이 선반장이 있어서 그렇게 만든 것이리라. 밖으로 열리는 문은 발길질로 부수기가 어렵다는 이점이 있는 대신, 바리케이드로 방어하기가 힘들고 경첩을 부수는 걸 막을 방도가 없다는 결점이 있다.

　이윽고 가라쓰가 오토하의 방 앞에 섰다.

　가라쓰는 쓸쓸하게 웃더니 식칼을 힘껏 내리쳤다.

　―아아, 오토하와 판박이야.

　나와 처음 만난 순간, 오토하가 손도끼를 휘둘렀을 때처럼…… 아무 망설임 없이 온 힘과 마음을 다한 일격이었다.

식칼은 둔탁한 소리와 함께 바닥에 꽂혔다.

물론 유령에 불과한 나로서는 아무 방해도 못 한다. 마룻바닥에 식칼을 꽂은 건 가라쓰 본인의 의지였다.

방에서 비명과 함께 주저앉는 소리가 들렸다. 그리고 가냘픈 울음소리……. 아무래도 오토하는 식칼로 문을 찍었다고 생각한 듯했다.

이어서 가라쓰는 흡혈귀의 심장에 말뚝을 박듯 과도를 바닥에 꽂았다. 마지막 한 자루도.

놀라움은 느끼지 않았다.

"역시…… 오토하를 죽일 마음은 없었나."

식칼과 과도는 밖으로 열리는 문을 봉쇄하듯 문 앞에 깊이 박혔다. 전부 칼등이 방을 향하도록 꽂은 것만 봐도 오토하를 다치게 할 의지가 없는 것이 분명했다.

"당분간 방에 얌전히 있어."

가라쓰는 그렇게 말한 후 아쉬운 듯 문에서 오른손을 뗐다. 방에서 오토하가 기어서 움직이는 기척이 전해졌다.

"이모?"

가라쓰는 멈춰 서지 않고 오토하의 방 반대편에 있는 베란다로 향했다.

"실은 사카시마를 쏴 죽였을 때 나는 이미 파멸한 셈이야. 정당방위로 꾸미기 위해 흉기가 사카시마의 손에 넘어가도록 꾸몄고…… 결과적으로 후유노 형사와 순경이 중상을 입었으니까."

그때 가라쓰의 스마트폰이 울렸다.

가라쓰는 화면을 힐끗 확인하더니 스마트폰을 베란다 밖으로 내던졌다. 그 직전에 나는 시즈누마 과장의 전화였다는 걸 똑똑히 보았다.

"이제 현경에서도 내가 뭘 어쨌는지 감 잡았나 봐. 이렇게 됐으니 더 이상…… 못 도망치겠지."

베란다에서 떨어진 스마트폰은 도로와 집의 경계에 있는 펜스에 세게 부딪혀 액정 파편과 부품을 흩뿌리며 아스팔트에 나뒹굴었다.

"잠깐만!"

복도 끝에서는 오토하가 금방이라도 부술 것처럼 문을 덜컥덜컥 흔들고 있었다. 하지만 문 앞에 박힌 칼에 막혀서 열리지 않았다.

가라쓰는 베란다 난간에 등을 기대고 다시 입을 열었다.

"하지만 내게는 선택지가 없었어. 사카시마가 그대로 체포되면 그자는 빈집 사건을 저지르지 않았다고 범행을 부인할 거야. 후후, 그야 당연하겠지? 그자는 정말로 범인이 아니니까. 그렇게 증언이 쌓이다 보면 결국 사카시마의 주장이 옳다는 게 증명되고, 내가 진범이라는 사실이 들통날지도 몰라.

어쨌거나 그자가 살아서 체포되게 놔둘 수는 없었어. 실은 너보다 먼저 사카시마를 찾아내 숨통을 끊을 작정이었는데…… 설마 선수를 빼앗길 줄이야."

"싫어…… 아아아아아아!"

방에서 비통한 절규가 들렸다.

―왜, 어째서? 진상을 추구한 게 잘못이야? 그 대가가 이거야?
 직접 말한 건 아니지만 오토하의 영혼이 외치는 소리가 분명히 전해졌다.
 나도 문 옆에 자리를 잡고 앉아서 말했다.
 "미안해."
 실은 오토하에게 전해야 할 말이 많았다. 하지만 그조차도 말로 잘 표현할 수가 없었다.
 "나는…… 최악의 선택지만 고르고 말았어. 오토하 네 말이 옳아. 실수로라도 사카시마를 살려서 체포시키는 길은…… 선택해서는 안 됐어."
 방 안에서는 아무 대답도 없었다.
 유령의 모습과 목소리가 보이지도 들리지도 않는 가라쓰가 불쑥 중얼거렸다.
 "미안해."
 공교롭게도 가라쓰의 입에서 나온 건 나처럼 사과하는 말이었다.
 가라쓰가 천천히 몸을 뒤로 젖혔다. 등이 금방이라도 난간을 넘어 무자비한 중력의 손에 붙잡힐 것만 같았다.
 베란다의 높이는 4미터. 높이만 따지면 떨어져도 살 가망이 있었다. 하지만 머리가 아래쪽을 향했고…… 무엇보다 베란다 바로 밑에는 윗부분이 뾰족한 펜스가 있었다.
 뾰족한 펜스 윗부분과 내가 꽂힌 동상의 창끝이 머릿속에서 겹쳤다.
 나는 가만히 있을 수 없어서 뛰어갔다.

"죽지 마!"

내가 유령이라는 것도 잊고 손을 뻗었다. 가라쓰의 몸이 펜스에 떨어지기 직전에 나는 간신히 가라쓰의 오른손을 잡았다.

아니, 그렇게 착각했을 뿐이다.

꽉 붙잡았을 가라쓰의 손이 쑥 빠져나가고 둔중한 소리가 울려 퍼졌다.

결국 가라쓰가 펜스에 꽂히는 일은 벌어지지 않았다. 그 대신 펜스 옆 아스팔트에 머리를 부딪혀 무정하게도…… 지면에 선혈이 퍼져 나갔다.

3

8월 4일 03:10 제한 시간까지 0일

삑, 삑, 쉬익, 쉬익.

심전도기 소리도 인공호흡기 소리도…… 전혀 그립지는 않았다.

나는 또 병실에 있었다.

사카시마의 칼에 베인 후 내 육체가 어떻게 됐는지는 모른다.

내 유령의 형체는 몇 시간 전보다 훨씬 희미해졌다. 하지만 아직 소멸하지 않고 존재하고 있으니, 내 육체도 아직 완전히 죽지는 않은 것이리라.

가라쓰는 머리에 붕대를 감은 모습으로 침대에 누워 있었다.

긴급 수술은 여섯 시간쯤 전에 끝났다. 집도의인 뇌신경외과 과장과 고시 선생의 이야기에 따르면 수술에는 성공했지만 지금이 고비인 듯했다.

―고비라.

간호사들의 이야기를 주워들은 바로는…… 가라쓰가 의식을 되찾을 가능성은 거의 없다고 한다. 머리를 세게 부딪힌 가라쓰는 코뿐만 아니라 양쪽 귀에서도 피가 났다. 뇌가 얼마나 심각한 손상을 입었을지는 아마추어라도 짐작이 갔다.

오토하는 침대 발치에 나란히 놓은 의자 두 개 위에 누워 있었다.

병실에 경찰관은 없었다. 간호사도 조금 전에 가라쓰의 상태를 확인하고 갔는지라 개인실에는 심전도기와 인공호흡기 소리만 울릴 뿐이었다.

사실…… 가라쓰의 예상 이상으로 현경의 움직임은 둔했다. 결국 가라쓰가 품에 넣어 둔 유서를 발견할 때까지 현경에서는 아무도 가라쓰가 사카시마를 고의로 살해했다는 사실을 알아차리지 못했다.

나는 곤히 잠든 가라쓰를 바라보았다.

―미리 유서를 준비했을 정도니, 일찌감치 자살할 각오를 굳혔겠지.

유서에서 가라쓰는 정당방위로 위장해 사카시마를 죽였다는 사실을 인정했다. 하지만 미쓰이 부부 살해 사건에 관해서는 한마디도 언급하지 않았다. 유서를 작성한 타이밍과도 관계가 있겠지만, 어디까지나 그 죄는 사카시마에게 뒤집어씌울 작정인 듯했다.

몇 번째일까? 오토하가 흐느끼는 소리가 들렸다.

"이제 그만 울어."

"……."

나는 오토하 곁에 쪼그려 앉아 말했다.

"오토하는 이 여자한테 완전히 속은 거야. 가라쓰는 경찰관이 걸어야 할 길에서 벗어났고, 그걸 은폐하기 위해 친언니와 형부를 죽였어. 젠장…… 아주 선한 사람인 척했지만 극악무도한 인간이었다고!

잘 들어. 내가 완전 범죄 청부사로 활동한 업보로 옥상에서 떠밀린 것처럼…… 누구나 언젠가는 자신이 저지른 악행의 업보를 치를 때가 와. 일어나야 해서 일어난 일에까지 오토하가 마음 아파해야 할 필요는 없어."

하지만 오토하는 내게 시선 한 번 주지 않았다.

"야."

─부탁이니 이쪽 좀 봐.

몇 번이나 그렇게 소리칠 뻔했지만 나는 또 말을 꾹 삼켰다.

자기 방에 갇혀 있다가 구출된 후로 오토하는 유령이 보이지 않게 된 것처럼 내가 무슨 말을 해도 전혀 반응을 보이지 않았다.

그냥 힘이 없는 눈으로 멍하니 생각에 잠겨 있을 뿐이다. 불굴의 투지로 공포심조차 새로운 원동력으로 바꿨던 오토하와는 완전히 다른 사람이었다.

게다가 밤이 깊어질수록 오토하의 눈에 깃든 불안과 공포가 점점 커졌다.

좋지 않은 징조였다.

내게 분노나 증오를 쏟아 내는 건 전혀 상관없다. 하지만 오토하가 공포를 쏟아 내는 대상은…… 분명 내가 아니었다.

소멸하기까지 시간이 얼마 남지 않은 나로서는 오토하의 그 태도가 두려워서 견딜 수 없었다.

갑자기 기어드는 듯한 목소리가 들렸다.

"……토, 하."

나는 눈이 동그래졌다.

오토하의 목소리가 아니었기 때문이다. 의자 위에 맥없이 몸을 웅크리고 있던 오토하도 얼른 몸을 일으켰다.

"이모!"

"오토하?"

그건 분명 가라쓰 목소리였다. 하지만 가라쓰의 입에는 인공호흡을 위해 튜브를 꽂아 놓았다. 그 상태로 말하기는 불가능하다.

당황한 듯 오토하가 나를 보았다.

실내에 있는 사람은 가라쓰와 오토하뿐. 유령인 나를 포함해도 세 명뿐이다. 그렇다면 답은 하나밖에 없었다.

―유령이 된 건가.

우리 눈앞에 반투명한 가라쓰가 나타났다.

다만 가라쓰는 지금의 나와 다름없을 만큼…… 아니, 그 이상으로 색깔이 희미했다. 마치 당장이라도 소멸할 것처럼.

"무슨 일…… 있었어?"

기억이 모호한지 가라쓰는 순수하게 의아해하는 표정이었다.

그리고 가라쓰의 몸은 침대에 누운 육체와 강하게 연결된 듯 상반신을 똑바로 일으키지조차 못했다.

분명 내가 유령이 됐을 때와는 상태가 달랐다.

가라쓰의 유령은 일어나기를 포기하고 침대에 큰대자로 드러누웠다.

"여기는 병원이지? 기억나는 건…… 거실, 식칼? 베란다…… 그리고 내가 뛰어내렸고…… 누군가가 손을."

가라쓰는 기분 나쁘다는 듯이 자기 오른손을 바라보았다.

하지만 다음 순간, 손은 아무래도 상관없다는 듯 다시 몸을 일으키려고 발버둥 쳤다. 안개처럼 변한 자기 손이 육체와 따로 논다는 걸 알아차렸기 때문이리라.

나는 오토하에게 말했다.

"떨어지는 가라쓰의 손을 붙잡은 건 나야. 어쩌면…… 그때 죽음에 바짝 다가선 가라쓰의 혼이나 넋 같은 걸 육체에서 끄집어낸 건지도 모르겠군."

"그래서 이모가 유령으로?"

이 추측이 맞는지는 나도 모른다.

다만 가라쓰의 유령이 불안정한 건 틀림없었다. 아니면 이렇게 몸이 희미하고 육체에서 벗어나지 못하는 게 설명이 안 된다.

비로소 가라쓰가 내게 시선을 주었다.

처음에 가라쓰는 귀청이 떨어지지 않을까 싶을 만큼 큰 비명을 질렀지만, 금세 마음을 가다듬었는지 입가가 천천히 벌어졌다. 어느덧 가라쓰는 눈물을 흘리며 울고 있었다.

"말도 안 돼, 구로하 우유우의…… 유령?"

"그런 셈이지."

내 몸은 투과도가 85퍼센트 정도까지 높아진 상태였다. 몸이 심각하게 희미해졌으므로 처음 보고도 살아 있지 않다는 사실을 알아차린 듯했다.

가라쓰의 웃음소리가 커졌다.

"이상하다 싶기는 했지. 나를 몹시 싫어하는 오토하가 갑자기 착하게 굴질 않나, 형편없는 요리 실력으로 맛있는 음식을 만들어 가져오질 않나. 그것도 모자라 경찰밖에 모르는 정보를 손쉽게 입수해서 사카시마의 정체를 알아내고 체포로 이끌었으니까.

협력자가 있는 것 아닐까 의심스러웠지만 설마…… '오토하와 구로하는 한패'라는 사카시마의 헛소리가 가장 진실에 가까웠을 줄이야."

"참 얄궂다니까."

"그나저나…… 유령이 협력자라니 너무 치사하잖아! 영혼이라면 미행이고 도청이고 자유자재니까 어떤 완전 범죄도 마음먹은 대로 해내겠네."

"공교롭게도 유령은 그렇게 만능이 아니야."

가라쓰가 갑자기 진지한 표정을 지었다.

"유령? 사신(死神)을 잘못 말한 거겠지. 오토하를 꼬드겨서 넉 달 전 사건을 조사하도록 종용했으면서!"

오토하가 허둥지둥 끼어들었다.

"아니야. 내가 구로하에게 의뢰한 거야. 엄마와 아빠를 죽인 범인에게 복수하게 해 달라고."

"복수를 의뢰했다? 그러고 보니 사카시마는 구로하야말로 완전 범죄 청부사라고 주장했지. 설마……."

나는 순순히 고개를 끄덕였다.

"완전 범죄 청부사라는 이름으로 범죄를 대행했던 건 분명 나야."

"네가 그?"

가라쓰의 입에서 증오의 불길이 타올랐다.

180도 달라진 모습에 깜짝 놀라 나는 몸을 뒤로 물렸지만 오토하는 익숙한 듯했다. 오토하는 아무렇지도 않은 얼굴로 의자에서 반쯤 떨어진 이불을 끌어 올렸다.

"이모, 완전 범죄 청부사를 수많은 사람을 죽인 악당이라고 생각하지? 아니야, 구로하는 아무도 안 죽였어. 내가 사카시마를 죽이려 했을 때도…… 막아 줬는걸."

가라쓰는 콧방귀를 뀌었다.

"오토하, 저 인간한테 속은 거야."

"아니. 여러모로 복잡한데…… 진짜 완전 범죄 청부사는 사카시마였어. 십일 년 전, 완전 범죄 청부사가 구로하에게 아주 소중한 사람을 살해했지. 그래서 구로하는 자기 자신을 미끼 삼아 범인을 끌어내리려고 그 이름을 사칭했을 뿐이야."

나는 씁쓸하게 웃었다.

"결국 그런 행동조차 진짜, 즉 사카시마가 실컷 이용했지만 말이야. 결국은 빌딩 옥상에서 떨어져서 이 꼴이 됐고."

가라쓰의 표정이 아주 살짝 누그러진 것 같았다.

"확실히…… 진짜 완전 범죄 청부사치고는 너무 얼빠진 것 같기도 해."

"어쩐지 화나는데."

"하지만 나에 대한 복수만큼은 대성공했네. 그건 칭찬해 줄게."

일찍이 누구보다도 복수를 갈망했던 오토하가 눈물을 뚝뚝 흘렸다.

"아니야, 이런 결말은…… 바라지 않았어."

"슬퍼할 필요 없어. 어차피 나는 곧 죽을 테고…… 제삼자 눈에는 자업자득으로밖에 보이지 않겠지?"

허무한 웃음을 짓는 가라쓰에게 나는 고개를 끄덕였다.

"이미 알고 있는 모양이지만, 가라쓰의 육체는 아침까지 버틸 수 있을지 의문인 상황이야. 나처럼 유령이 됐더라도 칠 일 후에 소멸할 운명이라는 건 변함없고."

"그렇대. 잘됐지, 오토하? 이제 네 부모님을 죽인 범인을 다시는 볼 일 없어. 나도 죄를 숨기고 살아가기가 얼마나 힘들었는지 몰라. 겨우 자유로워지겠네."

가라쓰는 속 시원하다는 듯 천장을 올려다보았다.

그때 오토하가 떨리는 목소리로 물었다.

"이모 정말로…… 그래도 돼? 내게 거짓말을 한 채로 사라져도 되겠어?"

병실의 공기가 얼어붙었다.

나는 가라쓰를 힐끗 보았다. 가라쓰도 오토하가 아니라 나를 쳐다보았다. 우리는 아주 잠깐 눈을 마주친 후 오토하에게 고개를 돌렸다.

"야, 오토하…… 그만 좀 해!"

"그래. 이미 사건은 다 마무리됐는데."

하지만 나와 가라쓰를 바라보는 오토하의 눈은 전에 없이 깊은 절망으로 가득했다. 그래도 입에서는 평소의 비아냥거리는 말투가 튀어나왔다.

"뭐야? 갑자기 둘이 호흡이 딱 맞네?"

나는 크게 혀를 찼다.

"말해 두겠는데 나는 더러운 짓을 하는 쓰레기 경찰관이 제일 싫어. 하물며 이 여자는 언니 부부를 독살하고 내게 죄를 덮어씌우려 했어! 이렇게 비열한 인간은 찢어 죽여도 속이 시원치 않아."

가라쓰도 인상을 찌푸렸다.

"나도 널 함정에 빠뜨리지 못해서 유감이야. 함정이 제대로 먹혔다면 완전 범죄 청부사라는 해악을 세상에서 제거할 수 있었는데. 그런데 하필이면 유령이 돼서 오토하에게 잔꾀를 일러 줬다니…… 정말 최악이야."

그런데도 오토하는 피로에 지친 웃음을 지을 뿐이었다.

"내가 아는 두 사람답지 않네."

"뭐!"

우리는 이구동성으로 외치며 얼굴을 마주 보았다. 오토하는 담담히 말을 이었다.

"어제 내가 추리를 펼치기 시작했을 때부터 그랬어. 이모도 구로하도 조금씩 이상해졌잖아? 하지만 둘 다 연기가 서툴러서…… 그렇게 열심히 서로 욕해 봤자 두 사람답지 않은 느낌만 들 뿐이야.

역시…… 이모뿐만 아니라 구로하도 눈치챈 거지?"

나는 이를 악물었다.

─아아, 역시 이 아이는 너무 총명해.

먼저 마음이 꺾인 건 가라쓰인 듯했다. 가라쓰는 양손에 얼굴을 묻고 애절하게 탄식했다. 하지만 내가 포기할 수는 없었다. 그래서는…… 오토하와 만나기 전의 나와 똑같다. 아무것도 달라진 게 없다.

나는 오토하를 무섭게 노려보았다.

"더는 사건에 대해 생각하지 마. 이 앞에는 정말로 아무것도 없어. 세상에는 아무도 행복해지지 않는 선택지가 있는 법이야. 그런 길을…… 오토하가 선택하도록 놔둘 수는 없어."

오토하가 한없이 어둡게 느껴지는 한숨을 내쉬었다.

"안 돼. 이미 추리를 완성했으니까."

◆

"진범은 분명 우리 집에서 엄마와 아빠에게 독을 먹였을 거야. 차고에 있는 차에 시신을 싣는 것도 그렇고, 분명 집이 남에게 목격당할 위험성이 제일 낮을 테니까."

가라쓰가 양손에 얼굴을 묻은 채 중얼거렸다.
"응, 오토하 생각대로야. 난 오토하네 집에서 두 사람에게 독이 든 초콜릿을 먹였어."
"집 어디서?"
"……거실에서."
"그럴 줄 알았어. 범인이 우리 집을 방문한 틈을 타 엄마와 아빠에게 초콜릿을 먹였다면, 응접실을 겸한 거실이나 거실과 이어진 주방 중 한 군데겠지. 만약 거실이 현장이라면…… 범행에 관련 있을지도 모르는 어떤 물건의 존재가 부각돼."
가라쓰가 미심쩍어하는 표정을 지었다.
"그게 뭔데?"
"……이제 그런 이야기는 됐잖아!"
가라쓰와 달리 나는 오토하와 함께 조사를 진행했으므로 '어떤 물건'이 뭔지도 알고 있었다. 하지만 내가 그 이름을 입 밖에 꺼낼 일은 없다. 나는 어떻게든 이 추리를 말리고 싶으니까.
내 만류에도 오토하는 담담히 대답했다.
"전에 구로하에게도 이야기했지? 화이트데이 다음 날 아침에 내가 거실에서 리코더를 불었다고. 하지만 잘 불지 못했어."
나는 힘 있게 고개를 끄덕였다.
"그건 오토하가 감기에 걸린 탓이야."
"이모와 구로하도 리코더를 불어 봤지? 그럼 어떻게 생겼는지도 알겠네. 소프라노 리코더는 제일 굵은 상단부 지름이 3센티미터 정도고, 중단부는 좀 더 가늘어서 2센티미터 정도야."

그 순간 가라쓰의 눈이 절망에 빠져들었다.

이유는 뻔했다. 오토하가 다다라서는 안 되는 사실에 착실히 접근하고 있었기 때문이다.

"리코더의 지름 하니까 아빠 손이 생각났어. ……거꾸로 매달린 양손에는 로프 양쪽 끄트머리가 감겨 있었고, 주먹을 느슨하게 푼 것 같은 별난 형태로 경직을 일으켰지."

―그렇지, 구로하?

오토하가 거짓말은 용납하지 않겠다는 표정으로 물었으므로 나는 어쩔 수 없이 인정했다.

"응, 손가락과 손바닥이 깔끔한 원기둥꼴을 이루었어. 로프를 세 번 감고도 여유가 있는 것처럼 보였지."

"로프의 굵기는 5밀리미터니까 아빠의 손가락과 손바닥이 만든 원기둥꼴은 지름이 2센티미터 남짓 되겠네."

나는 일부러 코웃음 쳤다.

"당연히 그렇겠지? 가라쓰가 시신을 그렇게 만들었으니까."

"다우트! 평범하게 로프를 세 번 감아서 쥐게 했다면, 손가락과 손바닥이 이루는 형태는 좀 더 일그러질 거야. 양손이 비슷한 크기의 깔끔한 원기둥꼴을 이룰 리 없어.

하지만…… 만약 아빠가 거실에 있었던 리코더의 중단부를 양손으로 움켜쥔 탓에 손이 그런 모양새가 됐다면?"

"윽."

오토하가 말문이 막힌 내게 깨진 스마트폰 화면을 들이댔다.

"사카시마도 손전등을 꽉 움켜쥔 채 죽었지? 왜 그렇게 됐는지 궁금해서 알아봤어.

 죽은 직후에는 골격근이 이완되니까 보통은 살아 있을 때 들고 있던 물건을 떨어뜨리지만…… 가끔 이완되지 않고 그대로 사후경직 단계로 넘어가기도 해. 이 기사에도 '근육이 강하게 긴장된 상태로 사망하면 긴장성 사후경직이 발생하기도 한다'라고 적혀 있어."

 ─오토하 말이 맞아.

 사카시마는 총에 맞기 직전, 손전등을 꽉 움켜쥐고 있었던 탓에 긴장성 사후경직이 발생했고…… 가이세이도 숨이 끊어지기 직전에 리코더 중단부를 꽉 움켜쥔 탓에 같은 현상이 일어난 것이리라.

 "그만해!"

 가라쓰가 떨리는 손끝을 휘두르며 절규했다.

 하지만 가라쓰의 손은 허무하게 허공만 가를 뿐 오토하에게는 닿지 않았다. 물론 오토하가 추리를 멈출 리도 없었다.

 "아빠 몸에 긴장성 사후경직이 일어났다면…… 이모도 손에서 리코더를 빼내느라 고생했을 거야. 결국 억지로 리코더를 빼내서 아빠 손에 상처가 생겼고, 리코더에도 손의 기름이 묻은 거지?

 다음 날 아침에 내가 리코더를 잘 불지 못한 것도 그래서야. 기름이 남아 있어서 손가락이 미끌미끌 미끄러진 거지."

 가라쓰도 리코더를 닦아서 놔뒀겠지만, 손의 기름을 완전히 닦아 내지는 못한 것이리라.

 "아니야!"

가라쓰가 핏발 선 눈으로 부정했지만 오토하는 아주 차분하게 말을 이었다.

"아니긴 무슨. 아빠 시신을 스스로 목 조르는 것같이 이상한 모습으로 만든 것도⋯⋯ 리코더를 빼낼 때 생긴 상처를 감추기 위해 어쩔 수 없이 그런 거지? 로프로 시신의 손에 새로운 상처를 많이 만들면 오래된 상처를 감출 수 있다는 생각으로."

나는 바로 어깨를 으쓱했다.

"가이세이 씨가 리코더를 쥐고 있었다? 그게 뭐 어쨌는데? 가라쓰에게 반격하기 위해 제일 가까이 있던 리코더를 반사적으로 집어 든 거겠지."

오토하가 서글프게 웃었다.

"머리를 완전히 비우고 다시 생각하면 다르게 해석할 수도 있어. 사실 그건 아빠가 '우리를 죽인 사람은 미쓰이 오토하'라는 사실을 고발하기 위해 남긴 다잉 메시지라고."

병실에 무거운 침묵이 흘렀다.

무슨 말도 안 되는 소리냐고 웃어넘겨야 했을지도 모른다.

대신에 나와 가라쓰는 시선을 교환했다. 눈물을 글썽거리는 가라쓰는 이미 반론할 기력을 완전히 잃은 듯했다.

─가라쓰는 오토하가 어떤 아이인지 누구보다도 잘 알아. 그렇기에⋯⋯ 오토하를 말릴 방법이 없다는 걸 먼저 깨달은 건가.

오토하가 계속 말했다.

"어제 내 추리 속에서 이모가 자신을 지키기 위해 사용한 위장법은 전부 이모답지 않은 것뿐이었어. 내가 아는 이모는 그렇게 제멋대로 이기적인 짓을 하지 않아. 이모의 신념과도 너무 거리가 멀고. 분명 뭔가 이상해."

가라쓰가 애원했다.

"제발 그만해."

하지만 오토하에게는 통하지 않았다.

"그래서 이모가 독살범이라는 전제를 버리고, 그 리코더를 시작으로 사건을 다시 짚어 봤지. ……구로하가 가르쳐 줬잖아? 추리에 모순이 있어서 문제가 잘 풀리지 않을 때는 자신이 추리의 전제로 삼은 선입견을 의심하라고."

나도 모르게 눈을 감았다.

어떻게든 이 추리를 저지해야 한다. 하지만…… 아이러니하게도 예전에 내가 오토하에게 가르쳐 준 내용이 나를 방해하며 오토하를 새로운 진상으로 이끌고 있었다.

오토하는 멈출 줄 몰랐다.

"추리의 전제를 바꿨더니 새로운 가능성이 보이더라.

만약 이모가 그 리코더를 '미쓰이 오토하를 고발하는 다잉 메시지'라고 해석하고, 진심으로 내가 이 사건에 관여했다고 의심했다면…… 갑자기 모든 일이 이모다운 행동으로 바뀐다는 걸 알아차렸어. 전부 나를 지키기 위해 그랬던 거야."

―확실히 그게 훨씬 가라쓰다워.

고작 며칠 접한 사이지만, 나도 알 수 있을 정도였다.

"저기, 이모…… 정말로 엄마와 아빠를 독살했어?"

오토하의 질문에 가라쓰는 입술만 떨 뿐 아무 대꾸도 하지 않았다.

나는 오토하를 날카롭게 쏘아보았다.

"오토하, 현실에서 눈 돌리지 마. 독살범은 틀림없이 가라쓰야."

"응, 나도 시신을 옮기고 완전 범죄 청부사를 빠뜨릴 함정을 만든 건 이모라고 생각해. 하지만 그건 사건이 벌어진 후의 행동이잖아. 사실 이모는 화이트데이 밤에 우리 집에 왔다가 엄마와 아빠의 시신을 발견했을 뿐…… 진짜 독살범은 따로 있는 거지?"

"그럴 리가 있나!"

내 반론은 귀에 들어오지 않는 듯 오토하는 가라쓰를 빤히 바라보았다.

"이모에게 무엇보다 중요했던 건, 진짜 독살 현장이 우리 집이었다는 사실을 숨기는 거였어. 아빠를 거꾸로 매달아서 '거꾸로' 살인으로 위장한 것도, 리코더의 존재를 감추기 위해 손에 로프를 감은 것도, 다 똑같은 목적이었지.

이모는 '미쓰이 오토하에게는 불가능한 범죄였다', '사건 현장은 미쓰이네가 아니라 빈집이었다'라고 암시하고 싶었을 뿐이야. 그렇게 절대로 내가 의심받지 않을 상황을 만들고, 목숨을 걸어서라도 나를 지키려고 한 거지?"

"아니야."

가라쓰가 힘없는 목소리로 중얼거렸지만, 반박해도 소용없다는 듯 오토하는 미소를 지었다.

"순 거짓말. 현장에서 발견된 로프는 전부…… 힘이 작용하는 방향과 무게를 고려해 매듭을 바꿨다고 하던데? 만약 이모 본인이 의혹에서 벗어날 생각만 했다면, 로프는 좀 더 아마추어 티가 나도록 묶었을 거야.

경찰관이 꼭 로프의 프로인 건 아니겠지만, 재해 대책 등으로 로프를 잘 다루는 사람도 많겠지. 일반인에 비하면 훨씬 '로프를 잘 다루는' 직업이야.

자신에게 불리할 수도 있는 증거를 일부러 남긴 것도…… 어린아이는 절대로 모를 만한 매듭을 사용해서 날 지키려고 한 거지?"

어느덧 오토하의 두 눈에서 눈물이 뚝뚝 흘러 떨어졌다.

나는 고개를 숙였다.

물론 가라쓰가 시신을 빈집으로 옮기고 괴이한 연출을 한 데에는 내게 죄를 떠넘길 목적도 있었으리라. 하지만 그조차도 가라쓰에게는 사소한 일에 지나지 않았으리라.

─사건이 복잡하고 엽기적일수록 초등학생이 그랬다고 의심받을 확률은 낮아지겠지.

특히 오토하처럼 스포츠고 뭐고 운동을 전혀 하지 않아서 몸을 제대로 쓸 줄 모르는 여자아이가 성인 남성을 거꾸로 매달 수 있으리라고는 경찰도 생각지 않을 것이다.

……전부 오토하를 지키기 위해.

나는 같잖다는 듯 웃었다.

"확실히 가라쓰는 오토하를 지키고 싶다는 일념으로 모든 걸 위장했는지도 모르지. 하지만 그렇다고 가라쓰가 독살범이라는 사실이 부정되는 건 아니야.

가라쓰의 독에 당한 가이세이 씨는 죽기 직전에 딸인 오토하가 생각나서 리코더를 움켜잡았어. 가라쓰는 긴장성 사후경직이 발생했다는 걸 알아차렸고, 이대로 놔두면 리코더 주인인 오토하가 의심받을 수도 있다는 생각에 불안해졌지. 그래서 재빨리 위장에 나섰을 뿐이야."

오토하가 몹시 음울한 표정으로 말했다.

"아니지. 이모가 정말로 독살범이라면 진짜 살해 현장이 드러나서 곤란한 건 이모뿐이야. 우리 집과 그 주변을 자세히 조사해도 이모가 독을 썼다는 증거나 사건 전후에 이모가 우리 집에 왔었다는 증거만 나올 건데 뭘."

"······확실히."

"애당초 나는 초등학생이니까 경찰에 의심받을 가능성이 거의 없었어. 아이는 불순물이 적은 청산가리를 구할 방법이 없고, 그런 걸 다루지도 못할 테니까.

다잉 메시지도 그대로 방치해도 별일 없었을걸? 구로하 말마따나 리코더를 움켜쥔 이유는 해석하기 나름이니까."

정론인 만큼 나도 가라쓰도 입을 다물 수밖에 없었다.

오토하가 눈물에 젖어 엉망이 된 얼굴로 말했다.

"그런데도······ 이모는 자기보다 나를 지키려고 리코더를 철저히 숨겼고, 너무 지나칠 만큼 위장 공작에 힘썼어.

이모에 대해서는 내가 누구보다도 잘 알아. 그래서 단언할 수 있어. 이모는 아무 근거도 없이 날 의심할 사람이 아니야! 분명······ 엄마와 아빠 시신을 발견했을 때, 이모를 불안하게 만든 뭔가가 집에 있었던 거지? 그걸 보고 내가 사건과 관련됐다고 확신한 거야."

가라쓰가 오열로 답했다.

—아아, 오토하는 마침내 다다라서는 안 될 결론에 다다르고 말았어.

결국 나도 가라쓰도 그걸 막지 못했다. 오토하는 패기를 완전히 잃은 눈으로 이모를 응시했다.

"이모, 난 이미 각오했어. 그러니까 그날 밤에 무슨 일이 있었는지…… 이모가 뭘 봤는지 전부 가르쳐 줘. 아니면 최악의 상상만 하다가…… 결국 그 상상이 내게 진실로 다가올 거야."

참으로 무거운 말이었다.

어느 쪽으로 굴러도 기다리는 건 지옥. 하지만 유령으로 지낼 수 있는 제한 시간이 임박한 만큼 우리에게는 망설일 여유조차 없었다. 나는 마음을 단단히 먹고 가라쓰를 바라보았다.

"그만하고 전부 말해."

"하, 하지만."

"알아. 가라쓰가 시신을 운반했을 뿐만 아니라 실제로 저지르지도 않았으면서 미쓰이 부부를 독살했다고 자백한 건……, 무슨 일이 있어도 오토하가 자신이 범인일지도 모른다는 의심을 품지 않도록 하기 위해서였지? 식칼을 휘둘러 오토하를 떼어 놓은 것도 스스로 목숨을 끊을 시간을 벌어 무덤까지 비밀을 가져가기 위해서였고."

그 심정이 전해졌으므로 나는 가라쓰의 의도에 맞춰 주기로 했다. 아까까지 가라쓰를 독살범이라고 부른 것도…… 그것이 가라쓰의 마지막 소망임을 이해했기 때문이다.

가라쓰가 고개를 저었다.

"안 돼, 말 못 해. 말하면…… 오토하가 더 괴로워질 거야."

어느 틈엔가 오토하는 가라쓰가 깨어나기 전의 맥없는 상태로 돌아가서 무릎을 끌어안은 자세로 의자에 멍하니 앉아 있었다.

나는 그런 오토하를 보고 히죽 웃었다.

"너도 내가 아는 오토하답지 않네."

"……응?"

"혼자 다 아는 척하고 체념하다니, 왜 이렇게 소심해진 거야? 지금까지 우리는 진상인 줄 알았던 사실에 다다를 때마다 그보다 더 깊은 뭔가가 있다는 걸 깨달았지. 이미 이만큼 다중 해결이 존재하잖아. ……지금 가라쓰나 오토하가 진상이라고 믿는 사실 너머에 또 다른 진상이 숨어 있지 않을 거라고 어떻게 단언하지?"

─궤변이다.

하지만 지금은 이렇게 하는 게 옳다.

나는 그냥 범죄자다. 설령 오토하를 불행으로 몰아넣을 진상밖에 기다리지 않는다고 해도, 그딴 건 가짜 진상으로 날려 버리면 그만이다.

우리는 지금까지 몇 번이나 다중 해결에 맞닥뜨려 쩔쩔맸다. 이렇듯 특이한 상황이라면…… 진짜든 가짜든 새로운 진상을 오토하가 믿게 할 자신이 있었다.

—설령 오토하 본인이 포기하더라도, 나는 어디까지나 범죄자답게 더럽고 치사하게 물고 늘어질 거야.

"약속할게. 두 사람이 진상이라고 믿는 사실을 내가 반드시 무너뜨릴게."

◆

화이트데이 밤, 가라쓰는 집 세면실에 멍하니 서 있었다. 오후 8시 5분이었다.

가이세이의 번호로 걸려 온 전화를 받은 순간, 울어서 목멘 소리가 들려왔다.

"어쩌지? 나 때문에 아카코가, 아카코가……. 아아, 용서해 줘. ……왜 이런 일이."

"형부?"

무슨 일이냐고 물어보려 해도 이성을 잃은 가이세이의 목소리는 끼어들 여유조차 주지 않았다.

"전부 내 잘못이야. 으으, 왜 하필…… 독 초콜릿을 깜빡하고 그런 곳에…… 놔둔 거지? 그 탓에…… 오토하가 실수로 그 초콜릿을…… 아카코에게."

무슨 말인지 종잡을 수가 없었다. 하지만 울부짖듯 비통한 목소리로 심상치 않은 일이 일어났다는 걸 알 수 있었다.

가라쓰는 떨리는 목소리로 물었다.

"'독 초콜릿'이라면 책 말이죠?"

앤서니 버클리의 《독 초콜릿 사건》을 깜빡하고 거실에 놔둬서 오토하가 실수로 치웠다든가, 책 위에 차를 쏟았다든가…… 그런 시시한 이야기일 거다, 틀림없다.

하지만 무정한 대답이 돌아왔다.

"아니야! 난 정말로 준비했어…… 청산가리가 든 초콜릿을. 아아, 지금이라면 독극물 누가 사건의 범인에게 죄를 전부…… 떠넘길 수 있을 줄 알았어. 오늘 밤 빈집에서…… 그 초콜릿을 완전 범죄 청부사에게."

─완전 범죄 청부사?

가라쓰는 숨을 삼켰다.

"그게 무슨……."

"미안해. 오토하를…… 부탁해."

그 말을 끝으로 전화가 끊겼다.

◆

가라쓰는 빈정거리듯 웃었다.

"물론 수사1과도 8시 5분에 형부가 내 스마트폰에 전화를 걸었다는 건 파악했어. 하지만 다음 달에 꽃구경 가기로 한 일을 상의했다는 내 거짓말을 곧이들었는지 전혀 의심하지 않았지."

오토하가 혼란스러워하는 눈으로 이모를 보았다.

"무슨 소리야? 지금 그 이야기대로라면…… 아빠는 자살한 거야?"

가라쓰는 암담한 눈빛으로 입을 열었다.

"전화가 끊기자마자 서둘러 오토하의 집으로 향했지. 8시 25분쯤에 도착했으려나. 하지만 내가 달려갔을 때 너희 아빠는 이미 거실 소파에서 숨을 거둔 뒤였어. 곁에 있던…… 너희 엄마도."

가라쓰는 즉시 심폐 소생술을 실시했지만 두 사람의 입에서는 아몬드 냄새가 났다. 형사로서 일해 온 경험으로 시안화칼륨 중독이라는 걸 금방 알아차렸다고 한다. 가라쓰가 달려갔을 때는…… 이미 늦었다.

나는 유령이 되고 처음으로 두통을 느꼈다.

"가이세이 씨가 전화로 독이 든 초콜릿을 자기가 준비했다고 했지? 그리고 그 초콜릿은……."

"주방 냉장고에 붙어 있던 메모를 보고 형부가 전화로 무슨 말을 전하려 했는지 어렴풋이 이해했어. 화이트데이 자정에…… 정확하게는 다음 날인 15일 오전 0시에 빈집에서 아카코 언니와 형부를 만나기로 한 건 완전 범죄 청부사, 즉 구로하였지?"

"맞아."

가라쓰가 삐걱거리는 듯한 웃음소리를 목구멍에서 밀어냈다.

"공교롭게도 '의뢰'를 비롯해 전부 다 거짓말이었나 봐. 형부는…… 널 위해 청산가리를 넣은 초콜릿을 준비한 모양이니까."

"어째서? 동기를 전혀 모르겠는걸."

예전에 의뢰인으로 위장해 암살을 시도한 놈들이 있기는 했다. 하지만 그들에게는 옛날에 완전 범죄 청부사와 얽혀서 피해를 봤으므로 복수하겠다는 명확한 동기가 있었다.

―이상하군. 나는 어린 시절, 학창 시절, 표면적인 사업, 비밀 사업, 그 어디에도 미쓰이 부부와 접점이 없는데.

가라쓰가 쓴웃음을 지었다.

"가령 네가 완전 범죄 청부사의 이름을 사칭했다면…… 너한테는 동기가 없을 수도 있겠지."

이 말에 등골이 오싹했다.

"그렇다면?"

"언니와 형부가 독을 먹이려 했던 건 너랑 오토하가 말하는 진짜 완전 범죄 청부사였을지도 몰라."

―맙소사.

십일 년 전, 완전 범죄 청부사 행세를 시작한 순간부터 나는 진짜가 과거에 저지른 죄도 전부 짊어지게 됐다. 그 가운데 미쓰이 부부가 살인 충동을 느낄 만한 동기가 숨어 있었다는 건가?

오토하가 갑자기 중얼거렸다.

"혹시 이시가메?"

처음에 나는 오토하가 무슨 소리를 하는 건지 정말로 몰랐다. 하지만 그 이름을 들은 순간, 가라쓰의 표정이 싹 달라졌다. 미쓰이 부부가 살인을 저지르려 한 동기의 심층을 건드렸다는 듯이.

나는 흠칫했다.

"이시가메라면 분명…… 가라쓰가 독자적으로 만든 자료에 실려 있었는데. 완전 범죄 청부사에게 살해당했다고 추정되는 사람의 이름이었던가."

가라쓰가 손끝으로 곱슬머리를 휘저으며 말했다.

"아, 그러고 보니 오토하가 그 자료를 훔쳐봤었지. 파일은 금방 빼앗았지만…… 그렇군. 오토하가 거기까지 읽고 기억해 뒀구나."

나도 모르게 탄식했다.

"내가 완전 범죄 청부사를 사칭해서 활동하기 시작한 시점에 진짜가 오야부 게이지를 묻지 마 살인으로 위장해 살해하고, 가사이 유키코를 계단에서 떨어진 것처럼 또 한 번 살해했다는 건 파악했어. 하지만 그 후로 진짜는 완전히 활동을 멈췄지.

오토하에게 '이시가메'라는 이름을 들었을 때도 십중팔구 가라쓰가 다른 사람이 저지른 살인 사건을 진짜가 저지른 사건에 포함한 줄만 알았어. 하지만 실제로는…… 사카시마가 완전 범죄 청부사로서 한 명 더 죽인 건가."

가라쓰는 고개를 살짝 끄덕였다.

"난 지난 이 년간 완전 범죄 청부사에 관해 은밀히 조사했어. 그렇지만 현경 본부에 완전 범죄 청부사가 실제로 존재한다고 믿는 사람은 없었지. 과장도 도시 전설에 불과하다고 웃어넘겼고."

"그런 상황에서 어떻게 조사할 마음을 먹었지?"

내가 미간을 찌푸리자 가라쓰는 별것 아닌 이유라는 듯 고개를 내저었다.

"거의 우연이나 마찬가지야. 이 년 전, 완전히 다른 사건으로 체포된 사람이 있었어. 절도 혐의였는데, 가택수색을 했더니…… 이시가메 쓰토무를 살해해 달라고 완전 범죄 청부사에게 의뢰했다는 걸 암시하는 오래된 증거가 나왔어."

다만 그때 압수한 증거품은 부분적인 데다 구체적이지도 못했다. 그래서 완전 범죄 청부사의 존재를 뒷받침하기에는 너무 부족했다고 한다.

그러나 가라쓰는 단념하지 않고 혼자 부지런히 조사를 진행했다.

"이시가메 쓰토무가 사망한 건 십이 년 전. 공식적으로는 계단에서 굴러떨어진 사고로 처리됐어."

"시기상으로는 내가 완전 범죄 청부사를 사칭하기 조금 전이로군. 사고로 위장한 방법도 가사이 유키코 때와 똑같아."

오토하가 끼어들었다.

"이시가메라는 사람은 엄마 아빠와 어떤 관계였어?"

"너희 엄마에게는 동창생의 오빠고, 너희 아빠에게는 대학교 선배이자 유일무이한 친구이기도 했어."

—선배?

놀랍게도 내가 목숨을 걸고 복수하기로 맹세한 것과 완전히 똑같은 이유였다.

가라쓰가 한없이 어두운 말투로 계속 설명했다.

"불행의 연쇄는 그걸로 멈추지 않았어. 이시가메의 부인은 예전부터 산후 우울증이었는데…… 남편의 사망 소식을 듣고 삼 일 후에 아직 돌도 지나지 않은 딸을 데리고 연탄으로 동반 자살을 꾀했지."

그 현장을 처음으로 발견한 사람이 바로 가이세이였다.

가이세이는 위험을 무릅쓰고 틈새를 틀어막은 욕실에서 이시가메의 아내와 아기를 구출했다. 하지만 이미 늦었다. 둘 다 일

산화탄소를 너무 많이 마셨다.

결국 모녀는 의식을 찾지 못했고, 결국 아기는 다음 날 새벽에, 이시가메의 아내는 이 주일 후에 병원에서 사망했다.

"형부는 딱 한 번 그때 일을 나한테 이야기해 줬어.

품에 안았을 때 아기는 뺨이 장밋빛이었고 온기도 느껴졌대. 그게 일산화탄소중독의 전형적인 증상인 줄도 모른 채 둘 다 분명 살아날 거라고 믿었다고……. 왜 삼십 분만 더 일찍 알아차리지 못 했느냐고 형부는 몹시 자책했어."

가라쓰는 양손으로 눈을 덮고 말을 이었다.

"일 년 넘게 홀로 조사한 결과, 나는 완전 범죄 청부사가 이시가메 쓰토무를 비롯해 오야부 게이지와 가사이 유키코도 살해했다는 사실을 알아냈지."

나는 날카롭게 질문했다.

"바꿔 말하면…… 진짜 완전 범죄 청부사의 살인에 대해서는 현경 수사1과조차 전모를 파악하지 못했다는 뜻이야. 그런데 오토하의 부모님이 그걸 어떻게 알고 있었던 거지?"

가라쓰가 서글프게 중얼거렸다.

"물론 나도 언니와 형부에게 말하지는 않았어. 하지만…… 내가 모은 자료를 어쩌다 두 사람이 봤을지도 모르지."

결국 완전 범죄 청부사를 살해하려던 가이세이의 마음은 얼마나 진심이었을까?

—청산가리까지 준비했을 정도야. 그건 협박이나 호신에 도움이 되는 물건이 아니니까, 역시 살의가 컸다고 볼 수밖에 없다.

가라쓰는 아련한 눈으로 말을 계속했다.

"거실만 얼핏 봐도 무슨 상황인지 알겠더군.

테이블에 초콜릿 상자가 있었어. 샛노랗고 작은 그 상자에는 아래쪽이 불룩하고 새빨간 비닐 포장지에 감싸인 초콜릿이 하나 섞여 있었지. 그건……."

"허니 컬렉션."

오토하가 정신이 다른 곳에 있는 듯한 말투로 중얼거렸다. 그건 쇼콜라티에 멜리사의 모둠 초콜릿 상자가 분명했다.

가라쓰가 고개를 끄덕했다.

"난 늘 막과자만 먹으니까, 조사해 보고서야 그게 멜리사의 초콜릿이라는 걸 알았어."

◆

가라쓰는 거실에서 과호흡을 일으킬 뻔했다.

테이블에는 샛노란 상자가 놓여 있었다. 여섯 개들이 상자에는 초콜릿이 네 개 남아 있었다.

─설마 이게 형부가 말했던 독 초콜릿?

두 개 줄었으니 아카코와 가이세이가 하나씩 먹었다는 뜻일까. 아카코는 빈 머그잔을 앞에 두고 숨이 끊어졌다. 소파에서 떨어질 듯이 쓰러진 가이세이의 입가에도 초콜릿이 약간 묻어 있었다.

그제야 가라쓰는 퍼뜩 정신을 차렸다.

"맞다…… 오토하는?"

테이블 모서리에 다리를 걸릴 뻔하면서 가라쓰는 헐레벌떡 곧장 2층으로 향했다.

다행히 오토하는 침대에서 새근새근 자고 있었다.

가라쓰는 안도하는 마음으로 오토하를 깨우려고 했다. 그 기척을 느꼈는지 오토하가 몸을 뒤척이며 작게 잠꼬대했다.

가라쓰는 손을 뻗은 채 얼어붙었다.

─잠깐, 언니 앞에 있던 머그잔에 들어 있던 건…… 설마!

오토하는 어릴 적부터 핫초코 만드는 걸 좋아했다. 가라쓰도 미쓰이네에 놀러 왔을 때 몇 번 얻어먹었고, '매일같이 오토하가 만들어 줘' 하고 아카코가 전화로 딸 자랑을 한 적도 있었다.

미쓰이네에서 무슨 일이 있었는지 알 것 같았다.

일단 가이세이는 이시가메 가족을 위해 완전 범죄 청부사에게 복수하기로 마음먹었으리라.

가이세이는 의뢰인을 가장해 완전 범죄 청부사를 시노노메초의 빈집으로 불러내…… 복수의 도구로 준비한 독 초콜릿을 먹이려 한 게 틀림없다.

하지만 예상치 못한 착오가 생겼다.

가이세이가 실수로 그 초콜릿을 가족들 눈에 띄는 곳에 놔둔 것이다.

오토하는 아주 좋아하는 허니 컬렉션을 보고…… 가이세이의 화이트데이 선물이라고 착각한 것이리라.

"맙소사, 오토하가 독이 든 허니 컬렉션으로…… 핫초코를 만든 거구나."

종잡을 수 없었던 통화 내용을 돌이켜 봐도 틀림없었다.

가라쓰는 발소리를 죽인 채 거실로 돌아와 머리를 끌어안았다.

다행히 오토하는 핫초코를 마시지 않은 듯했다. 그뿐만 아니라 평화롭게 잠든 얼굴을 보건대…… 자신이 만든 음료가 무슨 결과를 초래했는지조차 모르는 게 분명했다.

─아카코 언니는 뜨거운 걸 잘 못 먹는 체질이었지. 그래서 핫초코도 오토하 앞에서 마시지 않고, 식은 후에 단숨에 마신 거야.

덕분에 오토하는 끔찍한 꼴을 보지 않고 넘어갔다.

하지만 동시에…… 치사량의 청산가리를 단숨에 몸속으로 받아들이는 결과를 초래했다. 그리고 늦게 귀가한 가이세이는 열린 허니 컬렉션 상자와 빈 머그잔을 보고 무슨 일이 벌어졌는지 전부 알아차렸으리라.

"그래서 내게…… 그런 전화를."

남을 해치려고 무덤을 파는 사람은 자기 무덤도 파게 된다는 말이 있지만, 너무나 비참한 결말이었다.

─아내를 잃고 딸을 살인자로 만들고 말았어.

가이세이는 자기 행동이 만들어 낸 결과를 견딜 수 없어서 독 초콜릿을 먹고 아내를 뒤따른 것이 틀림없었다. 그는 소파에서 미끄러져 떨어질 듯한 자세였지만 양손으로 리코더를 꽉 쥐고 있었다.

"이건 오토하의 리코더?"

통화 내용으로 판단컨대 가이세이가 오토하를 고발하기 위해 다잉 메시지를 남겼을 것 같지는 않았다.

분명 이것도 불행한 우연의 연속이었으리라.

독을 먹고 고통으로 의식이 몽롱해졌을 때, 오토하가 즐겨 불었던 리코더가 가이세이의 눈에 들어왔다. 그는 마지막으로 한 번만 더 사랑하는 딸을 안아 보고자 리코더를 붙잡은 것이리라.

그 마음이 얼마나 강했는지 증명하듯 가이세이의 양손은 리코더 중단부를 움켜쥔 채 긴장성 사후경직을 일으켰다.

◆

"상황을 다 파악한 후 나는 마음을 독하게 먹었어. 오토하는 자기가 무슨 짓을 저질렀는지 전혀 몰라. 그렇다면 하다못해…… 아무것도 모르는 채 행복하게 살길 바랐지. 그래서 오토하를 지키기 위해 절대로 넘어서는 안 될 선을 넘은 거야."

그 후 가라쓰는 가이세이의 손에서 리코더를 빼내고, 미쓰이 부부의 시신을 시노노메초의 빈집으로 옮겼다. 그리고 함정을 위해 빈집을 통째로 개조해 죄를 전부 이번 일의 원흉인 완전 범죄 청부사에게 덮어씌우려 했다.

"사망 추정 시각을 위장할 때…… 언니네 집 온도가 유리하게 작용했어."

나는 고개를 작게 끄덕였다.

"아아, 미쓰이네에서는 전기를 아껴 쓰지 않으니까."

오토하의 말에 따르면 옛날부터 여름에는 에어컨을 항상 19도로 설정했고, 겨울에는 26도로 설정했다고 한다.

―3월이라면 설정 온도는 아직 26도였겠지. 차가운 바깥 공기 속에 방치한 것에 비해 시신의 체온 저하를 막는 효과가 있었던 건가.

가라쓰는 거실에서 발견한 독 초콜릿도 빈집에 가져가서 바닥에 놓아두었다.

"독이 든 초콜릿은 다른 데 버릴까 싶기도 했어. 하지만 바로 소용없다는 걸 깨달았지. 멜리사에서 사용하는 비법 조미료는 독특해서…… 감식반이 조사하면 그 가게의 초콜릿이라는 게 금방 드러나. 끝까지 숨기기는 불가능할 것 같았어."

경찰 자료에도 빈집에 초콜릿이 두 개 널브러져 있었다고 기록돼 있었다. ……물방울 모양 초콜릿과 아래쪽이 불룩하고 새빨간 비닐 포장지에 감싸인 초콜릿이 하나씩.

나는 이맛살을 찌푸렸다.

"어, 이상한데. 허니 컬렉션에 들어 있는 초콜릿 여섯 개 중에 오토하의 부모님이 하나씩 먹었다면 네 개가 남아야 하잖아. 두 개는 빈집에 놔뒀고, 나머지 두 개는 어디에?"

"가지고 돌아왔어."

"어, 어째서 그런 짓을?"

내가 당혹스러워하자 가라쓰는 울 듯한 표정을 지었다.

"최악의 상황을 가정했지. 내 위장 공작이 잘 통하지 않아서 오토하가 의심받기라도 하면, 내가 범인으로 나설 필요가 있었어. 그때 현장에서 발견된 것과 똑같은 초콜릿을…… 독과 불순물의 함유량까지 일치하는 초콜릿을 가지고 있으면, 순조롭게 독살범으로 인정받을 수 있을 것 같았거든."

─결국 모든 행동이 거기로 귀결되는 건가.

전부 다 오토하를 지키기 위해.

잠시 후 가라쓰가 자조 섞인 웃음을 지었다.

"말하지 않아도 알아. 그렇게 무시무시한 짓을 하지 않아도…… 그 밖에 길이 얼마든지 있었겠지. 하지만 어째서일까? 그때는 정말로 아무것도 보이지 않았어. 물론 핫초코를 만든 사람은 오토하가 아닐 거라는 생각도 해 봤어. 하지만…… 0.1퍼센트라도 그럴 가능성이 있다고 생각하니 무서워서 견딜 수가 있어야지."

콧물을 훌쩍거리며 울던 오토하가 금방이라도 사그라질 듯한 목소리로 중얼거렸다.

"이모 말이 맞아. 그날 밤, 내가 허니 컬렉션의 초콜릿으로 엄마에게 핫초코를 만들어 줬어."

나는 놀라지 않았다.

예전에 오토하는 '좀 괜찮은' 핫초코를 만들었다고 말했다. 그리고 오토하가 보물이라며 끌어안고 있던 샛노란 상자는 허니 컬렉션이었다. 그 초콜릿의 포장을 뜯어서 핫초코를 만들었으리라는 건 상상하기 어렵지 않았다.

오토하는 고개를 숙였고, 가라쓰도 입술을 깨물고 나를 쳐다보았다.

"나는 할 말 다 했어. 정말로…… 이 철벽같은 진상을 무너뜨리고…… 그 너머에 있는 사실을 보여 줄 거야?"

4

8월 4일 05:00 제한 시간까지 0일

나는 고개를 크게 끄덕였다.

"오토하가 허니 컬렉션으로 핫초코를 만들고, 그걸 아카코 씨가 마신 건 틀림없어. 다만…… 이 사건은 그렇게 단순하지 않아."

오토하가 눈물로 축축해진 얼굴을 들었다.

"정말로?"

"물론이지. 오토하도 이런 상황이 아니었다면 금세 모순을 알아차렸을 거야."

아주 잠깐 안도하는 표정을 지은 가라쓰가 바로 힘없이 중얼거렸다.

"미안해, 서두르는 편이 좋겠어. 어쩐지 머리가 멍하네."

그 말대로 가라쓰의 몸은 당장이라도 사라질 것처럼 희미해져서 시선을 모으지 않으면 잘 안 보일 정도였다. 이제 가라쓰에게 남은 시간은 거의 없다.

나는 빠른 말투로 설명했다.

"첫 번째 모순은 거실에 있었던 리코더야. 가라쓰는 모르겠지만 지금으로부터 며칠 전…… 오토하는 오랜만에 그 리코더를 불려고 했어. 그런데 리코더에서 시궁창 같은 냄새가 풍겼지."

"시궁창?"

가라쓰가 웃는 건지 당황한 건지 모를 목소리로 대꾸했다.

"그래. 냄새의 원인은…… 리코더 상단부에 박혀 있었던 돌멩이였어."

 내 말에 가라쓰의 시선이 흔들렸다.

 "그날 밤에 만졌을 때는 몰랐어."

 "돌은 리코더 안쪽에 박혀 있었으니까 몰랐어도 이상할 건 없지. 그 돌멩이는 수조에 사용하는 파란색 장식 돌이었어. ……오토하의 집에서는 분명 넉 달 전까지 구피를 길렀었지?"

 오토하가 바로 고개를 끄덕였다.

 "응, 화이트데이 밤에는 아직 거실에 수조가 있었어."

 "리코더로 이야기를 되돌리면…… 사건 다음 날 아침에도 오토하는 그 리코더를 불었는데 소리가 잘 나지 않았어. 화이트데이 전날에 불었을 때는 아무렇지도 않았는데."

 "아, 소리가 잘 나지 않은 건 감기나 손의 기름기와는 관계없이 돌멩이 때문이었나. 즉, 리코더에 돌멩이가 박힌 것도 화이트데이 밤이었다는 뜻?"

 "그럴 가능성이 커. 가이세이 씨가 움켜쥐고 있었던 걸로 보건대, 그 리코더가 무슨 형태로 사건에 관계된 건 확실해."

 내가 그렇게 말하자 가라쓰는 기억을 더듬듯 눈을 감았다.

 "이상하네. 난 리코더를 구피 수조 가까이 가져가지 않았는데. ……그날 밤, 난 일단 형부가 직접 붙잡지 않았던 리코더 상단부와 하단부를 분리했어. 중단부는 형부가 꽉 움켜쥐고 있어서 빼내느라 고생했지만. 그리고 뽑아낸 리코더를 다시 조립해서 가볍게 닦은 후 전자피아노 위에 돌려놨지."

 나는 씩 웃었다.

"그럴 것 같았어. 그럼 그 돌멩이는 가라쓰가 미쓰이네로 달려가기 전에 리코더 상단부에 박힌 셈이야.

가이세이 씨는 청산가리에 중독돼 숨지기 전에 뭔가 강한 의지와 의도를 품고 리코더를 붙잡았어. 그 결과 긴장성 사후경직이 나타난 건데…… 양손으로 리코더 전체를 붙잡고 있었다는 보장은 없지."

오토하와 가라쓰가 동시에 숨을 삼켰다.

"설마!"

"그래, 가이세이 씨는 의도적으로 리코더에서 상단부를 빼서 내던졌는지도 몰라. 그리고 그게 구피 수조에 빠진 거지."

초등학생이 사용하는 리코더는 대부분 플라스틱 제품이다. 비중이 그리 크지 않을 테니 과연 물에 가라앉을지 의심스럽다. 하지만 오토하는 거실에 있던 수조가 얕고 옆으로 널찍한 유형이라고 했다. 그렇다면 리코더 상단부가 수조에 세차게 떨어지면서 솟아오른 바닥의 돌멩이가 끼었을 가능성도 있으리라.

오토하가 말을 웅얼거렸다.

"아빠는 왜 그런 짓을?"

"독 때문에 뜻대로 움직일 수 없는데 리코더 상단부를 빼서 던졌으니, 가이세이 씨가 노린 곳에 떨어졌는지는 확실치 않지만…… 의도는 명백해."

가라쓰가 나지막한 목소리로 중얼거렸다.

"역시 다잉 메시지였나?"

"아마도. 청산가리를 먹고 죽음에 이르는 그 아주 짧은 시간에…… 움켜쥔 물건에 메시지를 담아 범인의 정체를 경찰에 알리려고 한 거야."

오토하가 추운 듯이 무릎을 끌어안았다.

"아빠는 퀴즈 작가였으니까 그런 데는 자신 있었겠지. ……리코더에 메시지를 담기 위해서는 상단부가 방해되니까 빼냈다는 뜻?"

"고의로 상단부를 분리한 이상, '리코더의 범인이 주인'이라는 단순한 다잉 메시지는 아니었던 셈이야. 물론 죽음을 앞두고 오토하가 생각나서 리코더를 끌어안은 탓에 그렇게 된 것도 아니고."

내 말을 듣고 가라쓰와 오토하의 가슴속에 작은 희망의 불빛이 켜진 듯했다. 하지만 이것만으로는 오토하가 만든 핫초코에 독이 들어 있지 않았음을 증명할 수 없다.

나는 추리를 계속했다.

"아무래도 가이세이 씨가 사망한 순간에는 아직 근처에 범인이 있었던 듯해. 다잉 메시지를 남기려면 범인의 이름을 직접 쓰는 편이 오해가 없어서 좋아. 가이세이 씨가 그렇게 하지 않은 건…… 곁에 범인이 있었거나, 범인이 곧 돌아올 가능성이 있었기 때문이겠지."

오토하가 가냘픈 목소리로 말했다.

"범인이 근처에 있었다면 이름을 적어도 지워 버릴 테니까."

"가이세이 씨는 그걸 막기 위해 리코더를 이용해 에둘러 범인의 정체를 전달하려 했어. 그리고 방해되는 리코더 상단부를 내던져서 조금이라도 자신에게서 멀리 떼어 놓으려 했겠지. 물론, 메시지에 불필요한 리코더 상단부를 아예 제외하려고……. 하지만 그 노력은 헛수고로 끝났어. 가이세이 씨가 남긴 메시지를 진범이 수정했으니까."

한번 분해된 리코더가 가라쓰와 오토하 모르는 사이에 원래대로 돌아왔으니, 진범이 손을 댔다고 볼 수밖에 없다.

나는 연거푸 말을 이었다.

"진범은 가이세이 씨가 남긴 메시지의 의미를 알아차렸든지…… 아니면 의미는 모르더라도 메시지가 자신을 가리킨다는 걸 눈치챘어.

처음에는 진범도 가이세이 씨가 움켜쥔 리코더 중단부를 손에서 빼내려고 했을 거야. 하지만 긴장성 사후경직이 발생해서 손에 상처를 내지 않고 빼내기는 불가능했어. 그래서 어쩔 수 없이 수조에 빠진 상단부를 꺼내 중단부에 결합한 거지."

오토하가 오싹하다는 듯 몸을 부르르 떨었다.

"리코더 주인인 내가 의심받게 하기 위해?"

"응, 오토하에게 불리할 수밖에 없는 방식으로 메시지가 수정됐으니까. 이것으로…… 미쓰이네에 가라쓰도 오토하도 아닌 제삼자, 즉 진범이 있었음이 증명됐어."

오토하는 힘차게 고개를 끄덕였다. 하지만 가라쓰의 얼굴은 전혀 밝아지지 않았다.

—오토하가 엄마 죽음에 관여하지 않았다고 증명하기에는 아직도 너무 약한가.

나는 마음을 다잡고 다시 입을 열었다.

"문제는 리코더를 이용해 남긴 가이세이 씨의 메시지가 '중단부와 하단부가 함께 가리키는 것'이었느냐…… 아니면, 실은 하단부도 상단부처럼 어딘가로 내던져져 '중단부만이 가리키는 것'이었느냐야."

희미해져 가던 가라쓰가 드디어 몸을 일으켰다.

"그건 내가 대답할 수 있을 것 같아. 그날 밤, 내가 형부 손에서 리코더를 빼내려 했을 때, 하단부가 처음부터 약간 헐거웠어. 그때는 형부의 손바닥 아래쪽에 닿아서 그런 줄 알았는데, 아무래도 아니었나 보네.

형부는 분명 리코더 하단부도 빼서 상단부와 함께 내던졌을 거야. 진범은 양쪽 다 주워서 중단부에 끼우려 했지만, 긴장성 사후경직을 일으킨 형부의 손이 방해됐지. 그래서 상단부는 잘 끼웠지만…… 하단부는 제대로 끼우지 못한 것 아닐까."

오토하도 나지막한 목소리로 중얼거렸다.

"즉, 메시지는 '중단부만으로 이루어진 것'이었다."

"그런 것 같아."

―그러나 이렇게 에둘러서 표현한 다잉 메시지에서는 얼마든지 의미를 끌어낼 수 있어. 이것만으로 범인을 지목하기는 불가능해.

가라쓰가 꿈속에서 헤매는 듯한 어조로 말을 이었다.

"리코더를 원래대로 조립한 후, 진범은 형부의 시신을 이용해 지문이나 얼굴 인식으로 스마트폰 잠금을 해제하고 내게 전화를 건 거구나."

나는 고개를 가볍게 끄덕였다.

"목소리만이라면 쉽게 바꿀 수 있으니까. 왜, 사카시마 같은 인물이 전화로 현경 본부에 정보를 제공한 적 있었잖아? 실은 그것도 오토하가 선불 폰으로 건 거야. 물론 음성 변조 기능을…… 목소리를 다른 목소리로 바꾸는 앱을 깔아서."

가라쓰의 뺨에 장난스러운 미소가 어렴풋이 새겨졌다.

"그럴 줄 알았어. 오토하가 좋아하는 배우 목소리와 아주 비슷했으니까."

"알다시피 샘플만 있으면 AI를 학습시켜서 누구 목소리든 흉내 낼 수 있지. 이 범인도 앱을 사용하든지 해서 가이세이 씨와 흡사한 목소리로 말했을 거야."

전화상으로는 목소리가 변질돼서 들린다.

게다가 가라쓰에게 전화했을 때는 아내를 잃고 딸을 살인자로 만들었다는 분위기를 풍기며 이성을 잃은 척했다. 상대가 아무리 가라쓰라도 첫 일격으로 흔들면 완전히 속여 넘기기가 그렇게 어렵지는 않을 것이다.

아니나 다를까 가라쓰는 작게 한숨을 쉬었다.

"사실 마음속 한구석에서는 다른 사람이 형부를 흉내 내 전화했을 가능성도 고려했고, 함정일지도 모른다는 생각도 들었어. 하지만 아카코 언니와 오토하에게 무슨 일이 생긴 것 아닐까 걱정돼서…… 달려가는 수밖에 없었지."

─그 시점에서 승패는 결정된 건가.

아카코, 가이세이, 오토하를 인질로 잡힌 시점에 가라쓰가 달아날 길은 사라졌다. 오토하가 엄마를 죽였을지도 모른다는 의혹이 심어진 순간부터 가라쓰는 개미지옥에 빠진 작은 벌레처럼 범인의 손아귀에서 놀아날 수밖에 없는 처지였다.

"너희가 스스로를 옭아맨 의혹에서 완전히 해방되려면…… '오토하가 핫초코를 만든 초콜릿'에는 독이 들어 있지 않았다는 걸 증명하는 수밖에 없다."

가라쓰는 마지막 힘을 쥐어짜듯 이쪽으로 몸을 내밀었다.

"할 수 있겠어?"

"아까 그랬지? 전화를 받고 미쓰이네로 달려갔을 때, 거실에 있던 허니 컬렉션 상자에 아래쪽이 불룩하고 새빨간 비닐 포장지에 감싸인 초콜릿이 하나 섞여 있었다고."

그 순간 오토하가 숨을 삼켰다.

"말도 안 돼!"

"내 생각도 그래. 오토하는 엄마에게 핫초코를 만들어 줬을 때 새빨간 포장지를 풀었다고 했으니까. 그런 특징이 있는 초콜릿은 위스키 봉봉이야. 즉, 아카코 씨가 마신 건 위스키 봉봉으로 만든 핫초코였던 셈이지."

가라쓰가 깜짝 놀란 듯 오토하를 보았다.

"그랬어?"

"응. 엄마는 위스키 봉봉을 좋아하니까. 한마디 물어봤다면…… 언제든지 알려 줬을 텐데."

나는 미간을 잔뜩 모았다.

—아니, 가라쓰에게는 그런 질문을 할 선택지조차 없었어.

가라쓰는 오토하가 핫초코와 부모님의 죽음에서 연관성을 찾아내는 걸 무엇보다 두려워했다. 그렇다면…… 오토하가 의혹을 품을 수도 있는데 어떻게 핫초코를 화제로 삼겠는가.

오토하를 지키려는 가라쓰의 마음이 이 사건을 복잡하게 만들었고, 더 나아가 진범을 지키는 방패가 된 셈이다. ……진범은 그런 것까지 계산에 넣었던 걸까?

가라쓰가 고개를 저었다.

"그렇더라도 상황은 마찬가지야. 아카코 언니의 위장에서 위스키 성분이 검출되지 않았다는 사실과 모순된다고 하고 싶겠지만…… 언니는 핫초코를 마셨잖아? 우유에 희석됐을 테니 부검 때 위스키 성분이 검출되지 않더라도…… 모순은 아니야."

가라쓰의 말이 점차 뚝뚝 끊어졌.

사고 능력도 함께 저하된 듯했다. 오토하는 눈물을 글썽이면서도 필사적으로 설명했다.

"그게 아니라 이상한 점은…… 아빠의 위장에서 위스키 성분이 검출됐는데도, 이모가 우리 집에 왔을 때 위스키 봉봉이 아직 하나 남아 있었던 거야."

"응?"

"허니 컬렉션에 위스키 봉봉은 두 개뿐이야. 하나는 내가 핫초코를 만들 때 썼고, 다른 하나는 아빠가 먹었다면 남은 게 없어야 하잖아."

나는 고개를 크게 끄덕였다.

"맞아. 화이트데이 밤, 미쓰이네에는 어째선지 위스키 봉봉이 최소한 세 개는 있었어. 왜 그렇게 됐을까? 답은 하나…… 그날 밤, 미쓰이네에는 오토하가 엄마에게 먹인 허니 컬렉션 말고 또 다른 허니 컬렉션이 존재했던 거야."

가라쓰가 인상을 썼다.

"다른 초콜릿 상자?"

"분명 진범이 가져온 초콜릿 상자겠지. 진범은 자기가 가져온 초콜릿 상자의 존재를 철저히 지우고 '미쓰이네에는 처음부터 허니 컬렉션이 하나밖에 없었던' 것처럼 꾸몄어."

무서워서인지 화가 나서인지 오토하가 몸을 바르르 떨면서 중얼거렸다.

"내가 실수로 엄마를 죽인 것처럼 위장하기 위해서?"

"안타깝게도 이유는 그것밖에 없겠지. ······덧붙여 진범이 자기가 가져온 초콜릿 상자의 존재를 인멸한 방법을 통해 새로이 알아낸 사실도 있어."

"어느 초콜릿 상자에 독이 들었는가, 말이구나."

가라쓰가 끼어들었다.

"응. 만약 오토하가 개봉한 초콜릿 상자에 독이 들었다면, 진범은 그 상자를 그대로 놔두고 자기가 가져온 초콜릿 상자를 가져가면 돼. 그런데······ 범인은 그러지 않고 굳이 상자 내용물을 바꿔서 위스키 봉봉을 하나 현장에 남겨 두는 실수를 저질렀어."

스러져 가는 영혼이 마지막으로 광채를 발하듯 가라쓰의 눈이 강렬하게 빛났다.

"그럴 수밖에 없었던 건······ 물론 오토하가 개봉한 초콜릿 상자에는 독이 들어 있지 않았으니까. 진범은 오토하에게 죄를 뒤집어씌우기 위해······ 독이 없는 초콜릿을 전부 꺼내고 자기가 가져온 독 초콜릿을 담을 수밖에 없었던 거지?"

나는 일부러 활짝 웃었다.

"자, 약속대로 오토하가 핫초코를 만든 봉봉에는 독이 들어 있지 않았다는 걸 증명했지? 오토하의 부모님 목숨을 빼앗은 건 독이 든 허니 컬렉션 상자를 가져온 진범이야."

잠시 침묵이 흘렀다.

가라쓰가 이제 거의 들리지 않을 정도의 목소리로 말했다.

"나도 참 엉망진창이었네. 진실에는 한 발짝도 다가서지 못한 채 멋대로 오토하를 의심하고…… 구로하에게 죄를 덮어씌우려고 했어. 정말 구제할 길 없는 멍청이야."

오토하가 눈물을 뚝뚝 흘렸다.

"이제야 알겠어. 이모가 왜 내 보물을 계속 버리려고 했는지. 다 이유가 있었던 거구나."

"……독이 든 초콜릿을 전부 꺼낸 후 빈 허니 컬렉션 상자를 어떻게 할지 고민했어. 보관하기에는 너무나 위험했지만, 오토하에게 이건…… 아빠에게 받은 마지막 선물인 셈이기도 하니까. 결국 오토하가 입원한 사이에 내가 실수로 먹은 걸로 하고…… 한 번은 버리려고 했지만."

하지만 그 변명은 오토하를 분노로 몰아넣었을 뿐이었다.

문제의 빈 상자를 끌어안은 오토하를 보고 가라쓰는 얼마나 섬뜩했을까. 오토하가 사고로 엄마를 죽였다고 믿었던 만큼 가라쓰는 독 초콜릿이 담겼던 그 상자를 몇 번이나 버리려 했다.

―그리고 그런 행동 때문에 조카와 이모 사이에 깊은 골이 생

긴 건가.

정말 먹먹한 불운의 연속이었다.

가라쓰가 천천히 고개를 들었다. 이제는 투명한 안개가 움직이는 것처럼 보일 따름이었다.

"그나저나 오토하…… 이것만큼은 착각하지 마. 난 자살을 선택했어. 오토하에게 제일 상처를 줄 방법을 말이야. 하지만…… 그건 네가 진상을 알아차렸기 때문도 아니고, 내가 궁지에 몰려서 그런 것도 아니란다. 네 행동과는 아무 상관도 없이…… 넉 달 전 그날 밤, 나 자신의 선택으로…… 내 운명을 결정한 거야."

어쩐지 찜찜한 말에 나는 이맛살을 찌푸렸다.

"대체 무슨 일이 있었던 거야?"

"구로하가 빈집에 나타나지 않았던 것만큼은 예상 밖이었지만…… 내 계획은 순조롭게 진행됐지. 내가 유도한 대로 경찰은 빈집이 살해 현장이라고 믿었고, 결과적으로 발자국 수수께끼 때문에 골머리를 앓았으니까. 하지만 우리는 어디까지나 불완전한 존재. ……애초에 완전 범죄가 가능할 리 없었어."

오토하의 눈이 휘둥그레졌다.

"설마 우리 말고도 이모가 뭘 어쨌는지 알아차린 사람이 있었던 거야?"

"응, 화이트데이 다다음 날, 완전 범죄 청부사라는 자가 날 협박했지."

나는 화들짝 놀라서 고개를 저었다.

"아니야! 난 그런 적 없어. 지난 사 개월간 나는 혼수상태라……."

투명한 안개가 웃음을 터뜨렸다.

"구로하의 육체가 내내 의사소통조차 불가능한 상태였다는 건 알아. 유령이 된 구로하가 산 사람을 이용해 나를 협박했을 가능성이 없지는 않지만…… 실은 진짜 완전 범죄 청부사의 소행이었던 것 같아."

나와 오토하는 동시에 외쳤다.

"……사카시마!"

"진짜는 시키는 대로 하지 않으면 네가 저지른 짓은 물론, 미쓰이 부부 살해 사건의 원흉이 오토하라는 사실도 공표하겠다고 협박했어. 그래서…… 시키는 대로 하는 수밖에 없었지."

지난 넉 달간 가라쓰는 진짜의 지시대로 수사1과에서 다루는 사건의 증거 인멸과 증거 날조에 협력했다고 한다.

고통에 찬 가라쓰의 목소리가 병실에 울려 퍼졌다.

"그 사건 중에는 사고인지 사건인지 분명치 않은 것도 있었어. 그런데…… 어느 순간 깨달았지. 그 대부분에…… '거꾸로'를 암시하는 요소가 포함돼 있다는 걸."

나는 눈살을 찌푸렸다.

"그렇군. 가라쓰는 진짜 완전 범죄 청부사와 사카시마가 동일 인물이라는 걸 일찌감치 눈치챘던 건가."

"그래서 난 체포된 사카시마를 주저 없이 쏴 죽인 거야. 오토하를 지키기 위해 할 수 있는 일은 그것밖에 없었고…… 협박당했다고는 해도 나는 수사관으로서 용납할 수 없는 짓을 저질렀지. 하다못해…… 사카시마를 죽여서라도 흉악한 범행을 저지하고, 내 목숨으로 죗값을 치르고자 했어."

마침내 가라쓰의 윤곽조차 희미해졌다. 가라쓰가 숨을 크게 들이마셨다.

"아아…… 말을 너무 많이 했네. 평생 할 말을 다 한 것 같아."

가라쓰는 안개 같은 팔을 살짝 뻗어 침대 옆에 쪼그려 앉아 있는 오토하를 끌어안았다. 물론 유령의 손으로는 오토하를 건드릴 수도 없지만.

"미안해, 오토하…… 같이 있어 주지 못해서."

심전도가 흐트러졌다. 날카로운 경고음이 울려 퍼졌다. 오토하는 이모 품속에서 찢어질 듯한 목소리로 부르짖었다.

"싫어, 나를 두고 가지 마! 더, 더구나…… 엄마와 아빠를 죽이고 내게 죄를 떠넘기려 했던 진범은 지금도 자유롭게 지내고 있잖아? 진범에게 복수도 아직……."

가라쓰는 아무 대답도 없었다.

야간 근무하는 간호사와 의사가 달려오기 전에 가라쓰의 유령은 허공에 녹아들 듯 사라졌다. 동시에 심전도기에서도 맥박이 사라졌다.

육체와 유령에게…… 동시에 죽음이 찾아왔다.

◆

오토하는 병실을 뛰쳐나갔다.

의사와 간호사가 제지했지만 다 뿌리치고 병원 중정으로 향했다. 안쪽에서 잠긴 문도 억지로 열고 밖으로 걸어 나갔다.

나도 숨을 헐떡이며 오토하를 뒤쫓았다. 유령이 된 뒤로 이렇게 몸이 나른한 건 처음이었다. 어느덧 내 몸도 아까의 가라쓰와 다를 바 없을 만큼 투명해졌다.

―조금만 더 버텨라. 하다못해…… 새로운 진상을 오토하에게 전할 때까지만이라도.

중정의 벤치에 앉은 오토하는 한여름인데도 몸을 바들바들 떨면서 중얼거렸다.

"절대 용서 못 해. ……엄마와 아빠의 목숨을 빼앗은 진범을 끝까지 쫓아가서…… 복수할 거야."

―역시 '진범이 따로 있다'는 해답만으로는 불충분한가.

이모를 잃은 오토하는 진범에게 복수할 때까지 절대로 포기하지 않는다. 설령 세상에 자기편이 하나도 없고, 목숨을 잃을 우려가 있더라도 멈추지 않으리라. 오토하는 그런 아이다.

하지만 초등학생의 몸으로 복수에 매달리는 건 너무나 위험한 짓이다.

이건 오지랖 넓은 참견에 지나지 않을지도 모르지만…… 나는 오토하가 행복하게 살았으면 했다. 승산 없는 복수에 나서서 목숨을 잃지 말았으면 했다.

나는 오토하에 비해 배짱도 행동력도 모자란 인간이다. 그런데도 오토하는 그런 나를 스승이라고 부르며 신뢰했다. 그러니 나도 소멸하는 그 순간까지 오토하를 위해 할 수 있는 일을 다 해 주고 싶었다.

……하지만 미완성된 추리를 아무리 내밀어 본들 이미 제시된 진상에서도, 복수의 연쇄에서도 오토하를 완전히 해방시킬 수는 없다. 지금 필요한 건, 진범이 누구인지까지 완벽하게 밝혀낸 새로운 진상이었다.
—여기서부터는 가짜 진상이라도 상관없어.
"진범의 정체라면 알고 있어."
 오토하가 펄쩍 뛰어오를 것처럼 고개를 번쩍 들었다.
"정말로?"
"가라쓰에게 화이트데이 당일 밤 미쓰이네가 어떤 상황이었는지 듣고, 드디어 전부 다 알아냈지."
 오토하는 굵은 눈물을 뚝뚝 떨어뜨리며 두 팔을 벌려 나를 끌어안았다.
"내 멋대로 굴어서 미안해. 억지를 써서 의뢰하고, 범죄 스승도 돼 달라고 구로하를 일주일이나 내 곁에 붙잡아 뒀어. 그거 말고도 하고 싶은 일이 많았을 텐데…… 그런 생각도 못 하고."
 살아 있는 오토하의 팔이 내 몸에 닿을 리 없다는 걸 알면서도, 나는 반사적으로 몸을 뒤로 물려 벤치에서 멀어졌다. 몹시 상처 입은 오토하의 표정이 눈에 들어왔다.
 나는 고개를 저었다.
"그런 말은…… 이야기를 다 끝낸 다음에 하자."
"좋아. 우리는 최강을 넘어서 '최고의 콤비'가 됐고, 구로하가 못 풀 수수께끼는 없어. 그러니까…… 고맙다는 말은 추리가 끝나고 헤어질 순간까지 아껴 둘게."

나는 마음을 단단히 먹고 그늘 한 점 없이 맑은 그 눈을 향해 입을 열었다.

"실은⋯⋯ 동기 측면에서 생각했을 때 오토하의 부모님에게 강한 살의를 품었을 가능성이 있는 남자가 딱 한 명 있어. 물론 오토하의 부모님이 살해당한 시간대에 알리바이는 없고."

"그게 누군데?"

오토하의 눈이 이리저리 흔들렸다. 지난 일주일간 만나고 조사했던 사람들의 얼굴을 차례차례 떠올리고 있는 것이리라. 나는 웃음을 지었다.

"나야."

다행인지 불행인지 나는 화이트데이 당일에 있었던 일이 부분적으로밖에 기억나지 않는다. 애당초 스스로도 범행을 저지르지 않았다고 단언할 수 없는 상태다.

―분명 나만큼 가짜 진상의 범인 역할에 잘 어울리는 인간은 또 없겠지.

오토하는 내 말을 농담으로 받아들였는지 완전히 김빠진 표정으로 중얼거렸다.

"하나도 안 웃겨."

"그래? 진범이 가이세이 씨를 사칭해서 가라쓰에게 전화를 건 게 오후 8시 5분경이야. 진범은 가라쓰가 즉시 달려오리라 예상하고 미쓰이네를 떠났을 테니, 오토하 부모님은 그보다 일찍 살해당한 셈이지. 그렇다면⋯⋯ 8시 반에 꼬치구이가 된 나도 충분히 범행을 저지를 수 있어."

옥상에서 떨어졌을 때, 나는 코롤라의 키를 가지고 있었다. 미쓰이네에서 류인 빌딩까지 걸어서는 이십여 분이 걸리지만, 차가 있으면 훨씬 빨리 이동할 수 있다.

당황한 듯 오토하가 시선을 떨어뜨렸다.

"그건 그럴지도 모르지만."

"덧붙여…… 오토하의 리코더는 전체가 검은색인 흔한 디자인에, 마우스피스가 포함된 상단부와 하단부 일부만 흰색이었지? 그렇다면 상단부와 하단부를 뽑으면 검은색만 남아."

그러자 오토하는 들으라는 듯 한숨을 쉬었다.

"아빠가 리코더의 중단부만 움켜쥠으로써 구로하(黑羽)가 독살범이라는 사실을 알리려고 했다? 그건 아무래도 너무 억지야."

―아직 모자라. 좀 더 그럴싸한 추리를 만들어 내야 해.

"근거는 그것뿐만이 아니야. 음…… 그렇지! 전에 오토하에게 설명했잖아? 가이세이 씨의 두 눈꺼풀에 알레르기를 일으킨 것처럼 미세한 염증이 생겼다고."

"들었어."

"미쓰이네의 서재에는 플라모델용 니퍼 옆에 니트릴 장갑이 놓여 있었어. 그리고 지갑과 카드 케이스는 있었지만 동전 지갑은 보이지 않았지. 전자 결제가 습관이 된 건가 싶기도 했지만…… 잘 생각해 보면 이상해.

동전을 사용하지 않고 니퍼도 직접 만지려 하지 않았던 가이세이 씨는 사실, 금속 알레르기가 심했던 거 아니야? 그래서 근처 피부과에도 다녔던 거고."

"응, 니켈 알레르기가 있었어. 금속 알레르기치고는 드물게 금방 증상이 나타난다고 했었지."

―좋아, 완벽해.

나는 일부러 이맛살을 찌푸리고 말했다.

"그럼 가이세이 씨의 눈꺼풀에 알레르기 반응이 나타난 건 누군가 거기에 니켈이 함유된 금속을 놔뒀다는 증거겠지."

오토하의 얼굴이 새파랗게 질렸다.

"설마…… 저승길 노잣돈?"

"그래. 진범은 자기가 죽인 사람의 명복을 빌기 위해 동전을 미쓰이 부부의 눈 위에 올려놓은 거야."

예전에 게이지 선배는 죽은 너구리의 머리에 100엔짜리 동전을 두 개 얹었었다.

동물에게까지 저승길 노잣돈을 공양하다니 괴짜였던 선배답다. 이건…… 동전을 양쪽 눈꺼풀 위에 얹어서 죽음을 애도하는 외국의 풍습에서 비롯된 행동이었다.

나는 추리를 이어 나갔다.

"분명 저승길 노잣돈을 바친 시점에 가이세이 씨는 목숨이 간당간당하게 붙어 있었던 거겠지. 그리고 오 분이나 십 분쯤 지나서 심장이 완전히 멈추기 전에…… 눈꺼풀에 알레르기 반응이 살짝 나타난 거야."

중정에 침묵이 찾아왔다.

오토하는 더 이상 말을 꺼내기가 무서운지 입술만 벌벌 떨었다.

"이제 알겠지? 세상이 넓다지만 현대 일본에서 그런 식으로 시신에 저승길 노잣돈을 바치는 사람은 없어. 게이지 선배의 복사판으로서 살아온 나 말고는."

즉흥적으로 추리를 늘어놓는 동안 불안감 때문에 가슴속 깊은 곳이 뜨끔뜨끔했다.

─안 돼, 조금만 더 밀어붙이면 새로운 진상이 완성되잖아. 이제 와서 겁먹으면 어쩌자는 거야.

오토하가 어물어물 반박했다.

"그, 그럴 리 없어. 무엇보다 구로하에게는 동기가 없는걸."

나는 눈을 감았다.

"화이트데이 밤의 기억은 대부분 잃었지만…… 지금은 내가 왜 미쓰이 부부에게 살의를 품었는지, 그 이유를 확실히 알겠어."

"거짓말."

"아까 가라쓰 앞에서 나는 진범이 독 초콜릿을 가져왔다는 걸 전제로 추리를 펼쳤어. 만약 그게 아니라…… 또 다른 초콜릿 상자도 미쓰이 부부가 완전 범죄 청부사에게 복수하기 위해 준비한 것이었다면? 가이세이 씨는 나를 죽이기 위해 독을 넣은 허니 컬렉션과 오토하에게 선물하기 위한 보통 허니 컬렉션을 준비한 건지도 몰라."

"말도 안 돼! 구로하는 사람을 안 죽이잖아!"

"날 너무 과대평가했군. 나는 선배를 흉내 내며 살아왔지만, 원래는 소심한 인간이야. 내 몸에 위험이 닥치면 무슨 짓이든 해.

그리고 나도 눈에는 눈, 이에는 이라는 방식을 좋아하거든. 만일 내게 독을 먹이려 하는 몹쓸 인간이 있다면 주저 없이 그자의 입에 독을 쑤셔 넣을 거야. ……나는 그런 인간이라고 처음 만난 날에 말했을 텐데?"

오토하는 울 것 같은 표정이었다.

"하지만."

"그날 밤, 나는 미쓰이 부부가 독 초콜릿을 준비해 내 목숨을 노린다는 걸 알아차렸겠지. 그래서 약속 시간보다 훨씬 이른 시간대에 미쓰이네를 기습했어. 물론 부부에게 살해당하기 전에…… 두 사람을 독 초콜릿으로 죽이기 위해."

―현재까지는 완벽할 만큼 앞뒤가 딱딱 맞아떨어져.

조금 전부터 구름 위를 떠다니는 듯한 기분이었다. 사고력이 조금씩 빠져나가는 듯 정신이 흐리멍덩했다. 분명 소멸이 가까워진 것이리라.

오토하가 고개를 휙휙 내저었다.

"하지만 엄마 아빠의 목구멍이나 입에는 초콜릿을 억지로 먹인 흔적이 없었잖아?"

나는 픽 웃었다.

"방법이야 얼마든지 있어. 두 사람을 제압한 후, 입에 초콜릿을 밀어 넣으며 얌전히 삼키지 않으면 2층에서 자고 있는 딸을 죽이겠다는 식으로 위협했겠지. 물론 오토하의 부모님이 무슨 초콜릿을 좋아하는지는 모르니까…… 가이세이 씨에게 위스키 봉봉을 먹이는 실수를 저지른 거지만."

"……아니야."

"미쓰이 부부를 죽이기로 한 순간부터 나는 두 사람의 딸인 오토하에게 죄를 떠넘길 작정이었겠지. 그리고 거실에 장식된 사진을 보고서…… 가라쓰가 친척이라는 걸 알아차리고 가라쓰도 이용하기로 한 거야."

"구로하는 그렇게 극악무도한 인간이 아니야."

"어떻게 그렇다고 단언하지? 일주일 전에는 오토하도 나를 손도끼로 찍어 죽이려 했잖아. 나도 생판 모르는 오토하에게는…… 나를 배신하고 목숨까지 노린 의뢰인의 딸에게는 아무렇지도 않게 죄를 떠넘길 수 있었던 거야."

오토하의 눈에 강렬한 증오가 뚜렷하게 깃들었다. 나를 이렇게 쳐다본 건 오랜만이다.

―겨우 새로운 진상을 완성했다.

이제 곁에 있는 오토하의 모습도 희미해지기 시작했다. 내가 세상에서 소멸하려 하는 건지, 세상이 나만 남겨 두고 사라지려 하는 건지 그조차도 모르겠다.

그런 와중에 나는 안도의 한숨을 내쉬었다.

소멸하기 전에 할 일을 다 해냈다. 이로써 구로하는 낡은 진상에 고뇌하지 않아도 된다. 그리고 내가 '진범'으로서 소멸하면, 오토하의 증오가 구체적인 행동으로 실현될 일도 없을 테니 오토하는 복수의 연쇄에서도 해방된다.

얼마든지……내게 증오를 퍼부어라.

내가 영원히 미움받음으로써 오토하가 새로운 인생과 정면으로 마주할 수 있다면 싼값을 치르는 셈이다.

하지만 그런 만족감은 바로 멀어졌다. 가슴속을 뜨끔뜨끔하게 찌르던 불안감이 커졌다.

―뭔가 이상해.

어디까지나 가짜 진상을 만들어 내기 위한 추리였다. 그런데 생각하면 할수록 추리가 너무 깔끔하게 딱 맞아떨어지는 것 아닌가? 특히 저승길 노잣돈을 올려놔서 알레르기 반응이 나타났다는 부분은, 진짜 진상이었다고밖에 받아들일 수가 없었다.

―설마…… 정말로 내가 진범 아니야?

말도 안 되는 이야기는 아니다.

기억이 모호하더라도 자신의 본성은 알기 때문이다.

지금까지도 내 목숨을 노린 자에게는 상응하는 보복을 해 왔다. 나는 분명 겁쟁이지만…… 그렇기에 궁지에 몰리면 무슨 짓을 할지 모른다. 그때도 분별을 잃고 터무니없는 짓을 저질렀다면?

나락으로 끌려가며 나는 양손으로 얼굴을 가렸다.

"가족을 놔두고 화재 현장에서 달아났을 때와 똑같은 짓을…… 또 저지른 건가. 오토하의 부모님을 죽인 책임에서 벗어나기 위해, 자신의 죄를 기억 속에 파묻고 외면한 거야."

―화이트데이 밤에 나는 대체 뭘 한 거지?

인 터 루 드 4

3월 14일 19:15

나는 묘지에서 마호로시로 돌아와 한 단독주택으로 향했다.

신호를 기다리는 동안 머리를 푹 감싸는 검은색 니트 모자를 썼다. 어쩌다 모근이 떨어져서 DNA라도 검출되면 골치 아프기 때문이다.

다음 신호에서는 구두를 벗고 어디서나 구할 수 있는 저렴한 운동화로 갈아 신었다. 내 발 크기는 평균이니 발자국이 채취돼도 이 운동화로 나를 찾기는 불가능하다.

차를 출발시키기 직전에 차내 시계를 확인했다.

―오후 7시 25분.

딱 알맞은 시간이다.

월정액으로 계약한 주차장에 차를 대고 장갑을 꼈다. 그리고 옷에 머리카락이나 쓰레기가 묻지 않았는지 꼼꼼히 확인한 후 차에서 내렸다. ……조심은 아무리 해도 모자라지 않는 법이다.

사무용 가방에 담아 온 건, 이번 완전 범죄를 위해 준비한 방수 스티커와 목표물을 끝장내기 위한 증거품 두 개뿐이다.

주변에 있는 감시 카메라는 전부 파악했다.

나는 어느 카메라에도 찍히지 않고, 누구에게도 목격당하지 않도록…… 이름 그대로 '오유'로 변해 아무 기척도 없이 주택가를 나아갔다.

그리고 인적이 끊긴 순간을 노려 목표물이 사는 단독주택 담장을 넘어 뒷문으로 실내에 침입했다.

―아주 간단하군.

최근에는 실력이 꽤 녹슬었지만, 그래도 자물쇠 따기나 여벌 열쇠 만들기는 숙련된 열쇠공의 솜씨와 비슷한 수준이라고 자부한다. 뭐, 이번에는 사전에 목표물이 소지한 뒷문 열쇠를 잠깐 훔쳐서 3D 프린터로 여벌 열쇠를 만들었으니까…… 훨씬 편했지만.

복도로 들어가기 전에 신발 커버를 운동화에 씌웠다. 이제 만반의 준비를 마쳤다.

―자, 비열하기 짝이 없는 배신자는 이미 집에 왔겠지.

예상했던 대로 거실 소파에는 남자가 무방비하게 등을 돌린 모습으로 앉아 있었다. 남자는 동그란 테이블에 서류를 늘어놓고 뭔가 생각에 잠긴 듯했다.

나는 일부러 헛기침을 했다.

남자가 화들짝 놀라서 돌아보았다.

"……구로하 씨?"

찢어질 듯 눈을 부릅뜬 남자의 얼굴이 창백해졌다.

—그럴 만도 하지.

목표물의 시점에서 보면 단단히 문단속한 집에 느닷없이 불청객이 나타난 셈이다. 덧붙여 이 남자는 내가 완전 범죄 청부사라는 사실을 포함해 전부 다 알고 있으니까 더할 것이다.

나는 원형 테이블에 시선을 주었다.

테이블에는 영어 논문 파일과 지갑, 영수증 다발이 놓여 있었다. 쇼콜라티에 멜리사의 영수증도 섞여 있는 듯했다. 그리고…… 남자 옆에 놓인 상자에서는 비닐 포장된 새 주사기가 보였다.

용서받지 못할 배신자는 놀라서 말을 어물거렸다.

"어째서…… 여기에?"

"네가 독을 넣은 허니 컬렉션에 대해 이야기 좀 하려고."

나는 사무용 가방에서 비닐봉지를 꺼냈다. 비닐봉지에는 물방울 모양과 하트 모양 초콜릿이 하나씩 들어 있었다. 물론 둘 다 치사량을 웃도는 청산가리를 주입한 초콜릿이다.

초콜릿을 들이대자 목표물…… 오야부 고시는 얼떨떨한 표정을 지었다.

"네?"

뇌신경 외과의이자 게이지 선배의 친동생이기도 한 고시

는…… 내가 들고 있는 물건이 무엇인지 알아보지 못한 듯했다. 하지만 오 초도 지나기 전에 그의 얼굴이 일그러졌다.

"설마!"

나는 히죽 웃었다.

"그래, 이건 고시 선생이 일 년 전 화이트데이 밤에 미쓰이네에 가져갔던 허니 컬렉션에서 남은 초콜릿이야. ……고시 선생이 바로 미쓰이 가이세이와 아카코의 목숨을 빼앗은 진범이지?"

에필로그

3월 14일 19:50
고시 뒤쪽에는 일력이 있었다.
오늘 날짜는 2025년 3월 14일(금).
"곧 8시네."
"그게 어쨌는데요?"
미심쩍다는 듯 팔자 눈썹을 찌푸리는 고시에게 나는 미소를 지었다.
"감회가 새롭잖아. 일 년 전, 바로 이 시각에 고시 선생이 미쓰이네를 방문해 미쓰이 부부를 속여서 독 초콜릿을 먹였으니까."
그리고 그로부터 삼십 분 후, 나는 류인 빌딩 옥상에서 사카시마에게 떠밀려 떨어졌다.

―그로부터 일 년이 지났군.

솔직히 그렇게 시간이 흘렀다는 게…… 믿기지 않았다.

조금만 마음을 놓으면 사실 오늘은 2024년 화이트데이가 아닐까 착각할 것만 같다. 하지만 그럴 리는 없었다.

가이세이가 메모해 뒀듯 작년 화이트데이는 목요일이었고, 올해 3월 14일은…… 내일부터 주말이 시작돼서 온 거리에 들뜬 분위기가 감도는 금요일이다.

나는 지금 오야부 고시의 집에 있다.

오야부 일가는 이 지역 명문가인 만큼 마호로시에 소유한 저택이 여러 채다. 여기는 그중에서 병원과 제일 가까운 단독주택으로 지금은 고시 혼자 살고 있다.

고시가 문득 표정을 풀었다.

"구로하 씨, 일단 진정 좀 하시죠. 숨을 깊이 들이마셨다가 천천히 내쉬고, 한 번 더 들이마셨다가……네, 좋습니다."

"……."

"여러모로 혼란스러우신 것 같은데요. 내일, 서둘러 CT와 MRI검사를 예약하겠습니다. 너무 걱정하실 건 없지만 만약을 위해 임상 시험의 영향을 조사해 보죠."

고시는 함께 힘내자는 듯 아주 자애로운 웃음을 지었다. 나는 한숨을 쉬었다.

"확실히 고시 선생이 내게 실시한 임상 시험은…… 세상의 섭리를 비틀어 버릴 만큼 획기적인 치료법이었던 같아."

◆

지금으로부터 약 칠 개월 전.

'내가 미쓰이 부부를 살해한 범인'이라는 추리를 오토하에게 들려준 직후, 나는 유령으로서 나 자신이 소멸했다는 걸 확실히 느꼈다. 하지만…… 그건 '죽음'과는 별개였던 듯하다.

정신을 차렸을 때 나는 아직 집중치료실에 있었다.

손가락 하나 까딱할 수 없어 부자유스러운 몸, 답답함, 어깨와 옆구리에 밀려오는 격심한 통증…… 그 모든 것이 내가 다시 육체로 돌아왔다는 사실을 실감시켰다.

—어째서?

입을 벌려도 목소리는 나오지 않았다.

멀리서 간호사가 나를 부르는 목소리가 들렸다. 눈을 깜박인다는 당연한 동작만 해도 체력이 모조리 소진되는 것 같았다. 바늘이라도 박힌 것처럼 아픈 눈에서 눈물이 넘쳐흘렀다. 한순간 유령이 됐던 것도 꿈이 아니었을까 싶었다.

하지만…… 그럴 리는 없었다.

오른쪽 어깨와 옆구리에 불로 지지는 듯한 통증이 느껴졌기 때문이다. 이건…… 사카시마가 내 병실에서 칼을 휘둘렀을 때 입은 상처가 틀림없었다. 오토하와 지낸 칠 일이 틀림없는 현실이었음을 나타내는 증거이기도 했다.

나는 얼굴을 찡그렸다.

—내가 살아나면…… 안 되는데.

◆

내 주치의는 유쾌하게 웃었다.

"세상의 섭리를 비틀어 버릴 만큼 획기적인 치료법? 후후, 틀린 말은 아니로군요. 림프구 SiVA의 특성이 발휘돼…… 사고의 영향으로 기능을 거의 상실한 후두엽 등의 혈관이 새로운 혈관으로 대체됐다는 사실이 확인됐습니다. 그리고 그 영향으로 기능이 저하된 뇌 부위도 빠르게 재생돼 이제는 거의 정상에 가까운 상태까지 회복됐으니까요."

지난 일곱 달 동안 질리도록 들은 설명이었다.

작년 8월 4일, 실패한 걸로 보였던 임상 시험의 효과가 나타나서 나는 의식을 되찾았다. 그로부터 다섯 달간 피를 토할 듯한 재활 훈련이 이어졌다. 퇴원하고 나서도 체력 저하를 통감했지만…… 이번 달 들어 드디어 그런 느낌도 줄어들었다.

유일하게 자각하는 후유증은 자동차 창문 등에 머리를 자꾸 부딪치는 것이었다.

―뭐, 이건 다친 탓이랄까, 유령으로 생활한 탓에 생긴 후유증이지만.

'뭐든지 마음대로 뚫고 다니는' 습관이 몸에 제대로 붙은 모양이었다. 물체를 피한다는, 살아 있는 사람에게는 당연한 행동을 일곱 달이 지난 지금도 가끔 깜박할 만큼.

……의학 기술이 고도로 발전하면 '죽음'의 정의도 달라진다.

얼마나 '죽음'에 다가가야 유턴할 수 있을까? 죽음에 육박했던 신체를 소생시키고, 의식을 정상적으로 회복시킬 수 있을까? 그 해답은 틀림없이 시대에 따라 변하는 법이다.

오토하가 만났던 '두 번째 유령'과 나는 적절한 심폐소생술을 받았기에 완전히 죽지 않은 상태로 유령이 됐다.

―이것 자체가 의학이 고도로 발달해서 생겨난 일종의 버그였던 셈이지.

오토하도 나도 유령이 되는 건 돌이킬 수 없는 현상이라고 믿었다.

실제로 얼마 전까지는 그것이 진리였을 것이다. 원래 같으면 나도 오토하가 만났던 '두 번째 유령'처럼…… 유령이 되고 나서 딱 168시간 후에 소멸할 운명이었으리라.

하지만 인간은 포기를 모르는 생물이다.

'죽음'이라는 개념을 알아낸 뒤로, 그것에서 절대로 도망칠 수 없다는 사실을 알면서도 인류는 정신이 아득해질 만큼 오랜 세월 동안 '죽음'을 극복하기 위한 연구를 계속해 왔다.

나는 히죽 웃었다.

―그렇다면 한없이 발전하는 의학이, SiVA라는 림프구를 사용한 새로운 치료법이…… 새로운 버그를 만들어 낼 때도 있겠지.

고시도 따라서 빙긋 웃었다.

"설마 임상 시험의 내용이 본론은 아니겠죠? 일부러 강도처럼 나타났으니까요."

고시는 당황한 기색도 없이 테이블에 꺼내 놓았던 영어 논문 등을 전부 가방에 넣고, 내게 소파를 권했다. 원형 테이블을 사이에 두고 고시 맞은편에 있는 자리였다.

"나는 고시 선생 형의 친구로서…… 여기 왔어."

그 순간 고시가 풉, 하고 웃음을 터뜨렸다.

"구로하 씨가 게이지 형의 친구? 하핫, 농담이죠? 당신은 형의 제자나 숭배자로밖에 보이지 않았는데요. 뭐, 좋습니다. 아무래도 이야기가 길어질 것 같은데, 뭐라도 마실까요?"

고시가 소파에서 일어나 거실에서도 보이는 주방으로 향했다. 나는 고시를 쫓아가지 않고 시키는 대로 소파에 앉았다.

"어묵집에서 한잔할 때 구로하 씨는 고구마 소주만 마셨던 것 같은데, 집에는 와인밖에 없네요. 화이트 괜찮습니까?"

위기감 없는 목소리였다.

이렇게 천연덕스러운 분위기는 정말로…… 그의 형과 똑같았다.

고시는 와인잔 거치대에서 한 쌍의 잔을 빼냈다. 볼은 투명하고 스템 아래쪽 절반부터 베이스까지 감색 유리로 만든 아름다운 와인잔이었다.

고시가 화이트 와인을 들고 거실로 돌아왔다.

―제일 좋은 와인인가.

라벨만 힐끗 보고도 알 수 있는 건 이번 일의 사전 준비차……, 고시가 외출했을 때 이 집에 두어 번 침입했기 때문이다.

"으차."

고시는 소파에 앉아 원형 테이블에 와인잔을 내려놓았다. 그리고 익숙한 손놀림으로 코르크 마개를 뽑고 와인잔에 화이트 와인을 균등하게 따랐다. 마지막으로 와인잔 하나를 내 앞으로 밀었다.

우리는 다시금 테이블과 와인잔을 사이에 두고 마주 앉았다.

나는 숨을 작게 들이마신 후 물었다.

"고시 선생은…… 현실에 다중 해결이 존재한다고 생각해? 진상이다 싶은 사실을 밝혀내도, 껍질을 벗기면 안쪽에서 좀 더 설득력 있는 진상이 자꾸 드러나는 거지."

"글쎄요."

"어떻게 생각해도 저절로 우연히 발생하는 일은 아니야. 좀 더 빨리 알아차려야 했어. 누군가가 적극적인 의도를 품고 여러 사람을 뒤에서 계획적으로 조종하지 않는 한, 그런 특이한 현상이 자연 발생할 리 없다는 걸.

일 년 전 일어난 미쓰이 부부 살해 사건은 그야말로 다중 해결 구조였지. 결국…… 그 사건도 전체를 보면 누군가가 돌발적으로 몇 시간 만에 실행할 수 있는 일은 아니었어. 좀 더 뿌리 깊은 뭔가가 있다는 걸, 배후에 연출자가 있다는 걸 눈치챘어야 했는데."

고시는 섬세해 보이는 손가락으로 깍지를 꼈다.

"흠. 구로하 씨는 제가 그 흑막이라고 의심하는 거군요."

"그래."

"그러고 보니 아까도 제가 미쓰이 부부에게 독 초콜릿을 먹였다는 둥 묘한 소리를 했죠. ……근거를 물어봐도 될까요?"

"실은 가이세이 씨는 니켈 알레르기였어. 그것도 금속 알레르기치고는 드물게 증상이 금방 나타나는 체질이었나 봐."

내가 그렇게 대답하자, 금시초문인지 고시의 표정이 변했다.

"니켈 알레르기?"

"응. 경찰의 검시 결과에 따르면 알레르기 반응이 일어나서 가이세이 씨의 시신 양쪽 눈꺼풀에 염증이 생겼대. 이 사실을 바탕으로 부부를 독살한 진범이 빈사 상태에 빠진 가이세이 씨의 눈꺼풀에 저승길 노잣돈을 놓아둔 게 아닐까…… 추측했지."

고시가 유쾌한 목소리로 대꾸했다.

"그거야 오히려 구로하 씨가 진범임을 나타내는 증거 아닐까요? 이야기를 들어 보니 진범은 눈 위에 얹은 동전을 가져간 거죠? 그렇다면 누군가를 함정에 빠뜨리기 위해 저승길 노잣돈을 놓아둔 것도 아닌 듯하니까요."

고시 말대로였다.

누군가를 함정에 빠뜨릴 작정이었다면 진범도 좀 더 직접적으로 저승길 노잣돈의 존재를 드러냈을 것이다. 아니면 경찰이 알아차리지 못할 테니 아무 의미도 없다.

고시가 말을 이었다.

"알레르기의 유무를 조사하지 않는 실수를 저지르기는 했지만…… 진범은 저승길 노잣돈을 바쳤다는 사실이 드러나면 자기 신원이 밝혀질지도 모른다고 경계해서 그걸 은폐하려 한 거예요. 제가 알기로 그렇게 별난 방식으로 죽음을 애도한 사람은 게이지 형뿐입니다. 그리고 형의 그런 행동까지 흉내 낼 사람은…… 세상이 아무리 넓다고 한들 구로하 씨밖에 없을 거예요."

나는 쓴웃음을 지었다.

"나도 내가 독살했다고 믿을 뻔했어. 하지만…… 나는 좋은 의미에서 소심한 인간이거든. 살인이라는 거창할 짓을 저지를 만한 그릇이 아니야. 다행히 나 말고도 게이지 선배의 애도 방식을 흉내 낼 법한 사람이 한 명 더 있지. 선배를 형으로서 흠모했던 고시 선생이야."

그 말에 고시가 눈살을 찌푸렸다.

"좀 의외네요. 구로하 씨는 의식을 되찾은 후로 쭉 옥상에서 떨어진 날의 기억이 없다고 주장했죠? 분명 그 이야기도 거짓말일 줄 알았는데, 정말로 기억을 잃었군요."

"안타깝게도 말이지."

작년 화이트데이의 기억은 아직 돌아오지 않았다. 분명 죽을 때까지 떠오르지 않으리라.

"뭐, 그렇게 따지면 확실히 나와 구로하 씨로 용의자의 범위를 좁힐 수 있을지도 모르죠.

하지만 구로하 씨는 그날 밤 기억이 없잖아요? 그럼 구로하 씨가 미쓰이 부부를 독살하지 않았다고 단정할 수는 없겠네요. 어릴 적에 어머니와 여동생을 화재 현장에 버려두고 도망쳤을 때처럼…… 불리한 자신의 기억에 뚜껑을 덮고 외면한 건지도 모릅니다."

온몸에 소름이 쭉 끼쳤다.

—이 남자에게는 화재에 관해 이야기한 적 없는데.

게이지 선배가 살아 있을 적에 말한 걸까…… 아니면 과거에 발생한 화재 사고를 조사해 내가 무슨 짓을 했는지 알아차린 건가. 어쨌든 고시는 더 이상 '무고한 인간'인 척할 마음이 없는 듯했다.

고시는 본성이 배어나는 웃음을 지으며 말했다.

"그러고 보니 미쓰이 부부의 딸…… 오토하랬나요? 그 아이도 구로하 씨가 자기 부모님을 독살한 진범이라고 의심하는 것 같던데요. 어떻게 조사했는지는 짐작도 가지 않지만…… 요즘은 구로하 씨를 떠보기 위해 카페 루팡에 죽치고 있죠?"

나도 모르게 눈을 감았다.

—아아, 오토하.

'꼬치구이 남자'의 의식이 되돌아왔다는 사실은 꽤 화제를 불러일으켰다.

물론 내가 깨어났다는 걸 오토하도 바로 알았고…… 일반 병동으로 돌아간 8월 10일 오후에 오토하가 내 병실을 찾아왔다.

그 무렵 오토하는 시내에 사는 먼 친척 집에서 생활하는 듯했다.

가라쓰가 사카시마를 고의로 쏴 죽인 후 유서를 남기고 자살한 일은 텔레비전 뉴스에서도 크게 다루었다. 하지만 경찰도 그 일에 초등학생 조카가 관여했다고는 전혀 의심하지 않았던 모양이다.

당시 상황을 떠올리고 나는 작게 한숨을 쉬었다.

—대체 오토하는 어떻게 새로운 가족의 눈을 속이고 구온 종합병원까지 온 걸까?

예전의 가르침을 잘 활용했는지 오토하는 의사와 간호사 눈에 띄지 않고 병실에 침입해 내 눈앞에 섰다. 깊은 증오가 깃든 눈빛으로.

하지만 거기에는 망설임도 섞여 있었다.

오토하는 총명한 아이다. 정말로 내가 진범인지…… 아니면 복수를 포기시키기 위해 소멸을 앞두고 거짓말을 한 것 아닌지 의심하는 눈치였다.

실제로 오토하는 입을 열자마자 그걸 물어보았다.

─뭐라고도 대답 못 해.

그 무렵에는 나도, 나 말고 시신에 저승길 노잣돈을 바칠 법한 사람이 한 명 더 있다는 걸 알아차렸다.

물론 오야부 고시다.

그뿐만이 아니다. 오토하와 함께 조사한 내용과 가라쓰에게 들은 사건 당일의 상황을 종합해 판단하면…… 진범은 내가 아니라 고시라는 사실까지 알고 있었다.

그러나 나는 오토하에게 아무것도 알려 줄 수가 없었다.

─그 이야기는 '거짓말이다'라고 대답하든, '진짜다'라고 대답하든 오토하를 피비린내 나는 복수의 굴레로 다시 끌어들이는 꼴이 되잖아!

만약 내 추리가 들어맞아서 오야부 고시가 미쓰이 부부를 독살한 진범이라면…… 이번에는 상대가 너무 안 좋다.

복수를 원하는 오토하의 살의가 나를 향하든 고시를 향하든 마찬가지다. 전부 고시의 기분에 달렸다. 오토하의 행동이 조금이라도 자기 계획에 방해가 된다고 판단한 순간, 고시는 오토하를 가차 없이 죽이리라.

오토하가 살아남을 가능성은 만에 하나도 안 된다.

—그리고 오토하는 이미 너무 큰 고통을 맛봤어.
이제 게이지 선배의 사고방식이고 주의고 상관없었다. 나는 그저 진심으로…… 오토하가 자유롭게 살아가길 바랄 뿐이었다.
오토하는 유령이 된 내게 '삶'의 즐거움을 다시 일깨워 주었다. 오토하는 나를 스승이라고 불렀지만…… 실은 내가 오토하에게 배운 점이 훨씬 많았다.
사람은 변할 수 있다는 걸, 내가 다른 누군가가 아닌 나 자신이어도 상관없다는 걸 오토하는 행동으로 알려 주었다. 나 자신이라는 존재에 대해 희망을 찾게 해주었다.
……그래서 나는 한 번 더 오토하를 배신하기로 했다.
고심 끝에 내린 결단이었다. 하지만 오토하를 확실히 지키고, 일시적이나마 복수에서 떼어 놓으려면 그것밖에 선택지가 없었다.
나는 유령인지 뭔지 그런 기억은 없다고 주장했고 오토하와도 초면인 척했다. 오토하는 정의감이 강한 만큼 기억이 없다고 호소하면 흑인지 백인지 가늠하지 못해 복수에 나설 수 없을 거라고 생각했다.
……잔혹한 방법이기는 했다.
아무리 증오스러울지언정 나는 오토하와 함께 가라쓰의 최후를 지켜본 사람이자, 그 특별한 일주일을 공유할 수 있는 유일한 사람이니까.
내 대답을 들은 오토하는 목 놓아 울다가 병실을 떠났다. 그 후로 내가 퇴원할 때까지 한 번도 찾아오지 않았다.

나는 씁쓸한 웃음을 지었다.

―그래도 결국 그 아이를 단념시키는 건 불가능했지.

퇴원 후 나는 일단 카페 루팡을 다시 열었다.

쌓일 대로 쌓인 먼지를 털어 내고 내부를 철저하게 청소 및 소독했다. 그리고 지인에게 얻어 온 카운터와 테이블도 깨끗하게 닦았다.

오토하는 영업 첫날 저녁 무렵에 세 번째 손님으로 나타났고, 그 후로는 거의 매일같이 방과 후에 카페 루팡에서 시간을 보냈다. 카운터에서 숙제를 끝내고 일방적으로 내게 말을 걸다가 돌아가는 나날이 되풀이됐다.

―그러고 보니 오늘도 오토하는 카페 루팡에 왔었지.

평소처럼 애플 티 한 잔을 시켜 놓고 카페에 눌러앉으려 했지만, 오늘은 일찍 문을 닫는다는 핑계를 대며 반강제로 오토하를 쫓아냈다.

결국…… 나는 몇 번이나 그 아이를 배신한 걸까?

오늘도 오토하에게는 아무 언질도 없이 오야부 고시를 찾아왔다. 혼자서 모든 일을 마무리 짓기 위해.

의식을 되찾은 순간, 나는 육체도 되찾았다. 유령이라 아무것도 할 수 없었던 그 무력했던 시절의 내가 아니다. 지금이라면 오토하를 위험에 끌어들이지 않고 복수를 해낼 수 있다.

실은 좀 더 빨리 끝낼 작정이었다. 그러나 사 개월 넘게 침대에 누워서만 지냈던 영향이 컸는지라, 체력과 근력을 어느 정도 되찾을 시간이 필요했다.

솔직히 지금도 몸 상태가 완벽하지는 않다.

그래도 그날로부터 딱 일 년인 오늘이 지나기 전에…… 어떻게든 결판을 내고 싶었다.

"순순히…… 범행을 인정할 마음은 없는 거지?"

내 물음에 고시는 다리를 꼰 채 고개를 끄덕였다.

"그야 인정해 봤자 아무 이득도 없으니까요."

자칫하면 대학교 시절에서 빠져나온 게이지 선배가 눈앞에 있다고 착각할 만큼, 고시는 표정까지 자기 형과 흡사했다.

나는 고개를 숙였다.

—게이지 선배가 되려고 했던 건 나뿐만이 아니었던 건가.

나는 자신의 분신이라고도 할 수 있는 상대와 다시금 마주 보았다.

"일단 양해를 구해 둘까. 지금부터 할 이야기에는 경찰도 파악하지 못한 정보가 포함돼 있어. 가라쓰 경위가 죽기 직전…… 조카에게 들려준 이야기를 토대로 구성한 추리거든."

고시가 눈썹을 치켜세웠다.

"오토하와 그런 정보까지 교환했다니 의외인데요. 그렇다면 그 아이는 그저 구로하 씨를 의심해서 접근한 게 아니었나."

—완전히 틀렸어.

하지만 내가 유령이 돼서 정보를 수집했다는 걸 덮어놓고 이야기하기 위해서는, 그렇게 착각하는 편이 유리하다.

나는 다시 입을 열었다.

"진범을 밝혀내기 위한 핵심 요소는 미쓰이 부부에게 독 초콜릿을 먹인 방법이야. 현장에 저승길 노잣돈을 바쳤다가 치운 흔적이 남아 있었으니, 일단 용의자를 나와 고시 선생으로 추릴 수 있다는 데는 동의하지?"

"네."

"그리고…… 진범이 가이세이 씨가 리코더를 사용해 남기려 한 다잉 메시지를 수정한 후, 미쓰이네에서 독이 없는 허니 컬렉션을 가지고 돌아갔다는 사실도 가라쓰의 증언으로 알아냈어."

나는 리코더에서 발견된 수조용 장식 돌에 대해 설명한 후, 오토하가 핫초코를 만드느라 사용한 허니 컬렉션 외에 초콜릿 상자가 하나 더 있었다고 봐야 위스키 봉봉의 개수가 맞는다는 점에 대해서도 설명했다.

……전부 엉터리다!

고시는 그렇게 반론할 수도 있었을 것이다.

미쓰이 부부가 사망한 지 벌써 일 년이 지났고, 오토하가 추억을 붙잡아 놓으려 애썼던 집도 철거돼서 사라졌다. 사건 당일 밤 유일하게 거실을 실제로 보았던 가라쓰도 사망한 이상, 내 이야기가 사실이라고 증명할 방법은 없었다.

하지만 고시는 재미있어하는 표정을 지우지 않았다.

─역시 자기가 범행을 저질렀다는 의혹을 진심으로 부정할 마음이 없는 건가.

이 대화가 어떻게 진행되든 내가 그 내용을 경찰에 알리지 않으리라는 건 고시도 알고 있으리라. 우리는 햇빛이 들지 않는 음지에서 결판을 내야 한다. 그것만이 나와 고시의 공통적인 견해였다.

나는 추리를 이어 나갔다.

"아까도 말했다시피 진범은 일부러 현장인 미쓰이네에 가서 피해자가 완전히 사망하기 전에 저승길 노잣돈을 바쳤고, 그 후에 다잉 메시지까지 수정했어.

원래 독을 미리 사용하면 현장에 드나들지 않고도 범행을 완결할 수 있다는 것이 독살의 이점이지. 그런데 진범은 그 이점을 버리고 범행에 임했어. 정황상 진범은 부부가 독 초콜릿을 먹는 순간, 거기 있었을 거야."

"그럴지도 모르죠."

"용의자 두 명 중, 나에 대해 말하자면…… 적어도 구로하 우유우는 미쓰이 부부와 접점이 없었어."

"하지만 완전 범죄 청부사는 별개겠죠."

"완전 범죄 청부사는 가이세이 씨의 친구를 살해한 원수로 여겨졌을 가능성이 있어. 어쨌든 미쓰이 부부가 쉽사리 마음을 놓을 상대가 아니었던 건 확실해.

그렇듯 경계심으로 똘똘 뭉친 부부에게 독을 먹이려 한다면, 가장 간단한 방법은 두 사람을 제압하고 입에 억지로 독 초콜릿을 밀어 넣는 거야. …… 얌전하게 삼키지 않으면 딸을 죽이겠다는 식으로 협박하면 부부도 거부하지 못하겠지."

고시가 목구멍에서 웃음을 흘렸다.

"뭐, 그게 진상이겠죠. 소문에 따르면 위스키 봉봉을 아주 좋아했던 아카코 씨의 위장에서는 위스키가 검출되지 않고, 반대로 평소 위스키 봉봉을 먹지 않던 가이세이 씨의 위장에서 위스키가 검출된 모양이더군요. 그것도 구로하 씨가 두 사람의 취향을 미처 파악하지 못해서 잘못 먹였다고 하면 설명이 됩니다."

나는 고개를 저으며 일어섰다.

"아니, 설명이 안 돼. ……실물을 보는 편이 빠르겠군."

나는 테이블에서 1미터쯤 떨어진 서가로 고시를 불렀다.

거기에 공교롭게도 허니 컬렉션이 놓여 있었기 때문이다. 밸런타인데이에 받은 초콜릿의 답례를 하기 위해 사 놨다가 남은 것이리라.

고시가 수상한 움직임을 보이지 않는지 단단히 감시하며…… 나는 양손으로 초콜릿 상자의 뚜껑을 열었다. 상자에는 다양하게 생긴 초콜릿이 여섯 개 들어 있었다. 그리고 그중 두 개는 새빨간 비닐로 포장돼 있었다.

"보다시피 위스키 봉봉만 비닐로 포장돼 있고, 나머지는 포장이 없어."

"……그러네요."

"만약 진범이 피해자의 입에 초콜릿을 밀어 넣었다면 속도를 우선하기 위해서라도 굳이 포장된 초콜릿을 골라 비닐을 벗기는 수고는 하지 않겠지.

덧붙여 위스키 봉봉에는 술이 들어 있어, 평범한 초콜릿과 비교하면 깨져서 내용물이 흘러나올 위험성도 높아. 애당초 억지로 입에 밀어 넣기에는 적합하지 않은 초콜릿이야."

그렇게 말하며 나는 한발 먼저 소파로 돌아갔다. 내 모습을 눈으로 좇으며 고시가 한숨 섞인 목소리로 말했다.

"일단 이야기의 앞뒤는 맞는 것 같네요. 그런데 억지로 초콜릿을 먹이지 않았다면, 미쓰이 부부는 어떻게 살해당한 거죠?"

"물론 둘 다 스스로 독 초콜릿을 먹은 거지. 의사인 고시 선생이라면 간단했을 거야."

"무슨 말씀인지?"

구온 종합병원 뇌신경외과는 후시기현의 다른 병원과 달리 두통을 전문으로 진료한다. 나도 삼차신경통으로 진료를 받은 적이 있는데…… 뇌신경외과 전문의인 고시가 외래 담당이었다.

"아카코 씨는 편두통과 당뇨병을 치료하기 위해 구온 종합병원에 다녔지? 혹시 고시 선생이 편두통 치료를 담당했던 거 아니야?"

고시는 순순히 고개를 끄덕였다.

"주치의였는데, 왜요?"

"고시 선생은 병원에서 인망이 높고, 마음만 먹으면 누구에게나 친절히 대할 수 있겠지. 친구까지라고는 할 수 없을지도 모르지만, 아카코 씨를 통해 가이세이 씨와도 거리를 좁힌 거 아니야? 그냥 주치의가 아니라 친구에 가까운 사이였다면…… 그럴듯한 이유를 대고 손님으로서 미쓰이네를 방문해 거실에 들어가기도 어렵지는 않았을 거야."

그 순간 고시가 웃음을 터뜨렸다.

"뭐, 지인 이상 친구 미만의 관계이긴 했습니다. 가끔 어묵집에서 만나 한잔하는 구로하 씨보다는 좀 더 친밀한 관계였달까. 그런데 설마…… 내가 거실에 들어가서 '좀 드시죠' 하며 초콜릿을 내밀었다는 건 아니겠죠?"

나는 고시를 노려보았다.

"실제로 그랬겠지."

"그날은 화이트데이였으니 미개봉으로 위장한 독 초콜릿을 선물하는 것 자체는 자연스러웠겠죠. 하지만 아까 들은 바에 따르면 미쓰이네에는 오토가 개봉한 허니 컬렉션이 있었다면서요? 그렇다면 새로 받은 상자는 바로 열지 않고 놔둘 테니, 미쓰이 부부가 바로 먹을 것 같지는 같은데요."

―뻔뻔한 거짓말을.

"부부는 고시 선생을 거실로 안내하고 녹차를 대접했어. 가이세이 씨와 아카코 씨의 위장에서 검출된 녹차 성분도 그때 마신 거겠지. 그리고…… 고시 선생은 빈틈을 노려 미쓰이 부부의 녹차에 독을 넣은 거야."

"독이라니, 무슨 독을요?"

"물론 청산가리지."

고시가 짐짓 놀란 표정을 지었다.

"어, 독은 초콜릿에 들었던 거 아닌가요?"

"그것도 맞아. 고시 선생은 녹차와 초콜릿에 청산가리를 넣은 거야. 각자 다른 목적을 위해."

나는 원형 테이블 가장자리에 놓인 와인잔 두 개를 내려다보았다. 거기에는 꺼림칙하리만큼 달콤한 향기를 풍기는 화이트

와인이 담겨 있었다.

"일단 녹차에 넣은 청산가리는 아주 소량이었어. 녹차를 다 마셔도 치사량을 크게 밑돌 정도였지. 중독 증상도 아주 가벼운 두통과 현기증이 일어나는 수준에서 그치도록 양을 정밀하게 계산했을 거야.

화학 지식이 없는 일반인은 그렇게 미세하게 조절하기가 힘들겠지만…… 의사인 고시 선생이라면 독약 관련 자료나 논문으로 정보를 모으고, 필요한 기구를 조달해 농도를 조절할 수 있었겠지."

사전 준비차 고시의 집에 침입했을 때 지하의 비밀 공간에서 간이 실험 기구를 발견했다. 또한 동물로 실험이라도 했는지, 빈 케이지 등 과거에 작은 동물을 사육했던 흔적도 남아 있었다.

고시가 어깨를 으쓱했다.

"그렇게 미쓰이 부부의 몸 상태를 안 좋게 만들었다 치고, 그게 핵심인 독 초콜릿을 먹이는 이야기와 어떻게 연결되는 겁니까?"

"가벼운 두통이나 현기증을 느꼈을 때 일단은 뭘 의심할까?"

"수면 부족이나 감기, 또는 기립 조절 장애일 수도 있고…… 사람에 따라 원인은 다양하겠죠. 어쩌면 중대한 질병이 숨어 있을지도 모르고요."

"아카코 씨에게 한정하자면 일단 지병인 당뇨병약의 부작용을 의심했을 거야. 당뇨병약이 너무 잘 들어서 저혈당을 유발할 때도 있으니까."

내가 유령이었던 시절, 미쓰이네 서재에서 당뇨병약과 함께 놔뒀던 포도당 캔디를 본 적 있었다.

―그건 약이 너무 잘 들어서 저혈당이 왔을 때를 대비해 포도당을 섭취하기 위해 놔둔 거야.

아무 말도 없는 고시에게 나는 설명을 계속했다.

"당뇨병은 혈당치를 잘 조절해도 쉽게 갈증을 느끼는 병이야. 독이 든 녹차를 아카코 씨가 더 많이 마실 테니 중독 증상이 더 심하게 나타나리라는 것도…… 고시 선생은 예상했겠지. 그리고 아카코 씨의 몸이 안 좋아 보이자, '저혈당이로군요. 단 걸 드시면 괜찮아질 겁니다' 하며 청산가리를 넣은 초콜릿 상자를 꺼낸 거야."

상태가 안 좋으면 안 좋을수록 사람은 구명줄에 매달리듯 의사의 충고에 따르려 한다. 그날 밤 아카코도 고시의 친절을 순순히 받아들인 것이 분명했다.

"나도 조사해 볼 때까지는 몰랐는데…… 알코올은 저혈당에서 회복되는 걸 지연시키는 작용도 한다는군. 분명 아카코 씨는 지병 때문에 그 사실을 알고 있었겠지. 그래서 늘 먹는 위스키 봉봉이 아니라 술이 들지 않은 초콜릿을 골랐어."

고시가 큭 웃었다.

"그렇군요. 그 말대로라면 가져간 초콜릿을 아카코 씨에게 먹일 수 있을 것 같아요. 하지만…… 가이세이 씨에게는 어떻게 독을 먹이죠?"

"고시 선생이 한 번만 더 살살 구슬리면 어떻게든 되겠지. 이미 아카코 씨가 초콜릿을 집어 들어서 가이세이 씨도 심리적인 장벽이 낮아졌을 테니까. ……아니면 가이세이 씨는 완전 범죄 청부사와 만나기로 한 약속 때문에 긴장돼서 술의 힘을 조금 빌리고 싶었을지도 몰라."

그렇다고 정말로 술을 마셔서 취하면 곤란하다.

그럴 때 고시가 가이세이의 눈앞에 위스키 봉봉이 담긴 상자를 내민 것이다. 이 상황이라면 약간의 알코올을 섭취하고자 평소는 아내에게 양보해서 먹지 않던 위스키 봉봉을 집었어도 이상하지 않으리라.

"아니면……."

고시가 내 말을 막고 즐거운 듯 입을 열었다.

"가이세이 씨의 위장에서도 녹차 성분이 검출됐죠? 즉, 아카코 씨 정도는 아니더라도 시안화칼륨 중독 증상이 나타났겠네요. 그렇다면 옆에서 의사가 '초콜릿을 드시면 기분이 나아질 겁니다'라는 식으로 부추기기만 해도 널름 집어 먹었을지 모르죠."

아무 거리낌도 없는 말투였다.

─슬슬 그저 혐의를 부인하는 데에도 질렸나.

나는 고시를 가만히 노려보았다.

"이 정도면 인정할 마음이 들겠지? 진범이 의사일 경우에는…… 녹차와 초콜릿 양쪽에 독을 섞음으로써 가이세이 씨와 아카코 씨가 거의 동시에 독 초콜릿을 먹도록 유도할 수 있었어."

"아무래도 그런 것 같네요."

"또한 진범인 의사는 아카코 씨의 지병에 대해 알고 있었고, 그 지식을 독살에 이용했어. 한편 가이세이 씨가 니켈 알레르기인 줄은 모르고 시신에 저승길 노잣돈을 바친 흔적을 남기는 실수를 범했지. 실은…… 이것도 진범이 내가 아니라 구온 종합병원의 의사임을 나타내는 근거 중 하나였어."

"이야."

"고시 선생은 자신의 지위를 악용해 구온 종합병원에 통원했던 아카코 씨의 진료 기록을 열람할 수 있었어. 당연히 지병과 복약 상황에 대해서도 세세하게 파악할 수 있었을 테고. ……한편 가이세이 씨는 근처 피부과에서 알레르기를 치료받았잖아. 너도 다른 병원의 진료 기록까지 완벽하게 조사할 수는 없었겠지?"

거실에 박수 소리가 울려 퍼졌다.

"이야, 멋집니다. 그 정도까지 알아냈다면, 이제 뭐라고 반론해도 소용없을 것 같은데요."

나는 콧방귀를 뀌었다.

"잘도 지껄이는군. 처음부터…… 진심으로 범행을 부정할 마음은 없으면서."

고시는 작게 웃고 나서 양팔을 벌렸다.

"구로하 씨, 하나 물어봐도 되겠습니까? 가이세이가 리코더를 사용해서 남긴 다잉 메시지에는 무슨 의미가 담겨 있었을까요? 나를 가리키는 것 같아서 상단부와 하단부를 주워서 원래대로 끼워 놨지만…… 아직도 내가 생각하는 답이 맞는 건지 틀린 건지 몰라서 답답해요. 본인에게 물어보고 싶어도 이미 죽어 버려서요."

왜 이렇게 까슬한 줄로 신경을 긁어 대는 말만 골라서 내뱉는 걸까? 나를 도발할 의도일까, 아니면…….

에필로그

나는 분노로 떨릴 것 같은 목소리를 간신히 가다듬고 말했다.

"나도 가이세이 씨가 무슨 마음으로 그랬는지는 몰라. 다만 가이세이 씨가 퀴즈 작가로 활동했다는 걸 고려하면, 짐작 가는 게 두 가지 정도 있군. ……첫 번째는 영어 recorder로 변환해서 생각하는 거야. 가이세이 씨는 리코더 상단부와 하단부를 빼고 중단부만 움켜쥐고 있었다는데, 리코더의 철자를 세 음절로 분해하면 re-cord-er이 되지."

고시가 눈을 번뜩였다.

"역시 그렇게 생각하는군요. 그렇다면 다잉 메시지는 중단부가 가리키는 부분, 즉 'cord'입니다."

"그래, 'cord'에는 '줄(綱)'이라는 의미도 있잖아. 그걸로 고시(綱士) 선생을 가리키려 했다고 해석할 수도 있겠지."

"말은 그렇지만 'cord'만으로 내가 진범임을 암시하기는 쉽지 않을 것 같은데요. ……구로하 씨가 생각하는 두 번째 답은 뭐죠?"

나는 미간을 잔뜩 모았다.

"솔직히 청산가리에 중독된 가이세이 씨가 몇 중으로 의미를 감춘 메시지를 남길 수 있었을지 의문이야. '리코더(recorder)' 하면 목관악기인 리코더 외에 '녹음기(로쿠온키)'라는 말도 연상되겠지. 이 말도 세 음절로 분해하면 로-쿠온-키가 돼."

고시가 소리 내어 웃었다.

"다잉 메시지는 그중 중단부가 가리키는 '쿠온'이라는 거로군요. 이야, 설마 우리 병원 이름이 숨어 있었을 줄이야. '쿠온'과 '줄'이라면 과연…… 그 다잉 메시지는 나를 콕 집어 지적할 수 있는 실마리였네요."

그러나 이러한 메시지는 어떤 식으로든 해석할 수 있다.

나도 진범을 알아냈기에 의미를 끼워 맞춰서 생각해 볼 수 있었지만, 이 다잉 메시지만을 실마리 삼아 진범을 특정하기는 불가능했으리라.

잠시 침묵이 흘렀다.

나는 원형 테이블에 양손을 짚었다.

"결국…… 완전 범죄 청부사라는 호칭을 제일 먼저 사용한 건 누구였지?"

"나입니다."

고시가 대답했다.

"구로하 씨도 알다시피 게이지 형은 '법률로 처벌할 수 없는 범죄'에 복수할 필요가 있다고 생각했어요. 나는 어렸을 때부터 그 몽상을 들었고, 진심으로 찬성하기도 했습니다.

세상에는 왕따, 학대, 갑질, 성희롱…… 등등 개떡 같은 일들이 넘쳐 나지만 그 대부분이 범죄로 인식되지 않죠. 놀이, 교육, 지도라는 핑계로 일상에 뒤섞여 방치되는 게 현실이에요.

그야 표면화돼서 가해자가 정당하게 처벌받는 사례도 있긴 하죠. 하지만 대다수는 범죄 행위가 있었다는 사실 자체가 흐지부지되고, 가해자는 아무렇지도 않게 그 자리에 머물러요. 어떻게 된 영문인지 경력이고, 친숙한 환경이고, 모든 것을 다 버리고 도망쳐야 하는 건 피해자 쪽입니다. 최악의 경우에는…… 스스로 목숨을 버리는 길을 선택할 만큼 궁지에 몰리기도 하고요."

게이지 선배와 똑같은 말을 했다.

지금 이 순간에도 이 나라의 온갖 곳에서 수없이 벌어지고 있는 일이다. 너무나 자명한 사실이었기에 나도 게이지 선배의 의견에 동조해 행동을 함께하는 길을 선택했다.

―하지만.

고시가 숨을 크게 내쉬었다.

"아쉽게도 형과는 도저히 타협할 수 없는 부분이 있었습니다. 그 사람은 뭐랄까, 철두철미하게 물러 터졌어요, 그야말로 구역질이 날 만큼. 의뢰인은 정말로 곤경에 처한 사람을 엄선해야 한다는 둥, 사람의 목숨은 무엇보다도 귀하다는 둥……. 정말 희한한 부분에서만 로맨티스트였다니까요."

나는 인상을 찌푸리며 물었다.

"즉, 네가 진짜 완전 범죄 청부사이자, 게이지 선배를 죽인 범인인 거지?"

"……중학교 3학년 봄에 형과는 다른 길을 걷기로 결심했죠. 그 무렵에 형은 대학교에서 장난질을 하고 있었으니까, 내가 만들어 낸 완전 범죄 청부사도 그 시스템을 답습해서 확장하기만 하면 됐어요.

하핫, 어리둥절한 표정이네요. 중학생이 어떻게 그럴 수 있느냐고요? 간단하죠. 내가 할 수 없는 일은 과감하게 외주를 주면 됩니다. 다들 그러잖아요. 기업도 마찬가지고요."

―그것만큼은 오토하와 똑같은 건가.

쓰디쓴 감정이 내 가슴에 퍼져 나갔다.

오토하는 어린아이 취급당하는 걸 무엇보다도 질색했지만, 자신이 너무 어린 탓에 할 수 없는 일이 있다는 것도 이해했다. 그렇기에 유령이 된 나를 고용해 자신이 바라는 복수를 성공시키려 한 것이다.

고시는 옛날 생각을 하는 듯 눈을 가늘게 떴다.

"일단 쓸 만한 사기꾼을 협박해 '시키는 대로 움직이는 장기 말'로 바꿨습니다. 그로부터 일 년 반 동안 그 남자에게서 노하우를 흡수한 후 이용 가치가 없어져서 죽였죠.

하지만 역시 혈육의 감은 무시할 수 없는 법이랄까요? 완전 범죄 청부사로 활동하는 걸 형에게는 비밀로 했는데…… 활동을 시작한 지 삼 년도 지나기 전에 가사이와 이시가메를 죽인 사실을 눈치챘더라고요."

당시 게이지 선배가 얼마나 고뇌했는지는 나도 옆에서 봐서 잘 안다.

─선배는 먹고 자는 것도 잊어버릴 만큼 완전 범죄 청부사에 관해 열심히 조사했지. 자기 친동생 짓일지도 모른다고 의심해서 그랬던 건가.

처음으로 고시가 후회 어린 표정을 지었다.

"실은 형만은 죽이고 싶지 않았습니다.

초등학생 때 왕따를 당해서 매일같이 옷이 더러워진 채 돌아와도…… 다른 가족은 남에게 허점을 보이는 약자가 잘못이라는 식으로 대했죠. 결국 진심으로 왕따에 맞서 준 건 게이지 형뿐이었어요. 쓰레기 같은 인간이 넘쳐 나는 오야부 일가에서 유일하게 평범한 마음과 감각을 지닌 사람이었죠."

나는 아주 희미하게 웃었다.

"아니, 게이지 선배가 평범하다고 할 수는 없지. 착했던 건 맞지만."

"결국 그 착함이 화근이었습니다.

형은 내 활동을 전혀 이해해 주지 않았어요. 나도 여러모로 양보하려고 했는데, 한사코 전부 경찰에 말하겠다고 하니까…… 묻지 마 살인범의 범행으로 위장해 죽이는 수밖에 없었죠."

"……자신이 저지른 짓을 무리하게 정당화한들 무슨 의미가 있지? 넌 형의 목숨과 자기 보신을 저울에 달아 보고, 제 한 몸 지키기 위해 가족을 죽이는 길을 골랐을 뿐이야."

킥, 하고 웃는 소리가 돌아왔다.

"맞습니다. 하지만 구로하 씨가 적당히 돌아 버린 건 바람직한 오산이었죠. 내가 만든 완전 범죄 청부사라는 호칭을 사용하면서 게이지 형이 하려고 했던 일을 실현할 줄은 꿈에도 몰랐네요. 설마 싶지만…… '진짜를 꾀어내서 게이지 형의 원수를 갚기 위해서였다'라든가 그렇게 김빠지는 정당화를 하지는 않겠죠?"

"안 해."

"안심했어요."

"물론 처음에는 진짜를 꾀어낼 미끼가 되어야겠다고 마음먹은 것도 사실이야.

하지만 그런 이유로…… 어떻게 십일 년이나 완전 범죄 청부사 노릇을 하겠어? 결국 나는 선배와 함께 시작한 복수 대행 사업에 사로잡혀 멈출 수가 없었던 거야."

고시가 한숨을 쉬었다.

"결국 나쁜 건 누구일까요? 가끔 생각해요. 나와 구로하 씨에게 이렇게 재미있는 놀이를 알려 준 게이지 형이야말로 모든 일의 원흉 아니겠느냐고······. 그건 마약과 다름없죠. 성공 체험과 별 고생 없이 들어오는 보수에 맛을 들이고 나면, 그것 없이는 더 이상 살아갈 수가 없어요."

나는 눈을 가늘게 오므렸다.

"그렇게 말하는 것치고는 내가 완전 범죄 청부사를 사칭한 뒤로 고시 선생은 꽤 오랫동안 숨죽여 지내지 않았나?"

"약 십이 년 전은 마침 대학 입시를 준비하느라 바쁜 시기였으니까요. 무사히 의학부에 진학하고 나서도 육 년은 공부하느라 바빠서 자유로이 쓸 수 있는 시간이 별로 없었고요."

"그래서······ '거꾸로 살인자', 즉 사카시마를 이용하기로 했다는 건가."

의외라는 듯 고시의 눈이 동그래졌다.

"이야, 그것까지 알아차렸습니까?"

일곱 달 전, 사카시마는 내 병실에서 가라쓰를 비롯한 형사들에게 현행범으로 체포됐다. 그 직전······ 사카시마는 오토하에게 진짜 완전 범죄 청부사에 대해 열띤 어조로 이야기했다.

—그때 사카시마는 내가 진짜가 아니라고 단언하고, 진짜에 심취한 듯한 태도를 보였지. 그 모습으로 보건대 사카시마가 진짜와 뭔가 접점이 있었던 건 분명했어.

"사 년 전, 아니 오 년쯤 됐나? 그때도 구로하 씨는 사카시마를 경찰에 넘기려고 했지만 실패했죠. 그때 사카시마가 궁지에서 빠져나올 수 있게 도와준 사람이 나였습니다."

"그럼 폭발해서 불탄 차에 남아 있던 시신은……."

"물론 내가 준비했어요. 달아난 사카시마가 성형수술을 받을 수 있게 뒤에서 이것저것 손을 써 준 것도 나고요."

나는 침착한 목소리를 내려고 애쓰면서 물었다.

"왜 그런 짓을?"

"일단 그 무렵 의사 국가시험에 합격했으니까 슬슬 완전 범죄 청부사 활동을 재개하고 싶었거든요. 하지만 의사의 길은 만만치 않죠. 시험에 합격해도 이 년 이상 인턴으로 고된 업무에 시달릴 것도 알고 있었습니다.

게다가 생각해 보면…… 게이지 형이 하려고 했던 일은 이미 구로하 씨가 완전 범죄 청부사를 이어받아서 실현했으니까요. 그렇다면 나는 구로하 씨가 절대로 하지 못할 일을 짊어져야 한다고 생각했어요."

"그래서 연쇄 살인귀를 몰래 숨겨서 수하로 삼은 건가."

고시가 미소 지었다.

"병은 의사에게, 약은 약사에게라는 말도 있듯이 살인이나 거친 행동이 필요한 일은 살인귀에게 맡기는 게 제일이겠죠? 그로부터 사 년에 걸쳐 사카시마는 내가 제시한 규칙에 따라 완전 범죄를 실행했어요.

일단 우리가 노린 목표물은 모두 법률로는 완벽하게 처벌할 수 없는 악행에 가담한 인간뿐입니다. 다만 그들도 악행을 은폐하는 데는 전문가라서요. 경찰이 조사해도 그 공통점을 밝혀내기는 불가능했을 거예요. 뭐…… 매번 사카시마가 은밀히 '거꾸로' 요소를 현장에 서명처럼 남겨 놓는 게 유일한 골칫거리였지만."

옥상에서 떠밀린 순간에 온몸의 털이 곤두서는 듯한 기분을 다시 맛보았다.

"역시…… 사카시마에게 나를 죽이라고 명령한 것도 너였구나?"

"그럴 리가요! 형의 유지를 이어받은 구로하 씨에게 어떻게 그런 짓을 하겠어요? 나는 오히려 구로하 씨를 지키려고 한 겁니다."

"뭐?"

"나는 사카시마에게…… 화이트데이 오후 9시까지는 구로하 씨를 습격해 정강이뼈를 부러뜨리라고 지시했어요. 그런데 사카시마가 내 지시를 무시하고 구로하 씨를 옥상에서 밀어 버린 거죠."

─어째서?

그 말을 꺼내기 전에 나는 사카시마가 왜 그랬는지 알아차렸다.

"오 년쯤 전, 사카시마는 나 때문에 체포당할 뻔했다가 달아났어. 그 후로 놈은 나를 몹시 증오했던 것 같으니, 그때의 원한을 풀려고 나를 떠밀었는지도 모르겠군. 아니면…… 단순히 눈앞에 있는 '거꾸로' 요소를 보고 참을 수가 없었든지."

고시가 어깨를 으쓱했다.

"후자가 정답 아니려나. 류인 빌딩 앞에 있던 우주견 동상이 문제였던 거예요. 사카시마는 '거꾸로'에 희한하게 집착했으니까요. 눈앞에 '우유우'의 거꾸로인 '우주'가 있다는 걸 깨닫고 등을 확 떠민 거겠죠.

그 사고가 일어난 건 정말로 미안했어요. 그래서 구로하 씨를 치료하기 위해 온갖 방법을 다 썼죠. 최신 임상 시험을 진행할 수 있도록 승인을 받아 낸 것도 작게나마 속죄를 하기 위해서였고요."

그렇게 떠들어 대는 고시는 선의로 똘똘 뭉친 듯한 표정이었다.

"……그런 이야기는 아무래도 상관없어. 문제는 사카시마에게 내 뼈를 부러뜨리라고 지시한 이유야. 오전 0시에 빈집에서 미쓰이 부부와 만나지 못하도록 하기 위해서였나?"

고시가 고개를 크게 끄덕였다.

"그것 말고 또 뭐가 있겠습니까? 미쓰이 부부는 내가 죽일 예정이었으니까, 약속이 깨지리라는 건 미리 알고 있었죠.

그리고 구로하 씨가 빈집으로 향하는 것 자체가 위험하다는 사정도 있었어요. 물론 가라쓰가 시신을 빈집으로 옮길 것까지는 예상하지 못했지만, 미쓰이네에는 구로하 씨와 만나기로 했다는 메모가 남아 있었으니까요."

나도 모르게 고시를 쏘아보았다.

"거짓말하지 마! 그 메모는 네가 일부러 치우지 않고 미쓰이네 냉장고에 남겨 둔 거잖아! 가라쓰를 함정에 빠뜨릴 계획에 사용하기 위해서."

"그건 그렇죠. ……하지만 가령 가라쓰가 빈집으로 시신을 옮기지 않았더라도, 구로하 씨가 위험한 상황이었던 건 변함없잖아요? 약속대로 오전 0시에 빈집에 갔다가 바람맞고, 나중에 경찰 수사가 진행돼 이상한 시간에 빈집에 있었다는 사실이 들통나면 구로하 씨는 아주 불리한 상황에 빠져요. 자칫하면 미쓰이 부부를 살해한 혐의까지 받았을지도 모르죠."

"그걸 피할 수 있으면 내 뼈 하나 정도는 싼 대가다?"

고시는 쾌활하게 웃는 얼굴로 대답했다.

"싸도 너무 싸죠. 구로하 씨가 무슨 일로 체포돼서 가택수색이라도 당하면, 다른 범죄의 증거도 줄줄이 딸려 나올 테니까요."

"내 이야기는 이제 됐어. ……왜 미쓰이 부부를 해친 거지?"

"가라쓰 경위를 가지고 싶어서요."

너무 무시무시한 대답이라 몸이 주체할 수 없이 떨렸다.

―그래, 이 녀석은 살인귀를 수하로 삼고 싶다는 이유만으로, 체포되기 직전이었던 사카시마가 도망치는 걸 도와줬어.

"구로하 씨는 형의 이상을 멋지게 실현했고, 나랑 사카시마도 순조롭게 일을 진행했죠. 하지만 이 일을 안정적으로 계속하려면 범죄를 저지르는 쪽만 아무리 탄탄하게 다져도 소용없어요. 수사하는 경찰 쪽도 끌어들여야죠."

나는 떨리는 목소리로 물었다.

"정말로…… 고작 그런 이유로 미쓰이 부부를 살해하고, 오토하에게 엄마를 살해했다는 죄를 덮어씌우려 한 거야?"

고시의 표정이 어두워졌다. '구로하 씨도 이건 이해해 주지 않는구나'라는 듯이.

"그만한 가치가 있었습니다. 가라쓰는 현경에서 제일가는 수사관이라 '명탐정'이라고 불러도 손색없는 존재였으니까요. 그런 가라쓰를 수하로 삼으면 아주 든든하겠죠? 증거도 마음대로 날조할 수 있고, 증언도 원하는 방향으로 유도할 수 있습니다. 완전 범죄를 성립시키기 위해 다소 무리하게 추리하더라도, 가라쓰가 입에 올리면 신기하게도 자연스럽게 후시기 현경 본부에서 영향력을 발휘할 거예요."

―저 아이를 가지고 싶어, 상의하자, 그러자.

고시는 '하나이치몬메*'의 멜로디를 작게 흥얼거리며 이쪽으로 고개를 돌렸다.

"내가 먼저 나서서 미쓰이 부부와 친해진 것도, 그날 밤 미쓰이 네를 방문한 것도…… 전부 가라쓰를 손에 넣기 위해서였어요."

"……미쓰이 부부가 내게 일을 의뢰하도록 부추긴 것도 역시 너였어?"

"물론이죠. 마침 가이세이가 업무를 보다가 횡령 사건을 눈치채서 고민하는 것 같길래 완전 범죄 청부사의 소문을 슬쩍 들려줘서 의뢰하도록 유도했어요.

후후, 내가 죽인 이시가메가 가이세이와 친했던 건 사실이지만, 그 부부는 그렇게까지 예리하지 않아요. 완전 범죄 청부사가 이사가메의 죽음에 관여했다는 것도 모른 채 목숨을 잃었죠. 그때 범행이 진행된 상황은 구로하 씨가 추리한 바와 대략 일치하고요."

나는 입술을 핥고 나서 물었다.

● 일본의 동요이자 어린이들이 즐기는 전통 놀이

"독이 든 허니 컬렉션을 가지고 미쓰이네에 간 거지?"

"사건을 일으키기 며칠 전에 미쓰이네에 도청기를 설치했어요. 그래서 화이트데이 당일에 배달되도록 가이세이가 허니 컬렉션을 주문했다는 것도, 오토하가 매일같이 핫초코를 만든다는 것도 다 알고 있었죠."

나는 이맛살을 찌푸렸다.

"사전에 미쓰이네에 숨어든 적이 있다면, 집에 있었던 음식물에 독을 탄다든지…… 뭔가 다른 방법을 선택할 수도 있었을 거야. 왜 독 초콜릿을 가지고 간다는 위험한 방법을 택한 거지?"

고시가 깜짝 놀란 표정을 지었다.

"그랬다가는 오토하가 위험할 수도 있잖습니까! 혹시나 그 아이가 독이 든 음식을 먹으면 어쩌죠? 와인 같은 술에 타더라도, 그게 요리에 사용되지 않는다는 보장은 없다고요.

잘 들어요. 가라쓰를 손에 넣기 위해서는 무슨 일이 있어도 오토하가 엄마를 죽인 범인 역할을 맡아 줘야 했어요. 그렇게 중요한 역할을 맡은 오토하가 조금이라도 위험할 수 있는 일은 못 하죠."

예상은 했지만 듣기만 해도 속이 역겨운 이유였다.

―이놈 때문에 오토하는…….

내가 입을 꾹 다물었는데도 고시는 계속 설명을 늘어놓았다.

"화이트데이 당일은 급히 상의할 일이 있다는 핑계로 미쓰이네를 찾아갔죠. 사람 좋은 미쓰이 부부는 당혹스러워하면서도 내게 녹차를 대접했습니다. 그래서 거기에 아주 미량의 시안화칼륨을 탔죠."

몸 상태가 안 좋아진 두 사람을 잘 구슬려서 독 초콜릿을 먹이는 것 자체는 쉬웠다고 한다.

"어려웠던 건 두 사람이 초콜릿을 입에 넣는 타이밍을 맞추는 거였어요. 뭐, 먹으려고 하는 순간에 말을 걸면 다소는 조정할 수 있으니까요. 결국 두 사람은 거의 동시에 치명적인 중독 증상을 일으켰죠."

"……너무 끔찍하군."

"미쓰이 부부는 아무 죄도 없는 사람이니까 나도 딱하기는 했어요. 그래서 형을 흉내 내 부부에게 저승길 노잣돈을 바친 겁니다. 그런데 그게 실책이었군. 그리고…… 신고하지 못하게 두 사람의 스마트폰을 잠시 맡아 뒀다고는 하나, 죽어 가는 부부 곁에서 떨어진 것도 큰 실수였죠.

손님이 찾아온 흔적을 지우고, 오토하가 만든 핫초코 때문에 아카코가 죽은 걸로 위장하러 거실을 나선 틈에 가이세이에게 당했어요."

고시가 돌아왔을 때 가이세이는 아직 간신히 숨이 붙어 있었다. 소파에서 미끄러져 떨어지면서도 리코더 중단부를 꽉 움켜쥐고 있었다고 한다. 물론 가이세이의 눈 위에 저승길 노잣돈으로 얹어 놓았던 100엔짜리 동전은 둘 다 바닥에 떨어졌다.

"리코더 상단부와 하단부는 수조에 던졌더군요. 그때 돌멩이가 속에 박혔을 거예요. 물론…… 나도 다잉 메시지라는 걸 금세 알아차렸죠. 하지만 그때만 해도 초조해하지 않았어요. 가이세이가 죽으면 리코더를 손에서 놓칠 줄 알았거든요."

나는 코웃음 쳤다.

"그런데 긴장성 사후경직이 일어났군."

"정말 놀랐습니다. 그래도 리코더 상단부와 하단부를 도로 끼우자 오히려 오토하가 범인이라고 해석할 수도 있는 다잉 메시지가 됐으니까요. 그렇게 해 놓고 가이세이의 스마트폰으로 가라쓰에게 전화를 걸었죠. 당연히 가이세이의 목소리로 음성을 변조해서요."

오토하가 실수로 엄마를 독살했다는 사실을 암시하며, 가이세이 자신도 이성을 잃고 자살할 것이라는 분위기를 풍겼다. 그러자 가라쓰는…… 평상시의 냉정함을 잃었다고 한다.

"전화를 끊은 후, 네가 있었다는 흔적을 모조리 지우고 미쓰이네를 떠난 건가."

고시는 고개를 끄덕끄덕했다.

"나로서는 가라쓰가 오토하를 지키기 위해…… 아주 조금 현장을 위장해 주는 걸로 충분했어요. 단지 그 정도만으로도 결백했던 '명탐정'을 증거 날조 죄로 땅바닥에 끌어내릴 수 있으니까."

"뭐가 아주 조금이야! 고시 선생은 미쓰이 부부가 완전 범죄 청부사에게 복수하려다 사고와 자살로 목숨을 잃었다는 착각을 가라쓰에게 심었어. 그런 상황이라면…… 가라쓰가 완전 범죄 청부사에게 모든 죄를 덮어씌우려고 행동에 나서리라는 걸 충분히 예측할 수 있었을 텐데."

"뭐, 그것도 예상한 범위이긴 했죠. 그렇기에 구로하 씨에게 위험이 미치지 않도록 사카시마에게 정강이뼈를 부러뜨리라고 지시한 거고요.

 그렇지만 가라쓰가 발자국 트릭을 사용하거나 시신을 거꾸로 매다는 등 그렇게까지 거창한 짓을 할 줄은 몰랐습니다. 그 형사, 의외로 범죄에 소질이 있었는지도 모르겠네요."

"네가 그러도록 몰아붙인 거잖아!"

 고시가 가슴속 깊은 곳에서부터 한숨을 내쉬었다.

"하지만 결국…… 사카시마도, 가라쓰도 협력자로 삼기에는 불완전한 인간이었어요. 사카시마는 구로하 씨를 옥상에서 떨어뜨린 후로 조금씩 내 지시에 거역하는 경우가 많아졌고, 가라쓰도 내게 협박당해 증거 날조에 협력해 주기는 했지만, 언제 배신할지 모르는 상황이었죠."

"그래서 사카시마가 내 병실에서 체포됐을 때도…… 그자를 도와주기는커녕 그자에게 불리하도록 행동한 건가."

"나도 그 살인귀를 100퍼센트 믿은 건 아니니까요. 내 얼굴과 신원은 일절 밝히지 않았어요. 그래서 가엾게도…… 사카시마는 죽을 때까지 곁에 진짜 완전 범죄 청부사가 있었다는 걸 몰랐겠죠. 정말로 딱하다니까요.

 한편 가라쓰는 자신을 협박하는 완전 범죄 청부사의 정체가 사카시마 아닐까 의심했습니다. 뭐, 완전히 헛짚은 거죠. 가라쓰는 끝까지 사카시마의 배후에 내가 있는 줄 몰랐고…… 어리석게도 사카시마를 죽이고 스스로 목숨을 끊으면 전부 끝낼 수 있을 거라 믿었어요."

 단숨에 말을 쏟아 낸 후 고시는 나를 빤히 바라보았다.

"최종적으로 지금도 나와 같은 쪽에 서 있는 사람은 구로하 씨뿐입니다. 하지만 실패해도 새로운 인재를 찾아내면 그만이니까요. 그렇지, 소질이라면…… 부모님의 복수를 포기하지 않는 오토하도 완전 범죄 청부사에 꽤 소질이 있을 것 같아요. 그 아이는 사고방식도 행동도 재미있죠. 키우기에 따라서는 내 이상을 물려받을 존재가 될지도 모르겠군요."

나는 진심으로 오싹했다.

"안 돼! 무슨 일이 있어도 오토하만큼은 넘겨주지 않겠어. ……더 이상 그 아이에게 상처 주지 마!"

"이야, 게이지 형 말고 다른 사람 때문에 발끈하는 건 처음 봤네요. 후후, 오토하가 그렇게 소중합니까?"

나는 호흡을 가다듬고 다시 입을 열었다.

"사실…… 오늘은 오토하에 대해 부탁할 게 있어서 왔어."

"네?"

"부탁이니 오토하에게는 손을 대지 않겠다고 약속해 줘. 그 약속을 지키는 한, 나도 고시 선생에게 아무 짓도 하지 않겠다고 맹세할게. 경찰에게도 아무 말 안 할 테고, 오늘 밤에 마호로시를 떠나서…… 다시는 여기로 돌아오지 않을게."

"분명 나를 죽이러 온 줄 알았는데요."

"그러고 싶었지. 지금까지 몇 번이나…… 헤아릴 수 없을 만큼 여러 번 내 손으로 널 죽이려 했어. 하지만 역시 틀렸어. 난 못 해."

고시의 얼굴에 모멸하는 기색이 감돌았다.

"게이지 형의 영향?"

"아니, 이건 나 자신의 의지야."

"자신의 의지? ……그래요, 구로하 씨도 옛날과는 달라졌군요. 좀 아쉽네요."

그렇게 중얼거리더니 고시는 표정을 확 누그러뜨리고 와인잔을 집어 들었다.

"새로운 여행을 축하하는 뜻에서 건배."

"건배."

나도 와인잔을 오른손으로 들었다. 고시가 와인잔을 입에 대기 직전에 움직임을 멈추고, 잔을 살짝 기울인 채 이쪽을 보고 있었다.

나는 감색 유리로 만든 베이스를 왼손으로 가볍게 바치고 와인잔을 고쳐 잡은 후…… 잔 테두리에 입을 대고 움직임을 멈췄다.

우리는 잠시 눈싸움을 벌였다.

"안 마셔요?"

고시가 본성이 훤히 들여다보이는 웃음을 지었다.

내가 과감하게 와인을 입에 머금자 고시도 따라 했다. 이윽고 우리는 거의 동시에 농후한 와인을 삼켰다.

몇 초의 침묵.

"지금 이겼다고 생각했죠?"

"……."

"내가 모를 줄 알았습니까? 애당초 연기가 너무 형편없어요. 구로하 씨가 우리 집에 몇 번 침입해서 이 테이블에 시시한 장치를 했다는 것도 다 알아요."

그렇게 말하며 고시가 원형 테이블을 오른손으로 잡았다.

완벽하게 동그란 테이블이 소리도 없이 돌아갔다.

당연하다. 이 테이블이 쉽게 회전하도록 손본 건 나니까. 잠시 후 원형 테이블이 180도 회전해서 고시의 와인잔이 내 앞으로, 내 와인잔이 고시 앞에서 멈췄다.

"아까 둘이서 허니 컬렉션 실물을 확인하러 서가로 갔었죠. 그때 구로하 씨는 양손을 내 시야에 넣은 채…… 오른발 뒤꿈치로 몰래 테이블을 회전시켰죠? 내가 구로하 씨를 위해 준비한 와인을 내게 먹이려고요."

식은땀이 등을 타고 흘러내렸다.

―역시 눈치챘나.

전부 고시 말대로였다.

미쓰이 부부를 잔혹하게 독살한 고시가 자신이 숨겨 온 얼굴과 본성을 알아차린 나를 살려서 보낼 마음이 없으리라는 것쯤은…… 처음부터 알고 있었다. 그렇기에 나는 그 살의를 이용하기로 했다. 일부러 내 손으로 고시에게 독을 먹이지 않고, '고시가 날 위해 준비한 독'을 먹여서 죽이려 한 것이다.

독살범에게는 독을…… 오토하가 바랐던 눈에는 눈, 이에는 이 방식이다.

고시가 목구멍에서 웃음을 흘렸다.

"구로하 씨의 약점은 겁먹은 나머지 생각을 너무 많이 해서 행동에 나서지 못할 때가 있다는 겁니다. 그런데 오늘은 진심으로 나를 죽이러 와서 놀랐어요. 하지만 익숙지 않은 짓은 하는 게 아니로군요.

 구로하 씨가 와인잔을 바꾸려 한다는 건 처음부터 짐작이 갔어요. 그래서 내 쪽에 있는 와인잔에 미리 독을 탔죠. 바꿔치기가 끝나면 독이 든 와인잔이 구로하 씨 쪽으로 가도록."

 나는 떨리는 목소리를 가다듬지 못하고 질문했다.

 "만약…… 내가 미처 와인잔을 바꾸지 못했다면 어쩔 생각이었지?"

 "하핫, 설마 내가 아무 보증도 없이 와인을 벌컥벌컥 마시겠습니까? 바꿔치기를 끝낸 걸 두 눈으로 똑똑히 확인했다고요.

 사실 우리 집 와인잔 중에는 밑바닥에 작은 표시가 있는 것들이 있습니다. 내 쪽에 놓아둔 독 와인잔에는…… 밑바닥에 장미 마크가 찍혀 있고…… 구로하 씨 쪽에 놓아둔 독 없는 와인잔에는 아무 표시도 없는……."

 고시의 혀가 조금씩 꼬이기 시작했다.

 나는 테이블을 다시 180도 회전시켜 원래 위치로 되돌린 후, 내가 마신 와인잔을 집어 들었다. 감색 유리로 만들어진 베이스의 밑바닥이 드러났다.

 거기에는 아무 마크도 없었다.

 나는 히죽 웃었다. 악의로 가득한 웃음을 아무 거리낌 없이 한껏 선사했다.

 "아무래도 내가 마신 와인에는 독이 없었던 모양이네."

 고시는 숨을 쌕쌕거리며 자기가 마신 와인잔을 들었다. 물론 베이스 밑바닥에는 장미가 찍혀 있었다.

"어, 어째서……."

"신기하지? 내가 와인잔을 기울였을 때, 고시 선생도 직접 확인했을 테니까. 그때 내가 들고 있던 와인잔 밑바닥에는 분명 장미 마크가 있었어. 다만 진짜는 아니었지."

나는 그렇게 말하며 손에 쥐고 있던 물건을 보여 주었다.

—방수 스티커다.

이번 계획을 위해 준비한 붙였다 떼도 흔적이 남지 않는 스티커로, 와인잔 밑바닥을 딱 덮는 크기였다. 이어서 나는 호주머니에서 스티커 뭉치를 꺼냈다.

"그나저나 고시 선생도 참 악독한 짓을 하는군.

처음에 이 집에 숨어들었을 때부터 모든 컵과 유리잔에 작은 표시가 있는 잔을 섞어 놨다는 건 알고 있었어. ……언제든지 누군가에게 독을 먹일 수 있도록, 독을 탔을 때 자기만 알아볼 수 있도록 그런 수작을 부린 거지? 미안하지만 그걸 이용했어."

스티커를 여러 장 준비한 건 고시가 어떤 컵이나 유리잔을 이용하더라도 대응하기 위해서였다. 물론 반대로 표시가 있는 걸 표시가 없는 걸로 위장하기 위한 스티커도 준비해 왔다.

고시가 소파에서 주르르 미끄러졌다.

"……테이블이 회전하는…… 장치는 그냥 함정…… 이었다고?"

"눈에 잘 띄도록 적당히 손봐 두면 고시 선생이 내 계획을 다 알아냈다며 우쭐거리지 않을까 싶었거든. 아니나 다를까 내가 테이블을 회전시키는 척하자…… 고시 선생은 자기가 독을 넣은 와인을 신나게 마셨어."

"······려, 줘."

나는 소파에서 일어났다.

"고시 선생 말대로 나는 겁쟁이에 행동력도 별로 없어. 하지만 사람은 배우고 변하는 법이지. 나는 지난 일 년간······ 생각만 하고 행동하지 않으면 아무 의미도 없다는 걸, 소중한 것조차 지키지 못한다는 걸 통감했어."

오토하와 함께 지냈던 일주일이 머릿속을 스쳤다.

"물론 어떤 행동에든 책임이 따르지. 그렇지만 설령 얼마나 깊은 업을 짊어지더라도, 너만은 용서 못 해. 게이지 선배의 목숨과 미래를 빼앗고, 오토하의 부모님을 비열하게 독살했고, 가라쓰의 인생을 짓밟아서 죽음으로 몰아넣었고, 무엇보다······ 오토하에게 깊은 상처를 준 너만큼은 절대로."

고시에게서는 더 이상 아무 대답도 돌아오지 않았다.

목에 손을 대자 맥박이 없었다.

나는 가져온 초콜릿을 원형 테이블에 내려놓았다. 일 년 전, 고시가 미쓰이 부부를 독살할 때 사용하고 남은 허니 컬렉션이었다.

─가라쓰가 유일하게 남겨 뒀던 증거품이지.

가라쓰는 최악의 사태가 발생하면 오토하를 지키기 위해 모든 죄를 자기가 덮어쓸 각오로 이 초콜릿을 보관했다. 가라쓰가 남긴 이 초콜릿이······ 고시가 미쓰이 부부 살해에 관여했음을 나타내는 증거가 되어 주리라.

곁에는 위조한 유서도 놓아두었다.

마지막으로 고시가 내게 내어 준 와인잔을 정리한 후, 이 집에 있었다는 증거를 세심하게 확인했다.

이제 여벌 열쇠로 뒷문만 잠그면 된다.

그러면 이 집은 밀실이 된다. 와인잔에는 고시 본인의 지문이 잔뜩 묻어 있고, 실제로 그는 스스로 독이 든 와인을 마신 것과 다름없었다.

또 한 번…… 새로운 완전 범죄가 탄생할 듯했다.

◆

감시 카메라를 피해 류인 빌딩 주차장으로 돌아오자 오후 9시 반이 지났다. 애마 코롤라를 세우고 작게 숨을 내쉬었다.

─겨우 다 끝났군.

주차장에서 작업용 검은색 후드티를 벗고 평상복으로 갈아입었다. 니트 모자, 저렴한 운동화, 신발 커버도 다른 봉지에 담아 놨다. 오늘 밤 안에 증거를 모조리 없앨 작정이었다.

그때 누군가 자동차 창문을 툭툭 두드렸다.

의아한 기분으로 고개를 돌린 순간 나는 비명을 꽥 질렀다.

밖에 가라쓰가…… 아니, 지난 반년간 키가 조금 크고 자기 이모와 얼굴이 비슷해진 오토하가 서 있었기 때문이다.

오토하는 분명 이 근처 학원에 다닌다고 했었다. 금요일은 학원 가는 날이니까 카페 루핀에서 쫓겨난 후에는 학원에 갔으리라. 이런 시간까지 집에 가지 않고 주변을 어슬렁거린 모양이었다.

　창문을 닫아 놔서 목소리는 거의 들리지 않았다. 하지만 입 모양만으로도 오토하가 뭐라고 하는지는 짐작이 갔다.

　—쫄보.

　"간 떨어질 뻔했잖아!"

　창문을 열자 오토하가 미안하다는 듯 양손을 모았다.

　"도와주세요, 루팽의 사장님."

　"엥?"

　"학원에서 집에 가려는데 자전거가 펑크 나서요."

　옆에 세워 둔 오토하의 자전거를 힐끗 확인하자, 예리한 물건으로 찢은 것처럼 타이어에 구멍이 났다.

　"운이 참 없구나."

　말투가 좀 서먹서먹한 건…… 내가 퇴원한 후로, 유령이었던 시절의 기억이 없다는 전제하에 대화하기 때문이다.

　"하필 오늘 지갑을 잃어버렸고, 스마트폰도 배터리가 다 됐어요. 죄송하지만, 전화 좀 빌려주시면 안 될까요?"

　나는 무심코 히죽 웃었다.

　—신종 사기 같은 짓을 하네.

　물론 일부러 그러는 거다.

　내가 부자연스럽게 일찍 카페를 닫은 데다가 오늘은 그 사건이 벌어진 지 딱 일 년째 되는 날이라서 오토하도 뭔가 감을 잡은 듯했다. 그래서 내게서 최대한 빨리 이야기를 듣고자 스스로 자전거 타이어에 구멍을 내고…… 이런 연기까지 펼친 것이 분명했다.

―정말이지 눈치 하나는 빠르다니까.

오야부 고시가 자살했다는 소식은 조만간 뉴스와 신문에서도 다룰 것이다. 물론 그가 오토하 부모님이 독살당한 사건에 관여했다는 사실도 포함해서.

그래서 나는 굳이 감추지 않고 오토하에게 고개를 끄덕였다.

"다 끝났어."

한순간 오토하의 눈이 커졌지만, 바로 모든 걸 깨달은 듯 미소 지었다.

"……믿고 있었어. 고마워, 구로하."

나는 차에서 내려 사무용 가방과 비닐봉지 따위를 꺼내며 말했다.

"미안하지만 지금은 쓸 만한 스마트폰이 없는데(사업용 보안 스마트폰밖에 안 가지고 있어). 카페에 가서 집에 전화할까?"

"응, 그러자(스마트폰은 위치 정보라든가 여러모로 성가시니까)."

직접 표현하지 않아도…… 서로 무슨 말을 하고 싶은지 정도는 다 안다.

우리는 류인 빌딩 2층으로 향했다.

카페 루팽에 들어가자마자 오토하는 유선전화로 가족에게 연락했다. 아니나 다를까 귀가가 늦어져서 집에서 걱정했는지, 오토하는 "4월부터 중학생인데? 걱정하지 마." 하고 터무니없는 반론을 꺼내 놓았다.

에필로그 525

아주 마음 편히 통화하는 오토하의 얼굴만 봐도 알 수 있었다. 전화 저편에는 몸과 마음의 안식처인 새로운 집이 있고…… 그 집의 가족과도 사이좋게 지내고 있다는 걸.
"구로하, 십 분 후에 데리러 온대."
오토하는 카페 카운터에 앉아 전부 말하라고 압박하듯, 이쪽을 가만히 쳐다보았다.
―아무래도 십 분으로는 모자라.
"내일 또 보자."
나는 그렇게 말하고 오토하를 위해 애플 티를 끓였다.

소녀에게 어울리지 않는 완전범죄

초판 1쇄 발행 2025년 11월 6일
지은이 호조 기에 | **옮긴이** 김은모 | **펴낸이** 최원영
편집부장 윤영천 | **편집부** 윤정원 김서연 이지윤 | **북디자인** 형태와내용사이
본문조판 양우연 | **국제업무** 박진해 조은지 남궁명일 | **마케팅** 김민원 조은걸
펴낸곳 (주)디앤씨미디어 | **출판등록** 2002년 4월 25일 제20-260호
주소 서울시 구로구 디지털로 32길 30 코오롱디지털타워빌란트 1301-1308호
전화번호 02.333.2513 | **팩스** 02.333.2514

ISBN 979-11-92738-64-2 03830

정가 18,500원

* 잘못 만들어진 책은 구매처에서 바꾸어 드립니다.